异国的芬芳

猎人日记

[俄罗斯]屠格涅夫/著

耿济之/译

江苏凤凰文艺出版社
JIANGSU PHOENIX LITERATURE AND ART PUBLISHING, LTD

图书在版编目（CIP）数据

猎人日记 /（俄罗斯）屠格涅夫著；耿济之译 .
-- 南京：江苏凤凰文艺出版社，2017.6
（异国的芬芳）
ISBN 978-7-5594-0545-6

Ⅰ . ①猎… Ⅱ . ①屠… ②耿… Ⅲ . ①长篇小说 – 俄罗斯 – 近代 Ⅳ . ① I512.44

中国版本图书馆 CIP 数据核字 (2017) 第 124070 号

书　　名	猎人日记
著　　者	（俄罗斯）屠格涅夫
译　　者	耿济之
责任编辑	黄孝阳　王　青
出版发行	江苏凤凰文艺出版社
出版社地址	南京市中央路 165 号，邮编：210009
出版社网址	http://www.jswenyi.com
印　　刷	三河市兴国印务有限公司
开　　本	880 × 1230 毫米　1/32
印　　张	13.5
字　　数	300 千字
版　　次	2017 年 6 月第 1 版　2021年 7 月第 3 次印刷
标准书号	ISBN 978-7-5594-0545-6
定　　价	59.00 元

（江苏凤凰文艺版图书凡印刷、装订错误可随时向承印厂调换）

译者序

《猎人日记》之翻译，远在民国十年，距今已十四年了。当时在《小说月报》发表，按月一篇，随译随印，两年多方登完。原想登完后，加以整理，计划印单行本。但是这十几年来，在国外的日子多，而且人事草草，始终未曾履行这私愿。

有些爱读《猎人日记》的朋友，时来信劝我从速刊行单行本，就将《小说月报》刊行的稿子改印。但是，第一，译的时期极长，随译随发表，不免有前后不贯澈之处，虽然《猎人日记》各篇都是独立的；第二，译稿系根据 1874 年 Salaicv Bros 书局出版的《屠格涅夫文集》本（俄文原文），自然有检查员删节之处，想用革命后的版本校正，以成完璧；第三，《小说月报》刊稿不免有印错的字，总须一一改正，才得心安。有这几种原因，又加上个人的忙与懒，于是这部译稿始终藏诸行笥，埋没到现在，才得了认真整理的机会。

这部《猎人日记》的中译刊本，系根据 1918 年彼得格勒“教育委员会文学出版部”所印的单行本，加以逐句校正。篇中添改最多的大概是第一篇《赫尔与卡林尼基》，其余诸篇也有相当增改，至于第二十三篇《活骸》是重新译的，倒并不是因为在《小说月报》发表的初译稿不像样，却因为从杂志上剪下来的稿子中（那是多年前承徐调孚先生的好意，特地剪下汇集了寄给我，催我整理的），忽然不见了第二十三篇，无论费了多少功夫，到处寻觅总是找不到，自己又远在国外，写信托朋友去觅，购刊载那篇小说的旧《小说月报》，不但费事，恐怕还不易。所以从新译了，好得篇幅还不多，而且将《猎人日记》中最美丽最抒情的一篇文字再译一遍，也没有什么不愉快的。

原想译完后冠以长序，叙述《猎人日记》在文学史上的地位与影响，详细分析各篇人物的性格等等，但“文学出版部”本中有艾恒邦（B.Eihenbaum）——现代苏俄有名的文学批评家——的引言，对于《猎人日记》的风格多所阐明，因此译了下来；再有拙著《猎人日记》研究，亦曾刊登《小说月报》，对于各篇人物的性格略有综合的研究，作为附录，刊于书后。如此，长序之作，似乎有点画蛇添足，就限于此罢。

民国二十四年七月三十一日

引言

1847年，《今人》杂志第一期刊出署名T.L.著的一篇短篇小说《赫尔与卡林尼基》，第二期又刊载他的一篇小说《庇奥托·配绰维奇·卡拉塔耶夫》，后数期内陆续发表许多包括在同一模式（即一个行猎的田主赴各村与森林的旅行）下的小品文字。这些短篇在《今人》杂志上刊行数年（1848年，1849年，1850年及1851年），至1852年始有单行本发行，总名为《猎人日记》[①]。著作人为当时的青年作家I.S.屠格涅夫（1818年生）。屠氏发表这些短篇后，又写出许多短篇、中篇、长篇小说，使他不仅有名于俄罗斯国内，且名传欧洲。晚年，他又回到早期的作品方面，写了《契尔特普-汗诺夫的末途》、《活骸》、《击声》三篇，以补充《猎人日记》的初版。

屠氏这些短篇小说的材料取自俄国乡村的风景与人物，当时的文学，无论俄国与西欧，有描写普通的自然生活，普通的人物，普通的风景的倾向。文学已越过了铺张与机巧的时代，趋向于“普通化”。法国女作家乔治·桑特的乡村小说，与屠氏的《猎人日记》同时出现，屠氏早年对桑特的作品大加赞赏，

① 《猎人日记》：按俄文原意，以译作《猎人的记事》较正确。但平常即惯用前名，如加更改，反显生疏，故仍存旧译。——译者注

极致爱戴之忱，原非偶然的。这种文学潮流在俄国的土壤上自然取得了特别的色彩，就是在被压迫的农奴前忏悔的色彩，因此屠氏的作品里残忍的田主，时与不幸的受苦的农人，两相对照。但此仅色彩而已，即此色彩在《猎人日记》中，亦未明显地表露过。《猎人日记》所包含的不全为解放农奴的理想，并不以这思想支撑着这部书，到今日为止，这部书还是活的。有几篇小说如《县医》、《我的邻居雷第洛夫》、《契尔特普-汗诺夫的末途》、《活骸》等，与农奴制毫无关系，别的小说里，农奴制亦仅系一种背景，在那上面显露着俄罗斯人性格的特点。一幅俄罗斯乡村的图画，内有辽阔神秘的自然风景，喧哗的森林，还有保持一种特有的智慧的神秘人物，有些是精明强干，善于经营的，有些是乐天知命，耽于幻想的，这一切交织成一幅不可分离的锦绣，形成《猎人日记》的内容。

俄罗斯生活与俄罗斯人，为当时时髦的题材，屠氏于信札及论文中常言及此。1842 年，他写信对友人说："我们不仅为欧洲民族，我们可为沟通东西的媒介，我们的疆界，与欧罗巴，中国及北美，三种最不相同的社会的表现相接触，是非偶然的。"屠氏眼中的俄罗斯农人，为真正的俄罗斯人，纯粹地保持着民族的特色。以《赫尔与卡林尼基》列为首篇，确有相当的意义：因为篇中对立着两种原则，两种基本的典型，欧洲的（赫尔，沉着的有经验的合理派）与东方的冥想的（卡林尼基，理想派，浪漫主义者，性情喜悦，常常爱作种种的幻想）。这两种典型又搀上纯粹俄国的特色：赫尔精明强干，却不识文字且不愿教育子女，但卡林尼基"这个懒货倒认识字的"。有趣的是屠氏于描写赫尔与卡林尼基之余，对俄罗斯人又作如下的定义："俄罗斯人总是深信自己的有力，不顾一切地破坏已身的一切：他不很注意过去，却勇敢地望着前途。凡是好的，便是他所喜悦的；凡是合理性的，他便去采纳，至于来自何处他是不管的。”

屠格涅夫以猎人的身份在草原与树林内游行，这是《猎人日记》的外框。因此，许多印象自会逐一穿插上去，毋庸关心到如何的结构，没有严定章法，确立结构与布局之必要。在无休止的，外在的动作下（猎人的游行），有内在的不动性，即俄罗斯乡村的图画。如作家的任务不在于叙述事件，而在于叙述人物，则这种外框是最方便不过的，果戈理使《死魂灵》里的乞乞科夫乘车探访各乡绅，以便将整批的人物开展在我们面前，也是这种手法。屠格涅夫的行猎，是与这些短篇小说的精神有很深的内部关系的。阿克萨阔夫于1852年刊行《负枪行猎记》一书，屠氏著文论之涉及这种关系的意义：“总之，行猎为俄罗斯人的特癖，农人给以一枪，即使破旧得须用绳索系住外加弹药少许，他也可以穿上一双草鞋，在池沼与森林内游荡，从早到晚……俄国人这种普遍盛行的癖好，它的根源也许需在俄罗斯人为半东方民族，具有原始的游牧习惯这一点上去寻求，而阿氏的书恰好是由于这种癖好而著成的。”我们可以加上，屠氏的书也是的。巧的是，屠氏的身旁时常有一个半东方的“游牧人”叶莫来伴随着，这个叶莫来也是嗜猎如命的人，“像飞鸟般无忧无虑，极喜欢说话，心智涣散得很，行动又极笨拙。他极爱饮酒，在位子上坐不住，走路的时候脚步左右倾斜着，却一昼夜能走五十多俄里路”。

除此外框外，尚有一普通点沟通着全书，传达特别的情绪——就是俄国自然风景的图画，屠氏又言：“自然不会不引起人的兴趣，人同它之间有数千条连属不断的线紧缚着，人是它的孩子。”他对描写自然时好与人类精神的行动相比喻加以反对，认作“虚伪的手法”。他说：“所见到的只是作者，而非自然本身,须知人在依靠自然时始见有力……朝山峰说它‘魂灵归天’，朝岩壁说它‘仰天大笑’，朝闪电说它是‘燐光蛇’，这样的写作手法能让读者明显地感到岩壁悬在海上的雄姿，山峰的安静，或闪电的激发，因为人最难的是脱离自我，而潜思自然的现象。”因此屠氏对阿克萨阔夫明显而普通的描写自然，大加赞许。但他自己所描写的自然，却引起别种印象。他说：“有些神经质的，脑力有细微发展的，诗感易于触发的人，具有一种对自然的特别观察，对自然的美有特别的感觉。他们会注意到许多的色度，将许多不易捕捉的微小部分描写出来，有时恰到好处，十分配适。因此，图画的大线条反掩隐过去，或竟无力予以捉握。对于这般人可以说，他们最容易得到的是美的香味，他们的话语是芳香的。”他在这里指着曲得柴夫与费特的“宛转的诗”。

其实屠氏自己所写的风景也是宛转而富于色度。屠氏的文中时常有些琐碎的描写的句子。有时他从琐碎的描写，一下子转到阔大的图画上，尤以文末煞尾时为多，如：“狗拼命摇着尾巴，等待晚饭；马伏在矮屋底下，蹬着脚嘶叫着。太阳沉下来了，它那最末的光散在各处，成为一条深紫色的宽带，金色的云彩渐渐在天上散开，仿佛溅起来的浪花。村子里传来了歌声。”尤以其所写的夜景为“宛转”，足见他和所谓“神经质的，脑力有细微发展的，诗感易于触发的人们”大有相同处。引《白静草原》的两段文字以证之：“乌黑的天高临在我们头上，露出一种神秘的、伟大的气象。吸着俄国夏夜这种特别的、沉醉的、新鲜的气味，胸脯不由得很甜蜜地紧促起来……”“大家都不说话了。忽然远处传来一种延长的、响亮的，带着哭腔的声音，在夜深人静的时候经常会有这种声音，起初在空中升起来，然后慢慢地消失。好像有一个人在地平线长久地喊叫着，却又好像有一个人在树林内用柔和、尖锐的笑声回应他，一种衰弱并且敏锐的啸声在河上萦绕……”屠氏不用夸张比喻的“虚假的手法”，而用另一种方法，他的比喻有时是很多的，显得特别的普通，例如：“明亮的天上聚着很高、很稀少的云彩，带着黄白色，仿佛春天的晚雪一般，并且是长方形的，和船上所张的帆布一般，平整得很。那些云彩有不同的边，又轻又柔，和棉纸一样，连一刹那间都在渐渐变动。”

行猎与自然——这是《猎人日记》的一块总画布。每篇小说是一幅各有起末的小画，其间的人物渐渐地在背景内显露出来，慢慢地隐在辽阔的旷野中。起局总借着自然的风景，结局则借一点点的印象。甚至小小的场面，如《歌者》里孩子的互换，以传达作者的情绪。那些小说一篇跟着一篇，以猎人不匆不忙地叙述自己所遇与所得印象的形式写出来。没有什么事件，却永远保存着作者个人的情调，在叙述上添些抒情的，亲切的色彩。作者不是自己叙述，便是传达所听得的谈话，或是援用第三者的叙述，全部小说的结构可以用这三种形式包括。作者永远身临其境，或作行动的人物，或作倾听的人物。有时他直截了当地朝读者发言，好像真的在向他们讲述，例如：“晚上我同猎人叶莫来出去‘嘉卡’……也许读者诸君不大知道‘嘉卡’的用意。请听我说……”在《叶莫来与磨房主妇》中，以下的句子是常遇到的：“我应该先行介绍一下”、“必须要对读者说的”、“请读者允许我介绍这个人”、“现在把他的谈话告诉与敬爱的诸君听”等等。在每篇小说里，作者总要参加的，如：《赫尔与卡林尼基》、《草莓泉》、《里郭甫》里作者为对谈者；《叶莫来与磨房主妇》、《白静草原》里，作者从旁边听着谈话；《县医》、《国家农人奥甫斯扬尼克》、《斯齐格利县的哈姆雷特》里，作者倾听朝着他讲出的叙述。这些小说具有不同的样式：有的发展着谈话的形式（对谈），有的是叙述人自身的印象占较多的地位，还有的读者跟着作者一同听第三人的叙述。因此就有三种性格描写的方法：或是将性格直叙，由作者从外面描写（如叶莫来），或是由自身的叙述里渐渐表露性格，或是从谈话里引申出来。最有趣的是屠氏为保持整部书的结构，有时竟用因袭的条件，如将自己引入篇中，作为偶然听得谈话的样子，如《白静草原》、《约会》。故《猎人日记》这部书是别开生面的一部短篇小说集，插入抒情的框内的风俗图画。

《猎人日记》中各篇的主要性格多少是在继续赫尔与卡林尼基的对比，即俄罗斯民性基本原则的对比。一方面是精明强干，行为固执，性情阴郁或残忍的守财奴与农奴；另一方面是耽于玄思幻想的人，失意者，怪物痴人或圣者，如《活骸》内的露克丽雅。对于孩子，屠氏描写他们具有两种典型不同的倾向，如《白静草原》内斐迪亚与帕甫卢夏的性格是善于办事，安静，自信的人，依留夏与考斯提亚则好作幻想，爱迷信，为未来的卡林尼基与卡西扬。考斯提亚有“他那双黑色，发光的大眼睛给人很奇怪的印象：这双眼睛好像愿意诉说一些舌头——至少在他的舌头上所不能表达的东西”。《歌者》里也有相同的对照，即商人与雅可夫。商人的歌词带着各色各样的动词，“仿佛旋转陀螺一样，不住地变换着”，而雅可夫的歌唱内却有“俄国的，真理的，热烈的灵魂”，“他唱着，每个声音里都摇曳着一种家乡的，无边阔大的气息，好像熟识的旷野在面前开展着，一直引到无尽的远处”。再有叙述人自身，即观察者与无忧无虑的流浪人叶莫来的对比，由这见解上看来，也有相当意义的。于此在俄国阔大的广野与无穷的森林的背景中，一些俄罗斯人，有的是安静的，忠于事业的，爱家室的，有理性的；有的是流浪的，沉思的，神秘的，古怪的，黑暗的，却是寻求真理，且有一种特别的智慧。屠氏晚期的作品，《活骸》里的露克丽雅，高临在他们头上，似乎已认识了真理，成为圣智了。这一切聚在一处，于是形成了一幅俄罗斯广阔的，不安定的神秘图画。

B．艾恒邦序

目录

附录

赫尔与卡林尼基

若是有人从鲍尔贺夫斯基县走到西斯群斯基县，便可以瞧出奥里尔省人和卡鲁加省人的种类间有极大的区别。奥里尔农人身材不高，并且伺偻，面上时含着不愉快的神色，低着额看人，食物恶劣，穿着草鞋住在白杨木造的小屋子里，也不经营商业。卡鲁加人却住在松木建造的大房子里，高身材儿，白色的脸上常常露出愉快的笑容，每逢过节便将皮鞋穿出来，作那黄油桦皮油的商人。奥里尔省的村落（指沃省东部而言）普遍位置在田野的中央，附近有好些洼地，渐渐地变为污秽的泥塘。除了些欣欣迎人的矮小灌木，间或有两三株瘦拐拐的桦树，在附近轻易看不见巨大树木的踪影。小房紧靠着小房，屋顶上放着腐朽的稻草……卡鲁加省的村落周围却丛生着森林。屋顶一律覆着木板，屋子显得大些，直些，大门永远深闭着，院内篱笆并不东横西倒，不会招引过路的猪进来作客。以行猎来说：卡鲁加省比较好些。奥里尔省，五年以后，最后的树林与灌木将见绝迹，池沼也很稀少的。卡鲁加省却和它不一样，丛林和池沼遍地皆是，可爱的山鸡还未迁移，善心的水鹬飞翔着，淘气的鹧鸪出人不意地飞来飞去，逗得猎人与猎犬又喜又惧。

有一年，我到西斯群斯基行猎，去在旷野里结交了一位卡鲁加的小绅士，名叫泡鲁提金的。他嗜猎似命，脾气却很好。但是有些弱点显露出来。例如他有一种习性，喜欢向省里的富家小姐求婚，往往就被人家拒绝了，还和他断绝往来，但是他一面对朋友诉说自己失败愁苦的事情，一面仍旧将自己园中所产的酸杏等瓜果送给富家小姐们的父母做礼物。他爱将平淡无奇的故事重复再说许多次，见了人便夸奖诺黑莫夫的文集和《平娜》小说。但是说话的时候，吃吃地半天说不出一个字来。将“阿得拿科”读成“阿得拿车”，叫自己的狗为“阿司托罗诺木”①。家中实行吃法国式的大餐，这种大餐的秘密，据他的厨子所知道的，就在于能完全把每个菜的天然滋味给变更一下：肉变成鱼的滋味，鱼变成蘑菇的滋味，面变成火药的滋味，并且胡萝卜一定要切成斜方形，或平行四边形，才可以放在汤里。不过泡鲁提金除去这几个小毛病外，终是个极好的人。

第一天我和他相识的时候，他请我夜间到他那里去，说道：“这里离我的家有五俄里。步行是很远的。我们先往赫尔家里去吧。”（请读者许我不将他口吃的语气传达出来。）

“赫尔是谁呢？”我问道。

泡鲁提金答道：“是我的农人。他的家离这里很近。”

我们就往赫尔家走去。丛林中央一片平坦坦的地上，矗立着赫尔家孤独的院落，它是用松木建筑的，和围墙相连。屋前用几根细木头支着一个席棚，我们走进去，有个二十岁上下，高身材儿，美貌的乡下少年出来迎接。

泡鲁提金问道：“斐迪亚，赫尔在家么？”

少年露出白雪似的两排牙齿，一边笑着，一边答道：“不

---

① “阿司托罗诺木”，俄文意为天文家，喻其狗深通灵性，故尊之为天文家。——译者注

在家，赫尔去城里了，先生，吩咐驾车么？”

泡鲁提金说道：“驾车去，给我们些酸汽水。”

我们进了木房子。整块木头砌成的干干净净的墙上，并没有贴过一张通俗的画片。墙角银质的圣像前面燃着一盏油灯，菩提木的饭桌新近刨光，非常干净，墙缝里和窗台上并没有咆哮的蟑螂驰骋着。年轻的乡下人不多一会儿就从里面走出来，拿着一大杯极好的酸汽水，几片小麦制的面包，和一个盛着十二根腌胡瓜的碟子。他将这些食物摆在桌子上，返身倚在门旁，面上露出微微的笑容，眼光不住地向我们看来。我们还没有吃完点心，一辆大车已停在阶前，走出来一个头发蓬松，年纪约十五岁上下的小孩，双颊像胭脂般嫣红，用力揪着一匹肥壮的斑色马的缰绳，马车周围站着六个年幼的孩子，一个个面容都和斐迪亚相似。泡鲁提金理会道：“这大约都是赫尔的儿童！”

斐迪亚刚从屋里出来，走到台阶上听见这话，便插言道：“都是赫尔的孩子，还有两个呢：一个鲍泰浦，往丛林中去了；那个叫细多尔，同着年老的赫尔往城里了……”说着，向车夫说道：“瓦西亚，你注意些，今天坐车的是两位贵客。应当谨慎，让车子慢慢行走。大车坏了不算，贵客是经不起摇晃的！”赫尔的孩子们听了斐迪亚的话，都不觉微微笑了。

泡鲁提金喊道：“阿司托罗诺木！斐迪亚你将这狗放在车上。”斐迪亚兴冲冲地把一只勉强含笑的狗高举空中，放落在车底。瓦西亚拉缰赶马，我们便向前行去。走了许久，泡鲁提金忽地指着前面一所矮小的屋子说道：“那个就是我的事务所，你愿意去么？”说着，车子就走到事务所门前。泡鲁提金跳下来说道：“事务所关闭许久了，可是还可以去看一看。”原来事务所里面只有两间空屋子。看屋子的人——一个拐腿老人，从里面跑出来。泡鲁提金向他说道："敏聂奇，水在哪里呢？"敏聂奇听了这话，返身进去，一会儿拿来一瓶水，两只杯子。泡鲁提金向我说道："你试喝一杯，这是极好的泉水。"我们喝完了，敏聂奇向我深深地鞠了一躬。泡鲁提金说道："现在我们可以走了，我在这个事务所曾经卖给商人艾里略夫四亩森林，得了很大的利益。"说着我们上了车。过了半点钟才走到泡鲁提金的家中。

吃晚饭的时候，我问泡鲁提金道："为什么赫尔和别的乡下人分开住呢？"

泡鲁提金道："赫尔非常聪明，二十五年前，他的房子不幸被火烧了。他便走到我先父面前说道：'尼古拉·考资米奇，请准我迁移在森林中池沼的附近，我愿付高价的租金。'父亲问他：'为什么你要迁移在池沼附近呢？''尼古拉·考资米奇，这个原因就不用说了。请你定出租价来吧。不过你再不能使唤我做别的工作。'父亲说：'每年五十卢布。'他说：'好啦。'父亲说：'可不准欠租。'他说：'自然不会欠租的。'……他便迁移在池沼的附近，从此众人称呼他为赫尔[①]。"

我问道："他现在富了吧？"

"富了，现在他付我一百元的租金。我已向他说了多次：赫尔，自己赎了身罢！[②]谁想他不以我的话为然，说是没有钱。"

第二天喝完了茶，我们又去行猎，经过一个乡村。泡鲁提金吩咐车夫将车停在一间小屋门前高声喊道："卡林尼基！"

① 赫尔：俄文为一种野猫名，因赫尔离群独居，故乡人谥以"野猫"的绰号。——译者注

② 屠格涅夫所描写的时代，农奴制尚未取消，农人如愿得自由身，需纳款向主人赎身。——译者注

听见院里一人答道："先生就来了，我穿鞋呢！"我们走了几步从后面追来。一个四十多岁的乡下人，细高枯瘦的身材，这个人便是卡林尼基。他那黑黑的善意的面容，让我第一次瞧着就非常喜欢。卡林尼基每日都随着主人行猎，背他的口袋，有时还拿着枪，　望各处飞鸟，供给主人饮料，收聚地上的草莓，用树枝搭设休息的小棚，追随在主人马车的后面。泡鲁提金若是没有卡林尼基，便一步也不能行走。他的性情非常活泼和善，不住地低声歌唱，眼光时时向各处望着，说话多用鼻音，面上露出微微的笑容，常常用手理自己的长须。他行走得很慢，脚步倒还宽大，手里拿着一根细长的手杖。这一天里，他同我说了许多话，侍奉我时没有一丝卑下的神色，却注意着主人，仿佛注意小孩子似的。彼时天气炎热的异常，汗如雨般从面上流下来，想寻找一处清凉的地方。卡林尼基便领我们向自己的蜂窝走去，推开木房子的门，门上悬着一束极香的干草，请我们坐在新鲜的干草上。他头上戴了一顶仿佛口袋般带网的帽子，去给我们取蜜。我们喝完蜜水，不觉呼呼睡去。忽然有阵清风将我吹醒……我睁开眼睛，看见卡林尼基坐在半开门的门槛上，用小刀刮匙子。我观察他那明如良夜的短脸许久。泡鲁提金也醒了。我们并不立刻站起来。在走了许多道路，又沉沉地睡了一觉以后，动也不动地躺在干草上，是非常有趣的事。身体疲倦的不得了，热风飒飒吹脸，甜蜜的慵懒使我们又闭上眼睛，起来后，我们在外面徘徊到晚间。晚饭时候，我又谈论起赫尔和卡林尼基来。泡鲁提金向我说道："卡林尼基是个善良的乡下人，性情殷勤，但是不善于经营耕田。我老把他拖来拖去，每天同我打猎去。……你想，那还种什么田呢。"我点头称是，然后我们就去睡了。

过了一天，泡鲁提金因同邻人比却哥夫打官司，往城里去了。比却哥夫侵种他的田地，还在耕种的田地里毒打他的一个村妇。我便一人出外行猎，黄昏时候向赫尔家走去。木屋子的门槛上坐着个年老光头的乡人，身材不高，宽肩膀儿。我的目光不住地向他望去。他的脸庞颇像苏格拉底：小眼睛，大扁鼻子，高高的寿星头额。原来这个人就是赫尔。我们一同进了屋子，斐迪亚拿着杯牛奶，几片黑面包，放在我面前。赫尔坐在椅子上，用手抚着他那蓬松的头发，同我谈起话来。他觉得自己身份颇高，说话与行路都是慢吞吞的，长胡缝里偶然露出笑容。

我同他谈些耕耘，农民风俗的事情……凡我所说的话，他都唯唯赞成，不加非难。后来我才觉得有点不好意思，因为所说的话，一多半都不很适当。真有点奇怪。他有时含糊说话，大约许是小心谨慎的意思，以下我们的谈话，便可以证明出来。

我问他道：“赫尔，你为什么不向自己的主人赎身呢？”

“我为什么赎身呢？主人待我很好，地租又很轻，我们的主人很好。”

我说道：“身子总是自己的好。”

赫尔看着我说道：“实在是那样。”

我又问道：“那么，你为什么不赎身呢？”

赫尔摇了摇头道：“先生，你叫我用什么赎身呢？”

“你算了吧……”赫尔好像自言自语地轻声说道：“要是我赫尔做了自由人，凡是没有胡须的人，都会做我赫尔的头儿的。”

“你把胡须剃掉就好了。”

“胡须有什么，胡须是草，随时可以割去。”

“那还说什么呢？”

赫尔大概想去经商，商人也都蓄着胡须，他们的生活是很好的。

我问他："你不是也经商吗？"

他道："我们贩卖黄油和桦皮油……先生，你要吩咐预备车吗？"

我想道："这个人实在谨慎，"便大声道："我不要车，若是你允许，我就住在你的草棚子里，明天还想在你的房屋附近游行呢。"

"先生，你能在草棚里住宿吗？我命村妇给你准备床去。"说着，他站起来喊道："喂，村妇往这儿来！斐迪亚，你同她们一块去。这些女人全是蠢货。"

过了一刻钟，斐迪亚拿着灯，引我往小房里去，我坐在青草上，狗只在脚边转悠。斐迪亚向我问了声晚安，关上门走出去。我良久不能睡熟，门外牛吼鸣着，狗朝它吠叫，夹着猪叫声，马在旁边嚼草嘶鸣……好久，我才朦胧睡去。

天刚破晓窗上微透进一些亮光，斐迪亚就将我叫醒了。他是个活泼敏捷的少年，我瞧着很喜欢，并且看出赫尔也是极喜欢他的。他们两个人时常彼此取笑，打哈哈。老人亲自来迎我，他对待我比昨天和气得多，是不是因为我在他家中过了一宿？或者还有别种原因，就不知道了。他向我微笑道："热水已经预备好了，我们喝茶去。"我同他坐在桌子旁边，一个村妇——他的儿媳拿过一杯牛奶。他的儿子们也一个一个从外走进来，向我道了晨安。我向他说道："你真是儿女满堂，他们都这般高了。"他咬着小块糖说道："不错，他们是没有什么可以抱怨我们老夫妻的了。"我问道："他们都和你一同居住吗？"他答道："都和我一同居住。""都结婚了么？"他用手指着斐迪亚，斐迪亚仍像第一次我来的时候一般倚在门边，说道："那一个还没有结婚呢，瓦西亚年纪还小，只好再过几年结婚吧。"斐迪亚反驳道："结婚作什么呢？为什么要娶妻，难道令我终日同她吵架吗？"赫尔说："我知道你的……你手上还戴着银戒指……你最好一辈子同些老爷家里的丫头们鬼混……'杀千刀的，别不要脸啊！'（他学着婢女的口吻）——我知道你的心眼的，你这好吃懒做的家伙！"

"乡下女人有什么好？"

"乡下女人是会做活的，"赫尔郑重地说，"乡下女子是听丈夫使唤的。"

"我要做活的女人做什么？"

"你是爱让别人做活来养你的。我知道你的心眼哩。"

"好啦，既是这样，就给我娶亲吧。怎么样，怎么你又不说话啦？"

"得了吧，得了吧，我们吵得老爷都烦了，自然会给你娶亲的。先生，你不要动气，这孩子小，不懂事。"

斐迪亚摇着头。正在这时候，听见有阵敲门的声音："赫尔在家吗？"只见卡林尼基手中捧着野草莓，从外面走进来，送给赫尔，赫尔对他称谢不置。我冷眼看卡林尼基，觉得奇怪，确乎料不到，乡下人也懂得"殷勤"。

这天我出去打猎，比平常迟了四小时，并且在赫尔家里连着耽搁了三天。我对这两个新朋友十分感兴趣，不知是不是我已得到了他们的信任，他们和我随意谈话，我觉得很高兴，一面听着谈话，一面暗中观察他们。两个朋友的性格差异很大。赫尔是个固执的很实际的人，他明白现实，造房，储蓄了许多钱，对待主人和官厅是很和气的，家里人口虽然多，可是都一心顺从他的命令。卡林尼基和赫尔可不一样：他是个理想派，浪漫主义者，性情喜悦，常常爱作种种的幻想；生计非常困难，家里一个小孩也没有，曾有过一位夫人，他畏惧得不得了。赫尔对于主人看得很透彻，卡林尼基在主人面前却极其崇拜，尊敬。赫尔很爱喜欢卡林尼基，愿意保护他；卡林尼基也喜欢赫尔，还很尊敬他。赫尔说话很少，面上露出笑容，对于一切都很明了；卡林尼基说起话来，虽然不像画眉似的歌唱，可也和那活泼的工人一般，语调很激烈。但是卡林尼基天生的聪明能力，就是赫尔自己也承认的，例如，他会念咒止血，镇惊、治疯、驱虫等等，而且他的手很灵巧，蜜蜂都能听他的指挥。赫尔曾在我面前请他把一匹新购来的马牵到马厩里去，卡林尼基一本正经地替这个老怀疑主义者办好这件差使。卡林尼基接近自然，赫尔接近人和社会。卡林尼基对于万事不细加讨论，只知一味盲从，而赫尔居然进步到对人生都持着一种嘲谑的见解。他见得多，知道得多，我听了他的话，还得了许多知识。有一次他和我说，每年夏天在收割以前，村中就有辆马车出现，里面坐着个穿大衣的人，贩卖大镰刀。若是现钱交易，只取钱币一个卢布二十五戈比，合一个半卢布；赊欠，就取纸币三卢布，或是银币一卢布[①]。乡下人们都往他那里赊欠。过了两三个礼拜，他又出现取钱来了。那时农人刚收割完，正有钱还债，便同着商人往酒馆里，就在那里清算了。有些绅士想着用现金将大镰刀买来，再按着他所定的价格赊欠给乡下人。但是乡下人不但表示不满意，还非常烦闷。他们失去了拿着大镰刀用手弹两下，

① 在 1843 年以前，俄国政府因为滥发纸币，停止兑现的结果。银币（硬币）与纸币，行市上有很大的差别。一个银卢布（银币）约合纸币三卢布五十戈比（即一与三点五之比）。——译者注

听了听，对那个奸恶的商人，问了又问“拿这种大镰刀可骗不了我们”的那份乐趣。在买小镰刀时也发生同样的情事，相差的只是买小镰刀时有女人夹在里面，有时她们为了自己的利益起见，逼得商人把她们痛打一顿。还有一种极可恶的叫女人吃苦头的事。有种人收买烂布，然后卖给纸厂，城里人称他们为“鹰”。他们从纸厂得了纸币二百卢布，就到乡下去做买卖。他们却与所由得名的鸟不同，并不公然猛搏，而是使用狡猾的手段。他们将车停在丛林里面，一个个悄悄在农家屋子后面徘徊。外人看起来，不是以为是过路的行人，便以为是闲散的人。村妇们窥见他们走进了，都迎接出来，急速和他们将价格约定了。也不过几枚戈比，就将无用的烂布卖给他们，有时候常常连丈夫的衬衣也卖掉。后来村妇将麻拿出来卖给他们，渐渐变成一种习惯了，蔓延开去。乡下人也渐渐觉悟了，听到收买人来了，便竭力想种种方法禁止他们。果真的不是很可气么？卖麻是男人们的事情——他们也要卖的，并且不在城里出售，因为在城里出售，还得用车辆运去，其实还是卖给下乡来的小贩，又因为没有秤，只好四十把算作一普特，要知道手把和手把大有不同，俄国人的手把掌在用得着的时候，是很会玩把戏的！我是个没有经验的人，也没有在乡间住过，但是他这种谈话是很实在的。赫尔不仅只谈话，还问了我许多话，他知道我到过外国，故此问的话非常多。卡林尼基也不让于他，然而卡林尼基所问的都是些山川，瀑布，伟大的建筑物，壮丽的城池；赫尔问的都是些关于行政，国家的事情。他问的很有次序：“他们那里也和我们这儿一样吗？先生，怎么样？”卡林尼基也插言道：“先生，请说……”赫尔很静默，紧皱着眉峰，间或听到中间，也说道：“我们这里不像这样，那倒很好，这个很有秩序。”他那些盘问的话，我不能给诸君一一说出来，而且也没有必要。但是从我们的谈话里，我得到一个信念，大概是读者诸君意料不到的信念，——那就是彼得大帝纯为俄罗斯人，也就从他的改革上，见出他是俄罗斯人来。俄罗斯人总是深信自己的有力，不顾一切地破坏己身的一切。他不很注意过去，却勇敢地望着前途，凡是好的，便是他所喜悦的；凡是合理性的，他便去采纳，至于来自何处，他是不管的。他喜欢用他的常识，取笑德国式干燥的推理。但是在赫尔看来，德国人是有趣的民族，大可跟他们学一学。他借着自身特殊的地位，同我谈论许多别人不敢谈的事情。他确实十分明了自己的地位。他的知识特别的广泛，但是他不会读书，卡林尼基倒是会的。赫尔说："这个懒货倒认识字，蜜蜂一经他手，从来不会死的。"我问赫尔："你的小孩子都会读书吗？"赫尔听了，一句话也不答应。半天说道："只有斐迪亚会读。""那些小孩呢？""那些小孩没有读书。""那为什么呢？"赫尔也不答复，用别的话混过去。他虽然极聪明，却有许多偏见，例如，他很轻视村妇，然而在高兴时候，也间或安慰、愚弄她们。他的夫人又老又狡猾，每天都不离开火炉，不住口地骂人。儿子们对她也不在意，但是她管束得儿媳极严。俄国民歌内，有一段有关婆婆的唱词："你不是我的儿子，你不是家主。你不去打你的妻子，打你的老婆……"我有一次想为他们的儿媳说情，试图引出赫尔的怜悯心来，但他却反驳我："你何必理会这些小事，让女人们吵去好啦，一管她们更坏，反倒弄出一手的脏来。"有时老妇人离开火炉，将狗从外面叫进来，喊道："这里来，这里来！"她用火钳打它们，或是站在凉棚下面，同过往的人们吵嘴。但是她很怕赫尔，只要他一吩咐，就钻到炉台上去了。最有趣的是听赫尔和卡林尼基关于泡鲁提金的争论。卡林尼基说："赫尔，不许你在我面前骂他。"赫尔说："他没有给你做皮鞋吗？"卡林尼基说："他为什么给我做皮鞋呢？我是个乡下人。"说着这句话，赫尔就将腿抬起来，把那橡皮鞋给卡林尼基看，说道："我也是乡下人，你看我有的。"卡林尼基答道："你并不是我们一伙的人。"赫尔说："你跟他去打猎，哪怕给你一双草鞋也好。去一天，给一双草鞋。"卡林尼基说："他给我买草鞋的钱了。"赫尔说："去年赏了你一毛大洋。"卡林尼基气得背过身去，赫尔却大笑起来，笑得一双小眼睛眯缝了。

卡林尼基奏着二弦琴，高声唱歌，赫尔听着，忽地将头歪在旁边，发出一种哀怨的声音，跟着唱起来。他最爱一首歌，名叫《你是我的命运》。斐迪亚嘲笑他父亲道："这个老头儿，心中又发生了什么感慨呢！"但是赫尔仍用手托着腮，闭着眼，继续抱怨自己的命运……可是在别的时候，没有人比得上他那样好劳动，永远张罗着，一会儿将车修理修理，一会儿支起围墙，一会儿将马鞍子拿在手里，不知看多少次。不过他并不特别爱干净，有一次我提起这事，他答道："房子里应该有点住房的味儿才好。"

我反驳道："可是卡林尼基的房子里，连个蜂窝都收拾得非常干净。"

他叹息了一声说道："先生，蜂和人是不一样的。"

有一次他问我："你有世袭的田地么？"我应了一声。他道："离这里多远？"我答道："约有一百俄里。""先生，你住在那儿吗？""住在里面。""大概玩弄枪的时候多吧？""是的。""好极了，尽管射击小鸟去吧，但是管家却要换得勤些才好。"

第四天晚间，泡鲁提金派人来接我，我不忍同年老的赫尔离别。我同卡林尼基坐在车上喊道：“再会吧，赫尔，祝你健康。斐迪亚，再会吧。”他们也喊道：“再会，先生，请不要忘了我们。”我们走了。早霞刚照映在天空。我看着那蔚蓝的天光，说道：“明天天气一定是好的。”卡林尼基反驳道：“不一定，恐怕要下雨。你看那些鸭子，不住地泼水，草也越发香了。”我们渐渐走进丛林。卡林尼基低声歌唱着，目光注射着天空的彩霞……

过了一天，我便离开了泡鲁提金的家。

叶莫来与磨房主妇

晚上我同猎人叶莫来出去“嘉卡”……也许读者诸君不大知道“嘉卡”的用意。请听我说。

正当春天时候，日落前一刻钟左右，我们携枪往树林里去，不带着狗。先在林端寻找一块适宜的地方，四周看望了一下，把枪门检查一下，同伙伴挤了挤眼。过去一刻钟，太阳落了，树林却还亮着，空气清新，鸟声嘈杂，青草闪耀得和绿玉石的宝光一般……我们依旧等待着。树林的深处渐渐黑暗起来，红色晚霞慢慢穿在树根和树干上，升得越来越高，从低矮的，光秃的树枝上移到不动并且静睡的树梢上面。慢慢地，树梢也暗起来，胭脂色的天也发起蓝来。树林的气味渐加强烈，微微儿闻得出温暖的湿气，微风在我们身旁吹过。鸟儿们也熟睡起来；最初是金黄雀先睡，过了一会儿，“玛丽”鸟又睡着了，跟着就是蒿雀。树林越发黑暗起来，树儿融合在沉黑的大块中间；蔚蓝的天上羞怯怯地显出一些小星星来。群鸟都睡熟了，“山尾”鸟和小啄木鸟不时细声啸着，一会儿却也归寂静了。等了一会儿，树林上又发出一种洪亮的声音：黄鸟凄凄切切地叫着，莺儿免不得啼叫起来。我们等待得十分焦急，忽然间，这个时候只有猎人能理会得出来——在静默中，发出一种特别的叫声，听见一阵整齐的拍翼声音—— 一只大鹬鸟低着长头，从黑暗的桦树里飞出来，迎着我们的枪弹。这就叫做“嘉卡”。

我们于是就同叶莫来出去“嘉卡”，可是请诸君原谅我，我还要把叶莫来介绍给你们。

他年纪有四十五岁上下，高瘦的身材，细长的鼻子，狭窄的额角，灰色的眼睛，卷曲的头发，和宽大的可笑的嘴唇。他冬夏都穿着德国式的黄色大衣并且系着带子：带子上面系着两个口袋，一个放在前面，很巧妙地分为两段，装着火药和散弹；一个在后面，是预备装野味的。叶莫来从自己帽子里取出棉花来。他如果把卖野味得来的钱买一个药包囊和皮袋，也不很难，可是他终不想到这层，依旧照着老法子去办，叫旁人看着未免奇怪，他怎么会有方法避开散弹和火药混合的危险。他的枪是一根杆子的，还带着燧石，所以很难用。无论哪个巧人都想不出他能用这个枪来射击，可是他竟射得很好。他有只猎狗，名叫瓦立特卡，是个奇怪的东西。叶莫来永远不喂它食物。他自己盘算道：“我何必要喂狗，它是只聪明的动物，自己会找到食物。”这话很对：瓦立特卡的身体虽然瘦得厉害，却活得很长久，即便处在十分可怜的处境，也不愿意离开主人。那只狗幼年时候曾为爱情所诱，逃走过两天，但不久，它那股傻气就消失了。瓦立特卡的特质是它对世上万物看得十分冷淡。要不是讲的是狗，我就要用“失望”那个词了。它时常垂着尾巴坐在那里，皱着鼻子，有时抖动几下，却永远不笑（狗有含笑的能力，还竟有含笑得很好看的能力，这是大家晓得的）。它长得实在难看，没有一个仆役不在空闲时候找机会取笑它的外貌，可是对于这些冷笑和攻击，瓦立特卡都极冷淡地忍受着。它最能让厨役寻开心：当它伸着饥饿的鼻头，进入厨房门的时候，厨役就立刻放下手中的活，连嚷带骂地追赶着它。行猎的时候，它绝不会偷懒，它生着一种特别的嗅觉。偶然追到一只受伤的野兔，它就十分高兴，藏在绿树底下荫凉里吃完那只兔子，连一根骨头也不剩。它吃的时候，会远远的避着叶莫来，害怕他用一切它懂和不懂的言语骂它。

叶莫来是我的邻人，老式的田主。老式的田主不爱“山鹬”，却爱吃家禽。如果发生不平常的事情，比如生辰，命名，选举的日子，老乡绅家里的厨子便着手预备长脚的鸟，但是他自己也不知道怎么烹制，这时就会显现出俄国人禀有的冒险性，他们会在上面放些别样的调料，使许多客人看着端上来的菜，露出好奇的样子，却终不敢去品尝。主人吩咐叶莫来每月供给厨房两只山鸡和两只鹧鸪，准他随便在哪里和如何居住。人家都拒绝他，仿佛拒绝那不会做工的，奥里尔一带所谓的“卑贱”的人一般。所以，火药和散弹自然不去供给他，正好比他不喂给狗食物的意思一般。叶莫来是个奇怪的人，像飞鸟般无忧无虑，极喜欢说话，心智涣散得很，行动又极笨拙。他极爱饮酒，在位子上坐不住，走路的时候脚步左右倾斜着，却一昼夜能走五十多俄里路。他时常有些特别的举动：睡觉的地方不是在池旁，树上，便在屋顶上，桥底下，有时坐在楼房里，有时却坐在地窖和车房里面，时常丢失枪、马，和那些需要的衣服，还时常挨人家打。可是过了些时候，他已经穿着衣服，带着枪和狗走回家来了。他心神虽然时常处在宁静的境界，却不能称他为高兴的人，他自视也是个奇人。叶莫来喜欢同好朋友乱谈，酒后尤甚，却也不很长久，谈了一会而站起来就往外走了。——“你到哪里去呢？正是夜里。”“到特查普里诺去。”“为什么你要到十里路以外的特查普里诺去呢？”——“到农人索佛龙那里去过夜呢。”——“将就住在这里罢。”——“不，这是不能的。”——说着，他就带着瓦立特卡穿过树林和水坑，往黑暗里走去了，可是到了那里，那个索佛龙还是不留他，一边把他推出门外，一边说不要惊扰清白的人。可是叶莫来会在春天的深水里钓鱼，并且亲手取虾，靠着嗅觉能够找得到野鸟，并且还会引诱鹧鸟，这些技能谁也不能及他。可是他就是不会使狗驯顺，他没有这个耐性。他也有妻子，差不多一礼拜只去一次。他的妻子住在破碎污秽的小房里，整天忙到晚上，今天还不知道明天能不能吃饱，终日忍受着悲惨的命运。叶莫来固然是了无挂虑，并且有善心的人，可是对待妻子却又残忍又粗暴，在家里便变成一副强暴威严的容貌，可怜的妻子不知道怎样去奉承他，只要他眼一瞪便哆嗦起来，把最后的一个戈比取出来给他买酒，当他酒气熏天地往床上一睡，去做那富贵梦的时候，她便极小心地把自己的大衣给他盖上。我也不只一次地看出他不经意间露出的那种残忍性，我最不喜欢的是他在吞噬被射死的鸟时的那副容貌。可是叶莫来不会在家里住够一天，他一到别的地方，就又变成了“叶莫尔伽”（是猎帽的意思），周围一百里内的人都这样叫他，他自己有时也这样叫。最低微的贵族家的卫役觉得自己比这类荡子身份高，——所以也就对他还和气。起初，农夫都喜欢追他，捕他，仿佛追田野的野兔一般，捉来又放他，等到一知道他是个奇人，也就不去追他了，还给他点面包吃，同他谈起话来。我时常带着这个人出去行猎，这一次便同他一块到伊斯塔河岸旁的大桦树林里去“嘉卡”。

俄国许多河流（如伏尔加河），一边岸上是山，一边岸上是草场，伊斯塔河也是这样。这条小河是长蛇形，十分弯曲，直流没有过半里路的，从陡坡的高处看，十里路以内可以看见池湖、堤防脚房、菜园灌木、花园等产业。伊斯塔河里鱼最多，尤以石斑鱼为多，农人可以随便用手去捞。小山鹬呼啸着，在被寒冷和光亮的泉源剥损着的石岸边上来回飞着；野鸭成群，在池中游荡，谨慎地回望着；鹭鸟在树荫里，水湾里，崖岸上憩息着……我们站在那里“嘉卡”，在一点钟时候，已经打死了一对鹬鸟，打算在日出以前再去试试我们的运气（“嘉卡”在早晨也行），便决定住宿在附近磨房里。我们就从林中走出，顺山坡下去。河中兴着深蓝色的浪，空气为夜寒所引，十分浓密。我们走到一处磨房敲门。狗在院里叫着。

“谁呀？”里面传来一个干涩和睡梦的声音。

“是猎人，容我们住宿一夜。”里面没有回答。“我们给钱呢。”

“等我告诉主人去。真讨厌！”

听见工人进屋去了，一会儿又回来，说道：“不成，主人不让你们进来呢。”

“为什么不让呢？”

“你们是猎人，他怕你们呢。你们身上带着火药，怕你们烧了磨房。”

“这真是胡说！”

“去年我们那所磨房也烧过一次，因为有几个腌鱼商在这里住了一夜，所以烧了。”

“那么，不能让我们在院子里住宿么？”

“这个我不知道。”说着，他走开了，鞋子啪啪作响。

叶莫来朝他说了几句不好听的话，后来叹着气说道：“我们还是到村子里去吧。”但是，这里离村子有四俄里路远。

“不如还住在这里，现在晚间的天气十分温暖，我们可以向磨房主人买些干草来铺着地。”我说道。

叶莫来当时也只得答应。于是，我们又敲起门来。

那个工人说道：“你们又有什么事情？已经说过不成了。”

我们就把自己的意思讲给他听。他又去同主人商量，一会儿同着主人一块儿出来了。大门呀的一声开了。一个高身材的人走出来，他的脸十分肥胖，牛般大的脑袋，又大又圆的肚子。他答应我们的请求。离磨房百步路远，有一个四面通风的小遮廊。里面取出一大捆干草，工人在河旁草上烧着火壶，蹲在地下，用力吹起气来。煤烧红了，很鲜明地照耀着青年人的脸。磨房主人跑进去叫醒妻子，后来倒自己来请我们进屋里去睡。但是我却喜欢在露天里睡。主妇给我们拿来牛奶、鸡蛋、番薯、面包等食物。一会儿火壶开了，我们就喝起茶来。河上升起一股蒸气，风静得很；四周鸡不住地叫着；磨房的车轮发出微弱的声音：水点从铲土滴下，水从堤闩上流着。我们烧起一点火来。叶莫来很高兴地在那里烤番薯，我却打起瞌睡来。微弱的语声把我惊醒，抬头一看：灯前倾倒的桶上正坐着主妇，在那里同叶莫来谈起话来。我起初从她的服饰举动上看来，已经知道她是个侍候过贵族的妇人——既不是村妇，也不是工妇。现在我又仔细观察她的脸庞：她年纪有三十多岁；瘦白的脸还保留着绝美的痕迹；那双又大又愁的眼睛尤其使我爱悦。她把两肘搁在肩上，手遮着两颊。叶莫来却背着我坐在那里，脸颊朝着火。

主妇说道：“塞尔通希内的家畜又有疫病。伊凡爹爹家里的两头牛都病死了。”

叶莫来静默了一会，说道：“你家的猪呢？”

“活着呢。”

“不妨送只小猪给我呀。”

主妇不言语了半天，后来叹了一口气；问道：“你同来的是谁？”

“老爷……克斯托马罗甫的……”

叶莫来说着，拿起几根松枝，投在火里，树枝立刻凄凄地叫将起来，浓厚的白烟一直冲在他的脸上。后来他又问道：“为什么你丈夫不放我们进屋呢？”

“他怕呢。”

“这个大腹奴！喂，阿丽娜·梯磨芙叶芙娜，请你拿杯酒给我喝。”

主妇立刻起身，在黑暗里隐进去了。叶莫来轻声唱着乡下的情歌。阿丽娜一会儿就带着一杯酒出来。叶莫来站起来，道了声谢，一口气便把酒喝完了，随着就说道：“好呀！”

主妇又坐在桶上。他问她道：“阿丽娜，你常病着么？”

“常病着呢。”

“什么病？”

“晚上时常咳嗽。”

叶莫来静默了一会，然后说道：“老爷大概睡着了。阿丽娜，你不必到医生那里去，那就更坏了。”

主妇道：“我当然不去呀。”

叶莫来道：“可以到我家去走动走动。”

阿丽娜低下头去。

叶莫来续道：“那时候我可以把自己妻子赶走。……这是实在的。”

“你可以把老爷叫醒了，你看，番薯已经烤好了。”

我那忠实的仆人却冷冷说道：“让他睡着吧。跑了一天，一倒就睡熟了。”

我便翻身向着墙壁。叶莫来站起身来，走到我身旁，说道：“番薯已经做好，请吃吧。”

我从遮廊下走出来，主妇从桶上下来，站在地上，正打算走开。我同她谈起话来。

我问她道：“你这磨房已经开工许久了么？”

“已经有两年了。”

“你的丈夫是哪里人呢？”

阿丽娜没听清我的问题，叶莫来便提高着嗓音，说道：“你丈夫是哪里人？”

“是波耶里甫人。他是波耶里甫的‘下市民’……”

“你也是波耶里甫人么？”

“不，我是女仆，是个女仆。”

“哪家的？”

“是资乌叶可夫家的。现在我已经自由了。”

“哪一个资乌叶可夫？”

“阿历山大·塞里奇。”

“你不是他夫人的女仆么？”

“您怎么能知道？是呀。”

我带着浓厚的好奇心和同情心看着阿丽娜，说道：“我认识你老爷呢。”

她轻声答道：“认识么？”说着，不由得脸红起来。

现在应该告诉读者为什么我带着同情心看那阿丽娜。当我住在彼得堡的时候，偶然同资乌叶可夫先生认识。他正占着很重要的位置，以聪明强干著称。他的妻子为人很恶毒，善哭，多情感，面色红肿，是个怪物。他有个儿子，是个真正的公子爷，性情很傻，却极得父母的溺爱。那位资乌叶可夫先生的外貌远不称他的才干：老鼠似的眼睛在宽大四角的脸上开合着；安着一只又大又尖的鼻子，还带着两条浓粗的眉毛；剃短了的斑白头发，鬃毛似的直立在满着皱纹的额上，薄薄的嘴唇不住地动着，假装着笑容。他站立的时候，时常跨着两脚，把一双胖手插在口袋里。有一次我同他坐在马车里出城去，我们谈着话。他和有经验有才干的人一般，对我讲起“真理之道”。

后来他对我说道：“现在有句话要对你说。你们那些青年人对于各种事情的谈论和判断，都有点偏见，你们不大知道自己的祖国，你们不认识俄国，你们所读的不过是德国书。譬如你现在对我说的那件事，那件关于侍候贵族人的事。好，我也不来辩驳，这个很好。但是你终不知道他们是怎么样的人。现在我对你说个小故事，你也许听着很有趣味（他咳嗽了一下）。你知道我那妻子是怎么样的人，大概这样的妇人再也寻找不到，这个你也可以赞成。她的女仆简直好像住在天堂上一般的快活……但是我的妻子却自己定着一个章程：凡已嫁的女仆都不准留着。这个也实在极不合适，如果生着几个孩子，怎么还能伺候主妇，循规蹈矩地观察她的习惯：她已经管不了这些，她心里也想不到这层了。应该按着人道去判断。在十五年以前，有一天我们走到村庄里去，看见村长有个容貌美丽的女儿。我的妻子就对我说：柯柯。——她常用这个名字叫我，把这个姑娘带到彼得堡去，我很喜欢她呢。我说很好，就带去吧。那个村长跪下来，他绝不会想到他有这样的际遇。可是那个女孩却哭了。这个自然是很可怜，背井离乡，那也没有什么奇怪。可是不久她就同我们住惯了。起初先让她学着。不料那个女孩十分聪明，不多时候，做事就很得力。我妻子和她十分投机，宠爱着她，做她的贴身女仆。可也实在应该说句公道话：我妻子身旁从没有过这样的女仆：又勤谨，又温和，又听话，——简直什么都好。因此上我妻子越发喜欢她了：给她穿好衣服，在主人桌上用餐，又赐给她喝茶……你想，待她还要怎样好呢！她这样在我妻子身旁服侍了十年。忽然有一天，阿丽娜——她的名字叫做阿丽娜，不等禀报，走进我的书房，朝着我跪下来……老实说，我当时简直忍耐不住了。人从不应该忘记自己的体面。我便询问她。她说：'求您施恩吧。''什么事呢？''许我出嫁。'我顿时十分惊愕，便说道：'你不知道你太太身旁没有别的女仆么？''我依旧可以在太太那里伺候呀。''胡说！胡说！太太是不留出嫁的女仆的。''玛丽阿娜可以替我的位置。''请你少狡辩吧！''你的自由……'我那时候真是生气。你想我这个人永远没有像那天这般受人侮辱，不得人家的恭敬。也不必对你说……你总晓得我的妻子是怎样的人：简直是天神，有描写不尽的美德。即使是恶徒，也要可怜可怜她呢。我就把阿丽娜赶走了。我想她经这一赶，也许能够醒悟过来。偏不相信世间有恶和不正直的事。不料过了半年，她又来这样请求着我。我生着气，又把她赶开，威吓着她，说要告诉太太去。我真生气了。可是过了些时候，我妻子含着一泡眼泪，到我屋里来，那种难受的样子，真叫我异常惧怕。'什么事情？''阿丽娜……'你也就明白了。我说出来也害臊。'不能吧！……谁呢？''仆人配绰士伽。'这个更使我炸了。我这个人……是不喜欢含混下去的。其实配绰士伽也没有错处。惩罚他固然也可以，可是他并没有什么错处。阿丽娜……唔，这里还有什么话可以说呢？我就立刻吩咐人把她的头发剃光，穿上破衣，送她到乡下去。我妻子丢失了个好女仆，可也没有法子。家里没有秩序，那更是不成了。有病的躯干，不如一下子便把它切断。现在你判断一下。你知道我的妻子。她真是个天神！她爱着阿丽娜，阿丽娜也知道这个，可是她竟不知羞耻。啊？你说！这不是没有法子么？那个女孩对我的不敬，简直使我生气。心肝和感情——在这些人身上是找不到的！无论你怎样去喂狼，狼终向树林看着。最先是要学问，我不过要对你证明一下……”

资乌叶可夫没曾说完话，已经转过头来，把自己外套包紧一点，来镇压自己的气恼。

读者现在大概已经明白我很同情地看着阿丽娜的缘故了。

后来我又问她道：“你嫁给这磨房主人多少时候了？”

“两年了。”

“你主人难道允许你了么？”

“已经有人赎我出来了。”

“谁呢？”

“塞维利·阿赖克叶维其。”

“这是谁？”

“那是我的丈夫（叶莫来独自笑起来）。难道老爷曾对你提过我的事情么？”等了一会儿，阿丽娜添了这句话。

我不知道怎么回答她的问话。忽然磨房主人远远地喊道：“阿丽娜！”她就立起身来，走了。

我问叶莫来道：“她的丈夫好么？”

“没有怎么样。”

“他们有儿子么？”

“有一个，却死了。”

“怎么，那磨房主人爱她么？赎她的钱花得多不多？”

“我不知道。她还认得字，这个对于他们的事情是有用的。总是爱她的呢。”

“你早就同她认识么？”

“早啦。我以前常到她主人家去。主人的庄院离这边不远。”

“仆人配绰士伽你认识么？”

“彼得·瓦西里菲奇么？认识的。”

“他现在在哪里？”

“去当兵了。”

我们两个人静默了一会。我又问他道：“她大概不健康吧？”

“怎么会健康呢！明天‘嘉卡’一定很好。你应当睡一会儿了。”

野鸭成群咕咕地叫着，在河上游起来。天黑暗得厉害，未免有点寒冷；树林黄莺也啼啭起来。我们钻进干草里，就睡熟了。

草莓泉

八月初旬，天气还炎热得厉害。每天从十一点钟到三点钟的时候，就是极有坚决力的人也不能出去行猎，最忠顺的狗都“刷起猎人的靴跟”来，那就是懒洋洋地一步步跟在后边，拖着条大舌头。主人有时叱责它，也只是微摇着尾巴，脸上表示不安的颜色，却不肯走在前边。可是我就在这样的日子出去行猎。我心里本想着在阴凉里休息一会儿，自己却勉强挣扎着。我那只勤劳的狗还在树林中奔跑着，虽然自己也不希望在这狂热的行动里得到什么好结果。呼吸窄闭的暑气也叫我不得不打算保守自己的精力。后来我勉强走到伊斯塔河那里，这河已为我亲爱的读者所熟悉的了。从小山岩上下来，沿着沙滩，奔向泉水——这股泉水名叫“草莓泉”，四乡的人差不多都知道的。这股泉水从岸旁山上的罅隙里流出来，渐渐流到深涧里去，离开二十步左右就从那里折向河里去,发出快乐的絮语似的声音。橡树根生在涧石上面；泉旁络草丛生；日光几乎永不去侵犯那银色的潮湿气。我走到泉水那里，草上放着一个水瓢，是过道的乡人留下作公共用的。我喝了口泉水，躺在阴凉里，向四周眺望了一会。在泉水入河所成的湾那里——因此湾旁永生着涟漪，背着我坐着两个老人。一个身体很粗壮，身材高大，穿着件墨绿的齐整的大衣，在那里钓鱼；一个是瘦小的人，穿着件带补丁的衣裳，还不戴帽子，膝上放着一只装小虫的罐子，有时把一只手按在秃白的头上，仿佛要用来抵抗太阳。我很认真地看他，才知道他是舒米希诺村的斯梯奥浦式卡。现在让我先把这个人介绍给读者。

离我村数里远，有个大村，名叫舒米希诺，里头还有石建的教堂，为纪念圣科斯莫与圣达米安而建筑的。教堂对面也盖着许多贵族的巨屋，内中各色的建筑都有：如马厩、车房、浴室、临时厨房、宾舍、花室、秋千，样样都已齐备。在这些房屋里全住着富家田主，内中安排得秩序井然，——不料忽然在一天清晨的时候，竟失了火，完全烧掉了。老爷们就迁移到别的巢穴里去，于是村落便萧条起来。广阔的烧地变为菜园，瓦砖堆儿和烧剩的遗物还堆积在一旁。后来就用些现成的木头造了一所小屋，又把十年前买来造哥特式亭子的平底板拿来做屋顶。园丁米绰凡同他的妻子爱格欣娅和七个儿女住在那里。主人吩咐他给一百五十里以外的厨房供给蔬菜；又托爱格欣娅照管从莫斯科用巨价买来的泰罗里斯种的牛。那只牛已丧失生产的能力，因此，从买到手以后就挤不出牛奶来。此外，还有一只羽毛丰满的灰色公鸭，主人家唯一的家禽，交给她照管。小孩们因为年纪尚轻，暂先不指定职务，却也管不住他们不偷懒。我曾在这个园丁家里住宿过两次，并且拿过他家的黄瓜，这些黄瓜在夏天都很大，滋味却异常恶劣，瓜皮又黄又厚。在他家里，我曾见过斯梯奥浦式卡一次。除去米绰凡一家，和一个管教堂的聋耳老人格拉辛姆以外，在舒米希诺村里不剩着一个“家臣”，因为我所介绍于读者的斯梯奥浦式卡既不能认为人，自然也不能认为“家臣”。

无论什么人都有他社会上的地位，无论如何也总有一点关系；无论哪一个家臣，没有薪水，也总有所谓“津贴”。斯梯奥浦式卡却一点得不着进项，也没有一个亲戚，谁也不知道他的生世，也没有人提起他来，他没有过去的历史，恐怕在人口登记册上也不见得会有他的大名。当时发生个传说，仿佛说他曾当过人家的仆役，但是他是谁，他从哪里来的，他是谁的儿子，他怎么会投到舒米希诺村里去，他怎么会得着一件打多久就穿在身上的补丁衣裳，他生活在什么地方，他用什么来生活——这些事情谁也不能够明白，老实说，谁也不愿意留心到这些问题上来。绰费米奇老人对所有家臣四代中间的直系血统全都熟悉，而对于这个人却只知道他是土耳其妇人的亲戚，这个妇人是故世的主人阿赖克赛·罗曼尼奇旅长从战地上用大车载回来的。就是在节假日里，在依俄国古代习惯普遍地施舍盐面包、麦饼、绿葡萄酒的那些日子，——就在这些日子，斯梯奥浦式卡都不敢出来当众喝一杯酒，吃一碗饭，鞠一下躬，拉一拉主人的手，更不敢在主人眼前一口气喝下管家的肥手给斟上的一大杯酒，以向主人祝福。不过，也有一两个心善的人分一点吃剩的麦饼块给那可怜的人。在复活节日也没有人同他祝福；他也不会掳着袖口，在后面口袋里取出一个红蛋来，喘着气，笑着脸，送给小主人和女太太。夏天，他住在鸡舍后面的小屋，冬天住在澡堂的门口里；在大风雪的时候便住在干草场里。好些人时常看见他，有时还给他一拳，却没有一个肯同他说话，而他也仿佛永世不会开口似的。自从火灾以后，这个被弃人便住在园丁米绰凡家里。园丁既不去动他，也不对他说：“你住在这里吧。”却也不去赶他。斯梯奥浦式卡并没有住在园丁的家里；他住着菜园，吃着菜园，他走路的时候没有一点声息；

咳嗽好像很害怕似的，老用手来掩着嘴；做事情永远静悄悄的，好比蚂蚁一样。可是他的事情只是为了吃，也就为着一样食物罢了。实在说，如果他不一天到晚奔忙着自己的食物，他也早已要饭死了。早晨还不知道晚上能不能饱！他有时坐在围墙下吃萝卜，或者嚼白菜根；有时搬一桶水来喝饮；有时把一只瓦罐放在火上，从怀里取出几块黑面包放在罐里；有时在屋内劈木，敲钉，安设放面包的木架。这些事情他全静悄悄地做着，仿佛是瞒着人的坏事：人家一望，他立刻就藏匿起来。有时候忽然走开了两三天，他究竟到哪里去，谁也不去理会，一会儿又出现了，又在篱旁偷偷将木柴填到行灶里去。他的脸是小的，眼睛是黄的，头发披到眉上，鼻子是尖的，耳朵极大而透明，像蝙蝠的耳朵一般，胡子仿佛两星期以前才剃光，所以显出不长不短的样子。我在伊斯塔河岸旁所见，同一个老人在一块儿的就是那个斯梯奥浦式卡。

我走到他面前，同他问了声好，就坐在一旁，那个同斯梯奥浦式卡在一块儿的人我也认识，他名叫米海·塞维里奇，绰号叫做“雾”，是庇奥托·伊里奇伯爵家已释放的农奴。他住在鲍尔贺夫斯基县一个痨病的田主家里，那个田主又开着一家旅馆，我常在那里住宿。凡在奥里尔公路上来往的大小官吏及其他闲人（钻在斜纹的皮褥里的商人自然顾不及此），到如今还能找出在离绰次卡村不远的地方临着大道的一所两层大木房，屋顶已经破坏，窗户也都旧得不堪，在正午天气晴朗的时候，这种破碎的建筑让人有点不快之感。庇奥托·伊里奇伯爵有时住在这旅馆里，他非常好客，是旧时代的大臣。全省中许多人都投在他门下，向他献媚。没有一个老妇人，经过这所空洞的殿邸，不叹息流连，追忆已往事情的。伯爵对于这些献媚的宾客，全都一律欢迎，很愿意供给他们的衣食；但是不幸的是，他的财产不够他这般花费。他完全破产后跑到彼得堡去寻觅位置，却等不到职务的任命，竟死于旅店中。米海在伯爵家当仆人，在伯爵活着时候，就得了赦免状。现在他年纪已经六十多岁，脸色却还不错。他时常露着笑容，仿佛喀德邻时代的人笑时一般的慈祥。他说话的时候，时常把嘴唇忽开忽阖，极和蔼地眨着眼睛，从鼻子里面说出话来。他做事情都很迟钝，就是嗅烟也是这样。

我问道："米海·塞维里奇，你钓着鱼么？"

"请你往篮里看一看：有两条鲈鱼，五条石斑鱼……斯梯奥浦式卡，拿出来看一看。"

斯梯奥浦式卡便把筐子拿给我看。我就问他道："你境况怎样？"他嗫嚅了半天，仿佛舌头上打了一个结似的，良久才开口道："还……还……还算不错，比较好些了。"

"米绰凡身子好么？"

"好着呢，先生。"他说着，就回过身去。

那时候米海就说道："这个时候鱼儿很不容易上钩，他们全躲在树底下睡觉呢。……斯梯奥浦式卡，请你把虫子穿上吧。"斯梯奥浦式卡拿起一个虫子，放在手掌上面，打了它两次，便挂在钩上，交给米海。米海一面向他道谢，一面对我说道："先生，你在打猎吗？"我答应道："是的。"他又说道："你这只狗是英国种呢，还是德国种呢？"我答道："我不知道它是什么种，却还好。"他又说道："你带着狗出去打猎么？"我答道："我有两队猎狗呢。"

说到这里，米海不由得笑了，摇了摇头，说道："这是实在的：有的人喜欢用狗，有的人却不爱用狗。可是据我那平常拙笨的见解看来，养狗大半为了装面子……一切都需布置得整整齐齐，马呀，看狗人呀，都应该预备齐全。我那故世的伯爵生来就不是个猎人，可是他也养着狗，一年也不过出去两次。看狗的人都聚在院子里，穿着红色的号衣，吹着军号。伯爵出来了，马牵了过来，伯爵骑上了，狗厩总管过来替伯爵把两脚插进鞍蹬，脱下帽来，把缰绳放在帽上递上去。伯爵将马鞭抽了一下，看狗的人们齐声呼喊，动身走了。马夫骑马跟在伯爵后面，自己用丝绳牵主人的两头爱狗，得意洋洋地四面观望着……那马夫高高地坐在哥萨克式的马鞍上，脸红红的，眼睛向四处看着……自然，那时候有许多宾客伴着。虽然是游戏，却很守着礼节。唉，被它脱掉了！”他一面说着，一面便把钓钩提将起来。

我问道：“听说伯爵一辈子过得很阔，对不对？”

老人一面挂上虫儿，把钩子垂下，一面说道：“他真是位大人物。彼得堡的一品大官常来光顾他。戴着深蓝色的绶带，坐在桌旁吃饭。他款待宾客也很在行。他称我为‘雾’，说：‘明天我要几条活鲟鱼，叫人给我送来，听见了没有？’我只得一口答应下去。他还有美丽的外衣、假发、手杖、香水、上等的花露水、鼻烟壶，从巴黎买来的各种名画。他时常大摆酒宴，放起烟火，游船，有时竟放炮。音乐家竟有四十余人。他还留几个德国人在他门下做食客，但是这些德人心犹不足，还打算同主人家一起吃饭，不由得恼怒了主人，便吩咐把他们撵走，主人家的权威真可以。他们还跳舞，直跳到天亮，全跳的是阿克鲜资——玛特拉都拉舞……唉……唉……兄弟来吧！”说着，他便从水里拉出一条小鲈鱼来。一会儿又把钓竿垂下，便接下去说道：“主人的心却是十分慈善的。他打了你几下，一会儿竟忘得干干净净。就有一件事情：他养了一些女人。这些女人竟使他破产。因为那全是从低阶级禀选来的。仿佛这回她们没有什么不知足的？其实又不然，就是把全欧洲的贵物给她们还嫌不足呢！有人说：一个人为什么不快快乐乐地活着——这是贵族家的事情——但是破产总是不应该的。其中有个女人名叫阿库琳娜，现在早已故世，尤其骄横。她是个寻常人家的女儿，她的父亲是村副，却恶毒得很。她把他完全迷住了，竟会打伯爵的脸颊。我的侄儿也时常被她剃去额发，就为了一杯可可茶溅到她的新衣裳上……还不只他一人被剃去额发呢……可是无论如何，总是好时候啊！”老人说到这里，不由得长叹了一声，低头不语。

我静默了一会儿，又说道：“你那主人不严厉么？”

老人摇着头说道：“那时候严厉自然是很合胃口的。”

我一面向他凝视着，一面说道：“现在却不能这样做了。”

他斜眼看着我，说道：“现在自然好得多了。”说着，又把钓竿远远地投下去。

我们坐在阴凉里，可是在阴凉里也异常闷热。暑热的空气仿佛死去一般，一丝也不动。热脸伴着愁容去寻找风儿，可是风儿竟没有。太阳光从蔚蓝的天上射下来，对岸黄澄澄的麦田竟没有一根穗儿在那里摇荡。有一匹农马站立在河水中，懒洋洋地摇着那条湿淋淋的尾巴；一条大鱼在岸边树楔下面游泳，放出白沫，轻轻地沉下底去，水面上便起了个微圈，渐渐变大，慢慢儿便消失了。蚂蚱在栗色的草上跳跃着；鹌鹑懒声懒气地鸣叫着；鹰鸟在田地上飞过，时常落下地来，很迅速地摇着羽翼，张开扇形的尾巴。我们为热气所压迫，个个都坐着不动。忽然后面山涧里发出一种声音来，显然有人也要到泉水那里来。

我四周望了一下，看见一个五十多岁的乡人，破旧的衣裳上满是尘埃，穿着草鞋，背后背着编篮与外衣。他走到泉水那里，很贪心地喝了几口水，便站起身来。

米海看见了他，就喊道："喂，乌拉斯么？兄弟好呀。你从哪里来？"

那个乡人走近我们面前，说道："很好呢。我是从远地来的。"

米海问他道："你干吗去了？"

"到莫斯科主人那里去了。"

"做什么事？"

"去请求他的。"

"请求些什么事情？"

"请他把租税减轻些，或者就在主人那里做事，迁移个地方。我的儿子已经死了。我一个人现在没有法子办。"

"你的儿子死了么？"

"死了。他……他……"说到这里，他停顿了一会儿，又说道："我那儿子是在莫斯科当车夫，他时常替我完纳租税。"

"难道你现在负着租税么？"

"是，负着租税。"

"你的主人怎么办？"

"他又怎么办？他把我赶出去了！他说胆敢直接到我这边来，这些事情都是总管管着。他说，你应该先到总管那里去。并且叫我怎么把你迁移呢？他说你先把欠的田租付清了再说。说的时候，他老人家简直生气极了。"

"你就这样回来了么？"

"就回来了。我还想查问一下，我儿子遗留下什么东西没有，却到底没有弄出头绪来。我对他的主人说，我就是霏力蒲的父亲，不料他却对我说道：‘我知道什么？你的儿子不仅一点也没留下，并且还欠我的债呢。’所以我也只得回家了。”

那个乡人说了这些话，全带着笑脸，仿佛在那里谈论别人家的事情一般。可是，在他那小眼睛里却满含着眼泪，嘴唇不住地颤抖。

“怎么，你现在回家去么？”

“要不往哪里去呢？自然是回家。我妻子现在大概正握着拳头挨饿呢。”

斯梯奥浦式卡忽然说道：“你不如……这样……”说到这里，找不出别句话来，便又不言语起来，兀自弄筐子里的鱼。

米海一面看着斯梯奥浦式卡，露出点惊奇之态，一面说道：“你不到总管那里去么？”

“为什么我要到他那里去？并且我亏空的实在太多。我的儿子病了一年才死，这一年里他没有付过一次租税……但是我也不去忧愁：从我那里也没有什么可取的。兄弟，无论你怎么狡猾，我总不管这些事情！”乡人说到这里，便哈哈大笑起来。

米海不由得正色说道：“怎么啦？乌拉斯，这个很不好。”

“怎么不好？难道……”乌拉斯说到这里，声音忽地咽住，便一面用袖子擦脸，一面说道：“真热啊！”

我问道：“你的主人是谁？”

“伐利安·配绰维奇。”

“是庇奥托·伊里奇的儿子么？”

米海说道：“是庇奥托·伊里奇的儿子。他在生时曾把乌拉斯所住的村庄分给他的儿子。”

“他现在身体好么？”

乌拉斯说道："好着呢。脸上很红，极有血色。"

米海便对我说道："住在莫斯科真好，否则在这里也要欠租税了。"

"每户收多少钱租税呢？"

乌拉斯说道："九十五卢布。"

"唔，你看，那块土地还很小，尽占着主人的树林。"

乡人说道："但是听说那树林已经卖掉了。"

"可不是吗，斯梯奥浦式卡，给我一个虫子。喂，斯梯奥浦式卡？怎么？你睡着了么？"

斯梯奥浦式卡哆嗦了一下。乡人就坐在我们旁边。我们又静默起来。那时候对岸忽地有人在那里凄凄切切地唱着曲儿，可怜的乌拉斯不由得发起愁来。

过了半点钟，我们各自散了。

县 医

一年秋间，我旅行已毕，方就归道，偶然着了凉，身体觉得异常疲乏。幸亏那时候正住在县城客寓里，所以能立刻请医生诊视。过了半点钟，来了一个县医，他身材不大高，还很瘦弱，头发是黑的。他给我开了一服寻常的发汗药，吩咐我在胸前放芥末纸，跟着就把五个卢布一张钞票很灵巧地揣在怀里，咳了几声干嗽，四下里望了望，便打算离开这里。忽然，他又讲起几句话来，就留住了一会儿。我身上正发着热，预先料到这一夜绝不能睡个好觉，所以很喜欢同人家谈谈话儿。茶端进来了，医生就谈起天来。他这个人并不很傻，谈吐十分流利，并且能够逗人笑。世间的事情真是奇怪：有些人在一块儿相处得很久，并且有极亲密的交情，但是两个人却未曾开诚布公，说些肺腑话；反是刚认识的人竟能倾囊倒箧，把所有秘密事情全说出来。我不知道我怎么会得着我那新朋友的信用，他竟随随便便把一件极要紧的事件讲给我听。现在，我就把他所说的话转告给亲爱的读者。我竭力把医生的话表现出来，不使失去原说的意思。

他起初用软弱，哆嗦的声音说道："你不知道这里的审判官米洛夫·潘弗尔·鲁开其么？唔，你不知道。这是一样的。"

他说到这里，便咳嗽了一声，擦了擦眼睛，又说道：“这件事情是这样的。有一天，我正在那个审判官家里玩纸牌，忽然仆役来说有人找我。我问什么事情，仆役说有人送一张纸条来，大概是病人家里送来的。后来把那张纸条取来一看，果真是的。唔，这是我的买卖到了。原来写信的是一个寡妇田主，她说，她的女儿快要死去，请我赶紧坐着马车跑去。唔，这个还没有什么。不过她住在城外，离城有二十里路，那时候天又晚了，道路又难走。并且她是穷户，绝盼不到拿着两块钱以上，连这都不敢准，恐怕只好领受些粗布和吃食之类罢了。但是人快要死了——这是我的本分，岂有不去医治的道理。想到这里，我就把牌让给常任庭员伽里宾，便出门回家。但见门前正停着一辆小车，驾着几匹极肥极肥的乡下马，马夫正脱着帽子，恭恭敬敬地坐在那里。我心里本来不愿意去，但是我是医生，真是没有法子。我便取了点最需要的药品，坐上马车走了。道路真是难走，黑暗得和地狱一般。小河呀、积雪呀、污泥呀、水坑呀，随处都是。走了许多时候才到了。房屋很小，用干草做屋顶，窗里边燃着灯火，可见正在那里等候呢。一个戴着头饰的老妇人迎出来，嘴里嚷着道：‘快要死了，请你搭救一下吧。’我道：‘不要着急。病人在哪里？’她就说道：‘请到里面去吧。’我进去一看，屋中收拾得十分清洁，屋隅里放着一盏灯，一个二十岁上下的姑娘躺在床上，已经失去知觉了。她身体上很热，呼吸也很艰难。还有两个姑娘，大概是病人的姊妹，在旁边低声啜泣。她们说她昨天还很健康，饭食也吃得很多，今天早晨才嚷头痛，晚上忽然变成这种情形了。我又吩咐她们不要着急，这是医生应尽的义务，便着手诊视。先放了点血，又吩咐放芥末纸，开了一味汤药。后来我向她看望，这种妩媚美丽的容貌我一世也未曾见过，真是个绝色美人。我不由得对她发生一种怜惜之念。她的脸色实在令人可爱，眼睛十分安静，汗不住地流出来，恢复了一点知觉，向四周望着，含着笑，一双手在那里摸自己的脸。她的姊妹俯身看她，问她觉得怎么样？她说了一声：‘没有什么。’便回身向里面睡去了。一看她已经睡熟了，我就说现在应该安静睡着，不要惊闹着她。于是我们全蹑足走出去，只留着一个丫头在房里。那时候客室里已经把火壶装好，请我喝茶，又请我今夜留住在这里。我当时就答应了：因为我如果不答应，天这样晚，究竟往哪里去呢！老妇总在那里叹气。我说道：‘你怎么啦？她一定有救，不要着急，还是自己去休息一会吧，现在已经打两点钟了。’那个老妇说道：‘有什么事情请你叫人来喊我。’我说道：‘一定这样办。’那个老妇便走开了，姑娘们也回到自己屋子里去。我的床铺就搭在客堂里面，我也就躺下，可是许久睡不着，也不知道什么作怪！心里十分烦躁，总放心不下我那病人。后来我忍不住了，便站起身来，打算跑去看一看那病人。刚巧她的卧室和客室相邻。我就站起身来，推门进去，心不住地在跳动。看见丫头已经睡着，正张着嘴打鼾。病人却朝外躺着，张开着两手，真是可怜啊！我就走近过去。她忽然张开眼睛看着我，叫道：‘谁？你是谁？’我不由得心慌起来，说道：‘小姐，不要害怕，我是医生，过来看你的，你现在觉得怎么样？’‘你是医生么？’‘医生，医生，令堂派人到城里来请我，我已经给你放了血，现在请你安心睡觉，过两天你就好了，就能直起身来了。’‘唉，医生，是的，是的，请你不要让我死。’‘你这是怎么啦？你不要这样胡思乱想啊。’我心想她一定又在发热，便上去摸她的脉，果然热得很厉害。她看着我，忽然拉着我的手，说道：

‘我对你说为什么我不愿意死的缘故，我对你说，我对你说。现在只有我们两个人在这里，不过请你不要对别人讲啊。’我便俯下身去，把耳朵靠近她的嘴唇，她的头发撩在我的颊上。她就轻轻说起话来，我一点也不明白。唉，原来她在那里谵语呢。她说了许久，说得简直不像俄国话，后来说完了，便哆嗦了一会儿，头倒在枕上，用手指着我说道：‘医生，你不要对别人提起这件事情呀！’我便安慰她一下，给她喝茶，叫醒了丫头，自己就走出来了。”

医生说到这里，装起烟来抽了一口，呆想了半天，继续说道：“但是第二天病势并不轻减，竟大失我的所望。我想了一想，索性决定还留在这里，别个病人是怎样等我，也就不管了。你知道，本是不该如此偷懒的，因为我的医务要遭受损失。但是第一件，病人实在处于危险的境地；第二件，说老实话，我自己也觉得对她实有恋恋不舍之情，并且她们全家都使我异常喜欢。她们家里虽然没有什么财产，但是都很有学问。她的父亲是个作家，自然是因穷而死的，但是对于儿女的教育却施得很好，并且留下许多书籍给她们。也许因为我这样热心张罗着病人，或是因为别种原因，但是她们家里都爱我如亲属。并且那时候道路难走异常，所有交通都已断绝，连药都很难从城里取到。病人很久不能痊愈，我就一天天住在那里。就在那里，在那里（医生说到这里，停顿了一会儿）……实在不知道怎么对你说话（他又抽起烟来，咳了一声嗽，喝了一口茶）。老实对你说吧，我的病人，不知怎么，爱……爱我了，也并不是爱。只是这样，这样……”

他说到这里，脸儿涨得通红，犹豫了半天，才毅然说道：“不，什么爱呢！自己也应该要知道自己的价值。她是个有学问的姑娘，性质又极聪明，读书很多。我却连自己的拉丁文都完全给忘了，关于相貌一层（说到这里，他含着笑看着自己），大概也不必自己夸口。但是上帝产生我的时候，也不叫我去做傻子，我绝不会把白的认作黑的，我总懂得点事的。我很明白阿丽克珊德拉·安得丽芙娜（她的名字）对我绝不有什么爱情，不过只是相当的、亲密的敬意罢了。虽然许她自己也许有点错误，但她当时处于这样的地位，这个你也可以推测得出来。但是我大概把话说颠倒了，弄得你莫明其妙，我可以按顺序全讲给你听。”

这些断断续续的话他一口气说了出来，有点慌乱的样子。他把茶杯里余水喝干净了，重又平心静气地说道：“我那病人的景象一天天变得坏了。先生，你不是医生，你不能明白当他（指医生）最初猜病魔将制病人于死地的时候，他心灵里发生怎样的状态。自信力哪里去使用呢？那时候你胆子也小了，话又说不出来了。那时候你以为你把所有知道的事情都忘了，你以为病人不信任你了，又以为别人已经看出你那种惊慌的神气，所以在那里交头接耳，议论着你了。唉，真讨厌呀！固然也有对症良药，只是应该设法寻觅。不是这个么？试一试看——不，不是这个！也不等药发生效力，就乱抓起来。……于是选了这个，又选那个。又取出药书来。……心里想着：药在这里呢！便不分皂白地开了出来，心想，总是碰运气罢了。但是人却要死了，也许别的医生可以救他。那时候他就说道：‘这个应该用着医生的协议，我不能独自负责。’在那时，那医生简直成了傻子一般。但是过了些时候，就若无其事了。他心里还想，人死了，这个并不是我的错处，我是按着规矩做的。还有那最使你心中难受的，就是眼见人家都盲信你，自己却觉得自己实在无力救助。阿丽克珊德拉·安得丽芙娜姑娘的家族就是这样信任我，她们信我太过，简直忘记她们的女儿尚在危险之中。我一方面还是对她们说这个病是不要紧的，可是自己心灵里却不知多么难受。最不幸的就是道路依旧阻梗，车夫出去买药，要过几天才能回来。我整天徘徊在病人房里，不能够脱身，有时候给她讲各种可笑的故事，有时同她玩纸牌解闷。晚上也坐在那里不去睡觉。老夫人屡次和着一泡热泪，来向我道谢，我心想，我并不配使你称谢。我对你说老实话，现在也不必隐瞒了，我已经爱上我那病人了。就是阿丽克珊德拉·安得丽芙娜也很和我亲昵：除我以外，竟不让别人进她的房屋里去。她时常同我谈话，问我在哪里念过书，生活怎么样，亲戚有多少？常到谁家去玩？我觉得这个不应该对她讲，但是要禁止她问那也实在是不能。我有时捧着头想道：你做的什么事情，你这强盗胚？她时常拉着我的手，看着我，许久才回过身去，叹了一口气说道：'你真好呀！你并不像我们那些邻人一般。怎么以前我会不认识你呢？'她的手热得滚烫，眼睛张得大大的，显得十分柔媚。我道：'阿丽克珊德拉·安得丽芙娜，你安心着吧，我觉得我不知道做了什么事情，承你这般看重我。你安心静养着，你快健康了。'"

说到这里，医生把身体向前凑近些，皱着眉毛说道："她们所以和那些邻人合不来的缘故，因为穷人她们自然不去相交，而富人方面那种傲气又禁阻她们互相亲近。所以这家人却是很有学问的，实在为我所敬佩。她服药都经我亲手灌送，我扶着她抬起身来，服了药望了我一眼，我的心不由得摇荡了。但是她的身体却一天不如一天，一定是要死的了。她的母亲，姊妹都看着我，监视着我，有点不信我了，问我她的病到底怎样，那时候我恨不得自己躺在棺材里去，嘴里也只得说道：‘不要紧，不要紧！’有一天晚上，我又一个人坐在病人旁边。丫头也在那里坐着，却纳头睡着，兀自打鼾。这也不能怪她，因为她实在困乏极了。这一晚上阿丽克珊德拉·安得丽芙娜很不好，热使她受罪。中夜以前她十分闷躁，以后睡熟了，一动不动地躺着。灯儿在屋隅的神像前点着。我坐在那里，也垂着头，打起盹来。忽然感觉有人在推我的背，我回身一看，原来阿丽克珊德拉·安得丽芙娜正张着眼睛望我。她的嘴唇也开了，双颊也涨得飞红。我问道：‘你觉得怎么样？’她道：‘医生，我不快死了么？’我道：‘那怎么会呢！’她道：‘不，不要说我会活。我的情形请你不要隐瞒。’她说到这里，呼吸异常急促，又说道：‘如果我确实知道我应该死，那么，我可以把所有事情全对你说，对你说。’我道：‘你安心一点吧！’她道：‘我并没有睡着，我早就看着你了。我相信你是个好人，你是个正经人，请你说真话。你知道这件事情于我是很重要的呀！医生，我是在危险中么？’我道：‘叫我对你说什么话呢？请你安心着吧。’她道：‘我哀求你，对我说了吧。’我道：‘阿丽克珊德拉·安得丽芙娜，我不再瞒你了。你实在是在危险之中，但是上帝施恩……’她道：‘我要死了，我要死了……’她仿佛十分喜欢，脸上也露出高兴的神情，我不由得害怕起来。她忽然撑着手肘，坐起来，说道：‘不要害怕，不要害怕，死一点也不能使我恐怖。现在我对你说，我全心感谢你，你是个好人，我极爱你。’我看着她，好像疯子似的，我心里异常的害怕。她又说道：‘你听见了没有？我爱你呀！’我道：‘阿丽克珊德拉·安得丽芙娜，我做了什么事情，承你这般……’她道：‘不不，你不明白我的意思。……’说到这里，她伸出手，来拉着我的头，和我接吻。那时候我几乎喊出来，赶紧跪在她床前，把头藏在枕头上。她一句话也不说，她的手指按在我的头上，正在那里哆嗦。我听见她哭了，我要安慰她，可是实在也不知道怎么说。我说道：‘怎样，你要把丫头惊醒了。感谢你，请你安心。’她道：‘唔，得啦得啦！随便她们醒也好，走过来也好，那全是一样的，因为我一样要死了。你害怕些什么？抬起你的头来。或者你不爱我么？也许我受了骗，那么请你饶恕我吧！’我道：‘你说什么？我爱你呢。’她直望着我，张着手对我说道：‘那么，你拥抱我呀。’老实对你说，这天晚上我竟成了疯人模样。我觉得病人在毁损自己，看出她并不清醒着，明白她如果不知道自己快死，也绝不会想到我。否则活了二十五岁，就要死去，却对于任何人都未曾发生过爱情，这个于她是很难受的，所以她于失望之中，找到我了。你现在明白这个意思么？但是她总是拉着我的手不放。我说道：‘你宽恕我，但你还须保重你自己。’她道：‘为什么？有什么可惜的？我总是要死了。如果我知道我还能活在人世，还能做体面的姑娘，我就要害羞，我实在害羞。现在却怎样呢？’我道：‘谁对你说你要死呢？’她道：‘唔，你不要骗我，你不要说谎。’我道：‘你一定会活的，我能够医治好你，我们请求你母亲的祝福。我们结为配偶，我们将要安享幸福。’她道：‘不，不，我已经得着你那句话，我快要死了。你已经告诉我了。’那时候我真是忧愁，许多原因使我异常忧愁。你也知道一个人有时会出这类事的：表面上并没有什么，可是心里非常的痛苦。她忽然想起问我叫什么名字，不是姓却是名字。也真是不幸，人家叫我做得律芬，是得律芬·伊凡尼奇。这家人家全叫我做医生。我不得已便说道：‘小姐，我名得律芬。’

她皱了皱眉，摇摇头，轻轻说几句法国话。也许说的是不好的话，后来便笑了。那天我全夜伴着她，早晨才迷迷惘惘地走出来，茶后又走进她的卧室里去。哎哟！哎哟！那时候她的神气已经有点不对了。老实说我不明白那时候何以竟能忍住这样难受的情况。我那病人又勉强延了三天三夜。那三夜真要命呀！她对我说了无数的话！到了最末晚上我坐在她旁边，只有求着上帝赶快把她收拾去，也把我收拾了。忽然老妇人走进屋来，头天晚上我已经对她说过，小姐是没有希望的了，最好去请牧师来。现在病人一看见了她母亲，便说道：‘唔，你来了，很好！你看，我们现在互相爱恋了。’老夫人说道：‘医生，她说什么？她说什么？’我当时就呆住了，便说道：‘她大概在那里说谵语哩。她热度很高。’可是她说道：‘得啦！你刚才对我说的是两样的话，并且还收受下我的戒指。装什么假呢？我的母亲是好人，她能够原谅，她能够明白。但是我快要死了，我还说什么谎话，请你把手给我。’我跳起身来，走出去了。老夫人大概也已经能够猜出个中的情形了。

我也不再多说，使你难受。回想起来，总觉得无限的伤心。我那病人第二天就故世了。唉，当她临死的时候，请别人都走出去，让我一个同她在里面，对我说道：‘请你恕我。我对于你也许有许多错处。但是你相信我，没有像爱你这般爱过别人。请你不要忘我，保存着我的戒指。’”

医生说到这里，回过身去，我便拉着他的手。

他说道：“我们再讲些别的事情；或者玩小纸牌，好不好？我们这种人不必感受那高超的情感，只需想着能使孩子不哭，妻子不骂。后来我正式同一个商家女儿结婚，带来七千卢布的陪嫁。我妻子名叫阿库琳娜，和得律芬真是一对。这是个异常恶狠的妇人，却很幸福，整天的睡觉。怎么样？打不打纸牌？”

我们就打起纸牌来，用戈比来做输赢。得律芬赢了我两个半卢布，很晚的时候才走，心里十分满意自家的胜利。

我的邻居雷第洛夫

秋间，山鹬时常藏身古旧的椴树园里，这种园林在奥里尔省内随处都是。我们的祖先择地定居的时候，一定要辟出两亩上好田地，以作果园，甬道两旁都栽着一些椴树。过了五六十年至多七十年，这些住宅——“贵族之巢”，慢慢在地面上消灭了。房屋卖的卖，朽坏的朽坏，石头的建筑物也变成瓦砾堆儿，苹果树早已枯死，被人家取来当做柴烧，围墙和篱笆也都倾塌了，只有椴树还得意扬扬地生长着。现在四面围着已开垦的田地，它正向我们轻浮的民族诉说以前的父兄的事情。这种老椴树实在是很好的树木,连俄国农夫无情的斧子都肯哀怜它，放松它。它的树叶样子很小，强干的树枝四处伸展开来，树底下永远是阴凉的。

一日，我和叶莫来到野地里去猎鹧鸪，看见道旁有一所破朽的花园，便向那里走去。刚走进林边，一只山鹬从树上飞起来，我就打了一枪，一瞥时离我数步路以外，发出一声呼喊。一会儿，一个年轻姑娘的惊惶色的脸从树底下探出来，立刻就避开了。叶莫来急忙忙跑过来，对我说道：“你为什么在这里放枪，这里有田主住着呢。”

我还不及回答他话，我那狗还不及郑重其事地送来我已打死的鸟，就听见一阵急速的步声，一个高身材儿，带着胡子的人从林里走将出来，站在我面前，露出不满意的态度。我连忙竭力告罪，自己把名字道出来，并且把在他领区内所射死的鸟献给他。

他这才含笑对我说道：“好吧！我能接受你的野味，但是有一个条件：你要到舍间去用饭才好。”

老实说，我真不大喜欢他的邀请，但是也没有法子辞却。正在犹豫的时候，他又说道：“我是这里的田主，也是你的邻舍，我名叫雷第洛夫，大概你也许已经听得说过。今天是星期日，我们家里应该有很丰盛的饭食，不然，我也不敢请你去呀。”

我照着凡遇见这类事应回答的回答他，便跟着他走去。一条新近扫除的小道引我们从椴树林里走出来，我们又走进菜园里去。老苹果树和覆盆子树中间夹栽着些圆棵绿色的白菜，忽不草螺旋似的绕着高大的木柱，栗色的树枝上系着干枯的豌豆，在土畦上七零八乱地横着。又大又扁的南瓜横卧在地上，黄瓜也黄澄澄地挂在尖锐的菜叶底下，高高的荨麻在篱笆附近摇曳着。有两三处一堆堆的生着鞑靼种的忍冬树，接骨木和野玫瑰树。一处小小的鱼池放满了又红又黏的水，附近又有一口枯井，四面围着许多水潭。鸭子在这些水潭里忙忙地叫着，泅着水；狗在草场上摇着尾巴跑来跑去，啃着骨头；蠢牛在那里懒洋洋地嚼着草，有时把尾巴摔在瘦背上。小道转了方向，一所灰色的老屋就迎在我们头前。那所房屋是用木板搭的墙，台阶是歪曲的。我们走到这里，雷第洛夫忽然止住脚步，看着我的脸，和和气气地说道：“但是我现在想起，也许你并不愿意到我这里来，那么……”

我不等他说这话，马上说我很愿意到他家里去用餐。他这才说道："唔，这就好了。"

我们走进房屋，有一个年轻人穿着粗蓝布的长外套，到台阶上来迎接我们。雷第洛夫立刻吩咐他给叶莫来端出酒来，我的猎户不由得很恭敬地朝着那大方的施主的背鞠下躬去。前室里贴着各种图书，挂着许多鸟笼，我们从那里走进一间不大的房子里去——那是雷第洛夫的书房。我脱下猎衣，又把猎枪放在一旁，一个穿着长襟礼服的人很殷勤地替我拭去身上的灰土。

那时候雷第洛夫又和声说道："唔，现在我们到客室里去吧，我把家母介绍给你相见。"

我便跟着他走去。在客室中间一把椅子上坐着一个短小身材的老妇人，穿着栗色的衣裳，戴着白色的三角布，瘦小的脸显出慈祥的态度，露出又胆怯又忧愁的眼神。

雷第洛夫走上前去，说道："母亲，我介绍给你，这是我们的邻舍……"

老妇站起身来，向我鞠了一躬，手里持着一只毛线织的提囊，并不把它放下来。

老妇皱着眉头，放出又软弱又低微的声音说道："你到敝处许久时候了么？"我道："并不长久。"她道："你打算住在这里很久么？"我道："我想住到冬天呢。"说到这里，老妇就不往下问了。

一会儿，雷第洛夫指着一个高瘦身材的人，这个人我进入客室的时候未曾留意过，对我说道："唔，这位是斐奥多·米海奇。……喂，斐迪亚，把你自己的技艺献给客人看看。你躲在角落里干什么？"

斐迪亚立刻从椅上站起来，从窗上取下一个弦琴，拉起弓子，却不和平常一般拉起弓梢，只拉那弓的中段，把弦琴靠在胸前，就闭着眼睛，一边拉着琴，一边唱着歌，一边又跳舞。他的年纪约摸在七十岁左右，又长又宽的礼服套在他又干又瘦的肢体上面。他跳舞时，一会儿很勇敢地摇曳身子，一会儿却仿佛将死之人一般，慢慢摇着他那小头，伸出瘦小的头颈，在地板上踏着脚，有时候还很艰难地弯着膝盖。他那无牙齿的嘴发出一种衰败的声音。雷第洛夫大概已经从我的脸色上看出我对斐迪亚的技艺不大喜欢，所以就说道："唔，老人，得啦！快去领赏吧。"

斐奥多·米海奇听着这话，立刻把弦琴放在窗上，先向我客人鞠了一躬，再向老夫人和雷第洛夫各自鞠了一躬，就走出去了。

那时候，我那新朋友对我说道："他也是个有钱的田主，可是现在已经破产了，所以他寄住在我这里。当时他是省里最出风头的一个人，把两个有夫之妇抢走了。又把许多唱歌的人留住，自己唱起歌，跳起舞来……但是你不要喝酒么，大概饭餐也已预备好了。"

那时候一位年轻姑娘走进屋来，大概就是我在园里所瞥见的那一位姑娘。

雷第洛夫轻轻转过头来，说道："唔，奥尔伽！你来啦！我们吃饭去吧。"

我们便走到饭厅里，在桌边坐了下来。当我们进去的时候，斐奥多·米海奇正在那里唱着歌，唱道"胜利的雷声响鸣起来了！"他受了赏，眼睛发着光，鼻子微红。他不同我们在一块儿吃饭，独自坐在屋角里一只小桌子上面，另外给他一份特别的器具，却没有饭单。可怜的老人衣服穿得异常不讲究，所以人家都不大愿意去接近他。当时他画了一下十字，叹了一口气就狼吞虎咽地吃起来。饭菜实在不坏，因为是星期日，所以加添了两份好菜：凉冻与西班牙蛋糕。雷第洛夫曾在陆军步营里服务了十年，还到土耳其打过仗。当时他在席间就大谈特谈起来，我一面用心听着他的话，一面偷眼望奥尔伽。她容貌不十分美丽，但是她那种坚决的、平静的脸色，雪白的宽额，浓密的头发，栗色的眼睛，虽不大而极聪明、活泼，无论谁处在我的位置上，都会印象深刻的。她仿佛对于雷第洛夫的每句话都倾耳听着，她的脸上表现出来的不是同情，却是热烈的注意。看雷第洛夫的年纪，还够得上做她的父亲。他称她为“你”，但是我立刻猜出她不是他的女儿。在谈话中间，他提起自己已故世的妻子，指着奥尔伽说是她的姐姐。她不由得脸红起来，垂下眼皮。雷第洛夫立刻默着声不说一句话，变更他的谈话。老夫人在吃饭时候未曾说过一句话，自己不大吃东西，也不劝我吃。她的脸上露着胆怯的，无希望的神气和衰老的忧愁，真叫旁人的心为她难受起来。饭餐将终的时候，斐奥多·米海奇竭力称道着主客，但是雷第洛夫看了我一下，便请他不要说话。那个老人用手擦了擦嘴唇，转了转眼睛，鞠了一下躬，又坐下去，坐在椅子边上。餐毕，我们便走到雷第洛夫的书房里去。

大凡心里时常并且很剧烈存着一种思想或一种欲念的人，在应接态度上可以显出一种共同的，外面的相同，无论他们的性质、能力，社会上的地位和教育有怎样的不同。我越留心观察着雷第洛夫，越觉得他是属于这类的人。他谈论的是产业、丰收、战争、城中的谣言，和最近的选举事情。他说话时候十分出于自然，还极高兴，没有一点勉强的神气，但是忽然叹了一口气，躺在椅上，仿佛做了艰重的工作后累乏的人一般，把双手掩着自己的脸。他那又慈善又温和的心灵，仿佛吸满了一种情感。我看不出来他对于饮食，对于行猎，对于黄莺，对于发癫痴病的鸽鸟，对于俄国文学，对于良马，对于匈牙利舞，对于赌博，对于台球，对于跳舞的夜会，对于省城和都会的游历，对于造纸工厂、糖厂，对于陈设富丽的园亭，对于茶，对于引人放荡的辕马，甚至对于腰带系在腋际的肥胖车夫，对于那些不知为什么，脖颈动一动，眼睛就斜视而直瞪的阔绰车夫有多少嗜好，这是使我异常惊讶的。我不由得思量道："这个田主到底是怎样的人呀！"不过他总不会是自己装作那种忧愁的人，不满足自己命运的人，他心灵里充满着不辨好恶的慈惠和热诚。他和任何人相见都极亲热。不过，同时你总觉得他同任何人都不能实在亲近，不能的缘故，并不因为他一点也不需要别人，却是因为他的全部生活一时走到里面去了。我看着雷第洛夫，无论现在或以前，都不能说他是个有幸福的人。他的容貌也并不美丽，但是在他的眼神里，含笑里，在他的身体里隐藏着一种极能引诱人的东西——也就是隐藏着。以此总使人愿意多知道他一点，愿意爱他。自然，他有时还显出是一个田主，与旷野居民的本相。但是他总是个可爱的人。

我正在同他讲到那个新任县长的事情，忽然奥尔伽在门前娇声说道："茶预备好了。"我们就走到客室里去。斐奥多·米海奇依旧坐在门窗中间的屋角里，慢慢在那里跺着脚。雷第洛夫的母亲在那里缝袜子。临花园的窗正敞开着，从外面透进一阵秋日的新气和苹果的香气。奥尔伽手忙脚乱在那里倒茶。我看着她比吃饭时候看得还仔细。她说话时候很少，这种样子的乡下女孩大概如此，但是我看她心里除去空虚和无力的不快情感以外，竟找不出她有多少好的情感。她不叹气，好像由于无名的感触太丰富了似的，也不转动眼睛，更不幻想，并不决定的含笑。她很安闲很冷淡的望着，仿佛那得了大幸福或大惊慌后休息的人一般。她的步声和行动是果敢的，是自由的。我倒很喜欢她。

我同雷第洛夫又谈起话来。我已经不记得怎么会谈到这上面来，极琐细的事，倒比极重要的事情还能够引起人重大的印象。

当时雷第洛夫说道："是，我那时候很感受这种情形。你知道我是已经娶妻的人。不久，只有三年，我妻死于产育。当我妻子死的时候，我异常低落，心想活不下去了，可是不能够哭，举止行动竟像狂人一般。照例给她穿上衣服，放在桌上，就在这间屋子里。牧师也来了，教堂执事也来了，他们就祷告起来，燃起檀香，喃喃地念了半天，我不由得跪下，可是还掉不下泪来。我的心简直变成石头一样的呆死，脑袋也是这般，我全身都觉得重了。这样过了一天，你相信不相信？我晚上还睡得很熟呢。第二天早晨我走到妻子那里去，那时候是夏天，太阳照耀着她，从头到脚十分明显。我忽然看见……"说到这里，雷第洛夫不由得哆嗦起来。"你以为是什么？原来她的眼还不十分紧闭，一个苍蝇正在她眼上走着。我一阵心酸，简直像一捆柴似地倒下去，记得那时候就哭出来，实在是忍不住了。"

雷第洛夫说到这里，便停顿不言语。我一边看着他，一边看着奥尔伽。我一世都忘不了奥尔伽当时的脸色。老夫人把袜子放在膝上，从口袋里取出一块手绢，偷偷擦着眼泪。斐奥多·米海奇忽然站起身来，拿着自己的弦琴，用那又硬又野的声音唱起歌来。他大概打算使我们快乐一下，但是他刚唱了第一句，我们的身体就哆嗦了一下，雷第洛夫便一边请他好生坐着，一边继续说道："但是事已如此，只好如此，过去的事情不能再挽回，并且以后，正如伏尔泰所言，现在世界的一切都向好的方面走去。”

我就说道：“自然是这样。并且无论哪种不幸的事情都可以忍受，也没有不能从坏地位上逃出来的道理。”

雷第洛夫说道：“你这样想么？也许你的话是对的。记得有一次我卧倒在土耳其病院里，生着重病，已是半死的光景。病院里房间自然不是很好，并且那时还是行军的时候。忽然往病院里运来许多病人，怎么办呢？医生来回找着，找不到地方。那个医生就到我那里来，问那个助手道：‘活着么？’助手答道：‘早晨活着呢。’医生弯下身去听了一下，听见我还在那里呼吸。当时我那朋友竟忍不住了。他说道：‘这样的傻东西。人既要死，那么一定要死，却还在延着命，只占了位置，妨碍别人家。’当时我自己想你这个人要倒霉了。可是到底我还是痊愈起来，你看，我也活到现在了。这样说，你的话其实是对的。”

我答道：“无论如何，我的话是对的。如果你就在那时死去，你也算逃出了你所处的坏地位。”

他不由得用手击着桌子，说道：“不错，不错。只需坚决，处着坏地位有什么要紧呢？迟延着做什么？”

奥尔伽赶紧站起来走，走出花园去。

那时候雷第洛夫喊道：“唔，斐迪亚跳舞一下。”

斐迪亚站起身来，在房屋内用着特别的步伐走着跳着，像那只著名的“山羊”在小熊身旁走的那种步伐一般，嘴里还唱着“在我们的大门那里……”的歌词。

忽然大门响起了马车声，过了一会儿，走进一个高身，宽肩，强健的“国家农人”奥甫斯扬尼克夫。奥甫斯扬尼克夫具着一张特别的脸，在这里著者先向读者告个罪，让著者在下章再提到他的为人。现在我只是附带给读者声明一下，次日天方黎明，我就同叶莫来出去行猎，猎毕，即行回家去了。过了一星期，我又到雷第洛夫家里去，但是未曾遇着他，连奥尔伽都不在家里。过了两个星期，才知道他忽然携着自己的小姨一同逃亡，弃去母亲，竟投奔他方去了。全省都沸腾起来，知道这件事后，我这才明白雷第洛夫谈话时奥尔伽脸上会有那样的脸色的原因。那时候，她的脸色不但显得是一种慈悲，还炽着嫉妒之火。

我在离开乡下以前又去访过雷第洛夫的母亲一次。我和她在客室里相遇，她正同斐奥多·米海奇玩牌。

当时我问她道：“你得着令郎的信息么？”

老夫人只是哭泣。我也不敢再往下追问雷第洛夫的事情了。

国家农人[1]奥甫斯扬尼克夫

亲爱的读者，我现在给你们介绍一个高身肥胖的人，年纪有七十岁上下，他那张脸很容易让人想起克雷洛夫[2]。两条弯曲不全的眉毛底下放着一双明显并且聪慧的眼睛，态度十分庄重，言语也极具分寸，行路总是很迟缓的，这个人就是奥甫斯扬尼克夫。他穿着一件宽大的蓝色衣裳，那件衣裳的袖子极大，颈上系着一条紫色的丝巾，一双长统皮靴刷得极其干净，看那样子真仿佛像一个富商。他那双手又软，又美，又白，他时常在说话的时候摸着自己衣裳上的纽扣。他那副郑重、呆板、沉思、懒惰、直爽固执的模样使我忆起俄国大彼得时代以前的贵族来了。他穿起费拉慈[3]来是极配身的。他可以算做旧时代中最后的一个人了。他所有亲邻都极尊敬他，并以和他相交为荣耀。他的国家农人兄弟们几乎都敬仰他，远远地就脱下帽子，向他

---

① 国家农人：直接隶属于国家权力之下的村民。俄国在未改革以前有所谓“农奴”，系隶属于田主者；有所谓“皇族地之农人”，系隶属于皇族者。国家农人可分为几种：如俄国南部告老官员之后裔；1864年在修道院选出之农人；脱离农奴关系之农人均是。本篇所述之国家农人奥甫斯扬尼克夫系指俄国南部告老官员之后裔而言，日译为“豪士”，中文一时无从觅确切译名，只好统名为“国家农人”，实则亦不过国家农人之一种而已。——译者注

② 克雷洛夫：俄国著名的寓言文学家。生于1768年，死于1844年。——译者注

③ 费拉慈：译音，为俄古男装，长袍，长袖，无领。——译者注

鞠躬，并且竭力称赞他。总的来说，我们俄国至今国家农人和普通农人很难加以区别：他们的田产差不多还比普通农人坏，小牛永远吃着荞麦，许多马几乎都死去，马具也是用绳做的。可是奥甫斯扬尼克夫却是个例外，固然也不能称他做富人。他同他妻子两个人住在一所华丽并且舒服的小房里面，用了几个仆役，给他自己的人穿上俄国的农服，称他们做工人，他们就在他那里耕田。他自己不认作贵族，也不称为田主，并且也永不会忘形失礼，不经人家邀请，绝不坐下来，有新客人进来时一定要站起来，可是自然而然，露出一种尊贵并且庄严的神情，使客人不由得要低低鞠下躬去。奥甫斯扬尼克夫严守着古代的风俗，却并不为着迷信（他的心灵是极自由的），仅只为着习惯。譬如他不爱坐有弹簧的马车，是因为他觉得这种车不大安稳，所以他有时坐四轮赛马马车，有时坐美丽的小车，上面还放着皮枕，并且亲身驾着栗色的良马。他养的都是栗色的马，马夫是一个年轻人，脸颊极红，头发剃得变成括号的模样，穿着蓝色的外套，低矮的羊皮帽儿，腰间系着一条革带，很恭敬地坐在他主人的旁边。奥甫斯扬尼克夫在饭后总要睡一下，每礼拜六必到浴室里去洗浴，读的只是一些关于教会的书籍，读时还很郑重地把圆形的银边眼镜架在鼻上，起身睡觉，都极提早。他胡须剃得极光，头发梳理是用德国式的。他接待宾客十分和蔼并且恳切，可是不十分低卑去向他们鞠躬，也不露一点慌张忙乱的态度，并不拿出干货与腌物飨客。他时常坐在椅上，轻轻把头转将过去，慢慢儿说道：“妻子呀！请你拿点好东西给客人们吃吧。”他以为面包是上帝的赐食，所以出卖面包是有罪的。在1840年时，当国内发生绝大饥荒，物价奇昂的时候，他竟把自己所有存储的物品分散给周围的田主及农人。到了第二年，他们用物品偿还他所有的债务，口中还道谢不止。奥甫斯扬尼克夫的乡邻时常到他那里去请求给他们讲解一切事情，并且和解一切纷争，差不多大家都能服从他的判决，并且听信他的忠告。许多人都因为他的缘故，田地界限的纷争便止息下来了。但是以后，他同几个女田主发生了两三桩误会的事情，他就宣告以后拒绝为女人们排解纷争了。他不喜欢急遽、惊慌的匆忙，以及妇女喃喃的言辞和忙乱的举动。有一天他的房屋失火，工人慌慌张张跑到他那里去，嚷道："走水了！走水了！"不料奥甫斯扬尼克夫竟随随便便回答道："唔，你嚷嚷什么？把我的帽子和手杖取来吧。"他平素极喜欢骑马。有一天一只恼怒的挽马[①]把他拉到山下涧旁，他当时用极和善的声音对那匹马说道："唔，得啦，得啦，年轻的小马，快摔死了……"话还未说完，那匹马竟飞进涧沟里去，连着那辆比赛马车，和坐在后面的小孩子一起全掉了下去。亏得涧沟底里都铺着许多黄沙，所以谁也没有摔坏，只是那匹挽马扭伤了腿。奥甫斯扬尼克夫从地上爬起来，依旧和声说道："唔，你看哪！我早就对你说了！"他所找到的妻子也是和他一个模型的。塔提霞娜·伊丽尼奇娜·奥甫斯扬尼克夫是个高高的妇人，性情静默，永远围着一条栗色的丝巾。她为人十分冷僻，可是不但没有人埋怨她严厉，反而许多穷人称她做母亲和恩人。端正的脸容上有乌黑的大眼，轻薄的嘴唇，即便在现在，也能看出她曾具有的美貌。可是，奥甫斯扬尼克夫并没有子女。

读者已经知道，我在雷第洛夫家里就同他认识了。过了两天我就到他家里去，他正在家，我们就相见了。他正坐在一张

---

① 挽马：一种特别之马，产生于沃尔涅什省著名的产马地"赫列诺夫"附近。——译者注

巨大的皮椅上面，读一本名叫《圣者传》的书，一只灰色的猫躺在他肩上打鼾。当时他接待我，还照常表示异常亲蔼和庄严的态度。我们两个人就谈起话来了。

当时我说道：“喂，鲁伽·配绰维奇（按即奥甫斯扬尼克夫之名），请你说实话，以前，在你们那个时候，不比现在还好么？”

奥甫斯扬尼克夫答道：“我对你说，以前固然还好。我们住得极舒服，也极满足，这是实在的。可是我以为还算现在好，将来到你们的儿女的时候，上帝还要赏赐给他们，使他们觉得更好呢。”

“鲁伽·配绰维奇，但是我总想你一定要对我夸奖旧时代的好处呢。”

“不对，旧时代我简直无从夸奖起，我不妨举一个例来说吧：你现在是个田主，和你的先祖父一样，但是你已经没有那样的威权了！并且你自己也不是这样一个人啊。现在固然也有别的老爷们来压迫我们，但是没有这个可见是不成的。虽然有时还算和平，可是总觉得极其受苦。我现在已经不会看见小时候所看见的事情了。”

“什么事情？你无妨举个例子。”

“如果要我举一个例子来说，不如仍旧说你那祖父的事情吧。你那祖父正是个极威严的人！他时常折磨我们弟兄们（译者按：指国家农人而言）。你大概也能知道，并且是你们自己的土地，怎么会不知道，从希泼里金到玛丽丽的去处有一块僻地么？那块僻地你们现在正种着燕麦。唔，这块田地本来是我们的，全都是我们的。可是你那祖父竟从我们那里把它夺去，他骑了马，挥摇着手高声喊道：‘那是我的领地，”便硬把它占住了。我的先父（在天之灵呀！[①]）是个正直的人，也是个性情激烈的人，竟忍耐不住了，谁能把自己的财产丢失呢？便向审判厅递上一个呈子。可是只有他一个人把呈子递上去了，别人都害怕起来，不敢递上去。后来有人告诉你的祖父，说：'庇奥托·奥甫斯扬尼克夫告上你了：因为你夺了他的田地。'你那祖父立刻派一个名叫包时的总管带着一队人到我们那里去，当时就把我的父亲捉住了，送到你们家庄园里去。我那时候还是个小孩子，就赤着脚跟着他们跑。后来，他们竟把他拖到你家里去在窗下毒打。你的祖父站在平台上面，你的祖母正坐在窗下看望。我的父亲当时嚷道：'母亲，玛尔雅·瓦西里夫夫娜，请你保护我，请你饶恕我吧！'但是她只是欠着身子往下面看望。后来得了我父亲情愿舍弃田地的话，才把他释放，却还要吩咐他道谢赐给他生还的恩德。那块田地也到底属于你们了。你不妨去问一问你自己的农人，那块田地叫什么名字？它叫做'棒地'，因为那是用棒把它夺去的。所以我们那些小人也正可以不必去怜惜那旧时的风俗习惯啊。"

我听见他这一套话，竟不知道怎样问答奥甫斯扬尼克夫，并且还不敢直看他的脸。

"那时候我们还有一个邻人，名叫科莫甫·斯蒂潘·尼克托泼里昂尼基。他真把我父母给折磨苦了。他这个人极爱喝酒，兼好宾客，一喝了酒，就'c' est bon，c'est bon'地说起法国话来。所有邻人他都要请到他家里去。马车已经预备好了，如果不去，立刻就生起气来。可见这个人真是奇怪啊！他在平常清醒的时候并不说谎，如果一喝酒，便琐琐碎碎地谈起话来，说他在彼

---

① 俄人凡提及故世的尊长的名字，一定要在其后加说"在天之灵呀！"一语，以表追崇之意。——译者注

得堡地方有三所房屋：一所是红色的，带着一个烟囱；一所是黄色的，带着两个烟囱；还有一所是蓝色的，并没有烟囱。还生有三个儿子（其实他还没有娶过妻子），一个在步兵队里，一个在骑兵队里，还有一个却住在自己家里。他又说，他三个儿子各自住在他一所房屋里面，水师提督常到他长子那里去，陆军军官时常到他次子那里去，许多英国人也时常到他幼子那里去！说到这里，他就站起来，说道：'祝福我的长子，他是我最亲爱的人呀！'当时就放声大哭起来。如果谁要拒绝他，那就糟了，他立刻说道：'我要打死你！还不许你葬！'否则，就跳起来，嚷道：'上帝的民族，跳舞吧，安慰你自己，宽解我个人！唔，你就跳吧，如果不去死，不如跳吧。'对那些农奴的小姑娘，他更加以折磨了，时常叫她们唱整夜的歌，直到早晨才完，谁的嗓子唱得高，就给谁奖赏。如果谁有点疲倦，他就把头放在手上，嚷叫道：'唔，我是个孤苦的孤儿呀！宝贝们，你们离开我了！'马夫只得立刻叫那些姑娘们提起精神来唱歌。他固然很爱我父亲，但是怎样办呢？他几乎把我父亲赶到棺材里去，也许真要断送在他手里，幸而谢天谢地，他自己死了：喝醉了酒从鸽舍里跌出来，跌死了。你看我们那位邻人竟是这样的呀！"

我说道："唉，时代已经这样变更了！"

奥甫斯扬尼克夫答道："是的，是的，所以我说，在旧时代那些贵族的生活都极奢华。至于那些大官员更不必说了，我在莫斯科曾经亲眼看见过的。听说他们现在已经迁移了。"

"你到过莫斯科么？"

"到过的，可是很久了，很久了，我现在已经七十三岁，到莫斯科去的时候只有十六岁呢。"

奥甫斯扬尼克夫说到这里，叹了一口气。

“你在那里看见谁啦？”

“看见了许多大官员，差不多全看见了，他们住得都极畅快，很有名誉，又惹人惊奇，可是无论什么人都不及阿赖克西•格里高耶维奇·奥尔劳夫—契斯孟斯奇伯爵。我时常见到阿赖克西·格里高耶维奇伯爵，因为我的叔叔正在他家里充当侍役，伯爵住在卡鲁伽门的夏波劳夫伽。那真是一位大官员呀！那种仪容，那种和蔼的礼貌真叫人无从想象，无从描写。他身材极高，力量极大，眼睛也极有神。在不同他认识，并且不到他家里去过的时候，总觉得害怕，实在有点胆怯。可是，一到他家里去，那就如同太阳晒在你身上一般，周身觉得快乐。无论何人他都准许进见，什么东西他看着都觉得喜欢。在跑马场内他自己拉着缰绳，同许多人在一处赛跑，也永不会一下子就超过人家前面，也不会生气使性，到了快完时才追到人家头里去，有时他还要安慰对方的人，夸奖他的马怎样好，可见他实在是和蔼得很呀。他还养着许多上等的鸽子，时常走到院子里去，坐在椅上，吩咐仆人把鸽子放出去，四周房顶上站着许多人持着枪赶鹰。伯爵脚旁放着一只大银盆，里面盛着清水，他就从那水盆里看成群的鸽子飞来飞去。残废的人和乞丐，一共有好几百人靠他生活。你看，他散了多少钱财呀！可是他一生气，那就仿佛霹雳一般。固然十分可怕，却也不必痛哭，因为很快他就会露出笑容了。他时常请客，几乎把莫斯科全城的人都请到了！并且他还是极聪明的呀！他还会打伤土耳其人呢。他喜欢打架，从图拉、哈尔柯夫、泰姆波夫各处地方唤来许多力士。谁打胜了，就可以得着奖赏。如果谁能把他打胜，就赠送许多东西，还要亲他的嘴唇。当我在莫斯科的时候，他曾召集了一次俄国从来未有的逐兔的行猎，差不多把全国所有的猎人请来做客，日期定好了，还给了三个月的期限。当时就聚集拢来了，狗和统猎的人都凑了不少，仿佛行军似的，简直是一大队军队呀！起初照例举行宴会，后来就动身到郊外去了，上千人聚成一大片黑彰！后来你猜怎样？竟是你祖父的狗赛过了所有的狗。”

我当时问道：“不就是米劳维特伽么？”

“不错，米劳维特伽，米劳维特伽，当时伯爵就问他道：‘你把你那只狗卖给我吧，随便你要什么，我都能给你什么。’他说：‘伯爵呀，这个可是不能。我并不是商人，一块无用的抹布也不愿意卖去。为着你老人家的恩惠，我的妻子都可以不要了，却不能把米劳维特伽给你。你不如赶快把我囚禁起来吧。’不料伯爵竟极夸奖他，说：‘我很爱这般直爽的人。’你的祖父立刻就坐在马车里把那只狗送回去了。后来米劳维特伽死了，你祖父还用音乐把他葬在花园里面，还在石头上给它刻了碑文。”

“这样说，阿赖克西·格里高耶维奇对于什么人都不加凌辱么？”我说。

“总是这样的，阎罗王比小鬼容易对付些。”

静默了一会，我又问道：“这个包时是怎么样的人？”

“你听说过米劳维特伽，却没有听见说过包时么？他是你祖父打猎的助手。你祖父爱他并不在爱米劳维特伽之下。他这个人很奇怪，你祖父只要有什么吩咐，他一瞬间就给你办到了，就是爬进刀阵里去也是情愿的。有时他吹哨一声，呼唤那些猎狗，在树林内听去，真仿佛呻吟的声音一般。有时他忽然固执起来，就从马上跳下，直躺在地上。那些狗不听见他吹哨的声音，什么事情全都完了！把野兽的痕迹也抛弃了，什么好东西都不愿意追赶了。当时你的祖父生起气来，便嚷起来道：‘如果不把那不做事情的人勒死，我也不愿意活了！把那反对基督的恶徒的皮反剥了去吧！把那恶徒的脚给反拖上来吧！’可是至终他就叫人去问，他需要什么，为什么不吹哨？那时候包时就照常要酒喝，喝完以后，就站起来，重新高高兴兴大声嚷叫起来了。”

“鲁伽·配绰维奇，你大概也喜欢打猎吧？”

“爱，固然是爱的，但不是现在，现在我的时代已经过去了。可是在年轻的时候，你要知道，因为职业的原因，也不大方便。我们这些弟兄们也不必逢迎什么贵族。固然在我们阶级里总有些爱喝酒并且一无能力的人竭力去接近大人老爷们，但是有什么快乐呢！不过自取其辱罢了。给他一匹无用的，打着趔趄的马；时常把他的帽子从头上扔在地下；鞭子朝马身上打，却打在他身上。可是他总在那里笑着，还要惹人家的笑。我对你说吧，一个人身份越小，越要严守自己，不然，就会把自己的名誉弄坏了。”

奥甫斯扬尼克夫说到这里，叹了一口气，继续说道：“是的，从我活在世界上以来，的确有过一些好日子，但时代不同了，尤其在贵族界里，我见出极大的变更。那些拥有小领田的人，有的出去当差，有的已经不在当地了。至于产业多些的人呢，要认识他们也就不能够了。在划定田界的时候，那些拥有大产业的人我都曾看见过。我对你说了吧，我看着他们，心里很舒服，他们又温厚，又有礼貌。不过有使我觉得极奇怪的地方：他们各种科学都学过，话也说得极甜蜜，叫人心里高兴出来，可是不会想实在的事情，就连自己的利益都不大去留心。他们的农奴和总管差不多，能够随便挟制他们，仿佛弯弓似的容易。你大概认识柯若里约夫，他的姓名叫阿历山大·乌拉地米罗维奇，他不也是个贵族？他的面貌极美，在大学校里读过书，听说还到过外国，说话说得十分漂亮，并且待人极其温和，见着我们这些人，便走过来拉手。你知道那件事情么？唔，听我讲来吧。在上礼拜日，仲裁人尼基弗尔·尼里奇邀请我们去聚会。当时尼基弗尔·尼里奇对我们说道：‘先生们，现在应该划定田界了，我们那个区域比其余区域退步，那是很可耻的，我们着手办事吧。’于是我们就议论起来。自然要发生些争论和闲言，我们那个代表当时就傲慢起来。但是第一个吵闹的是泼尔飞·奥夫钦尼克夫。其实这个人要吵闹些什么？他自己连一寸的田地都没有，不过是受他兄弟的委托来办理这件事情罢了。当时他嚷道：‘不！你们这种样子我是办不到的！不，事情不是这样的！把地图取来！把测量师叫来，把那个卖基督的恶徒叫来！’‘不过你的要求是什么啊？’‘哈哈，真找到了傻子了！喂！你以为我能够立刻把你的要求告诉你么？不，你把地图给我，就是这样！’他一边说一边却用手敲地图。这种样子竟把玛尔法·的米渠芙娜气得脸都涨红了，当时嚷道：‘你怎么敢污辱我的名誉么？’他说：‘我才不愿意污辱你的名誉呢。’当时有人把马独拉酒灌给他喝，好容易才算让他平静了，别的人又吵嚷起来。那时候柯若里约夫，这个可爱的家伙啊，正坐在屋隅里，用嘴咬手杖上的竿头，只在那里摇头。我心里觉得很难受，很想离开。那些人怎么不想一想我们呢？后来，阿历山大·乌拉地米罗维奇站起来了，表示愿意说话的态度。仲裁人不由得忙乱起来，说道：‘先生们，先生们，阿历山大·乌拉地米罗维奇愿意说话呢。’那实在不能不夸奖贵族：他们立刻就一声也不言语了。阿历山大·乌拉地米罗维奇说道：‘我们大概忘掉了我们聚集在此的缘故了，虽然划定田界对于田主自然有害，但是事实上讲起来，究竟为什么要划定田界呢？是为了农人的困难能够减轻些，他们做工和纳租税也可以便利些，否则现在他们自己都不知道自己的田地，时常要走出五里路去耕种。’他又说田主不顾农人的安宁很是罪孽，并且如果仔细想一想，他们的利益和我们的利益都是一样的，他们好，我们也好；他们坏，我们也坏。所以为一点小事情，大家不能商量妥协，这是很有罪孽，并且是毫无思想的人所做的行为。以下又说了许多许多的话，句句打入我的心灵。那些贵族全翘起鼻子，我几乎要掉下泪来。他说的话实在有理，在古代的书上绝不会有这类的言词。可是结果怎样呢？自己四亩多的青苔池沼竟不肯让掉，还不愿意卖。他说：‘我要叫人把这个池沼弄干，就在那里建造织布工厂，这件事情的计划已经成熟了。’当时我们没有办成什么事情，各自散了。现在阿历山大·乌拉地米罗维奇还自己以为有理，总在那里谈论织布工厂的事情，不过那个池沼却还没有着手弄干呢。”

“但是他怎么经营自己的田产呢？”

“他用最新的方法。农人们固然不加夸奖，但是也不必去听他们的。阿历山大·乌拉地米罗维奇办得还好。”

“鲁伽·配绰维奇，我还以为你很守旧呢。”

“我——那是另外一桩事情了。我不是贵族，也不是田主。我有什么产业？并且别的事情我也不会做。我极愿意依照公道和法律去做事情，这也就很可以了！青年的贵族自然不喜欢旧时代的习惯，我想他们是对的。现在的时代是应该用脑子去办事了！不过有一件可虑的事情：青年的贵族都喜欢弄巧辩。他们对待农人，仿佛玩弄木偶一般：玩弄着，玩弄着，一弄坏，索性就扔弃了。那些总管呀，农奴呀，或德国种的管家呀，又都打压起农人来了。最好青年的贵族中有一人能做出一个榜样来说：‘应该这样办！’将来究竟结果如何？难道我就这样死去，也不见一些新的局面么？有一句格言，说：老的死了，新的还没有生出呢！”

我听到这里，不知怎样去回答奥甫斯扬尼克夫。后来他四面望了一下，把身子凑近过来，轻声继续说道：“你听说过瓦西里·尼古来尼奇·卢波兹佛诺夫这个人么？”

“不，没有听说过。”

“这个人真是个怪物。他这种样子。真叫我想象不到。他的农人都对我这样讲，我总有点莫明其妙。他这个人年纪还轻，母亲死后承袭了一些财产。他就到自己领地里来。许多农人聚拢来想见一见自己的新主人。瓦西里·尼古来尼奇当时走出来。农人一看，真是奇怪！那位主人穿着天鹅绒的裤子，仿佛马夫一样，穿着一双绿边的鞋子，还穿着红袄和马夫的外衣，垂下一脸的胡须，头上那顶帽子真是圣明，那张脸也更加圣明，又像喝酒，又像不喝酒的样子。当时他说道：‘孩子们，都强健呀！上帝帮助你们！’农人们都向他深深鞠躬，却全默着声不言语，有点胆怯的样子。他自己也仿佛在那里胆怯。后来他才对大家说：‘我是俄国人，你们也是俄国人，凡是俄国人我都爱的。我是俄国人的灵魂，并且血也是俄国人的。’忽然他又下起命令来说道：‘唔，孩子们，请唱俄国的国民歌吧！’乡人们筋肉都颤动了，大家愣了半天。有一个胆大的人开始唱起来，却立刻坐在地上，藏到别人后面去了。还有惊奇的事情：我们那里有好些田主，都是无望的人，还是著名的浪子，穿的衣服，系的带子都和车夫一般，会拉弦琴，会唱歌曲，时常同仆人们一块喝酒，还要请农人们喝酒。但是这个瓦西里·尼古来尼奇却仿佛小姑娘一般：什么书都念，还会写，有时竟高唱起赞美歌来，同谁都不爱说话，还极生分，时常在花园里游玩，似有忧愁或烦闷的样子。那个旧总管起初十分胆小’在瓦西里·尼古来尼奇来到以前他屡次避开农院，无论看见什么人都鞠下躬去，做出那种猫计算吃别人肉的样子。那些农人觉得很有希望，心里想：‘兄弟，你胡闹去吧！现在又该你这宝贝作难了！’不料结果竟这样！连上帝都弄不清怎么会生出这样结果！瓦西里·尼古来尼奇当时把他叫来说话，自己却先脸红起来，呼吸也急促了，喃喃地说道：‘你要在我面前过得去，就不应该压制谁，你懂么？’从此以后他就不要和他相见了。他住在自己的庄园里面，好像别人家的一样。于是总管就休息了，农人竟还不敢迁就瓦西里·尼古来尼奇，实在有点怕。他还有一件事情值得人家奇怪的：主人看见他们便朝他们鞠躬，对待他们极具礼貌，可是他们还是害怕得了不得。先生你看，这个人不是一个怪物么？或者是我傻了，老了，那真是不明白。”

我回答奥甫斯扬尼克夫说，大概这位卢波兹佛诺夫先生是有病的人。

“什么病啊！身体极肥胖，脸儿宽阔得很，显见年纪是很轻的，但是谁知道内中究竟什么情形呢？”说到这里，奥甫斯扬尼克夫长叹了一声。

我说道：“唔，鲁伽·配绰维奇，且把贵族丢在一边，你能把关于国家农人的事情讲一点给我听听么？”

他赶紧说道：“不，这个也就不必讲了。说实在的，就是告诉你，又能怎样呢？”奥甫斯扬尼克夫摇了摇手，接着说道：“我们不如喝茶吧。乡下人，总是乡下人，但是说实在的，叫我们怎么办呢？”

他说到这里，就顿住了，塔提霞娜·伊丽尼奇娜从自己座位上立起来，靠近我们坐下。一晚上的工夫，她几次轻轻地走出去，又轻轻地走回来。房间里一片静默。奥甫斯扬尼克夫郑重其事，慢慢儿地喝起茶来。

塔提霞娜·伊丽尼奇娜轻声说道：“米伽今天到我们家里来了。”

奥甫斯扬尼克夫皱了皱眉头，说道：“他来做什么事情？”

“来赔不是呢。”

奥甫斯扬尼克夫摇了摇头，继续对我说道：“请问你，同这些亲戚有什么办法呢？拒绝他们是也不可能的。你看上帝居然赏给我这个侄子。那小孩子胆量还算大，学问还算求得不错，不过要得他的利益那我也不敢想。本来充当官差，却把职务生生地丢弃了，他简直没有一点出路了。难道他是一个贵族么？就是贵族也不能一下子升作将军。现在他竟无事可做了。这还不必去管他，不料他竟当了小讼师了！替农人们做呈文，写禀帖，教唆保长，帮测量师的忙，在酒店里出入，还要交结那些城内的商人和旅馆里的伙计。遭殃的时候快到了吧？警察长和地方警察官已经屡次恐吓他了。他却很会逗乐：先把他们逗笑，以后再收拾他们。他是不是坐在你那小屋里？”他转身朝着他妻子说：“我是知道你的，你这个人心极慈悲，一定要尽力保护他。”

塔提霞娜·伊丽尼奇娜低下头去，含着笑，面上不由得红了。

奥甫斯扬尼克夫继续说道：“唔，简直是这样啊。……唉，你这个好宝贝？唔，吩咐他进来吧，既然如此，看在贵客的面子上，我饶恕了这个傻子了。唔，他进来，叫他进来。”

塔提霞娜·伊丽尼奇娜走近门旁，喊道："米伽！米伽！"

米伽年纪有二十八岁模样，身材极高，很健壮，头发极长。他走进屋来，一看见我，倏地站立在门边。他所穿的衣服是德国式，衣裳上一种不自然的尺度足以证明并非俄国裁缝所缝。

老人说道："喂，走过来吧，走过来吧，有什么害羞？快谢谢你婶子，饶你这一次。先生，我给你介绍。"他用手指指着米伽："这是我的亲侄子，我简直管不了他，现在走上绝路了！"我们两个人互相鞠了一躬。他接着说道："唔，说吧，你在那里干了些什么事？为什么人家要控告你？"

米伽在我面前大概不愿意解释和辩明这件事情，所以喃喃地说道："叔叔，以后再说吧。"

老人继续说道："不，不必以后说，现在说吧。我知道你在田主老爷面前有点害羞，却总比受刑罚好一些。说吧，说吧，我们听着呢。"

米伽摇着头，说道："我没有什么害羞。叔叔，请你自己仔细想一想吧。从瑞熙提洛甫来的农人到我那里，说：'兄弟，保护保护我吧。''什么事？''是这样的，我们那里面包店开办得都极兴旺，忽然官员跑来，说要检查店铺。检查以后，说我们的店铺没有秩序，有严重的问题，必须禀报长官。但是有什么问题呢？他说：这个我已经知道了。我们当时聚拢来商议，决定应该给那个官员多少酬谢。普洛赫里奇老头子却阻挡住，说：那不过是使他们起更大的强欲罢了。这是什么事情？或者我们这里已经没有王法了么？我们听了那个老头子的话，官员却生起气来，递上呈子，禀报一切，现在他们却叫我们去对答了。'我当时问：'你们那个铺子真的没有问题么？''上帝都看见的，铺子很整齐，并且面包也有法定的数目。'我就说：‘那么你们也不必害怕。’我给他们拟了一张呈文。现在还不知道哪一方面会得胜。对于这件事情你也何必埋怨我，事情是很明显的：自己的汗衫，无论什么人都拿来靠近身体。”

老人轻声说道：“无论什么人都可以，但显然不是你。但是你同苏托罗莫夫斯基的农人在那里做些什么奸谋？”

“你怎么会知道的？”

“自然是知道的。”

“就是这件事情我还是有理，还请你仔细判断一下。在苏托罗莫夫斯基的农人那里，邻人贝兹潘丁耕种了四亩田地。后来他说：那是我的田地。其实苏托罗莫夫斯基人还纳租税，他们的田主正游历外国呢。你自己想想，谁能保护他们呢？并且他们的田地是无可争论的，农奴的田地。当时他们到我那里去，说：‘请你写一张呈文。’我也就写了。后来，贝兹潘丁知道这件事情，就恐吓起我来，说道：‘米伽这个小东西，我要用锥子剥掉他的后脚跟，或者把脑袋从他肩上端下来。’我看看他怎么把我的脑袋端下来，这个脑袋到现在还好着呢。”

老人喃喃说道：“唔，你也不要太夸口了，你那脑袋免不了要遭灾呢。你简直是个疯子！”

“喂，叔叔，不是你自己对我说……”

奥甫斯扬尼克夫插言道：“我知道，知道，你要对我说什么话。固然人的生活应该公正，应该帮助亲近的人，有时还要连自己都不必怜惜。但是难道你永远这样做么？你不被邀请到酒铺里去走动么？人家不会向你鞠躬，对你讲：的米渠·阿来克西伊奇，请你帮助我，以后可以重重酬谢你么？啊？暗地里塞给你一块银卢布或是一张绿钞票，不会有这样的事么？你说不会有么？”

米伽脸上涨得通红，回答道：“这个我实在是错了。但是我绝不会向穷人取钱，那是违背良心的！”

“现在不取人家的钱，等到自己境况一坏，照样还是要取。你不违背良心。唉，你呀！知道你都在替圣人辩护呢！难道你忘记波尔卡·皮瑞赫多夫了么？谁帮过他的忙？谁保护过他？”

“皮瑞赫多夫因为自己犯罪，所以受苦，那是自作自受的。”

“他亏空公款，就是这样。”

“不过，叔叔你想一想，他很贫穷，他……”

“贫穷，贫穷，他是个酒鬼，他是个阴险小人！”

米伽放低了嗓音，说道：“他是因为忧愁，所以才喝酒的。”

“因为忧愁！如果你的心实在十分不忍，你也不妨帮助他，却不必同这个醉鬼一块儿坐在酒铺里面啊。看他真会说话，真没有见过这样的啊！”

“他是个好人。”

“在你看来什么人都是很好的。”奥甫斯扬尼克夫说着，便回身向他的妻子说道：“唔，什么送给他。唔，你大概知道。”

塔提霞娜·伊丽尼奇娜点了点头。

老人又说道：“这几天你躲在哪里？”

“在城里。”

“一定又在那里打弹子球，喝闲茶，拉四弦琴，在衙门里鬼鬼祟祟，走出走进，还要躲在后房里拟禀帖，跟着商人的儿子闲游么？是不是？说吧！”

米伽含笑说道：“也许是这样。啊，我几乎忘记了，芬提可夫·安东·帕芬尼奇礼拜那天请你去吃饭。”

“我可不到这个东西那里去。鱼又不鲜，黄油又腐臭。不理他，随他去吧！”

“我还遇见费多西亚·米海洛芙娜了。”

“哪个费多西亚？”

“她是哥本伸柯田主家的女奴，是米库里诺地方的人。她住在莫斯科，做缝衣的工作。租税依旧按年交付，每年交一百八十二卢布。她自己也知道，在莫斯科她的买卖极好，定做的人也极多。可是哥本伸柯把她叫来，而且不给她活干。她早已预备赎身，并且已经对主人提起了，可是他还没有什么表示。叔叔，你同哥本伸柯是相熟的，你能不能探探他的话？费多西亚肯出极大的金钱去赎自己呢。”

“不是用你的钱么？不用么！唔，好，我可以对他讲。不过，不知道……”老头说到这里，露出不满意的神气：“这个哥本伸柯到底肯不肯。他买卖有价证券，重利借债，贱价取得财产。谁能够使他顺我们那个方向走呢？唉，这些人真叫我讨厌啊！但是你看着吧！”

“叔父，请你从中出力一下吧。”

“好，我一定出力。不过你要听着！你不许得意。你记住，你说不定要遭灾呢。不能全由我一人替你负责任，我自己也不是有权力的人。唔，你走吧。”

米伽出去了。塔提霞娜·伊丽尼奇娜也跟着走出去。

奥甫斯扬尼克夫在后面喊他妻子道：“爱人儿，给他一点茶喝吧。这小子还不算傻，心还算善，不过我很替他担忧。哎哟，请你原谅，为这件小事情让您老人家冷坐了半天。”

前室的门开了。走进一个矮身的人来，这个人头发是灰色的，穿着天鹅绒的小褂。

当时奥甫斯扬尼克夫嚷道：“弗兰茨·伊凡尼奇！好呀，

最近很好吧？”

亲爱的读者，我先给你们介绍一下这位先生。

弗兰茨·伊凡尼奇·雷柔纳是我的邻人，奥里尔省的田主，用了不很普通的手段，取得俄国贵族的尊号。他生在奥尔良，父母为法国人，跟拿破仑充当打鼓手，去征伐俄国。起初什么事情都进行得十分顺利，法国人趾高气扬地走进莫斯科。但是当法国人在归途的时候，那个可怜的雷柔纳先生竟冻得半死，连军鼓也丢失了，被斯摩棱斯克地方的农人捕获了。斯摩棱斯克的农人把他关在空旷的标布场上一夜，第二天早晨就押到河堤旁边的冰窖那里，开始请这位鼓手先生容纳他们的要求，就是扔他到冰底下去。雷柔纳先生不能够答应他们的建议，就用法国话哀求斯摩棱斯克农人放他到奥尔良。他说道："在那里，Messieurs[①]，还住着我的母亲和一个伯母。"但是那些农人大概因为不知道奥尔良城的地理位置，继续要他顺着哥尼罗特卡弯曲的河流作水底下的旅行，并且用敲打他的背来催促他。倏地里传来一声车铃的声音，使雷柔纳生出难以形容的快乐，原来有一辆巨大的雪车向河堤上走来，那辆雪车上盖着斑色的毯子，装着极高的车前盖，用三匹马套着。车上坐着一位体肥面红的田主，穿着狼皮裘。

他问农人们道："你们在那里做什么？"

"老爷，我们在那里淹法国人呢。"

"啊！"田主极冷淡地哼了一声，转过身去。

可怜的人嚷道："Monsieur! Monsieur!"

狼皮裘带着责备的口气，说道："啊，啊！你们这些东西

① 法文，"先生们"。——译者注

跑到俄国来，把莫斯科烧毁了，把伊凡大帝身上的十字架拉下来，但是现在——莫苏、莫苏（先生、先生）地叫起来！垂着尾巴乞怜了！贼当然要受苦啊。斐尔卡，走吧！”

马动了。

田主忽然说道：“喂，站住！喂，你这莫苏，你懂音乐么？”

雷柔纳赶紧说道：“Sauve-moi，sauve-moi，mon bon monsieur![1]”

“你看这种人没有一个人懂得俄国话！音乐，音乐，你知道么？知道么？唔，说呀！懂得么？你懂得音乐么？会弹钢琴么？”

雷柔纳后来明白田主说话的意思，就点了点头，做肯定的表示。“Oui，是，麦歇，monsieur，oui，ouj，je suis musicien; je joue touslesinstruments possibles! Oui,monsieur……Sauve-moi, monsieur![2]”

田主说道：“唔，总算你的福气。孩子们，放了他吧，给你们两毛钱喝酒去。”

“谢谢，老爷，谢谢。请您把他带走吧。”

田主把雷柔纳放在雪车上去，他快乐至极，叹了一口气。他一面哆嗦着，一面向田主鞠躬，向马夫和一些农人们道谢。他身上穿着一件绿色的紧身短衫，系着一条玫瑰色的带子，寒冻正在他身上施威。田主默声看着他红肿哆嗦的肢体，把他遮在自己的皮裘里面，带他到家里去了。家仆们都聚集过来，立刻把这法国人弄暖了，喂饱了，还给他衣裳穿。田主领他到儿女那里去，对他们说道：“小孩子们，给你们找到老师了。你

① 法文，“救救我，救救我，我的好心的先生！”——译者注

② 法文，“是，是，我是个音乐家，我什么乐器都会奏。是，先生……救救我，先生！”——译者注

们老到我面前胡缠：教给我们音乐和法国话。现在这个法国人来了，他还会弹钢琴呢。”说时，他指着一架旧钢琴，五年前从贩卖香水的犹太商人那里买来的，对雷柔纳道：“唔，莫苏，把你自己的艺术显一显吧。”

雷柔纳坐在椅子上去，心里乱极了：他生来就没有碰过钢琴。

田主继续催道：“请奏吧，请奏吧！”

那个可怜的人糊里糊涂地乱弹着钢琴，仿佛击军鼓一般，击在那里，就算那里，以后他讲起当时的情形，说道：“我当时以为我那救命的恩人一定要抓我的领子，把我赶出门外。”不料使这个勉强做作的音乐家异常惊奇的，就是田主等了一会儿，竟极力赞许，拍起他的肩膀来。他说道：“好，好，我看你一定懂得，现在你可以休息去了。”

过了两个星期，雷柔纳从这个田主那里移到另一位有钱并且有学问的人那里去。那个人爱他那种高兴并且温柔的脾气，把他的养女嫁给他了。他也进官界服务，处在贵族阶级里，把自己的女儿嫁给奥里尔的田主卢比藏叶夫，那是退职的龙骑兵和诗人，自己也迁移到奥尔良去住居。

这个人就是雷柔纳，现在称他做弗兰茨·伊凡尼奇。当我在那里的时候，他走进奥甫斯扬尼克夫的屋子里，奥甫斯扬尼克夫同他有极亲密的交情。

但是读者诸位如果再同我一块儿坐在国家农人奥甫斯扬尼克夫家里，也许就要心生厌倦，所以我那巧妙的言词也只好在此处暂止了。

里郭甫

有一天，读者诸君已经认识的叶莫来对我说道："我们到里郭甫地方去吧，我们爽爽快快到那里打鸭去。"

虽然野鸭在真正的猎人看来并不特别稀奇，但是因为时值十月上旬，并无别种野味可猎，山鹬尚未飞，到在田野里跑着猎取鹧鸪又为我所厌恶，所以只得听从我那猎人的怂恿，动身到里郭甫去。

里郭甫是一个极大的荒村，村里盖着一所古代石制的，单圆屋脊的寺院，在罗索塔小河上还有两所磨房。这条小河，在离开里郭甫五里路的地方，便变成了宽绰的池湖，岸边或中央生出许多浓密的芦草，人们称它做"马意草"。这个池湖里，在芦草内弯曲和僻静的地方，生养着无数不同种类的鸭子：叫鸭、半叫鸭、针尾鸭、勺鸭、锯嘴鸭等。三三两两，一群一群在水面上飞来飞去，泅来泅去，枪声一响，陡然起来一阵黑云，猎人一只手握住帽子，拉着长腔说道："呼——呼——"我当时同叶莫来在湖岸旁边走着，但是第一，野鸭是极谨慎的鸟类，不肯在岸旁泅着；第二，即使一只衰弱并且无经验的勺鸭，受了我们的一枪，丧失了自己的生命，不过想在连接的马意草里取得这个鸭子，我们那些猎狗是束手无策的：因为它们虽然有极尊贵的克己心，但是绝不能够泅水，也不能够跳到湖底里去，只能白白地把那宝贵的鼻子触在尖锐的芦草边上。

后来叶莫来说道：“不对，这个事情有点不妥，应该取一只船去。我们回到里郭甫去吧。”

我们回去了。还没有走上几步，从浓厚的灌木树林里跑出一只极凶恶的猎犬来，后面跟着一个适中身材的人，穿着蓝色的小褂，黄色的坎肩，和灰色的裤子，裤子又束得太长，几乎插在有孔的皮鞋里面，头上系着一条红手巾，肩上负着一根单筒猎枪。当我们的几只狗带着那种普通的，适合他们的种类的礼貌，同那个新朋友互相嗅闻的时候，那个新朋友露出胆怯的样子，翘着尾巴，垂着耳朵，全身在那里急转，膝盖并不屈下，牙齿还紧咬着。那个不相识的人走到我们面前，极恭敬地鞠下躬去。他有二十五岁模样，浸满了酸汽水的棕色长发结成一根不动的辫发，栗色的小眼温和地闪动着，脸部仿佛因为齿痛扎着一块黑毛巾，正极甜蜜地含着笑容。

他用那种又温柔，又得人喜爱的声音说道：“让我自己来介绍，我是此地的猎人乌拉地密尔。听见你们来到这里，又知道你们打算到我们的池湖岸上去，所以决定，如果你不反对的话，愿意为你效劳。”

猎人乌拉地密尔的说话，正仿佛最初充当小生角色的乡下年轻演员一般的口吻。我当时答应了他的请求，后来还没有走到里郭甫，已经完全知道他的历史了。他是一个免除奴隶身份的仆人，他在天真烂漫的幼年时代练习过音乐，后来做了跟班，认得字，读过几本小书。现在他的生活正仿佛俄国内许多人的生活一般，既没有一个现钱，又没有正当的职业，只靠着天上的甘露去养活罢了。他的言词谈吐，异常美妙，并且对自己的仪表十分自信，也许是个好色之徒，不过大概总可以成功：因为俄国的女郎极爱听美妙的言辞。他还让我知道，他有时到邻家田主那里去，还到过城里去作客，赌“波莱费朗司牌”，同城里的人相熟。他的微笑姿势十分巧妙，而且随时不同，当他注意着别人说话的时候，有一种温和，并且极节制的微笑。他可以听你的话，可以完全赞成你的意思，但是总不会丧失特别尊严的感情，仿佛愿意使你知道，他有时候也能表示自己的意见。叶莫来没有多大学问，心也不细，和他不客气起来，乌拉地密尔只是笑着对他说道：“您真是……”

我问他道：“你为什么束着手巾？牙痛么？”

他说道：“不，这是不谨慎的恶结果呀。我有一个朋友，是个好人，可是并不是猎人。有一天他对我说：亲爱的朋友，领我打猎去，我极想知道这种游戏是怎样的。我不好意思拒绝自己的朋友，便给他一管枪，带他打猎去了。我们就照常打起猎来，后来打算休息一下。我坐在树下，他却在那里弄起枪来，还朝我瞄准着。我请他停止，但是因为他太没有经验，竟不听从。枪走火了，我丧失了下巴和右手的食指。”

我们到了里郭甫。乌拉地密尔和叶莫来两个人都认为没有船行猎是不可能的。

乌拉地密尔说道：“苏绰克（树枝的意思）那里有一只平底船。不过我不知道他把它藏在哪里。不妨寻找他去。”

我问道：“寻找谁呀？”

“这里住着一个人，绰号叫做苏绰克。”

于是乌拉地密尔就同叶莫来到苏绰克那里去。我在教堂那里等着他们，我看了看四周的坟墓，发现一个发黑色的四角的尸骨瓶，瓶上一面写着法文“Ci-git Théophile-Henri，Vicomte de Blangy[1]”，一面写着“石下葬着法国伯爵伯朗奇的身体，生于1737年，死于1799年，享年六十二岁”，第三面写着“祝他骸骨安宁”的字样，第四面写道：

石下安睡着法国的侨民：

既出名贵的种族，又负伟大的天才。

离开了家庭，

辞别了故乡，

达到俄土的岸上，

领受好客的荫庇，

教育儿童，慰藉父母……

最高的主宰使他安息在这里了。

叶莫来，乌拉地密尔和有着奇怪绰号的苏绰克一来，把我的思想打断了。

赤足，破衣，卷发的苏绰克显出退职臣仆的模样，约摸年纪六十岁上下。我问道：“你有没有船？”

他用又哑又破的声音回答道：“船是有的，不过坏得很。”

“怎么了？”

“解胶了，船板也颠落了。”

叶莫来接着说道：“还不算太糟糕，可以在上面放一点麻屑。”

苏绰克说道：“自然是可以的。”

“不过你是谁呢？”

“贵族家的渔人。”

“你既是渔人，为何船坏成这样却不加修理呢？”

---

① 法文，“伯朗奇伯爵梯奥非尔·亨利墓”。——译者注

“我们那条河上并没有鱼呢。”

我那猎人带着一种慎重的态度说道：“鱼儿不喜欢泥泞的沼泽呢。”

我对叶莫来说道：“快去把麻屑取来，修理我们的船，快些！”

叶莫来去了。

我便对乌拉地密尔说道：“也许我们要翻到湖底？”

他答道：“听天由命吧。无论如何，我们应该设想，这个池湖并不深呀。”

“是，它并不深，”苏绰克这样说着，说得很奇怪，仿佛梦呓一般，“湖底里都是烂泥和草，并且全湖都长着草，里面还有深坑。”

乌拉地密尔说道：“但是如果草长得太强，那么，橹也要没法摇了。”

“在平底船上谁能够摇橹呢？应该用蒿撑。我可以同你们一块儿去，我有一根小篙，也可以用铲子。”

乌拉地密尔说道：“用铲子不大方便，有的地方是达不到底的。”

“这个确实是不方便。”

我坐在坟地上等待叶莫来。乌拉地密尔因为恭敬我的缘故，走开几步，在旁边坐下了。苏绰克却依旧站在那里，低着脑袋，把两只手放在背后，这是家奴的旧习惯。

我开始说道：“你在这里做渔人多久了？”

他哆嗦了一下，答道：“做了七年啦。”

“以前你做什么事？”

“以前当车夫呢。”

“谁把你从车夫降到渔人呢？”

“那个新主妇。”

“哪一个主妇？”

“就是买我们的那个主妇。阿丽奥娜·提奥夫叶芙娜，身体极肥，年纪也不大轻。”

“为什么她想叫你当渔人呢？”

“谁知道她呢。她从它姆波夫的别墅搬到我们这里来，吩咐召集全体奴仆，自己出来见我们。我们起初拉她的手，她并没有怎样，也没有生气。然后她就依次问起我们：做什么事情？担任什么职务？慢慢地轮到我身上来了，她就问：‘你做什么事？’我说：‘我是车夫。’‘车夫么？唔，你怎么是车夫？看一看你自己，你怎么是车夫？你做车夫不是样子，你可以去打鱼，还得把胡须剃去了。每逢我来的时候，你把鱼献上来给我们吃，听见了没有？’从此以后，我就加入渔人的队里去了。她还说：‘你把我的池湖好生收拾一下。’但是叫我怎么去收拾呢？”

“以前你是谁的人呢？”

“是索尔盖·索尔盖奇·配特里夫的人，他是从遗产里得来的。不过，他管我们的时间并不长久，一共只有六年。我就在他那里充当车夫，不过不在城里，那里他另外有别的人，我是在乡下。”

“那么，你从小就当车夫么？”

“怎么从小就当车夫呢！我在索尔盖·索尔盖奇那里当车夫，以前是当厨子，却不是城里的厨子，也是在乡下。”

“你在谁手下当厨子呢？”

“在以前的主人阿凡阿赛·尼费地奇家里，索尔盖·索尔盖奇的叔父。阿凡阿赛·尼费地奇买了里郭甫，索尔盖·索尔盖奇继承了这个遗产。”

“向谁买的呢？”

“从塔提阿娜·瓦西里叶芙娜那里买来的。”

“塔提阿娜·瓦西里叶芙娜是谁？”

“就是前年死的那个，在鲍尔贺夫死的。不对，在卡拉旦甫死的，是个老处女，没有出嫁呢。你难道不认识么？我们是从她的父亲瓦西里·西门尼奇那里遗下来传给她的。她管了我们很久，有二十年呢。”

“怎么，你是她的厨子么？”

“起初是厨子，后来当了咖啡师。”

“当了什么？”

“当了咖啡师。”

“这是什么职务？”

“连我也不知道呀。我被派在餐室里服务，改名为安东，不许叫库兹玛。这是女主人吩咐的。”

“你的真名是库兹玛么？”

“库兹玛。”

“你老是充当咖啡师么？”

“不，不能老做这件事情，也当演员呢。”

“真的么？”

“真的，还在戏院里唱过的。我们的女主人曾建筑了一所戏院。”

“你扮演什么角色呢？”

“你问什么？”

“你在戏院里做些什么事？”

“难道你不知道么？人家把我叫来，替我装扮好了，我就装扮着走起来，有时还站着，或坐着，听他们怎样的吩咐。他们说：你要这样说，我就这样说起来。有一次，我还扮过一个瞎子呢。人家在我的每只眼眶里都放了一粒小豌豆。真是这样的！”

“以后做什么事呢？”

“以后又当厨子了。”

“为什么又把你降为厨子呢？”

“因为我的哥哥跑掉了。”

“但是你在第一个女主人的父亲那里做什么事呢？”

“做各种职务。起初在哥萨克军营里，以后做花园内的园丁，又做‘猎犬奴’（即看守猎犬的人）。”

“猎犬奴么？你同那些猎狗一块儿跑么？”

“是同猎狗一块儿跑的，并且几乎死去。有一次，我同马一块儿坠下来，马竟受了伤。我们那个老主人脾气极严，下令把我笞打，并且吩咐把我送到莫斯科皮靴匠那里去学习。”

“什么学习？难道你还是小孩子的时候就已经充当猎犬奴么？”

“不，那时候我已经二十多岁了。”

“二十多岁还能学习么？”

“既是主人吩咐，那么，我们就要照着办。后来没多久，他就死了，我就重新回到乡下去了。”

“你什么时候学成厨子的手艺呢？”

苏绰克抬起又瘦又黄的脸来，笑了一笑。

“难道这个还要学么？凡是村妇都会煮饭的！”

我说道：“唔，库兹玛，我看你的阅历是很多的！既然你们这里并没有鱼，你为什么现在要做渔人呢？”

“我并不怨命，幸亏人家叫我做渔人。还有个像我一样的老人，名叫安得瑞·波比尔，女主人叫他到纸厂里去当汲水的人。她说吃白食，不做工是罪过。可是波比尔还希望着恩惠，他有个表侄在女主人的办公处内做办事员，答应在女主人面前替他求情，后来真的帮他了！我还亲眼看见波比尔向他侄儿屈膝叩头呢。”

“你有没有家眷？你娶过亲没有？”

“没有，先生。塔提阿娜·瓦西里叶芙娜吩咐任何人都不许结亲。她说，我还是老姑娘呢，要结婚做什么用？尽动歪念头！”

“你现在用什么养活自己？有工钱么？”

“什么是工钱？发出粮食已经是天保佑了，已经极满意了。上帝给我们的女主人延长些年龄吧！”

叶莫来回来了。他很威严地说道：“船修理好了。你去取篙儿！”

苏绰克便跑去取篙去了。在我同那个可怜的老人谈话的时候，猎人乌拉地密尔不住地看着他，露出轻贱的微笑。

等到苏绰克一走，他就开口说道：“那是傻子，完全没有学问的人，不过是一个乡下人罢了，不能够称他做侍仆。他总在那里说假话，你自己判断一下，他怎么能够做演员呢？你真是白白浪费精神，同他谈话了。”

过了一刻钟，我们已经坐在苏绰克的平底船上。我们把狗放在房屋里，让车夫叶胡地耳看守。苏绰克站在船后用篙推着，我同乌拉地密尔坐在船的横木上面，叶莫来坐在前面船头上。虽然放了麻屑，可是水还很快地出现在我们脚下。幸亏天气还算晴朗，池湖仿佛睡着一般。

我们的船走得很慢，老人很艰难地把那根长篙从烂泥里拔出来，那根篙子已经绕满水底乱草的绿线，湖内百合花的圆叶也阻挡了船的进行。后来我们走到芦草那里，便开始射猎。鸭子很喧哗地飞了起来，很恐惧在它们的领域内竟有我们这般人不期的出现，枪声也很亲密地跟着他们散开。看着这些短尾的禽鸟在空气里翻筋斗，又重重地倒在水里，真是好玩，真是高兴。那些中了枪弹的鸭子，我们还不能全取得，因为轻伤的鸭子会钻进水里，还有一些已经打死的鸭子掉进深芦草丛里，竟连叶莫来那种锐敏的眼睛都找不到。但即便如此，我们的船还是装满了野味。

乌拉地密尔发出枪声，总是不中，这倒使叶莫来觉得十分安慰。每次不成功的枪击之后，乌拉地密尔总露出惊奇之色，把那杆枪看了又看，十分疑惑，后来竟问我们他打不中的原因。叶莫来一直打得很准，我却依旧打得很坏。苏绰克用从小就为主人服务的眼光看着我们，断断续续地喊道："那边，那边还有一只小鸭呢！"他搔了搔背心，却不用手，只用肩胛骨的一种特殊动作。那时候天气极佳，又白又圆的云彩很高很轻地在我们头上走着，清清楚楚地印在水波上面，芦草周围瑟瑟地响着。白光照处，池湖处处仿佛钢一般的闪耀。我们正打算回到村里去，不料忽然发生了一件极无趣的事情。

我们早就看出水渐渐地拥进船里面去，便叫乌拉地密尔用水桶把水一桶桶倒出去，那只桶是我那有远见的猎人趁一个村妇没有留神的时候偷来的。只要乌拉地密尔不忘自己的义务，那么，事情进行总算顺利。但是到了行猎将毕的时候，忽然有一群鸭子，仿佛向我们辞别似的飞起来，让我们来不及放枪。

在枪弹的灰尘里，我丝毫没有注意到那只船的状态。这时，叶莫来竭力去取已打死的鸭子，所以全身倾斜在一边，因为他的剧烈行为，我们那只旧船倾倒着，直钻进水里面去，到达水底，幸亏还不是太深。我们呼喊了一声，但是已经晚了，瞬间，我们都站在水里，齐到头颈，四面都是死鸭的尸体。现在我一想起我的同伴又恐惧又死白的脸色，还忍不住想笑。我们把自己的枪放在头上，苏绰克也把篙子举在上面，仿佛照规矩是要模仿老爷们似的。第一个破坏沉默的人是叶莫来。

他在水里唾了一口，喃喃地说道："唉，真是糟糕！这样的机会！全是你，你这个老鬼！"他很生气地向苏绰克说："你弄了条这么破的船！"

老人轻声说道："我错了。"

我那猎人又回头看着乌拉地密尔，继续说道："你在那里看什么？为什么不倒水？你，你，你……"

但是乌拉地密尔已经没有辩驳的地步，他哆嗦得像纸一般，牙对牙几乎要打起来，竟完全无意识地含笑着。他的巧言，他礼貌和自尊的情感，现在也没有办法了！

可恶的平底船在我们脚底下微微地摇动起来。在那只船即将沉没的时候，我们觉得水异常冷，但是我们立刻就忍受过了。当第一个恐怖过去的时候，我们向四面望了望，离我们十步路远的地方长着芦草，在芦草的顶上看得见岸上。我心里想道："真不好呀。"

我便问叶莫来："我们怎么办呢？"

他答道："唔，总得想法子，不能在这里住宿的。"又对乌拉地密尔说道："喂，你拿着这枪。"

乌拉地密尔竟遵从他的话，没有一点反对的意思。

叶莫来继续说道："我去找找浅滩，"说时，带着一种自信的态度，仿佛无论什么池湖里面一定有浅滩的存在，一面说一面取了苏绰克的篙子，向岸那里走去，极谨慎地摸着水底。

我问他："你会不会游泳呢？"

他的声音从芦草丛里传出来："不，我不会。"

苏绰克冷淡地说道："那恐怕要淹死了。"他以前极其恐惧，不过所恐惧的不是危险，是我们的怒气，现在已经完全安静下来，不过有时候还要叹一两口气，却已经不觉得有变更自己地位的任何需要了。

乌拉地密尔也很抱怨地说道："并且这是没有什么益处的。"

叶莫来过了一小时还没有回来。这一小时在我们看来，觉得是永远的。起初我们同他很热闹地互相呼应，以后他竟渐渐很少回答，最后简直完全沉寂了。村里面响着噹噹的钟声，是叫人赴晚祷去的。我们彼此并不讲话，还竭力不肯互相看视。野鸭在我们头上飞翔着，有的竟预备坐在我们附近，可是忽然又飞起来，"咕隆"一声飞开了。我们慢慢觉得冷起来。苏绰克合着眼睛，仿佛预备歇宿的样子。

后来叶莫来回来了，我们有一种说不出的快乐。

"唔，怎么样呢？"

"已经到了岸上，并且找到浅滩了。我们去吧。"

我们打算立刻就去，可是他在水下的口袋里取了一根绳子，系住了许多死鸭的脚掌，用牙齿咬住绳的两端，才奔上前去。乌拉地密尔跟着他，我跟着乌拉地密尔，苏绰克在队伍的最后走着，那里离岸约有二百步路。叶莫来走得很勇敢，毫不停顿，他记路记得很清楚，有时还喊着："往左走，右面有深坑！”或者喊着：“往右走，左面滑得很。”有时候水到脖子那里，可怜的苏绰克比我们都矮，时常淹在水里，冒着水泡，呕吐起来，那时候叶莫来就对他威吓着喊道：“唔，唔，唔！”苏绰克只得移起两腿，往上跳跃，想到浅水的地方，可是就在紧急的时候，总不敢拉住我的衣襟。我们终于又累乏，又污秽，满身淋漓地走到岸上了。

过了两个小时，我们已经坐在一间极大的干草房里，身上的衣服也慢慢干了，便预备吃饭。叶胡地耳车夫是个行动迟缓，步调稳重的人，当时半睡半醒地站在大门那里，极力请苏绰克嗅鼻烟（我觉得俄国的车夫们亲近得很快）。苏绰克带着激怒嗅了一下，吐了吐唾沫，咳了几下，显现出一种极大的愉快。乌拉地密尔带着一种累乏的态度，低着脑袋，说话说得很少，叶莫来在那里擦我们的枪械。狗拼命摇着尾巴，等待晚饭；马伏在矮屋底下，蹬着脚嘶叫着。太阳沉下来了，它那最末的光散在各处，成为一条深紫色的宽带，金色的云彩渐渐在天上散开，仿佛溅起来的浪花。村子里传来了歌声。

白静草原

那天恰正是七月中最好的一天，这样的天只有在持续的好天气之后才可以遇到。从早晨起，天色就很晴朗，朝霞并不发出火烧似的颜色，却四散成浅红的虹彩。太阳不似火焰般热，不似火烧般红，像盛暑时候一样，也不是浓紫色，像刮大风前的光景，却显出灿烂的颜色，静悄悄地浮在又窄又长的乌云底下，发着新鲜的光明，四周还烘托着薄紫色的浅雾。上面一层正在舒展着的云彩幻成几条长蛇的模样，这几条长蛇的光辉好像银子的光辉一般。可是一会儿又涌出几道光线，飞也似地变成一种强烈的发光体。快到中午的时候，时常显出许多又圆又高，金灰色的云彩，还镶着白色柔和的边儿。这些云彩静悄悄地一点也不动，仿佛许多小岛，零零落落散在无穷尽的河边。在低空的云彩渐渐移动着，黑暗起来，中间的蓝色已经看不清楚，但是那些云彩自身却苍白得和天色一般，显出光明和暖气。天边的颜色整天没有变动，四周都是一样的，没有一处黑暗，也没有一处打雷，仅在某处地方从上往下落着不易察觉的雨丝，远远望来，好比淡碧色的细带。近暮薄的时候，这些云彩消失了。其中最后的几块带着黑色，似烟一般的云彩，朝着落日幻成玫瑰色的柱子。太阳静悄悄下落时，正和它升天时一般安静，鲜红的光线射在黑沉沉的地上。不久，晚星扣在上面，轻轻地闪耀着。在这种日子，一切色彩都很光亮，却不鲜明，有一种令人感动的温和的气象。在这种日子，热气有时是极剧烈的，有时还在旷田的斜坡上蒸发着。可是风一吹起来，就赶散了积聚着的暑气。在干燥并且清洁的空气里，可以闻到苦艾、裸麦、荞麦的香味，就是黄昏前一小时，也不会感到凉。在这样的天气去收获麦子，是农人们求之不得的。

我就在这样的一天去图拉省却伦县行猎。我找到并且射中了许多野味，满载的猎囊毫不留情地触痛我的肩膀，但是那时候晚霞已经消失了，天空中的斜阳虽已不发光彩，却还很明亮，寒冷的黑影开始浓密并且散布开来，这时候我决定回家去了。于是，我快步穿过浓密的树林，走到一个小山坡上，低头一望，那个右边有橡树林，远远矗立着一座低矮的白色的教堂的熟识的平原，竟自不见了，所见的却是我不认识的地方。我的脚旁是一条狭窄的平地，对面高耸着白杨树林。我站在那里，疑惑起来，四面望着，兀自想道："唉！我完全不该走这条路，太偏着右边了。"我当时一边惊奇着自己怎么会犯这样的错误，一边赶快从小山坡上下来。一种不爽快的湿气立刻朝我袭来，仿佛走进冰窖一般。平原上又深又高耸的草很潮湿，白得像平铺的桌布，那上面实在有点难走。我赶快向别的方向走去，沿着白杨树林，往左走。蝙蝠在白杨树中飞来飞去，在黯淡不分明的天上很神秘地旋转着。一只晚归的小鹰在高处敏捷地飞着，急着回到自己的巢里去。我当时自忖道："我只要走到那边尽头处，立刻就会有道路了，唉，多走了一俄里的冤枉路。"

后来我走到树林的尽头，但是那里并没有什么道路：几棵未伐尽的小树挡在我的面前，小树的后面是空旷的田地。我又止住步，“这是怎么回事？我究竟在哪里呢？”我开始回忆今天是怎么走的，走过什么地方。后来，我幡然醒悟：“啊！这个是帕拉辛的树林！不错！这也许是辛得叶夫林区。我怎么会到这里来？这样远么？真奇怪！现在该往右走了。”

我穿过树林，向右走着。那时候夜色已临，仿佛雷雨前的黑云一般，黑得极快，随着夜气，黑暗之幕升起了。我眼前遇到一条小道，便顺着这条道路走着，很注意地向前看望。四周万物迅速黑暗起来，寂静起来，仅有鹁鸪鸟几只在那里喊叫着。一只小夜鸟振起自己柔软的羽翼，静悄悄地飞得很低，几乎撞在我的身上，又怯生生地飞到一边去了。我走出林边，在旷田上慢慢地走着。那时候我很难辨别远处的景物，附近田地发着白色，阴沉的暗影在田地后边抬高起来，越移越近，刹那间形成黑漆的一团。我的双腿在凝冻的空气里一步步迈开。白恍恍的天色又发起蓝来，这已经是晚间的蓝色。繁星闪耀着，动摇着。

后来才发现，被我认作小树林的其实是一个黑暗的、椭圆形的山丘。我第三次止住步，朗声说道：“我究竟在哪里呢？”说时，看着自己那条英国种斑黄色的猎狗狄安卡，但这只四足兽中最聪明的畜类只是垂着尾巴，很忧愁地转着疲倦的眼睛，并不给我一点有益的劝告。我不由得惭愧起来，很失望地往前看着，仿佛忽然猜到哪里是应该走的道路，便走到山丘上去，遇见一处极浅的四周已经开垦过的洼地。

我顿时生出一种奇怪的情感。这个洼地的边儿是倾斜的，底上凸立着几块大白石，好像是爬到山谷里开秘密会议的样子。这里又黑暗，又凄惨，天空挂在上边，又阴又静，竟使我的心难受得厉害。有一两只野兽在石头中间衰弱可怜地嚷叫着。我赶快回身跑到丘岗上去。到现在我还没有丢失找路回家的希望，但是我已经确信我是迷路的了，所以也就不急于知道那些完全沉没在黑暗之幕中的周围景物。顺着星光，我一直往前走去，往远处走去。我这般走了半小时的工夫，很艰难地移着脚步。我觉得自有生以来没有走过这样空旷的地方，四面一点火光也没有，也不听见任何声音。一个倾斜的小山头换成别个山头，田地无穷尽地连接着别的田地，树木仿佛忽然从地上站起来，站在我的鼻子前面。我一直走着，已经准备找一块地方歇宿到天亮再说，忽然发现自己走到了一个可怕的深渊边。

我赶紧停住疲劳的脚步，从朦胧的夜色里，看出脚底下远远有一片广大的平原。宽阔的河流弯弯曲曲流在上面，成半圆形，河水光亮的反照闪闪不定。我站立的那个山头，忽然降成垂直的绝壁，山头峥嵘的轮廓发着黑色，和蓝色的天空形成很大的差别。在我的脚底下，绝壁和平原所拼成的那边，黑沉沉的河流附近，正烧着两处火，发出鲜红的火焰。火旁围着几个人，黑影儿摇摇不定，有时还会照出一个长着毛蓬蓬的头发的人的额头。

我这才知道我走到什么地方去了，这是在我们那里很出名的白静草原。但是我回家去是绝对不可能的了，尤其是在夜间，两腿累得竟要弯曲下去。我决定走近火光，在被我认作牛羊贩子的人中等候朝霞。我很顺利地走下山去，但是还来不及把最后拉住的一根树枝从手里放开，就听到两只狗的吠声，向我奔来。这时，火旁发出一阵儿童的声音，两三个小孩很迅速地从地上站起来。我赶紧大声回应他们的叫喊。他们跑到我面前，立刻把自己的狗叫回，我向他们走去。

我把那些靠火围坐的人认作牛羊贩子，实在是错误了，其实不过是邻村的农家孩子在这里看守马群。夏天时候，我们都把马群在晚上赶到田地里去喂草，因为白天苍蝇和虻虫会让它们不得安宁。薄暮时候把马赶出去，趁着朝霞赶回来，这是农家孩子的一大乐事。他们不戴帽儿，穿着旧羊皮的短衣，坐在活泼的马背上，欢呼唱歌，手舞足蹈，大声笑着。尘土像黄色柱子一般飞升起来，弥漫在路上，马蹄声传向远方。一匹红色乱毛的马，夹着尾巴，不住地换着脚步，在最前面跳跃着。

我坐在他们旁边，讲述我迷路的情形。他们问我从哪里来，之后就静默着，坐到别处。后来，我躺在一棵树木底下，向四周看去。这种景致是很别致的：篝火周围有一圈圆形的，红色的光环，在黑暗中颤抖着；火焰舐着葡萄树的枯枝，一下子又隐灭了；一条又尖又长的影儿倏地推进去，跑到火焰中；黑暗正同光明搏斗呢。有时候，当火焰燃得微弱，光环狭窄起来的时候，摇动的黑暗中陡然插进一只红栗毛的马头，或者是全白的马头，目光呆滞地看着我们，慢慢儿嚼着长草，垂下头去，立刻就隐灭了。只听见它继续在那里嚼着草，嘶声叫着。从光亮的地方很难看见黑暗中所有的事物，所以临近的地方仿佛张着一块黑幕。可是在远处地平线那里看得见几处山丘和树林，仿佛斑点一般。乌黑的天高临在我们头上，露出一种神秘的、伟大的气象。吸着俄国夏夜这种特别的、沉醉的、新鲜的气味，胸脯不由得很甜蜜地紧促起来。四周寂静无声，偶尔能听见附近河中大鱼拍水的响声，还有岸畔的芦草被微波所荡动，慢慢地响动着。

篝火轻轻地爆响着。儿童们靠着火坐着，两只小狗也坐在那里，露出那种仿佛要吃我下去的样子。它们对我这个陌生人露出不满的神情，懒洋洋地皱着眼睛，有时还吼叫起来。这里一共有五个孩子，从他们的谈话里，我知道了他们的名字：斐迪亚、帕甫卢夏、依留夏、考斯提亚、凡尼亚。现在，我打算把他们介绍给读者诸位。

最大的孩子是斐迪亚，十四岁左右。他发育得很好，脸庞美丽而细小，金黄头发很浓密，眼睛极光亮，时常做出那种半高兴，半散漫的微笑。从各方面来看，他的家庭应该很富裕，来到田地并不是为生计，而是为了玩。他穿着一件斑色的衬衫，镶着黄边，披着的一件新制的小外套，几乎从他窄狭的小肩上脱落，青色的腰带上挂着一只木梳，半统高的皮靴显然是他自己的——不是他父亲的。

第二个孩子帕甫卢夏的头发是搅乱着的，并且发黑，眼睛是灰色的，宽宽的颊骨，脸部是发白的，并且有点麻点，嘴很大，却是极端正的，头部又圆又大，身体很矮，很粗拙。这个小孩自然不大美丽，不过我极喜欢他：从他的眼神中可以看出，他又聪明又直爽；他的声音中带着一种力量。他的衣裳并不华丽，不过是寻常农人的衣服罢了。

第三个孩子依留夏的脸部并不十分好看：鼻儿钩着，额头凸出，近视眼，表现出一种迟钝的、病态的样子，紧闭的嘴唇显得很严肃，宽阔的眉毛总是皱在一起，仿佛因为火光把脸照皱了。他那黄里带着白色的头发在低矮的毡毛的小帽底下露出几根尖辫，他屡次总是用两手撩到耳朵上去。他穿着新的草鞋和绑腿，一根粗绳在身上绕了三次，很仔细地缚住他那件齐整的黑衣。看他和帕甫卢夏的模样都不过十二岁左右。

第四个小孩考斯提亚，年纪在十岁左右，他那种情思和悲愁的眼神引起我好奇之心。他的脸部并不很大，还是很瘦，带着小黄斑点，下巴很尖锐，仿佛松鼠一般，嘴唇竟不大能够辨别。但是他那双黑色，发光的大眼睛给人很奇怪的印象：这双眼睛好像愿意诉说一些舌头——至少在他的舌头上所不能表达的东西。他的身材极小，身体很虚弱，穿的衣裳显得十分穷苦。

最后那个小孩凡尼亚，我起初不大留心，他躺在地上，很舒服地盖着席子，有时候从里面伸出那个头发蓬散的小头来。这个小孩约有七岁光景。

我躺在旁边树木底下，看着那些小孩。一只不大的罐子挂在一处火上，里面煮着马铃薯。帕甫卢夏守着这只罐子，膝盖跪在地上，一直在试水温。斐迪亚靠着手肘躺在那里，不时用手摸着外套的边儿。依留夏同考斯提亚坐在一起，还在那里皱着脸。考斯提亚微俯着头，向远处望着。凡尼亚向在席底下一动也不动。我假装睡着，几个孩子开始慢慢谈起话来。

起初他们随便说些空话，说明天的工作和马匹的事情。忽然，斐迪亚朝着依留夏，仿佛要提起被截断的话题的样子，问道："唔，你怎么样，你看见过家精（住在人家里的精怪）么？"

"不，我没有见过，并且也看不见，"依留夏用低哑的声音回答着，这种声音同他的脸色完全不相符合，"但是我听见过，并且也不止我一个人听见。"

帕甫卢夏问道："它在什么地方住着呢？"

"在旧时纸厂的一间房子里住着。"

"难道你到纸厂里去过么？"

"自然去的。我同我哥哥阿夫都士卡在那做工，做磨纸的事情。"

"哎哟，你简直是个工人了！"

斐迪亚问道："不过你怎么会听见他呢？"

"是这样的。我同我哥哥阿夫都士卡，斐迪亚·米亚夫士卡，斜眼伊瓦司卡，从红山来的伊瓦司卡，苏霍洛科夫的伊瓦司卡，还有其他几个孩子，都在这个厂做工，我们一共有十个小孩，成为一个组。那一天，我们轮着在纸厂的房子住宿，我们以前不住在那里，因为有一个名叫那扎洛夫的监察员不许我们回家去，他说，你们那些小孩何必回家去？明天活儿很多，不必回家去了。我们这就留在那里，一块儿躺着。阿夫都士卡刚要开始说‘如果家精来了我们怎么办’的话，他还没有说完，忽然觉得有人从我们头上走过。我们大家都躺在下面，他却在上面的轮子旁边走着。我们听见他走着，底下的木板吱吱地响着。后来。他从我们头上走过，水忽然在轮子旁边响起来，轮子也转起来，后来，他又往上走去，到门那里，又从扶梯上走下来，走得不慌不忙的，他脚底下所踏的楼梯也一步步在那里呻吟。他走到我们那间屋门那里，等着，等着，门忽然一下子开了。我们大家都惊扰起来，一看没有什么。忽然看见一只水桶在汲纸的网里动起来，又举上去，一会儿便沉下来，仿佛有人在那里舞动它，一会儿就放在原位上面，一动也不动了。这时，另一只水桶忽然从钉上脱下来，一会儿又回到钉子上了。接着，仿佛有人向门那里走去，一会儿咳嗽着，一会儿打嚏喷，仿佛一只母羊。我们大家都倒在一堆儿，互相拥抱着。那时候我们是多么害怕呀！”

帕甫卢夏说道：“真奇怪！他为什么咳嗽呢？”

“不知道，也许是因为潮湿的缘故。”

大家都静默了。

斐迪亚问道：“怎么样，马铃薯熟了没有？”

帕甫卢夏用手摸了一摸，说道：“没有，还是生的。”说到这里，他转脸向河流那里看了一下，又说道：“你看，那边拍着水的也许是淡水鱼。看，那边那粒小星正在闪动着呢。”

考斯提亚轻声说道："唉，我对你们讲一桩事情，请你们听着，前几天我父亲讲给我听的。"

斐迪亚表现出赞成的态度，说道："唔，我们都听着。"

"你们认识村中的木匠伽夫瑞拉么？"

"唔，是的，认识的。"

"你不知道他为什么这样不快活，总是闭着嘴不说话，你知道不知道？我现在把他这样不快活的缘故讲给你们听。我父亲说，有一天他到树林里去采松子，一下子竟迷路了，后来天黑了，他只好坐在树下，等候天亮，他不由得打起盹来。正在打盹的时候，忽然听见仿佛有人在叫他。他四下一看，并没有人，就又打起盹来，又有人叫着。他又四下一看，看见在树前面的树枝上坐着一个人鱼，在那里摇曳着，招手让他过去，还不住地笑着。那时候月亮正发着强烈的光亮，差不多什么东西都可以看见。她全身又白又光亮，独自坐在树枝上面，仿佛鲫鱼或白杨鱼的形状一般，恐怕连鲫鱼都少见这样的银白呢。这竟把伽夫瑞拉弄得紧张不已。那个人鱼总在那里笑着，向他挥手。伽夫瑞拉打算站起来，听从人鱼的召唤，跑到她面前去，可是真险呀！上帝就在那个时候使他开悟起来：他打算在自己身上画一个十字。不过那时候，他已经很难画十字了。据说，他的手仿佛石头一般，不能转动一下。哎哟，你们猜怎么样？等到他一画十字，那个人鱼竟止住笑容，忽然哭泣起来。她一边哭着，一边用头发擦着眼睛。伽夫瑞拉看了她一下，问道：'你这个林中毒物，为什么哭泣？'人鱼对他说道：'请你不要画十字，我要同你一起幸福地生活一辈子。我所以哭泣，所以懊恼的缘故，是因为你画了十字，并且也不是我一个人要懊恼，你也要懊恼到死。'她这样说着，便从树上消失了。伽夫瑞拉这才明白过来，并且知道了怎样从树林走出去。不过从此以后，他就显得不快活，有点懊恼的样子。”

彼此静默了一小会儿，斐迪亚便说道：“唉！这个树林中不洁的东西，怎么能够损坏基督徒的心灵呢？他自然不能听她的话。”

考斯提亚说道：“去你的吧！伽夫瑞拉还说她的声音那么柔和，那么可怜，仿佛田蛙一般呢。”

斐迪亚继续问道：“你的父亲亲口对你讲的这件事情吗？”

“亲自讲的。我躺在帐篷下面听得很仔细。”

“真是奇怪的事情！他为什么不快活呢？她是喜欢他，所以招呼他过去。”

依留夏插言道：“是的，是喜欢他！怎么样！她打算蛊惑他，她所希望的就是这件事情。这是她们的事情，那些林仙的事情。”

斐迪亚说道：“这里也许可以遇到女仙呢。”

考斯提亚说道：“不对，这里是清洁的地方，自由的地方，就是有一样：这里离河很近。”

大家都不说话了。忽然远处传来一种延长的、响亮的，带着哭腔的声音，在夜深人静的时候经常会有这种声音，起初在空中升起来，然后慢慢地消失。好像有一个人在地平线长久地喊叫着，却又好像有一个人在树林内用柔和，尖锐的笑声回应他，一种衰弱并且敏锐的啸声在河上萦绕。孩子们面对面看着，不由得哆嗦起来。

依留夏微语道：“基督的力量和我们同在！”

帕甫卢夏喊道：“唉，你们都是乌鸦的胆量！害怕些什么？看，马铃薯煮熟了。”于是大家都走近罐子旁，吃起马铃薯来。只有凡尼亚一个人不动身。帕甫卢夏又对他说道："你不来吃么？"

但是他始终不肯从席底下爬出来。罐子里很快就空无一物了。

依留夏开口说道："你们听说过前几天在瓦尔维发生的事情么？"

斐迪亚问道："是不是在河堤上的事情？"

"是，是，在靠近河堤的地方。这块真是不干净的地方，四周全是些洼谷深坑，深坑里藏着许多毒蛇。"

"唔，发生了什么事情？你快说吧。"

"是这样的，斐迪亚，你也许不知道在那边还葬着被溺死的人。他淹没了许久，那时候这个湖还是很深的，不过他的坟墓还可以看见，不过那也不大能看见的了，简直好像一个小土丘一般。前几天，总管把牧狗的人叶米尔叫来，对他说，你到邮局里去一趟。我们那个叶米尔时常去邮局，他把所有自己的狗都弄死了，那些狗也实在不能在他那里生活着，因为没有一只狗活得长久，不过他终是一个好的牧狗人。且讲叶米尔去取邮件，偶然在城中延迟了一下，回来的时候已经喝得酩酊大醉了。那时候正在黑夜，清亮的月夜，月亮正高高照耀着。叶米尔从河堤那里走过：他必须走这条路。他这样走着，看到那个溺死人的坟墓上有一只小羊，毛儿又白又多，很好看，在那里慢慢走着。叶米尔想把它抓住，一面想着，一面爬上去，竟把那只小羊握在手里，但是那只小羊却也没有挣扎。叶米尔便带着它来到马那里，但那匹马看见他，竟抵抗起来，发着嗅息，摇着脑袋。不过他还是制伏了马，骑在上面，把那只小羊放在面前，重行上路。他看着那只小羊，小羊也两眼呆呆地望着他。

叶米尔不由得困惑起来，他真不知道羊儿为什么会用眼睛看人。但是这还没有什么，他开始摸它的毛，还冲它叫道：‘咩，咩！’不料那只羊忽然也露着牙齿，对他叫道：‘咩，咩！’……”

讲故事的孩子还没说完，两只狗忽然同时站起来，一边汪汪叫着，一边从火旁跳开，隐入黑暗中去了。孩子们都害怕起来，凡尼亚从席子里面跳起来。帕甫卢夏一面喊叫着，一面去追两只狗。它们的吠声迅速地变小了，只听见受惊的马群不安的马蹄践踏之声，帕甫卢夏大声喊道：“塞雷意！舒慈卡！”过了一会儿，吠声静了，仍旧能听见远处传来的帕甫卢夏的声音。又过了一会儿，孩子面对面互相望着，仿佛在等待发生什么事情似的。倏地传来马蹄跳跃的声音，它忽然在一棵树旁停了下来，帕甫卢夏已经拉住马鬃，很敏捷地跳了下来。两只狗也跳到火光照亮的小圈里来，坐在地上伸出红舌头。

孩子们都问道：“那边什么事？什么事？”

帕甫卢夏一面向马挥着手，一面回答道：“没有什么，可能是那两只狗闻到什么味道了。我想是狼。”他用很冷淡的声音说出这句话。

我不由得十分赞赏帕甫卢夏的为人，他在这个时候实在很有魅力。在骑了一次快马之后，他那张不好看的脸显得非常勇敢和坚忍。他手里并未拿着鞭子，竟能在深夜里毫不迟疑地一个人骑着马去赶狼。我望着他不由得想道：“这个男孩真棒！”

考斯提亚怯生生地问道：“你看见狼了没有？”

帕甫卢夏答道：“狼在这里自然是很多的，不过它们只有在冬天才会不安分。”

他说完，又靠在火前了。当时他坐在地上，一只手放在一条狗的后脑上面，那只受到宠爱的畜类很久都没有转脑袋，斜眼看着帕甫卢夏，带着一种骄傲的态度。

凡尼亚又藏到席子底下去了。

斐迪亚又说道："依留夏，全因为你对我们讲了恐怖的事情，"他说话时候表现出的那种态度，仿佛他是富农之子，应该充当首先发言的人一般，"所以两只狗儿受着魔力，汪汪地叫个不停。我确实也听说，你们那块地方是很不干净的。"

"瓦纳维次？听说在那里总是能看见旧田主——故世的田主。听说他穿着大衣，慢慢儿走着，总在那里咳嗽，在地上寻找什么东西。有一天绰费米奇老人看见了他，便问道：'伊凡·伊凡尼奇老爷，您在地上找什么呢？'"

斐迪亚惊愕地插嘴道："他问他了么？"

"是的，问过他，"

"唔，绰费米奇真是太勇敢了。唔，他怎样回答呢？"

"他说，我在寻找能开锁破石的虎耳草呢。他说得声音极低。——伊凡·伊凡尼奇老爷，你要虎耳草做什么用。他说，绰费米奇，坟墓压得我难受，想离开那里。"

斐迪亚说道："你看看！他还觉得活得不够！"

考斯提亚说道："这真是奇怪！我以为只有在'追善礼拜六日'（在俄历十月底，又名'普赦日'）才能看见死人呢。"

看得出来，依留夏比别人多知道些村间的迷信，他带着自信的态度说道："死人无论什么时候都可以看得见的。不过在'追善礼拜六日'那天你能够看见这一年必须死亡的活人。到了晚上，只要坐在教堂的台阶上，一直看着路上。谁从你面前走过，这一年谁就要死去。去年我们那个村妇尤利娜娅曾到教堂里去看过。"

考斯提亚带着好奇的态度，问道："唔，她看见过谁没有？”

“看见过。起初，她坐在那里很久，一点也没有看见，没有听见，只有一只小狗在别处乱叫。忽然，她看见一个小孩穿着一件汗衫在小路上走着，她仔细一看，原来是依瓦士伽·费多谢夫。”

斐迪亚插言道：“是春天死去的那个小孩么？”

“就是那个小孩。他在那里走着，并不抬头，可是尤利娜娅认识他。后来，她又看见一个村妇在那里走着。她仔细看着，哎哟，老天爷呀！原来就是她自己。尤利娜娅自己走着呢。”

斐迪亚问道：“难道是她自己吗？”

“是的。”

“可是，她不是还没有死么？”

“不过一年还没有过呢。你不妨看一看她的脸，毫无血色，不成人形了。”

大家又静默起来。帕甫卢夏投到火里一把干枝。干枝在爆发的火焰里吱吱地响着，冒着黑烟，慢慢燃尽，火焰的光四散到各处。忽然，一只白色的小鸟飞到光圈里，立刻很害怕地回转身去，呼扇着双翼飞走了。

帕甫卢夏说道：“这只鸟儿一定是迷路不能回家去了。现在它在这里飞着，不定投奔到什么地方去，一投奔着了，就会歇宿到朝霞出来再飞走。”

考斯提亚说道：“喂，帕甫卢夏，这也许就是一个朝天上飞去的正直的魂灵呢。”

帕甫卢夏又把一把干柴投在火里，出神了半天，才说道：“也许是这样。”

斐迪亚又接着说道：“帕甫卢夏，请你说，在你们夏兰莫夫也能看见‘天上的预兆[1]’么？”

“能看见的。怎么太阳会不看见了呢？”

“你们不害怕么？”

“当然害怕，不但是我们，听说在太阳隐去的时候，连我们的田主老爷也害怕得不得了。还有在田主老爷厨房里的那个厨婢，太阳刚一隐去，她就拿起瓶罐等东西往炉上打去，一面还说道：‘现在谁还去吃东西，已经到了天翻地覆的时候了！’就这样胡嚷起来。我们乡下却发生了一种谣言，说有许多白狼将要走遍大地，吃尽人类，残忍的鸟也将飞来，并且也要看见那个特里什卡。”

考斯提亚问道：“特里什卡是什么人？”

依留夏插言道：“难道你不知道么？哥们，你居然连特里什卡都不知道。你在村里是坐在家里的小孩，真是说对了！特里什卡是个很奇怪的人，他所以成为奇怪的人，因为无论怎样人家都捉不住他，更不能对他做什么事情，实在是奇怪的人呢。比如说，基督徒想把他捉住，拿着棒攻打他，把他围住，可是，他只要对他们一转眼睛—— 一转眼睛，他们自己就互相攻击起来。譬如，把他囚在监狱里面，他只要请求看牢的人让他用瓦罐喝一点水，瓦罐一给他取来，他就钻进罐里，不知道逃往哪里去了。人家用锁链给他扣上，他只要顿一顿脚跟，锁链就从他身上脱落下来了。特里什卡走遍了各村各镇，想要蛊惑基督教的信徒。你要侵犯他却是不可能的，他真是一个很奇怪的魔鬼呀！”

帕甫卢夏用不紧不慢的声音继续说道：“是的。我们那里

---

① 俄国农人称日蚀为“天上的预兆”。——译者注

的老人都说只要‘天上的预兆’一出现，特里什卡就来了。所以预兆一出现，许多人都跑到街上和田地去，等着看会发生什么事情。你知道，我们那个地方是很宽敞的，可以看得很远。大家一看，忽然从山上走来一个人，那种怪样子，他的脑袋更是奇怪。大家都嚷道：‘喂，特里什卡来了！喂，特里什卡来了！’大家四处跑开。我们的村长爬到小沟里去；村长的夫人跌进门槛里去，破口大喊，让那只驯养的狗受到了惊吓，咬断了锁链，从篱笆跑出去，跑到树林里去了；库兹伽的父亲陶落费支跳到燕麦堆上，蹲在那里，学起鸟叫来，心想：‘害人的仇敌也许会对鸟儿怜惜一下。’大家都这样害怕起来。不料那个人却是我们的桶匠，名叫瓦维拉。他买了一只新水桶，便把那空桶戴在头上了。”

孩子们都笑起来，一会儿便又静默了，就像人们在露天中聊天那样。我向四周望了一下：夜色庄严而寂静，午夜的干热已经代替了薄暮时潮湿的空气。离朝霞的出现还有很长一段时间，天上没有月亮，无数金色的星星静悄悄地朝着银河游去。突然，一种奇怪、尖锐、病态的喊声从河上传来，过了一会儿，又远远地重复了一遍。

考斯提亚用颤抖的声音问道：“这是什么声音？”

帕甫卢夏安然说道：“是鹭鸟在那里鸣叫呢。”

考斯提亚接着说道：“是鹭鸟。喂，帕甫卢夏，那次我听见的是什么，你可能会知道。”

“你听见什么？”

“是这样。我从石岭去莎士基诺，起初走过的都是胡桃树林，以后走的是草地。你知道，在山涧的转弯处有一个深坑，在春天泛滥时所积的水到了夏天还没有干尽，上面全长着芦草。

我就在这个深坑旁边走过，忽然坑里面仿佛有一个人在呻吟，呻吟得很可怜：‘呜——呜——呜——呜——呜——呜！’那时候已经很晚，又听见那种病恹恹的声音，我害怕极了，真想哭出来。这是什么东西呢？什么东西呢？”

帕甫卢夏说道：“去年，有一群贼曾把木商阿金淹死在那个深坑里，也许是阿金的灵魂在那里诉冤。”

考斯提亚瞪着那双大眼睛，说道：“噢，原来如此。我不知道阿金在这个深坑里淹死，如果知道，我肯定会吓得半死。”

帕甫卢夏续说道：“听说有些小田蛙也会发出这样可怜的鸣叫。”

“田蛙么？唔，不，这个不是田蛙。这是那个……”正说着，鹭鸟又在河上鸣了一声，考斯提亚喊道：“哎呀！这真像林鬼的叫声！”

依留夏回答道：“林鬼是不叫的，它是个哑巴。它只能击着手掌，发出响声。”

斐迪亚带着讥笑的口气，对他说道：“你究竟见过林鬼没有？”

“没有看见过，希望永远不要看见他，不过别人看见过。有一天，它在一个农人家里绕了一圈，竟把那个农人引到树林里去，在一处田地上转悠，到了天明才走回家去。”

“那么，他看见林鬼了么？”

“看见的。他说林鬼站在那里，又大又黑，仿佛包着什么东西，好像在树后，分辨不出是什么东西。又仿佛躲着月亮，一双小眼睛转来转去。”

斐迪亚轻轻抖了一下，耸着肩膀，喊叫道：“唉，你呀！呸！”

帕甫卢夏说道："为什么这种不干净的魔物会在世上存在？真讨厌！"

依留夏说道："不要骂了，它会听见的。"

于是，大家又静默起来。

忽然，凡尼亚的声音响起来。他说道："看，看，看，天上的星星，仿佛蜜蜂聚拢在一块儿！"

他一边说，一边从席子底下伸出红扑扑的小脸来，握住拳头，慢慢儿抬起头看着天空。其他孩子的眼睛也朝上看去，良久才放下来。

斐迪亚柔声问道："凡尼亚，你的姐姐安妮卡还好么？"

凡尼亚娇声说道："挺好的。"

"你问问她，为什么不到我们这里来。"

"那个我不知道。"

"你对她说，让她来。"

"我可以说。"

"你对她说，我要送给她糖吃。"

"有我的么？"

"也给你。"

凡尼亚叹了一口气，说道："唔，我不要。你还是给她吧，她这个人真的很善良。"

凡尼亚又把头放在地上。帕甫卢夏站起来，用手拿着空罐子。

斐迪亚问他道："你要干什么？"

"到河边去舀一点水，我想喝水。"

两只狗也起来跟着他走。

依留夏目送他去。在后面喊道："留神点，不要掉在河里！"

斐迪亚说道："他怎么会掉下去？他会留心的。"

"是的，他会留心的。不过可能会发生这样的事情：他弯身下去取水，水鬼便拉住他的手，一把拖下水去。以后大家就要说：这小子掉下水去了。其实怎么是掉下去的呢？你们看，在芦草里有什么东西在爬呢？"说着，他静听起来。

芦草正在那里动着，嗤嗤地响着。

考斯提亚问道："那个傻女人阿库丽娜自从落水以后就疯了，对不对？"

"是呢，现在还是这样！听说她以前还是一个美女呢，水鬼毁了她的容貌。它肯定没想到人家会立刻把她救出来，所以就在水底给她毁容了。"

这个阿库丽娜，我是经常遇见的。她穿着破烂的衣裳，面庞瘦得厉害，又黑得像煤炭一般，眼色十分暗淡，嘴永远张着，常在大路上的一处地方整小时来回走着，把一双瘦手紧捧在胸前，慢慢儿一步一步挪着，仿佛野兽在笼里一般。无论别人对她说什么话，她都痴痴地笑着。

考斯提亚继续说道："听说阿库丽娜因为受她情人的哄骗，所以掉到河里去的。"

"就是因为这件事情。"

考斯提亚又说道："你记得瓦西亚这个人么？"

斐迪亚问道："哪一个瓦西亚？"

考斯提亚答道："他就是沉没在这个河里的呀。他是一个很可爱的小孩，他的母亲斐克里斯达很爱他。斐克里斯达仿佛早就觉得他将要在水里发生灾难似的。有一年夏天，瓦西亚同我们去小河里洗浴，她竟惊慌起来。别的村妇倒没有怎么样，拿着水桶摇摇摆摆地走过，斐克里斯达竟把水桶放在地上，对她儿子喊道：‘回来，回来，我的孩子！喂，回来，回来，我的宝贝儿子。’后来不知道什么缘故，竟淹死了。那一天他在岸上游玩，他母亲也在那里拾草，忽然听见仿佛有人在水里放泡儿。她一看，瓦西亚的帽子在水上浮着。从此以后，斐克里斯达便成为疯疯癫癫的人，时常躺在她儿子溺死的地方，一躺下就唱歌。你大概能记得，瓦西亚也唱过这样的歌，所以她也唱，然后哭泣，不停地抱怨上帝。”

斐迪亚说道：“帕甫卢夏回来了！”

帕甫卢夏手里拿着盛满河水的罐子，走到火旁，静默了一会儿，说道：“孩子们，事情不大妥当。”

考斯提亚赶紧问道：“什么事？”

“我听见瓦西亚的声音了。”

大家都哆嗦了一下。

考斯提亚不由得轻声说道：“你什么意思？说得清楚点。”

“真险呀。我刚在河边弯下身子，就听见仿佛像瓦西亚似的声音在水底下叫我：‘帕甫卢夏，喂，帕甫卢夏，请你到这里来。’我立刻就跑开了，不过水已经取到了。”

“哎哟，上帝哪！哎哟，上帝哪！”孩子们一边说着，一边画起十字来。

斐迪亚说道：“这是水鬼在那里叫你呢。我们刚刚还在聊瓦西亚。”

依留夏一字一字慢吞吞地说道：“唉，这真是恶兆。”

帕甫卢夏露出果决的态度，说道：“唔，不要紧，随他去吧！命中注定的事逃也逃不掉。”

孩子们都安静下来，可见帕甫卢夏的话起了很大作用。大家都围在火前，仿佛要准备睡觉一般。

考斯提亚忽然抬起头来，问道："这是什么？"

帕甫卢夏静听了一下，说道："这是小鹬在那里飞着吹哨呢。"

"它们往哪里飞？"

"听说它们会飞到永远没有冬天的地方。"

"真有这样的地方么？"

"真有的。"

"远不远？"

"很远，很远，在暖海的后面。"

考斯提亚叹了一口气，闭上眼睛。

那时从我同这些孩子们做邻居以来，已经过了三个多小时了。月亮这才出来，起初我竟没有看见，因为它又小又窄。先前许多高悬在天空的星星已经移到黑暗的天边去了，四周一片寂静，那种只在早晨才有的寂静。空气中的香气渐渐散去，有一股潮湿之气。夏天的夜真是不长呀！孩子们的谈话随着柴火的熄灭而终止。狗儿也打盹起来，马儿在半明半暗的夜色中低着头睡着了。很快，我也睡着了。

一阵微凉的风从我的脸上吹过。我张开眼睛，朝霞还没有出现，但是东方已经发白了。依稀能看见四周的景象，但是很模糊。灰白色的天空中，星星流转着微弱的光，有的已经隐灭了。地面上有些潮气，树叶上结满露珠，远处传来一阵喧闹的声音。早晨的微风飞舞起来，我的身体也跟着微微抖动，与它应和起来。我慢慢地站起来，走到孩子那边去。大家都睡在灰烬的柴堆附近沉睡，只有帕甫卢夏半坐起来，目不转睛地看着我。

我向他点了点头，便沿着河边离开了。我走了不到两里路，就看见一片宽大潮湿的草地，前面是森林，后面是满是尘埃的大路。在朝霞的笼罩下，树叶、河流都变成绯红色和金色。万物复苏。粗大的露珠发起红来，变成光亮的宝石；钟声迎面传来。突然，夜晚陪伴我的那群孩子骑着马从我面前急速跑过。

还有一件伤心的事情应该在这里说一下，就是帕甫卢夏在那年过世了。他不是淹死的，是从马上坠下摔死的。这样可爱的青年，真是可惜！

美人米也恰河的卡西扬

我打猎回来，坐在一辆小马车上，那时候是夏天，天上云彩正密聚着，这种日子的暑热有时比晴朗的日子还要难受，尤其是在没有风的时候。我一受着这种难受的暑热，不由得打起盹来，身体一前一后地摇荡着。旧车轮转过时飞起来的灰土，又白又细，不断地扑到脸上，我只得带着苦恼的，忍耐的心情受其困扰。我那车夫本来打盹比我打得还厉害些，忽然出人不意地惊扰起来，身体也惊惶得摇动起来，这让我清醒了一点。他拉住缰绳，对马大喊起来，不住地向旁边望去。我也跟着望了一下，原来我们正在一片开垦过的耕地上面走着，远处波浪形的斜坡看上去十分平整，凸出几处低矮的丘陵。一眼望去，五六里路全是空旷的平原，远处是一带不算高大的桦树林。狭窄的小道在平地上蜿蜒着，从凹地和丘陵里转出来，其中有一条小道在我们前边五百多步路就要截住我们所走的那条道路，这条小道上有一队车马，我那车夫看的就是这个。

原来这是出殡仪式。前面一辆套着一匹马的车上坐着牧师，教堂执事坐在他旁边，拉着缰绳。车后四个乡下人光着脑袋，抬着一口棺材，棺材上面蒙着白布，两个妇人在棺材后面走着。其中一个妇人又细又可怜的声音忽然传到我的耳朵里来，我静听了一下，原来她在那里干嚎。在空旷的田地里听到这种哀怨、绝望、凄楚的声音，真叫人异常难受。我那车夫打算赶超这一队人马，所以尽力地赶起马来。在道上遇见死人是不好的征兆。很快，他就把马车赶过去了，不料还没有走到一百步路，马车突然震动了一下，往旁边倾斜过去，几乎要翻车了。车夫赶紧制住那几匹乱跑的马，摇着手儿，吐了一口唾沫。

我当时问道："怎么会这样呢？"

我的车夫一声也不言语，慢吞吞地下了车。

"什么事情？"

车夫没精打采地说道："车轴坏了，烧坏了。"说完，他带着一丝愤怒整理起马身上的羁绊,但是那匹马竟向旁边走去，好容易才站住了，嘶叫了一声，然后用牙齿吮舐前腿的下膝。

我从车上下来，在路上站了一会儿，心情沉闷。右面的车轮差不多完全倒在车子底下，小轴往下仰卧着，仿佛露着一种说不出的失意态度。

我问车夫道："现在怎样办呢？"

那时候，出殡的行列已经转过弯来，慢慢儿走近了。车夫用鞭子指着他们，说道："这是那边的错！遇见死人实在是不好的征兆，这话说得太对了。"

于是，他又开始折磨起马来。那匹马看见他那副粗暴的样子，便决定站在那里，动也不动，只慢慢儿地摇着尾巴。我来回走了几步，又站在车轮前面。

那队出殡的队伍赶上我们了。悲惨的行列轻轻地从路上转到草上，从我们的车旁经过。我同车夫都脱下帽子，向牧师鞠躬，同抬棺材的人对看了一下，他们一步步抬得很费力。后面跟着的两个妇人中一个是很老的，她那张苍白的脸满是忧愁。

她走着，一声也不言语，有时候把一只瘦手抬放在凹进的嘴唇上面。另外一个妇人很年轻，年纪有二十五岁上下，眼睛又红又湿，脸部都哭肿了。她走到我面前时，便停止哭泣，用袖子遮掩住。棺材从我们面前经过，又走上大道，于是那种可怜的，刺激心灵的歌声又传了过来。我那车夫一声也不言语，目送着摇动的棺材过去，才对我说道："这是木匠马尔丁出殡呢。"

"你为什么知道呢？"

"我是看这两个妇人才晓得的。老的是他的母亲，年轻的是他的妻子。"

"他有病么？"

"是的，热病。前天总管派人去请医生，恰巧医生不在家里。不过木匠是很好的人，稍微喝点儿酒，不过终是很好的人。你看，他的妻子悲痛得要死。不过，妇人的眼泪是不值钱的，跟水一样。"

说完，他弯下腰，爬到驾马的鞭绳底下，两手拉住套在马头上的轭。

我问道："但是我们怎么办呢？"

我的车夫起初用膝盖撑在辕马肩上，整理着鞍褥，后来又爬到驾马的缰绳底下，打了马鼻子一下。然后走到车轮那里，目不转睛地望着车轮，慢慢儿从口袋里掏出一只烟盒，拉住革条，慢慢儿拔出盖儿，把两根粗手指插进烟盒（烟盒几乎容纳不下两根手指），搓了搓烟叶，扭了扭鼻子，便慢慢儿吸起来。他吸一次烟总伴着一次长久的咳嗽，婆娑着一双泪汪汪的眼睛，陷入沉思。

我再次问道："唔，怎么样啦？"

我那车夫很郑重地把烟盒放在口袋里，头儿一仰，就把帽子搁在眉毛上面，然后闷闷地爬到马车座位上去了。

我不免生出惊疑的思想，便问他道：“你到哪里去？”

他安然回答道：“请你坐下吧。”说完，就抓起缰绳来。

“但是我们怎样走呢？”

“可以走啦。”

“但是轮子……”

“请你坐下吧。”

“不过轮子坏了。”

“坏自然是坏了，但是总可以走到村庄那边。一步一步都可以的，那边橡树后面向右就有一个村庄，名叫约底诺。”

“你想我们能够走到么？”

车夫并不回答我。

我说道：“我还是步行的好。”

“随便吧。”

说着，他扬起鞭来，马车向前走去。车前的轮子几乎脱落下来，并且转动得异常奇怪，在一个小山丘上面，那个坏轮子几乎飞落下去。但是我的车夫愤怒地大喊了一下，我们便很安全地走下山去了，到了村庄。

约底诺村庄里面只有六所低矮的小房，虽然建造不是很久，但都已倾斜了，有的院子里连篱笆都没有。我们一走进这个村庄，并没有见过一个活的灵魂，道上连鸡和狗都看不见，只有一条短尾的黑犬，看见我们过来，就从一条完全干枯的槽儿里跳出来，大概是为饥渴所迫，才到槽里去的，当时叫也不叫一声，就迅速地跑进大门里去了。我到第一所小房里去，开了前室的门，叫了一声主人，没人回答我。我又叫了一声，门后传来猫儿饥饿的叫声。我用脚碰了猫儿一下，瘦得可怜的猫儿从我面前跑过，一双碧绿的眼睛在黑暗中发亮。我到屋子里看了一下：又黑，又有烟气，并且是空空洞洞的。我走到院子里去，那里也一个人都没有。一只小牛正在呜呜地叫着，跛足的灰色的鹅儿站在一旁。我穿到第二所小房里去，这里也没有人。我就到院子里去。

在阳光照耀的院子中间，躺着一个人，很像小孩，脸朝着地，用驼毛毡子盖着头。在离他数步远的地方，有一辆破车，一个草棚，下面站着一匹瘦马，套着很旧的马具。太阳光线从破棚的窄孔里穿进去，把那匹马身上红栗色的毛变成了斑驳的颜色。几头燕八哥在高悬的笼里喧闹不休，从自己的悬空小房往下看着，显出极大的好奇心。我走到睡着的小孩那里，叫醒他。

他抬起头来，看见了我，立刻坐起来，睡眼朦胧地喃喃说道："什么事？你要干什么？"

我没有立刻回答他。他的外貌使我非常惊讶，原来他是一个五十多岁的侏儒，又小又黑又皱的脸，尖锐的鼻子，不大的栗色眼睛，小小的脑袋上长着卷卷的黑发，仿佛香菌上的帽儿一般。他的全身异常虚弱瘦小，眼神很特别，真是不能用言语形容了。

他又问我道："什么事？"

我便向他解释，他听着我的话，那双转来转去的眼睛不住打在我的身上。

后来我说道："我们能不能弄到一个新轮子呢？我可以给钱。"

他从上到下地打量我，问道："你是什么人？猎人么？"

"是猎人。"

"打天上的鸟么？还是打林中的兽？杀死上帝的禽鸟，流尽无辜的血，你不觉得罪过么？”

这个奇怪的小老头说话时拉长腔调，声音也使我十分惊奇。他的声音一点也不显得衰老，却十分轻柔温和，并且像妇人一般说得娓娓动人。

等了一会儿，他又说道：“我这里没有轮子。这个大概不能用，”说时，他指着自己的小车，我猜你的车应该很大。”

“在这村里能够找到么？”

“这里是什么乡村，这里没有一个人，家里也没有什么人，全都做工去了。你再往前走走吧。”说完，他又躺在地上了。

我想不到他会这么干脆地拒绝我。

我凑到他的肩下去，说道：“老人家，请帮帮我吧。”

“快走吧，我到城里去了一趟，累得慌呢。”他这样对我说着，然后又把毡子盖在头上。

我不死心，继续说道：“拜托了，我可以给钱。”

“我不要你的钱。”

“老人家，请你……”

他抬起一半身体，坐在那里，交叉着一双小腿，说道：“我可以领你到林垦区，那里有商人买了橡树林。他们大概要运树木出去，还在那设立了一个经理处。你可以在那里定做车轮，或者买现成的。”

我很欢喜地嚷道：“好极了！好极了！我们去吧。”

他并不站起身来，只说道：“可以弄到橡木的，好好的车轮。”

“这里离那个地方远不远？”

“有三俄里路。”

“我们现在就走吧，可以坐着你的马去。”

“这是不行的。”

“去吧，去吧，车夫还在街上等着我们呢。”

老人很不情愿地站起身来，跟我走到街上去。我的车夫此时非常烦躁，因为他打算给马喝水，但是井中的水实在太少，并且味道不好，但这是最要紧的事情，一般车夫们都这样说。后来他一看见那个老人便冷笑了一下，点了点头，喊道：“喂，卡西扬，你好呀！”

卡西扬用忧愁的声音回答道：“好呀，埃洛非，老实人！”

我立刻把他的提议告诉给车夫听，埃洛非也表示同意，便走进院里去了。但他故意装出忙乱的样子，在那里驾马，那时候那个老人站立在旁边，肩膀靠着大门，很不高兴地一会儿看看他，一会儿看看我，仿佛有点疑惑。我看出他实在很不喜欢我们这种不速之客。

埃洛非取下木轭，忽然问卡西扬：“难道他们把你也搬到这儿来住了？”

“是，也搬过来了呢。”

我的车夫从牙齿里发出声来，说道：“唉！你认识略阿倍的马尔丁么？”

“知道的。”

“唔，他死了。我们刚才还遇见他的棺材呢。”

卡西扬哆嗦了一下，说道：“死了么？”便低下了头。

“是，死了。你怎么不把他医好呢？听说你可以医好人，你是个医生呢。”

我的车夫露出嘲笑的表情。

后来他抬了抬肩，指着那辆车，说道：“是你的车么？”

“是我的。”

"唔，车呀，好车呀！"说时，他举起车辕，几乎把那辆车朝天翻倒了，"车呀！用什么把你拉到林中去呢？这样的辕我们的马还套不上去，我们的是大马。"

卡西扬答道："我也不知道你们怎么走，莫非用这头牲口？"说着，他叹了一口气。

埃洛非说道："用这头么？"说罢，走到卡西扬的老马那里去，用右手的中指随意朝颈骨那里插了一下，带着一种轻视和责备的神情说道："这个畜生，竟然睡着了。"

我催埃洛非赶快套车。我自己也打算同卡西扬到树林里去，因为那里时常有山鸡出没。车子完全预备好，我立刻同自己的狗坐到那辆不平的，树皮制的车子上去，卡西扬却缩做一团，脸上还和原先一样露出忧愁的表情，也坐在前面木板上边。埃洛非走到我面前，用着一种神秘的态度，轻声说道："老爷，你同他一块去是对的。他是个疯子，他的绰号叫做跳蚤。我真不明白你怎么会请他来干活。"

我打算对埃洛非说，至少直到现在，我看卡西扬是一个极有判断力的人，但是我的车夫立刻继续说道："你留神看他把你带到哪里去，轮子还是请你自己选择，挑一个坚实些的才好。喂，跳虱！"他大声说着："可以从你那里取一点面包么？"

卡西扬一边弄着缰绳，一边回答道："你找一找吧，也许可以找到的。"说完，我们就动身走了。

让我惊奇的是，他的马跑得并不是很慢。一路上，卡西扬保持着固执的静默，对于我的问话回答得十分简短，并且露出很不情愿的神情。我们很快走到林中伐木的地方，不久就找到经理处一所很高的房屋。这所房屋建在不大的山洼上边，那山洼很草率地用堤挡住，变成了一个池湖。我在经理处遇见两个伙计，露着白如雪的牙齿，闪着一双甜蜜的眼睛，用甜言蜜语和又甜蜜又狡猾的微笑，同我做成了车轮的买卖。之后，我出来到林中伐木的地方去了。我以为卡西扬一定会留在马车旁边等我，不料他忽然跑到我面前，对我说道："怎么，你去猎鸟么？"

"是的，如果能找到。"

"我能不能同你一块儿去呢？"

"能，能。"

我们动身去了，伐过木的地方一共有一里路长。当时我看着卡西扬，实在比看着我自己的狗还留心。他真不愧被称为跳虱，他那乌黑的不戴帽的头发，在树木中间闪耀不止。他走得极快，仿佛一步步总在那里跳跃，不住地弯下身体，摘下几样花草，揣在怀里，一个人喃喃说话，总看着我和我的狗，还用着那种注意的，奇怪的眼神。在低矮的小树那里，就是在伐木的地方，时常有些灰色的小鸟出没其间，从这个树上跳到那个树上，忽然凄凄叫了几声，飞向空中去了。卡西扬叱骂了几声，同那些鸟儿对叫起来。小鹌鹑唧唧地叫着，飞在他的脚下，他也跟着唧唧叫起来；百灵鸟飞到他的头顶，扑扇着羽翼，响亮地鸣叫着，卡西扬也学起它的歌调来。可是他就是很少跟我说话。

天气是很好的，比刚才还好，可是暑热终是压不住。明亮的天上聚着很高、很稀少的云彩，带着黄白色，仿佛春天的晚雪一般，并且是长方形的，和船上所张的帆布一般，平整得很。那些云彩有不同的边，又轻又柔，和棉纸一样，连一刹那间都在渐渐变动。我同卡西扬在伐木的地方散步了许久。嫩树还没有长到一尺高，却用那细弱的树杆围绕住又黑又矮的被砍断树干的老树根。树根上有圆形、齿状、灰色边缘的木瘤——就是那称可以烧成火绒的木瘤，黏在这些老树根上面。草莓垂着自己玫瑰色的胡须，蘑菇密密地聚族而居。两脚屡次踏在吞满着炎阳的长草上面，就被绕住了；树上淡红色的嫩叶金光般尖锐地闪耀着，到处蒙蔽人的眼睛；豌豆结出青蓝色的豆荚，到处都是一半莲花色，一半黄色的鸡眼草；小道上面，车辙上，都长着青绿的小草，旁边摞着一丈多高的木柴，为风雨所蚀，都变成黑色了，影子垂在地上，成为斜四方形，除此之外，地面上再见不到别的影子。微风一会儿扬起来，一会儿静默了，忽然又吹在人脸上，仿佛在那里游戏。一切都很高兴地喧哗着，点着头，团团地旋转起来，凤尾草轻柔的梢儿轻浮地摇曳，不由得使人满心欢喜，不料忽然间又停止了，于是一切又都静默了。蚱蜢齐声叫着，仿佛在倾诉什么冤屈——这种持续不断的、酸苦的声音使人听着昏昏欲睡。这种声音在正午酷热的时候特别盛行着，它仿佛就为此而生的，仿佛就是从烧红的大地里引出来的。

我们一路上并没有遇见一只雏鸟，最终走到了另一个伐木的地方。新近伐下的白杨树凄凄楚楚地倒在地上，践踏着小草和树根。有几棵树上面还有树叶，但是已经是死的，垂在不动弹的树枝上面，但是有几棵树上的树叶已经干枯并且弯曲了。金白色新鲜的木屑成堆地躺在潮湿的残根附近，发出一种特别的，异常有趣的，忧愁的气味。靠近橡树林的地方传来斧子砍木的声音，一会儿的工夫，枝叶茂盛的树就倒垂下来，仿佛鞠躬一般。

我半天找不到一只野味，后来从宽阔的橡树那里，穿过丛生的蓬草，飞来一只秧鸡。我用枪射击，它在天空里翻了翻身，便倒下去了。卡西扬一听见枪声，赶紧用手掩住眼睛，在我往枪里装火药并且拾起秧鸡以前，他的身体动也不动。后来我又往下走，他才走到被杀的鸟坠下来的地方，俯身看着染上几点鲜血的草，摇着脑袋，还很害怕地望着我。后来我听见他喃喃说道："罪过呀！唉，这真是罪过呀！"

酷热使我们不得不走进小树林去。我走到一颗高高的胡桃树底下，上面是一株小枫树，很美丽地张着自己轻细的树枝。卡西扬坐在一株已伐去的橡树根上，我望着他，树叶在高处轻轻地摇动着，绿茸茸的树影在他虚弱的身体和他瘦小的脸上来回移动。他并不抬头，他那种不言语的样子我有点厌烦了，我仰身躺着，欣赏远处天上树叶交错的景象。在树林里躺着仰望天空，是十分有趣的事情。你可以幻想你在那里看无底的海洋，而海洋又仿佛在你的脚下，树并不从地上升起，却仿佛巨大植物的根儿一般垂下来，斜倒在玻璃般明亮的波浪里。树上的叶子一会儿如绿宝石般透彻，一会儿又凝成金黄的绿色。在远处，一根嫩枝的尖端，有一片树叶在蔚蓝的天空下静止不动，旁边还摇曳着另一片树叶，像是鱼儿拨水一样，这种摇曳还极自然，仿佛不是风儿摇动它的。白色的圆云幻成水底的岛屿，轻轻地游着，轻轻地走着，忽然所有海洋，这种明亮的空气，这些太阳照耀着的树枝和树叶都被白光所射，颤抖起来，一阵嘈杂，好像海浪陡然升起的响声。你不要动，你只管看着，你心里面的快乐、甜蜜、静穆，真是不能用言语形容的啊。你看那种深沉而干净的蓝色引出你嘴边的微笑，正和天上的云彩一般，幸福的回忆在心里慢慢地、成群地走着，你总觉得你的眼光渐渐地走远，把你牵引到那种平安的、光明的、无底的地方去，而且无从脱离这种高处，这种深处。

卡西扬忽然开口说道：“老爷，喂，老爷！”

我吃了一惊，立刻坐起来，以前他不大愿意回答我的问题，现在却主动跟我说话。

我问道：“你怎么啦？”

他一直看着我的脸，说道：“唔，为什么你杀死鸟呢？”

“为什么？秧鸡是一种野味，那是可以吃的。”

“老爷，你杀它并不为着这个，你自然可以吃它的！你杀它是为了消遣。”

“不错，但是你自己却不吃，譬如鹅或鸡么？”

“那些是上帝为人类预备的，秧鸡却是自由的鸟，林中的鸟。也不是它一种，许多别的，所有林中的产物，田地内，河里的动物，池内的，芦草内的，天上的，地下的，杀它们都是罪过，让它们在自己的世界里活着去吧。但是给人的食物都安排着另外一种，他种食物，他种饮料：面包是上帝的赐物，水是天上来的，动物是古代的祖先们驯养着的。”

我看着卡西扬，觉得很奇怪。他说话很自然，并没有犹犹豫豫，带着一种微妙的激动和温和的郑重的态度，有时候还闭着眼睛。

我问道：“那么按你的意思，连杀鱼也是有罪的么？”

他很自信地说道：“鱼的血是冷的，鱼是不会说话的动物。它不害怕，也不快乐，鱼没有感觉，它的血不是活的。血……”说到这里，他停顿了一下，血是神圣的事情！血看不见上帝的太阳，血隐匿着世界。给世界显出血来，那是大罪，那是大罪，大恐怖。唉，罪孽真大呀！”

他叹了一口气，便垂下头去。我看着这个奇怪的老人，实在十分惊愕。他说的话并不像乡下人，寻常人是不会这样说的，巧言的人也不会这样说。这种是有思想的，让人震惊的话。我从来没有听见过这样的话。

我不住地用眼睛打量他微红的脸，开始说道：“卡西扬，请说，你做什么营生？”

他并不立刻回答我的问题。他的眼睛不安地转了一下，后来才说道：“我不过靠天活着罢了，至于所谓营生却是没有的，什么营生都不做。我十分呆笨，从小就这样，趁着还有力气，就做点工作。我是个很坏的工人，既没有健康，手脚又笨得很，叫我怎么办呢？春天还捕捉夜莺。”

“捕捉夜莺么？怎么，你不说一切树林里的，田地里的，和别种的动物都不应该动么？”

“杀死它是不应该的，死是自然而然来的。就拿马尔丁木匠来说吧，马尔丁木匠活着，活着不久就死了。他的妻子现在在哭她的丈夫，又疼自己的小孩。无论人类，无论动物，对于死是反抗不了的。‘死’并不乱跑，人也跑不掉‘死’，帮助‘死’却是不应该的。所以我是不会杀死夜莺的！我捕捉它不会增加它的痛苦，不破开它的肚腹，只为了人类的快乐，为了慰藉和喜悦。”

“你到库尔斯克去捕捉夜莺么？”

“是的，我到库尔斯克去，有时也走得很远，遇见什么算什么。在湖边、树林边、田地里，一个人住着，有时到深林里去住，在那里，山鹬叫着，兔子嚷着，还有野鸭儿啼着。早晨看着风景，晚上听着啼声，天色亮了，我就把网张开。黄莺唱得又可怜，又美妙。”

“捕来的黄莺你卖了么？”

“卖给善人。”

“你还做什么事情呢？”

“做事情？”

“就是你还做什么工作？”

老人呆了一下，说道：“我什么工作都没有。我是很坏的工人，但是认得几个字。”

“你是识字的人呀？”

“认得几个字。上帝和善人帮助着我。”

“你是有家眷的人么？”

“不是，没有家眷。”

“怎么？死了么？”

“不是的，我一生也没有想明白这个问题。这个全和上帝有关，我们大家都在上帝底下走着，人是应该讲公理的。就是这样！我们应该信奉上帝。”

“你没有亲戚么？”

“有的，是。不过……”

老人家说到这里，有些犹豫不决了。

我又说道：“请你告诉我，我听见我的车夫问你，为什么你不医好马尔丁？难道你懂医道么？”

卡西扬思量一下，回答我道：“你的车夫是很正直的人，但是也不是没有罪孽。人家都称我做医生。我是什么医生！谁能够医人呢！这个全和上帝有关。不过有的是……有的草，有的花实在能够救人。譬如狼把草是对人的身体很好的一种草，金盏草也是这样，讲到这些东西并不算耻辱，全是上帝的纯洁的草。别的却不是这样了，虽然也可以救人，但是有罪的了，讲起来都是有罪的。还有祷告词也有用，唔，自然有些灵验的话。但是有信仰的人才能得救呢。”说到这里，他的嗓音放低了。

我问道：“你什么东西也没有给马尔丁么？”

老人回答道：“知道的晚了。那是没有办法的，谁都是生下来就注定了的。木匠马尔丁，注定是活不长久的，在地上终是活不长久的，这是不容质疑的。只要这个人在世界上活不长久，连太阳都不能像别人似的照着，面包都得不了一点儿，仿佛有什么东西总在后面牵他似的。是的，上帝安静他的灵魂！”

我停顿了一会，就问道：“你很早就搬到这里来了么？”

卡西扬哆嗦了一下，说道：“不，不久呢，才四年。老主人在世时，我住在自己原先的地方，现在那个监护人让我搬到这里来了。我们的老主人心地十分温和，慈善，他在天之灵呀！监护人呢，做事也是很正直的。”

“你原先住在什么地方？”

“我是美人米也恰河的人。”

“离这里远么？”

“一百多里呢。”

“怎么样，那边比较好些么？”

“好些，好些，那边是丰饶的地方，靠近河边，那才是我的家。这里却狭窄得很，而且很干燥，在这里，我寂寞极了。但是在美人米也恰河那里，你可以登到小山上去，一登上去，啊呀，我的上帝！这是什么？又是河，又是草原，又是树林，那边是教堂，那边又是草原。看得远着呢，远着呢！真看得远呀！唔，这里固然田地也是很好的，泥地也很好，据乡下人说，五谷收成也很好。”

“老人，说实在话，你愿意到家乡去么？”

“是的，自然是很好。但是随便什么地方都是很好的，我是个无家无眷的人，也是无定居的人。有什么关系？家里还能住得长久么？像这样走走，”说到这里，他提高着嗓音，“也可以消遣消遣，太阳可以照着你，上帝可以见到你，四处只听见唱歌的声音。你看，这草长得多好。那边还有泉水，神圣的水，天上有鸟儿叫着。在库尔斯克那里有极大的草原，这种草原真是奇怪，使人快乐，真是上帝的赐物！据说，这片草原一直延伸到温和的海那里，住着有美妙歌声的鸟——海马云。无论秋冬，树上的叶子总不凋落，苹果生在银树枝上，仿佛金的一般，人们非常知足和正直。我真想到那边去呢！我一生到过的地方还少么！到过罗姆昂，到过辛勃尔斯克——整齐的城池，也到过莫斯科，到过渥加、米里查、齐纳、郭鲁卜克、伏尔卡、玛士斯卡，看见了许多人，许多慈善的乡下人，也在城里住过。我到了很多地方去，也真是，唉，也不是我一个人这般受罪。也有许多别的农人穿着草鞋走着，在社会上乱跑，去寻找真理。真是，在家里做什么呢？人间是没有公理的，这是实话……”

最后几句话卡西扬说得很快，并且很含糊，以后他又说了些什么话，我简直听不清楚。他的脸上带着一种奇怪的表情，使我不由得想起那个“疯人”的绰号。他低下头去，咳了几声嗽，仿佛恢复正常了。

他轻声说道：“这个太阳啊！林边的热气呀！”

他耸了耸肩，不言语了，四处张望，轻声唱起歌来。歌里面的字句我一点也不懂，我只听见下面两句：

“我名叫，卡西扬，

绰号便是跳虱。”

我想道：“不错，原来他还会做诗呢……”忽然他哆嗦了一下，歌声顿时止住，他很谨慎地向树林深处望去。我回过身去，看见一个乡下小女孩儿，八岁模样，穿着一件蓝色的无袖衣服，头上包着棋盘格的手绢，被太阳晒黑的手上提着竹编的小筐。她大概怎么也想不到会遇见我们，所以一看见我们，顿时站在葱绿的胡桃树林里面，动也不动，一双乌黑的眼睛很害怕地看着我。我刚要仔细看一看她，她就钻到树后去了。

老人很和蔼地喊道："阿奴士卡！阿奴士卡！到这里来，不要怕。"

树后传来一个柔软的声音："我怕呢。"

阿奴士卡一声也不言语，离开了藏身之地，轻轻地兜着圈儿。她那双小孩的脚在深厚的草地上走着，并无声响，很快就从树林里出来，走到老人旁边。这位姑娘并不是八岁，我起初是看她身材不大猜的，她有十三十四岁左右。她又小又瘦，但穿着干净，看着很灵巧，但是美丽的脸很和卡西扬的脸相像，虽然卡西扬并不是个美男子。一样尖圆的脸庞，一样奇怪的眼光，狡猾而信赖，忧愁而敏锐，并且举止相似。卡西扬望着她，她侧身站在他旁边。

他问道："怎么，你采蘑菇么？"

她胆怯地微笑着，回答道："是的，采蘑姑呢。"

"找到许多么？"

"许多，许多。"她很快地看着他，又微微笑了一下。

"有白的么？"

"有的。"

"给我看，给我看。"她便把筐子放在地下，把盖着蘑菇的一张大牛蒡树叶揭开一半，卡西扬俯身看着筐，说道："啊！真正好极了！啊哟，阿奴士卡。"

我问道："卡西扬，这是你的女儿么？"当时阿奴士卡竟自脸红起来。

卡西扬故作镇定地说道："不，那是亲戚。唔，阿奴士卡，去吧！去吧！不过留神些……"

我打断他的话，说道："为什么让她步行呢？我们可以用马车送她。"

阿奴士卡脸红得厉害，仿佛罂粟花一般，两手握住筐上的绳儿，很害怕地看着老人。

他用又冷淡又懒惰的声音拒绝道："不，她可以走到的，去吧。"

阿奴士卡急速地向树林走去了。卡西扬目送着她，随后又低头而笑。在这种长久的微笑里，在他对阿奴士卡所说的几句话里，还在他同她说话时的嗓音里，有一种形容不出的剧烈的爱情与和蔼。他又向她离开的方向望去，又含着微笑，接着擦了擦自己的脸，几次摇着脑袋。

我问他："做什么你这么急着让她走呢？我还想跟她买蘑菇呢。"

他答道："你如果真的想买，不妨到家里去买，也是一样的。"

"那姑娘真是可爱。"

"不，并不怎么样。"他这样回答，仿佛很不情愿似的。从这个时候起，他又陷入以前的沉默之中。

我看出我所有使他重新说话的努力都是徒然的，便走到伐木的地方去。那时候，热气稍稍减少了一些；但是我的坏运气却还继续着，我只好带着一只秧鸡和新买的车轮回到村里去。刚走到院子那里，卡西扬忽然回身对我说道："老爷，喂，老爷。我很对不住你，是我用咒语把所有的野味都赶走了的。"

"怎么回事？"

“我很懂这个方法，你那只有经验的狗是很厉害的，但是连它也没有法子。你想，人还怎样呢，对不对？”

我知道要使卡西扬相信咒语不足以赶走野味是无用的，所以也就不去回答他。那时候我们已经转进大门里去了。

阿奴士卡并不在房子里。她已经比我们先到，所以盛蘑菇的筐儿也扔在屋子里了。埃洛非安上新的车轮，起初还对它挑剔了几句。一个小时之后，我就坐车准备离开，给卡西扬留了一点钱。起初他不收，后来想了一想，便握在手上，揣到怀里去了。在这一个小时中，他几乎没有说话，依旧倚墙站着，也不回答我那车夫责备的言词，并且很冷淡地同我作别。

刚一启程，我就觉得埃洛非又生出一种不愉快的心情来，他坐在前面，连后脑勺都显出不满。这是可以理解的，他在乡下一点食物都没有找到，喂马的水又是很坏的。他很愿意同我说话，但是还没等我开口，他自己先喃喃地说话，先是斥责马，有时还是恶毒的言词。后来又说道：“乡村啊！还算是乡村呢！连酸汽水都没有。唉，上帝啊！水——简直是可恨！”他大声唾了一下，“连黄瓜，酸汽水都没有！哼，这也叫村！你呀！”他对右面那匹马大喊，“我知道，你这个放肆的东西！你太自己放纵了。”说着，他就用鞭子打马，“这匹马简直狡猾透了，原先是很听话的。唔，唔，看着！”

我说道：“埃洛非，跟我说说卡西扬的事。”

埃洛非并不立刻回答我的话，他是个思虑周全，举动迟缓的人，但是我立刻就猜到，我的问题使他欢喜并且安心起来。

他拉住缰绳，说道：“是那个跳虱么？那是奇怪的人，真是疯人，这样奇怪的人再也找不到第二个。他和我们那匹栗色马一样，都是不会做工的。自然呢，他怎么能成为工人，他的心灵还没有着落。不过，因为他小时候就是这样的。起初，他同自家的叔父一起当车夫，他还有三驾马车呢，以后有点厌烦就不做了，于是只能在家里坐着。但是在家里也住不长久，他是个无定性的人，多像一只跳虱呀。恰巧他遇着的主人是很好，并不压制他。他从那时起总是走来走去，像是没人管的羊儿。并且那奇怪的样子，连上帝都猜不透他，一会儿一句话也不说，仿佛一株残树根，一会儿却说起话来，所说的话都是莫明其妙的。但是他唱得很好。除此以外，便没什么优点了。”

“那么，他果能医治人的病么？”

“什么医治！他哪里配！但我犯了瘰疬症，他竟然把我治好了。但是，他是个愚人。”

“你早就认识他么？”

“早就认识了。我们在美人米也恰河里是邻居，同住在西交甫卡。”

“我们在树林里遇见的那个姑娘阿奴士卡是他的亲戚么？”

埃洛非看了我一下，张着嘴笑出来。

“是，是亲戚。她是孤女，母亲没有了，也不知道谁是她的母亲。不过也许是亲戚，因为脸和他相像，她就住在他家里。这个姑娘挺不错的，他老了，所以很溺爱她。并且他，你也绝不会相信的，他还打算教阿奴士卡认字呢。他真是特别的人。没有常性，时常自己矛盾。哎哟，哎哟！”他忽然自己打断话头，把马车停住，俯身下去，嗅一嗅空气，“怎么有点烧臭的味道呢？果然是呀！新轮子大概要擦擦油才好。我去取一点水来，恰巧这里有一个湖。”

埃洛非慢慢爬下车去，解开车轴，跑到湖那里去了，回来的时候，听见轮子为冷水所浸的吱吱声，他心情变得愉悦起来。

在十里路的途中，他在烧热的车轮上面倒了六次水，当我们回到家里的时候，天色已经完全黑了。

村　吏

离我的住处十五多里路的地方住着一个和我相识的人，是年轻的田主，退职的禁卫军军官，名叫阿凯第·帕甫里奇·帕诺奇金。在他的领地内野味很多，房屋建筑是按照法国工程师的图样，人们都穿着英国式的衣裳，平素自奉十分丰厚，接待宾客也极和气，不过人家总不愿意到他家去走动。他为人很有判断力，还极正直，所受的教育也是很好的，也曾做过官，时常跻身在上等社会中，现在经营的产业也极有成效。阿凯第·帕甫里奇·帕诺奇金为人严肃，但是很公平，能顾及自己属下的幸福，至于惩罚他们——也为了他们的幸福。他时常说："对待他们应该和对待儿女一般。他们自然很愚钝，所以必须谨慎考虑才好。"当下人犯了很大的错误时，他也竭力避免暴躁严厉的行为，不爱提高嗓音，只用手指着，安然说道："敬爱的人，我不是吩咐过你么！"或者说："你是怎么啦？醒一醒吧。"那时候他只是咬了咬牙齿，努了努嘴，也就完了。他身材不高，但气质优雅，面貌并不可憎，手指和指甲修得十分整齐，深红的嘴唇和面颊显出十二分的健康。他笑得很响，还很高兴，极自然地转动着明亮的，栗色的眼睛。他穿着很体面的衣装，不带俗气，订购了许多法文书报和图画，可是不大喜欢读书，纸牌玩得十分灵巧。总而言之，阿凯第·帕甫里奇·帕诺奇金是我们省内一个有学问的绅士，和众人羡慕的美少年，妇人几乎为他发狂，尤其夸奖他的姿态。他很自律，谨慎得和猫一般。虽然有时候要使别人知道自己的手段，并且爱嘲弄软弱的人，可是一生没有发生过一次惹人嘲笑的事情。对于坏人，他绝对的嫌恶，恐怕损毁自己的名誉。在高兴的时候，他会告诉大家希腊哲人伊壁鸠鲁是他崇敬的人，虽然他对哲学气味很不相投，称哲学是德国人糊涂的精神食物，有时就干脆成为废话。他很爱音乐，打牌的时候也会低声唱着，颇具一种特别的风味。冬天，他到彼得堡去。他的家里井井有条，就是车夫也受他的影响，不但每天擦拭马具和自己的衣服，还洗净自己的面庞。阿凯第·帕甫里奇·帕诺奇金家的仆人自然眼睛放在额角上看人，但是在我们俄国，阴郁的人和睡熟的人是没有分别的。阿凯第·帕甫里奇·帕诺奇金说起话来又柔软，又和蔼，极有顿挫，仿佛愿意把每个字都从自己美丽的擦了香水的胡须中放出来。他通常会用许多法国成语，如："Maisc' est impayable![①]" "Mais comment donc ![②]"等语。说老实话，我不大愿意到他家里去，如果没有山鸡和鹧鸪，我不会和他认识的。在他的家里有一种奇怪的不安心，即使伺候得很舒服，也不能使你快乐。每天晚上，当穿着蓝色制服的仆人出现在你的面前，很恭敬地替你脱鞋，你就会想，如果不是这个又白又瘦的脸，忽然换一个面颊宽大，筋肉强壮，嘴脸不正，行动粗鲁，刚被主人从田地里叫回来，穿着处处开线的衣服的人，你一定会有说不出的高兴，即便他把你的鞋连脚一块儿脱下来也愿意。

---

① 法文，"可真是有趣！"——译者注
② 法文，"那又如何？"——译者注

虽然我不大喜欢阿凯第·帕甫里奇·帕诺奇金，但是我有一天却在他家里过了一夜。第二天一早，我就吩咐套车，可是我不吃一顿英国式的朝餐，他是不愿意放我走。他把我带到书房里，喝茶的时候还端来肉饼、半熟的鸡蛋、牛油、蜂蜜、干酪等食物。两个仆人戴着干净的白手套，一声不吭地留神我们的一举一动。我坐在波斯式的椅子上面。阿凯第·帕甫里奇·帕诺奇金穿着宽松的黑绒上衣，漂亮的土耳其帽，帽顶有蓝毛，黄色的中国拖鞋。他喝着茶，说说笑笑，看一看自己的指甲，抽了抽烟，把枕头垫在腰间。他吃得很多，并且十分愉快，用餐后，他倒了一杯红葡萄酒，把酒杯举到唇边，忽然皱起眉头来。

他用极锐利的声音问一个仆人："为什么酒不烫热？"

仆人有点惊慌，站在那里如痴呆一般，面色死白。

阿凯第·帕甫里奇·帕诺奇金目不转睛地望着他，安然说道："喂，我是在问你呢！"

不幸的仆人死站在原地，揉着手里的餐巾，一句话也不说。阿凯第·帕甫里奇·帕诺奇金低着头，很生气地斜眼看着他。

他一边用手很亲密地拍了拍我的膝盖，含笑说道："老友，对不住。"一面仍旧看着那个仆人，等了一会儿说道："唔，出去吧。"说完，他扬起眉毛，按起铃来。

很快，一个黑发、肥胖，并且面色黯淡，额角低矮，眼皮极薄的人走了进来。

阿凯第·帕甫里奇·帕诺奇金轻声说道："关于费奥多的事，吩咐下去……"

肥胖的人答道："是，老爷。"便出去了。

阿凯第·帕甫里奇·帕诺奇金很高兴地说道："你看，这真是不痛快的事情呢。你到哪里去呢？留在这里，再坐一会吧。"

我答道：“不，我要走了。”

“又去打猎了！唉，你们这些猎人呀！但是你现在到哪里去呢？”

“离这里四十多里路的瑞波甫。”

“到瑞波甫去么？这样，我同你一块儿去吧。瑞波甫离我的领地细配劳加村一共五里多路，我不到细配劳加村去许久时候了，总分不开身来。这真是巧了，今天你到瑞波甫行猎去，晚上到我那里来。这样太好了，我们可以一块儿吃晚饭，我们带一个厨子去，你就在我那里过夜。好极了！好极了！”他不等我回答，一直说下去，“这已经决定了！喂，谁在那里呢？打发人套车去，快一点才好。你没有到过细配劳加村吧？我建议你在我那村吏的小屋里过夜，我知道你不在意这些的，曾在瑞波甫的草房里住过一夜呢。我们走吧，走吧。”

阿凯第·帕甫里奇·帕诺奇金说到这里，唱起一首法国歌来。等了一会儿，他摇着两腿，又继续说道：“你也许知道，我那里的农人是纳租税的。宪法，有什么用呢？但是租税都纳得很好，不过田地太少呢！我真奇怪，他们是怎么过日子的！但这是他们的事情。我那村吏是个要强的人，硬脑袋，办大事的人！你可以看见的。真是很好的！”

没有法子，本来早晨九点多钟就要去的，可是到两点钟才动身。凡是猎人，都可以明白我不耐烦的心思。阿凯第·帕甫里奇·帕诺奇金极喜欢修饰自己，带着许多衬衫、衣裳、香水、枕头，以及各种应用的零碎东西，这些东西在俭朴自持的德国人那里可以整整用上一年呢。每次从陡坡下来时，阿凯第·帕甫里奇·帕诺奇金总会对车夫说几句简单却很强硬的话，从这里就可以断定我的朋友真是胆小的人。但是旅行还算安全，除了有一次，在一条新修好的小桥上面，厨子所坐的车子倒了下来，后轮压住了他的肚子。

阿凯第·帕甫里奇·帕诺奇金一看见卡瑞跌在地下，竟吓得不轻，立刻打发人问他的手有没有受伤。一得到满意的回答，立刻就安心了，因此我们在路上耽搁得很长。我同阿凯第·帕甫里奇·帕诺奇金两个人坐在一辆车上，旅行将要结束的时候，我感到一种死沉沉的烦闷，而在这几个小时中，我的朋友也累乏了。后来我们到了，不过没有到瑞波甫，却一直到了细配劳加村了。事情已经是这样了，无论如何，我的打猎计划在这天都无法达成了，所以只得定一定心，悉听尊便。

厨子比我们早到几分钟，很明显，一切已经安排好，并且预先告诉那里的人，所以一走近村庄那里，村长——村吏的儿子就来迎接我们。他身体很强壮，皮肤发红色，身材极高，骑着马，却不戴帽儿，穿着新衣裳，不扣纽扣。阿凯第·帕甫里奇·帕诺奇金问他："索佛龙在哪里呢？"村长一下子很恭敬地从马上跳下来，朝主人鞠躬，直到腰际，同时开口说道："阿凯第·帕甫里奇·帕诺奇金老爷，您纳福呀！"说完，他才抬起头来，轻轻摇着，禀报说索佛龙到皮洛甫地方去了，可是已经派人去寻他回来。阿凯第·帕甫里奇·帕诺奇金说道："那么跟着我们走吧。"村长因为礼貌的缘故，把自己的马拉到一旁，跳上去，手里持着帽儿，跟在马车后面跑着。有几个乡人坐在空车上面，迎面驰来，他们从打麦场回来，坐在车上，全身跳跃着，两脚在空中直摇，嘴里唱着歌。可是一看见我们的马车和那个村长，立刻嘴里不发声了，脱下自己的冬帽（那个时候是在夏天），挺着身体，仿佛在那里静候命令。阿凯第·帕甫里奇·帕诺奇金很和蔼地朝他们鞠躬。村里一片慌乱：穿着格条布的村妇，用木片击打过于激动，太显殷勤的狗；跛腿的老人——从眼睛底下生起满脸的胡须，赶紧从井旁拉开没有喝完水的马，不知为什么缘故，朝马身上击打了一下，却同时已在那里鞠躬了；小孩子穿着长汗衫，一边哭着，一边跑进小房里，肚子伏在高门槛上，头倒垂下去，两腿往上跷着，就这样很恭顺地在门上爬着，到黑暗的外屋里去，再也不敢出来了；连母鸡都迅速跑到门洞里去，一只勇敢的雄鸡，挺着好像缎子坎肩似的黑胸脯，跷着又长又红的尾巴，还留在道上，正预备叫嚷，可是忽然害怕起来，也跑了。村吏的房屋和别家的居屋隔断着，在深绿的麻林中央。我们在大门前停车，阿凯第·帕甫里奇·帕诺奇金站起来，很自然地把身上的大衣脱掉，从车里出来，四周望了一下。村吏的妻子迎接我们，低低地鞠躬，走过来拉主人的手。阿凯第·帕甫里奇·帕诺奇金给她任意亲手，自己走到台阶上去。在前室，村长的妻子站在黑暗的角落里鞠着躬，却不敢走上去亲手。前室右面，在所谓冷屋的里边，两个村妇正在忙乱着把一切污秽东西、空罐、油瓶，并把木头似的坚硬皮球收拾出去，又取出一只摇篮，里面放着脏兮兮的婴孩和一堆破布，随后用浴室内的扫帚扫去屋内的灰尘。车夫搬进大小箱子和各种应用的东西，总想竭力减少自己那只沉重的皮靴触地的声音。

那时候阿凯第·帕甫里奇·帕诺奇金向村长问起种田，丰收和其他有关农田的事情，村长都回答得很好，可是露出那种羞涩，并且不伶俐的样子，像用冻坏了的手指扣着大衣的扣子似的。他站在门旁，好像站班的样子，四周望着，给仆人让路。我向他宽阔的肩膀后看了一眼，恰巧看见村吏的妻子正在前室里悄悄地打一个村妇。忽然车轮声响起来了，一会儿，一辆车停在台阶前面，村吏走进来了。

阿凯第·帕甫里奇·帕诺奇金所说的那个办大事的人，身材并不高大，肩膀极高，头发已白，但看起来很健康，鼻子是红的，眼睛又小又蓝，胡须和扇子一样。可以看得出，自有俄罗斯以来，没有一个善人和富人的胡须不是宽阔的，有的人的胡须，一直是很稀的，忽然四周都长满了，也不知哪里来这许多毛。村吏大概在皮洛甫游玩，因为他的脸显得红肿，一身酒气。

“啊，您是我们的父亲，您是我们的恩人，”他唱歌似的说着，脸上显出一种感动的神色，仿佛要迸出眼泪来一般，“您竟降临了！手，老爷，您的手，”说时，他已经预先伸出嘴唇来。

阿凯第·帕甫里奇·帕诺奇金满足了他的愿望，后来和声问道：“唔，索佛龙，你的事情怎么样了？”

索佛龙喊道：“啊，您是我们的父亲，事情怎么会办坏呢！您是我们的父亲，您是我们的恩人，您来到这里，我们整个村子都光耀了，直到我老死的日子都觉得荣幸。上帝保佑您呀，阿凯第·帕甫里奇·帕诺奇金，上帝保佑您呀！靠了您的恩惠，事情办得很顺利。”

索佛龙说到这里停住了，望着主人，仿佛愿意表示出自己情感的热烈，那时候他已经醉了，又请主人伸出手来，一边又唱歌似地说道：“啊，您是我们的父亲，恩人，并且，哎哟，喜欢得简直变成傻子了。哎哟，我看着，还不相信。啊！您是我们的父亲呀！”

阿凯第·帕甫里奇·帕诺奇金看着我，笑了一笑，问道：“N' etsce pasque c' est touchant?①”

① 法文，“这不是很动人么？”——译者注

那个爱说话的村吏继续说道："阿凯第·帕甫里奇·帕诺奇金，您这是怎么啦？老爷，您简直把我想死了。您到这里来，也不预先通知我一下。你在什么地方过夜呢？这里很不干净，都是尘土。"

阿凯第·帕甫里奇·帕诺奇金含笑说道："不要紧，索佛龙，不要紧，这里很好呢。"

"不过您是我们的父亲，这里对于谁是好的呢？对于我们这些乡下弟兄们是好的。但是您，您是我们的父亲，您——您是我们的恩人！请您饶恕我吧，饶恕这个傻子吧，简直疯了，傻了。"

后来晚饭来了，阿凯第·帕甫里奇·帕诺奇金吃起饭来。老头儿把自己的儿子赶走，说他在那里臭气熏人。

"唔，老人家，田地分好界了么？"帕诺奇金这样问着，显然愿意假充说乡下人的话，随后向我使了一个眼色。

"分好界了，全因为您的恩惠，前天田契上签了字。黎诺夫斯基一家起初不肯让，一点也不肯让。尽拿着价，不知道要求些什么，这些全是愚傻的人。我们全靠着您的洪福，和解裁判官尼古拉·尼古拉伊奇的帮助，我们全奉着您的命令做事，就照您吩咐的，我们依着办，全跟叶郭尔·得米枢奇报告过。"

阿凯第·帕甫里奇·帕诺奇金郑重说道："叶郭尔都禀报我了。"

"是，老爷，叶郭尔·得米枢奇禀报了。

"这样说，你们现在很满意么？"

索佛龙正等着这句话。

"哎哟，您是我们的父亲，恩人！"他又唱起来，"这全是您老人家的恩惠，我们为您老人家日夜祷告着上帝。土地自然是少一些。”

帕诺奇金打断他的话，说道：“好啦，好啦，索佛龙，我知道了，你是我勤谨的仆人。还有，麦打得怎样了？”

索佛龙叹了一口气说道：“咳，打麦不是很好呢。阿凯第·帕甫里奇·帕诺奇金，让我给您回禀一件小事。”他凑近身子，使着手势，朝帕诺奇金伛着身子，眯着眼睛。“在我们田地里发现一具死尸。”

“怎么回事？”

“老爷，连我自己都不明白呢，一定是鬼做的坏事。还算好，这个死尸发现在我们和别人家分界的附近，可是实在是在我们的土地上面。我立刻就吩咐人把他拖到别家土地上去，派了一个人守卫着，还警戒那些人不许声张。并且每次我都向警长解释说，这里的秩序怎么好，又请他喝茶，谢他。老爷，您以为怎样？这样，事情就可以怪到别人头上了。”

帕诺奇金很赞赏村吏的机警，屡次用头指着他，对我说道：“Quelgaillnard，ah?①”

这时院子里完全黑了，阿凯第·帕甫里奇·帕诺奇金吩咐把桌上的饭菜收拾干净，把干草取来。仆人铺起被褥，放好枕头，我们就躺下去了。索佛龙听完了明天的命令，就回到自己屋里去。阿凯第·帕甫里奇·帕诺奇金睡觉之前，还谈些俄国农人的良好品质，又对我说自从索佛龙管理以来，细配劳加村的农人一个小钱的租税都没有欠过。守夜的人敲着木板，一个小婴孩显然还没有时间学会自律，在一间屋内大哭起来。我们睡熟了。

---

① 法文，“好家伙，啊！”——译者注

第二天早晨，我们起得很早。我预备动身到瑞波甫去，可是阿凯第·帕甫里奇·帕诺奇金打算带我去看他的领地，请我留在这里，我自己也愿意看一看索佛龙——就是所谓的办大事的人做的事情究竟怎样。后来村吏来了。他穿着蓝色的外衣，系着红色的腰带。他说话比昨天少，很敏锐，并且谨慎地看着主人的眼睛，回答得很伶俐，并且恰当。我们同他一块儿到干草场去。索佛龙的儿子，那个身高三俄尺的村长，从各方面看来都是个极傻的人，也跟在我们后面走着。同行的有村里的警官费道斯耶基，他是退伍士兵，一脸的大胡子，还有十分奇怪的脸容，就像曾经被什么事情震惊惊奇了一下，从此以后就永远保存着这样的脸容了。我们巡视了干草场、谷仓、麦场、菜园、风磨、牲口院、麻田等地，一切事情都归置得很有秩序，只有一些农人忧愁的脸容让我生出几许疑惑的态度。除去实用性，索佛龙还很注重美观：小沟的周围种着白荻草；干草场里的谷堆中间开着小道，上面撒着沙子；风磨上面放了熊形的风扇，但见它张着大嘴，里面吐着红舌；在砖制的牲口院门上安着一个好像希腊木格的东西，木格上用粉笔写着："此牲口院在细配劳加村，造成于1840年。"这一天中，阿凯第·帕甫里奇·帕诺奇金十分和蔼，屡次用法语给我讲租税制度的利益，可又说农奴制度对田主更有益些。他又跟村吏说了一番话，应该怎样种麻，怎样为牲口预备食物。索佛龙很注意地听着主人的话语，有时也要反驳，可是已经不称帕诺奇金为父亲和恩人，总借口说他们的土地十分少，应该多买。阿凯第·帕甫里奇·帕诺奇金说道："那么买吧，用我的名义，我不反对。"对于这个话，索佛龙并不回答，只是捋着胡须。后来，帕诺奇金说道："现在我们可以到树林里去了。"仆人立刻带来几匹高马，我们就动身往树林里去了。在那里，我们找到了浓密的树林和许多野味，阿凯第·帕甫里奇·帕诺奇金拍着索佛龙的肩膀，大加夸奖起来。帕诺奇金对植林的事情还保持着俄国人的见解，给我讲述了一个他认为有趣的故事，从前有一个爱捉弄人的田主为了劝导自己的守林人，说树木砍掉以后再也不会长得浓密，竟把守林人的胡须拔掉一半，用以证明他的说法。但是在其他方面，索佛龙和阿凯第·帕甫里奇·帕诺奇金两个人并不反对农业的改良。回到村里以后，村吏又领我们去看刚从莫斯科订购的簸谷机。簸谷机确实工作得很好，但是如果索佛龙知道在这次最后的游玩中，将有一件无趣的事情等待着他和主人，那么，他还不如同我们留在家里的好呢。

事情是这样发生的。我们从谷仓里出来，看见这样的情形。离门几步路远，在污秽的水坑旁边，有三只鸭子自自在在都泅着水，两个农人站在一旁：一个是六十多岁的老头，一个是二十多岁的少年，两个人都穿着家用的，补缝的汗衫，赤着双足，腰里系着绳带。警官费道斯耶基正在跟他们沟通，要是我们再在谷仓中多待一会儿，他也就能把他们劝走了。但是一看见我们，他立刻就站得笔直，动也不敢动。村长也站在那里，张着大嘴，握着拳头。阿凯第·帕甫里奇·帕诺奇金皱了皱眉，咬着嘴唇，走到请愿的人附近。他们两个人都向他跪下来，一句话也不说。

他用严厉的声音问道：“你们有什么事情？请求什么事情？”两个农人互相对看着，一句话也不说，只是皱着眉头，仿佛太阳照耀着睁不开眼睛似的。

“唔，怎么啦？”阿凯第·帕甫里奇·帕诺奇金继续说着，然后转向索佛龙，问道：“这是哪一家的人？”

“托波里叶夫家的人。”村吏慢慢地答道。

帕诺奇金又说道：“唔，你们怎么啦？你们的舌头没有了么？说，你们有什么事情？”说到这里，他向老人摇了摇头，“傻瓜，不要害怕呀。”

老人伸出深黑的，满是皱纹的脖子，咧着青色的嘴唇，用颤抖的声音说道：“老爷，求您帮帮我们呀！”说完，他开始磕头，那个年轻的农人也跪下来。阿凯第·帕甫里奇·帕诺奇金带着骄傲的态度望着他们，头往后仰着，两腿张开站在那里，说道：“什么事情？我怎么帮你们？”

老人很艰难地说道：“老爷，求您发发慈悲！让我们休息一下，我们快被折磨死了。”

“谁折磨你了？”

“是索佛龙·亚可夫里奇，老爷。”

阿凯第·帕甫里奇·帕诺奇金愣住了。

“你叫什么名字？”

“老爷，我叫安梯普。”

“这是谁？”

“老爷，这是我的儿子。”

阿凯第·帕甫里奇·帕诺奇金又不说话了，只是捋着胡子。他看着老人，说道：“那么，他是怎么折磨你的？”

“老爷，他太狠毒了！他逼着我的两个儿子去当兵，现在又要抢走第三个儿子。昨天他又从院里把我最后的小牛抢去，还打伤了我的老伴，这都是他的恩惠！”

阿凯第·帕甫里奇·帕诺奇金说道：“唔！”

“请不再让他来害我了。”

帕诺奇金皱着眉头，带着一种不满意的态度，轻声问村吏：

“这是怎么回事呢？”

村吏答道：“他是个醉汉，不做工的人，欠租税已经有五年了。”

老人继续说道：“索佛龙·亚可夫里奇替我纳了欠租，现在已经五年了，可是简直把我抓来做奴隶了。”

帕诺奇金很威吓地问道：“你为什么老是欠租呢？大概你爱喝酒，经常在酒馆里走动么？我知道你们的，”阿凯第·帕甫里奇·帕诺奇金很生气地继续说下去，“你会做的就是喝酒和睡觉，好农人却替你负责任。”

村吏顺着主人说话的口气说道：“还是个粗鲁的野人。”

“这是显而易见的，这种人总是这样的，我早就看明白了。整年的放荡，做些无礼的事情，现在却跪倒在这里。”

老人带着失望的态度说道：“老爷，阿凯第·帕甫里奇·帕诺奇金，请您保护我一下吧，我怎么会是无礼的野人呢？我在上帝面前都是这样说，我再也不能够忍受了。索佛龙·亚可夫里奇不大喜欢我，他为什么不喜欢，我也不知道，上帝去裁判吧！老爷，我要家破人亡了，这个最小的儿子，人家还把他……”老人皱着的眼睛里滴出泪珠来。“老爷，保护我一遭吧。”

年轻的农人开始说道：“并且也不是只有我们一家这样。”

阿凯第·帕甫里奇·帕诺奇金忽然脸红起来，说道：“啊，谁问你啦？人家不问你，你就闭嘴。我告诉你，不许说话！不许说话！哎哟，简直是造反了。我告诉你们，在我这里是不许造反的。在我这里……”阿凯第·帕甫里奇·帕诺奇金往前走了几步，大概忆起了还有我在这里，便回过身去，两手插在口袋里面。当时他勉强露着笑容，放低了声音，对我说起来：“请你见谅，这就是乡下地方的坏处。唔，好了，好了，”说时，他并不看那两个农人，“我会处理的，你们去吧。”两个农人并不站起来。“我不已经对你们说过了么，好啦！走吧，走吧，我会处理的。”

阿凯第·帕甫里奇·帕诺奇金背转身去，从牙缝里发出声音：“永远不知道满足。”然后就大踏步走回家去。索佛龙在他后面跟着，警官瞪着两眼，仿佛预备朝远处跳跃一般，村长把几只鸭子从水坑里赶出来。请愿的人站了一会儿，互相望了一下，低着头慢慢走了。

过了两点钟的时候，我已经在瑞波甫了，同着我相识的农人安派地斯预备出猎。在我离开那里以前，帕诺奇金正在和索佛龙生气。我对安派地斯讲起细配劳加村的农人和帕诺奇金，问他和那里的村吏认识不认识。

“就是索佛龙·亚可夫里奇么？”

“他是怎样的人呢？”

“是只狗，不是人，这样的狗在库尔斯克都找不到。”

“怎么啦？”

“细配劳加村算是归帕诺奇金的，其实这个村不是他管的，都是索佛龙管着呢。”

“真的么？”

“管得像自己的财产一般。农人都替他做工，仿佛奴隶一般，派这个去押重货车，派那个到远处去，随便役使他们。”

“他们的田地大概不多吧？”

“不多么？他在黎诺夫斯基一处租了八十顷田，在我们那里租了一百二十顷，一共有二百多顷的田地。他也不只在田地一种上做买卖，马呀、牲口呀、脂油呀、牛油呀、麻呀，他还做这些买卖呢。聪明，真是聪明，也发财了。还有一点不好，就是爱打人。他是畜类，不是人，简直就是一只恶狗。”

“但是他们为什么不告他呢？”

“唉，主人自然是不管这种事的，只要没有欠租，主人就很高兴了，哪里会管这种事。还有什么呢？譬如，你去……”他迟疑了一下，继续说下去，“去控告？他就会把你……你去试试，他就会让你好看的。”

我忆起了安梯普的事情，便对他讲了这件事。

安派地斯说道：“唔，他现在简直要吃了他！哎哟，这个不幸的苦人！怎么能忍受下去呢？在村吏面前，他居然向主人喊冤，简直是找死。这下，村吏可恨死他了。村吏就是个欺软怕硬的恶狗，老人只要有些钱，家里人口多些，他就不敢动了！他把安梯普的几个儿子胡乱地送到兵营里去，这个可杀的坏蛋恶狗！”

不久，我们便动身打猎去了。

1847 年 7 月于西里西亚的萨尔斯堡

皮留克

一天晚上，我打完猎后驱着轻便马车回家，离家还有八俄里多远。我的马很敏捷地在满是尘土的大道上驰骋着，猎狗有时打着鼾，有时摇着耳朵，显得很疲倦。雷雨快来了，前面一块极大的乌云慢慢地从树林里升起来，几块长形的灰色云在我头上，还迎着我舒展开来。杨树很惊慌地摇曳着，絮语着。沉闷的暑热陡然间换成潮湿的冷气，黑影儿很快浓厚起来。我用鞭子往马身上打去，下了一个陡坡，渡过一条干涸的、满长着杂草的小溪，又到山里，跑进树林里去。前面的道路蜿蜒在胡桃树中间，黑暗已经波及这些树上面，我很艰难地往前赶着路程。马车在橡树和菩提树的老树根上跳跃着，这些树根总不住地遮断着深的、纵的小沟。强烈的风陡然在高处发吼起来，树儿都骚动了。粗雨点猛击起来，打在树叶上面，电光闪了，雨儿像小溪似的倾倒下来。我的马在泥塘里一步步走着，四周黑暗得咫尺不辨，好容易才停车在一棵大树底下。我弯着后背遮着脸庞，很着急地等待大雨终了，忽然在电光闪耀中间出现一个高大的身体来。我很留神地往那面看去，那个身体仿佛从地下钻出来一般，站在我的马车旁边。

一个洪亮的声音问道："你是谁？"

“你又是谁？”

“我是这里的守林人。”

我便把自己的名字告诉他。

“啊，我知道啦！你回家去么？”

“回家去，但是你看，这样的雷雨……”

“是的，这样的雷雨。”那个声音回答道。

一道白色闪电照亮了守林人，雷声也随后而来，雨点打下来，打在身上有点疼。

看林人继续说道：“不见得会停呢。”

“怎么办呢？”

他很干脆地说道：“我带您去我那里。”

“好极啦。”

“那么，请你坐上来吧。”

他走到马头那里，拉着马衔调头，我们动身了。马车摇荡得仿佛海上轻舟一般，我一面抓住坐垫，一面呼叱自己的狗。可怜的马很艰苦地在泥里迈着腿儿，时而滑跌。看林人在车辕前面或左或右地摇身走着，仿佛鬼灵一般。我们走了长久后，看林人停住了，他泰然地说道：“老爷，我们已经到家了。”小门呀地响了，几只小狗极亲密地叫起来。我抬起头来，在电光里看见一所小房，围在绕着篱笆的大院中间，一扇小窗里淡淡地发着亮光。守林人将马牵到台阶那里，敲起门来。一个轻柔的声音在里面说道：“就来了，就来了！”随着踝足拍地的声音，门闩响了，一个大概十二岁左右的女孩穿着旧衬衫，手里拿着灯笼，出现在门口。

他对她说道：“好生给老爷照路，我去把您的马车放在小屋里。”

女孩望了我一眼，走进屋里去了。我跟着她走进去。

看林人的房子只有一间小屋，又污秽，又低矮，又空洞，既无暖炕，也没有屏风，一件破皮袄挂在墙上。床上放着单杆枪，墙角里零乱地放着一大堆污布，两个大罐放在火炉旁边。碎木片在桌上燃着，很忧愁地爆发了一下，渐渐地灭下去。小房中央挂着一只摇篮，系在长杆的梢上。女孩灭了灯，坐在小椅上面，用右手推着摇篮，左手整理那些木片。我向四周看了一下，心里很懊恼，晚上走进农人的屋子是让人不大高兴的事情。摇篮里的小孩呼吸很重，还很急促。

我问那女孩："难道你一个人在这里么？"

她含含糊糊地说道："一个人呢。"

"你是看林人的女儿？"

"是的。"

门响了，看林人低着头走过来。他从地板上捡起灯笼，走近桌旁，把灯心点着了。

他说道："大概不习惯点木片吧？"说时，还摇了摇头。

我看着他，这样强壮的人，我很少遇见。他身材极高，肩膀也宽，身段还极合适。在潮湿的，污秽的衬衫里面，凸出他强健的肌肉来。蜷缩的黑须把他严正的，勇敢的脸庞掩上一半，在丛生的、浓密的眉毛底下，一双褐色的小眼透露着勇敢。他轻轻地把两手撑在腰际，站在我前面。

我谢了谢他，问他的名字。

他答道："我叫福马，绰号叫做皮留克。"

"啊，你就是皮留克么？"

我带着双倍的好奇心向他望了一下。从我的叶莫来和别人那里，我时常听见关于看林人皮留克的事情，四周的农人都畏他如火。据他们的讲述，世上从没有过对自己的事情这样尽力的人："一把干枝他都不许拉走，无论在什么时候，即使是在半夜的时候，他也会出其不意地走过来，仿佛雪落在头上一般，你别想抵抗一下，他又有劲又灵巧，简直是个魔鬼。并且无论用什么贿赂都不行，用酒，用钱，无论什么诱惑都施展不了。有些人还屡次预备把他赶出世上，但是不成，总是办不了。"

相邻的农人对皮留克的评论便是这样的。

我又说道："你就是皮留克，我听见人家提起过你，听说你从不放人家砍柴。"

他很固执地答道："这是我的职务，不愿意白吃主人家的面包。"

他从腰里取出一把斧子，坐在地板上面砍起木片来。

我问他："你家里没有女主人么？"

"没有。"他一边回答，一边很猛烈地挥着斧子。

"是死了么？"

"不……是的，死了。"他说时，转过身去。

我一声也不言语，他抬起眼睛望着我。

"同着过路的小商人跑了，"说时，他苦笑了一下。女孩低下头去，小孩醒了，哭喊起来，女孩走向摇篮。皮留克一边把污秽的乳嘴递在她手里，一边说道："唔，给他吧。"他指着那个婴孩，又轻声说道："竟把他也扔掉了。"他走到门旁，站了一下，又回过身来，说道："老爷，你大概不能吃我们的面包，我们的面包是……"

"我并不饿。"

"还有，我可以给你烧好火，但是我没有茶叶。我去看一看你的马怎么样了。"

他开门走出去了，我又向四周看了一下，我觉得这间小屋比刚才还凄惨些。烬烟的悲惨气味，把我压迫得呼吸很不舒畅。小女孩坐在椅上一动也不动，也不抬起眼来，间或把摇篮摇上几下，又把渐渐褪下的衬衫怯生生地披在肩上。她那双赤裸的腿垂挂在那里，动也不动。

我问道："你叫什么名字？"

她说道："优丽达。"说时，越发低垂那张忧愁的脸庞。

看林人进来了，坐在炕上。静了一下，他说道："雷雨就过去了。如果愿意，我可以送你走出树林。"

我站起身来，皮留克持着枪，看了看里面的火药。

我问道："这是做什么？"

"树林里有人在做坏事，在马尔斯峡谷那里有人砍树呢。"他这样说，算是回答我疑问的眼神。

"这里能够听见么？"

"院子里可以听见。"

我们一块儿出去了。雨已经停住，远处还聚着一大块乌云，有时还闪着长蛇形的电。但是在我们的头顶上已经可以看见蔚蓝的天空，不时有星星闪现。树木受了雨的灌溉和风的惊扰，轮廓开始在黑暗中显出来了。我们静听了一会儿，看林人脱掉帽子，低下头去。他忽然伸着手，说道："你看，挑上了这样的晚上，"除了树叶淅淅的声响以外，我什么都没有听见。皮留克一面把马从小屋里牵出来，一面说道："不过这样要把他惊跑了。""我同你一块儿去，可以么？""好呀！"他一面回答，一面把马牵回去了，"我们要出其不意地把他捉住，然后我再送你回去。走吧。"

皮留克在前面，我跟在后边。也不知道他怎么认得道路，但是他停顿的时候很少，如果停顿，也就为了要听斧头的声音。他小声嘟囔：“喂，听见没有？听见没有？”“在哪里？”皮留克耸了耸肩。我们走到山涧中，风忽然停了，均匀的击打声很清楚地传到我的耳中。皮留克望着我，点了点头。我们顺着羊齿草和麻树的丛中往前走去。忽然一种迟钝的，持续不断的巨声传过来。

皮留克喃喃说道：“树倒了。”

那时候天空已经十分洁净了，树林里微微发起亮来。后来我们从山涧里走出来了，看林人对我微语道：“请你等在这里吧。”说完，就俯下身去把枪往上举着，在树中间隐去了。我很用心地静静听着，在时常喧闹的风声里，我听见在不远的地方有一种微弱的斧头声音，很谨慎地在树干上砍着，车轮吱吱响了，马儿也嘶叫了。忽然，皮留克的铜铁似的声音喊起来：“往哪里去？站住！”一个声音很可怜地响起来，仿佛兔子一般，于是“战争”开始了。皮留克喘着气，说道：“你说谎，你胡说。不要走！”我便向喧闹的声响那面跑去，跌跌撞撞地跑到“战场”。我看见砍倒的树旁，看林人把那个贼按在地上，用拳头不住地打他的背。我走过去，皮留克站起身来，用脚按着他。我看见那个乡人全身潮湿，穿着破衣，还生着又长又乱的胡须。一匹劣马半身盖着破席，同着一辆小车一块儿站在那里。看林人不说一句话，乡人也静默着，只摇着脑袋。

我就着皮留克的耳朵轻声说道：“把他放了吧，我来赔偿那棵树。”

皮留克不说一句话，左手拉着马勒，右手抓住贼的腰带，严厉地说道：“喂，回转身来。”

乡人喃喃说道：“斧头拿着吧！”

“为什么把它扔掉呢！”看林人一边说，一边拾起斧子来。我们就动身走了。我走在后面，雨又开始下起来，一会儿工夫便像小溪似的倒着。我很艰难地走到小屋。皮留克把捕到的马扔在院前，把农人引到屋内，放松拳头，把他往屋角里一放。女孩正在火炉附近打盹，一下跳起来，有点惊恐地望着我们。我坐在炕上。

看林人说道：“唉，淋成这样，又得等一会儿了。你不要睡一下么？”

“多谢。”

他指着乡人，说道：“我要把他关在杂货房里，你看这里的门闩。”

我打断皮留克的话，说道：“把他放在这里，不必动他。”

那个乡人斜着身子看着我，我心想无论如何必须设法释放这个可怜的人。他坐在屋角，一动也不动。透过灯光，我能够看出他衰弱的，发皱的脸庞，下垂的、黄色的眉毛，不安的眼睛，瘦弱的四肢。女孩躺在他脚边的地板上面，又睡着了。皮留克坐在桌旁，头枕着两手。蟋蟀在墙角里鸣叫，雨击在屋顶上，从窗上滑下去，我们大家都不言语了。

乡人忽然用迟缓的声音说道：“福马·库资米奇，喂，福马·库资米奇。”

“干什么？”

“请你放了我吧！”

皮留克并不回答。

“放了我吧，我是因为饿才做这种事，放了我吧。”

看林人严厉地答道：“我知道你，你们一村全是这样的，全都是贼。”

乡人说道：“放了我吧，总管破产了，我活不下去了，放了吧！”

“破产啦！但偷东西是谁都不许的。”

“放了我吧，福马·库资米奇。你是知道我们的情形的。”

皮留克转过身去，乡人哆嗦了一下，仿佛得了疟疾似的。他摇了摇头，不均匀地呼吸着。

他带着忧愁的表情说道：“放了我吧，看在上帝的份上，放了我吧！我会还钱的。小孩子们正嚎哭呢，你是知道的。”

“但是你也不能偷东西啊。”

乡人继续说道：“还有马，那匹马，它是我唯一的牲口，也放了吧！”

“我跟你说，这不可能，我也是不自由的人，主人还要问我算账呢。”

“放了我吧！穷啊，福马·库资米奇，穷啊，放了我吧！”

“我知道你！”

“放了我吧！”

“不许跟我说话，安安静静地坐着！不然我就不客气了。你没有看见老爷在这里么？”

可怜的人不得不低下头去。皮留克趴在桌上打起盹来，雨依旧未停止。我等着看事情会发展成什么样子。

乡人陡然站起身来。他的眼睛红红的，脸也涨红了，他瞪着眼睛，咬着嘴唇，说道：“好，你就压迫我吧。你这个昧尽良心的人，你喝基督的血，喝吧。”

看林人回过身来。

“你这个喝血的人！”

看林人带着惊疑的态度，说道：“你敢骂人，你喝醉了么？

疯了么？”

“喝醉啦！我也没有用你的钱，你这个昧尽天良的人，畜生，畜生，畜生！”

“你！我要把你……”

“把我怎样？都是一样的，一样是完蛋，你叫我往哪里去呢？你打我吧，一样的结果，不是饿死，便是这样死，总是一样的。妻子，小孩子们，都完了，你也弄死他们吧，等着，我会跟你算账的。”

皮留克站起身来。

乡人用凶猛的声音继续说道：“打吧，打吧。来，打呀，打呀！”这时，女孩从地板上跳起来，望着他。

看林人喊道：“住嘴！”说着，往前走了两步。

我说道：“得啦，得啦，福马，放了他吧，随他去吧。”

不幸的人继续说道：“我何必不说话呢！总是一样的死，你是昧尽天良的人，野兽，你等着，你能得意的时候也没多久了！会有人割断你的咽喉的！”

皮留克抓住他的肩膀，我奔过去救乡人。

看林人对我喊道：“老爷，请不要动手！”

我并不怕他的威吓，还想伸出手去，但让我万分惊奇的是，他一个转身，把带子从乡人的肘上抽掉，抓住他的后衣领，把他的帽儿推到眼睛上，开着门儿，一下子把他推出去了。

他朝着他喊道：“快带着你的马儿，给我滚蛋。看着，如果还有第二次，我可要……”

他回到屋里，在墙角那里摸索起来。

后来我说道：“喂，皮留克，你真使我惊奇，你真是可爱的人。”

他带着忧愁的语气说道：“唉，得啦，老爷。不过请你不要再提这件事了，我还是送你出去吧，雨把你留得太久了。”

院子那里传来那个乡人马车的轮子声。

他喃喃说道：“你看，他已经走了，我真要把他……”

过了半小时，在树林的尽端处，他同我告辞了。

经理处

这件事发生在秋天。那时，我已经带着猎枪在田野里行走了好几小时。一阵阵又细又冷的雨，从早晨起就像年老的处女一般，不住地附在我的身上，毫无怜惜的意思，使我不得不在近处找一个躲避的地方。即便我没赶上雨，在晚上以前也是回不到库尔斯克的旅馆里去的。我正在忖度应该往哪个方向去的时候，我的眼睛忽然看到种植着豌豆的田地旁边有一所低矮的草屋。我便走近草屋，往干草的屋角底下望去，看见一个骨瘦如柴的老人，顿使我忆起鲁滨孙在荒岛山洞里找到的那只垂死的山羊。那个老人坐在地上，转动着一双深黑的小眼，像只兔子，但一颗牙齿也没有，他又着急，又谨慎地嚼着一粒很干很硬的豌豆，还不住地把它翻来翻去地上下看着，他很专注地着手做自己的事情，所以竟没有注意我走近。

我说道："老人家！喂，老人家！"

他当时停止咀嚼，高抬眉毛，很用力地睁开眼睛。

他用模糊的声音说道："什么事？"

我问道："哪一个村庄离这里近呢？"

"村庄？你有什么事情？"

"想避雨。"

“哦，你可以这么走，”他搔着日光晒黑的后脑，漫无秩序地摇着两手，“从小树林里走过，这么走着，那里就有道路。你应该离开这条路，一直往右走，一直走，一直走，那里有安那叶夫村。或者也可以到西托夫卡去。”

我很费力地听着老人的话，因为胡须阻碍他的声音，并且他的舌头也不太配合他。

我问他道：“你是哪里人？”

“什么？”

“你是哪里人？”

“安那叶夫村的。”

“你在这里做什么事？”

“什么？”

“你在这里做什么事？”

“我坐在这里守卫呢。”

“但是你看守什么东西？”

“就是豌豆啊。”

我忍不住笑了。后来又问道：“你多大岁数了？”

“这个上帝才知道呢！”

“你看东西大概不太真切吧？”

“什么？”

“你看不大清楚，大概？”

“不错，不大清楚呢。有时候也听不清楚。”

“那么，你怎么能做守卫呢？”

“这个事情，头目们才知道呢。”

“头目们！”我想着，看着那个可怜的老人，不免有点怜惜的意思。他摸摸索索，从怀里取出一块硬面包来啃着，仿佛小孩一般，很用力地吸着凹进去的两颊。

我顺着树林那里走去，往右一转，便直着向前走，照着老人告诉我的话前行，最后到了一个大村庄，里面有新式的石造教堂，就是有柱子的，同时还有一所宽大的田主的邸舍也是有柱子的。远远的，在微细的雨网中间，我看见一所板顶的小房，上面耸着两根烟囱，比别家的都高，大概是村长的住所。我便迈步往那面走去，希望在他家里找到火壶，茶，糖和不十分发酸的奶油。我和我那冷得哆嗦的狗走到台阶上去，从那里走进前室，开着门，不料预想中要见的寻常家具，竟未曾看见，只看见了几张桌子，上面放满了纸张，两个红色的书柜，溅污的墨水瓶和几只钢笔。在一张桌子旁，坐着一个二十多岁的少年，肥肿的脸上带着几分病容，眼睛很小，额角却极肥。他穿着灰色的长褂，领上和腰间都绣着金花。

他一下里仰起头来，仿佛一匹马想不到有人拉它的缰绳，忽然把脑袋往上一挺的那副神情一般，随后问我道："你有什么事？"

"这里是总管住的……还是……"

他打断我的话，说道："这里是田主的总经理处。我就是值班人员。难道你没有看见招牌么？招牌就为这个才挂的呢。"

"在哪里可以暖和一下？这村里谁家有茶炊？"

那个穿灰色长褂的小东西神气十足地说道："茶炊当然有，你到提莫非神父那里去，或者到主人屋里去，或者到那扎尔·塔拉锡次那里，要不就到阿格拉芬娜那里去都好。"

这时，邻室传出一个声音，说道："你在那里同谁说话？你这个坏东西，为什么不让人家睡觉？"

"有一位先生进来，打听在什么地方可以把身体暖一下。"

“哪一位先生？”

“我也不知道，还带着枪械和狗呢。”

邻室里的床铺吱吱地响了一会。门儿开了，走进一个五十多岁的人，身体极肥胖，并且低矮，头颈仿佛公牛一般，眼睛突出着，双颊非常圆，红光满面。

他问我：“你有什么事情？”

“打算找个地方暖一下。”

“这里不行。”

“我并不知道这里是经理处，但是我预备给钱呢。”

那个肥胖的人说道：“嗯，这样啊，也许能给你腾出一点地方来，请到这边来。”他带我到另一间屋子里去，不是他刚刚走出来的那间。“你在这里好不好？”

“好的。可不可以给我一点乳茶？”

“可以，就拿来。你先脱下衣服，休息一下，茶立刻就预备好。”

“这是谁家的田产？”

“这是劳斯尼亚柯夫·埃丽娜·尼柯拉亚夫娜夫人的。”

他出去了，我四面望了一下。在隔开我的屋子和经理处的板壁附近，放着一张大皮椅，屋内只有一扇窗，朝着街上，两边都安设着两个椅子，也是皮的，还有高背。在糊着绿花纸的墙上，挂着三大幅油画。一幅上画着一只带着蓝色颈圈的猎狗，上面还写着一行字：“这是我的喜悦”，狗腿旁边流着一条河，河的对岸松树底下有一只极大的兔子，耸着耳朵，坐在那里。在第二幅画上，两个老人吃着黄瓜，远远的可以看到一所希腊式的游廊，标题为“满意之庙”。在第三幅画上，画着一个斜卧的半裸体的妇人，膝盖是红的，脚踵是很厚的。我的狗竟毫不逗留，很用力地钻到椅子底下去，想来在那里找到了许多灰尘，所以大打起喷嚏来。我走到窗户那里，看见街上从田主住宅到经理处那里放着几块木板，那是极有益处的一种准备，因为俄国是黑土的田地，并且时常下雨，所以污泥很多。在街后田主住宅的附近，穿着变色的绣花衣裳的姑娘们来回走着，仆人在污泥里走一下，忽然站住了，很发愁地搔自己的背脊；警官的马懒洋洋地摇着尾巴，高抬着头，啃嚼着围墙；母鸡叩叩地叫着；生病的火鸡不住地叫着。在黑暗的，朽坏的，仿佛浴室似的建筑物的台阶上面，坐着一个粗拙的少年人，拉着弦琴，唱起有名的情歌来：

我从佳美的此地，

退到空旷的荒野。

肥胖的人走进我的屋里，含笑对我说道："茶给你端来啦。"

穿灰色衣裳的小伙子，经理处的值班人，在一张旧桌子上面放好茶壶，茶杯，底下还衬着破碟子和奶油等物件。肥胖的人随后出去了。

我问值班人："这是谁？总管么？"

"不，他原来是会计，现在升做这里的主任了。"

"难道你们这里没有总管么？"

"没有。有村吏，名叫米海尔·维可洛夫，总管却没有。"

"那么，有经理么？"

"自然有的，一个德国人，林达曼托·卡罗·卡里奇，不过他不管土地。"

"那么谁指挥呢？"

"女主人自己啦。"

“原来如此！怎么，你们经理处里有许多人么？”

那个小伙子想了一想，答道：“有六个人呢。”

我问道：“谁跟谁呢？”

“起初是瓦西里·尼古拉维奇，总会计；接着是经理员皮托；皮托的兄弟伊凡，也是经理员；还有另一个叫伊凡的，也当经理员；康士坦丁·那基式奇也是经理员；最后就轮着我了。”

“你家的仆人很多么？”

“不，并不很多。”

“有多少呢？”

“聚起来有一百五十多人呢。”

我们两个人静默了一会。

我又抬头问道：“唔，怎么样，你写字很好么？”

那个小伙子张大着嘴笑起来，摇着脑袋，跑到经理处，取来一张写字的纸。

“这就是我写的，”他说着，还没有止住脸上的微笑。

我接过来看了一下：一张小小的纸上，用美丽并且粗壮的手笔写着公文：

安那叶夫田产经理处第二〇九号令，村吏米海尔·维可洛夫。

令仰该村吏于奉令以后远行着手侦查：谁在昨夜喝醉了酒，口唱无礼的小曲，在安那叶夫公园行走，并且把法国家庭教师恩琴夫人警醒，吵得整夜不安？守夜人所司何事，并且谁在园内值夜，竟任此项无秩序的事情发生？仰该村吏详细调查，远行呈报本处，毋误。

经理处主任尼古来·佛斯托夫

公文上盖着一颗大印，上写“安那叶夫田产经理处印”的字样，下面还注上一行小字：“应切实奉行。埃丽娜·劳斯尼亚柯夫。”

我问道：“这是女主人自己签的么？”

“自然是自己的，她总是亲自签字。不然，命令是不能发生效力的。”

“唔，这个命令你送给村吏么？”

“不。他自己来，我念给他听。他是不识字的，所以要给他念。”值班人静默了一会儿，又笑着问道：“怎么样？写得好不好？”

“好极啦。”

“老实说，做这篇公文的并不是我，是康士坦丁做的，他很擅长这个。”

“怎么？难道你们的公文还要先拟稿么？”

“要不怎么办呢？不能一下子写得十分整齐。”

我问道：“你领多少薪水？”

“三十五卢布，加上五卢布的鞋钱。”

“你满意么？”

“自然是满意的。我们的经理处不是随便什么人可以进去当差的。老实说，我在这里当差，实在是上天所赐的佳运，我的叔父还当着仆人呢。”

“你觉得好么？”

“自然好的。说老实话，”他一边说，一边叹着气，“我们许多弟兄们在商人那里做事倒还不错，他们的境况自然比我们好得多。昨天从维尼甫来了一个商人，他的仆人就对我这般说。唉，没有别的说的，总是好些。”

“怎么，难道商人定工钱定得多么？”

“得啦！要是你问他要工钱，他不把你叉着头颈赶出去才怪呢。你在商人那里，他给你饭吃，给你水喝，给你衣服穿，这就完了。在他面前多献些殷勤，还可以多给你些。至于你的薪水呢！完全用不着！商人的生活是随便的，依着俄国人的本色。同他一路走着，他喝茶，你也跟着喝茶；他吃什么，你也吃什么。因为是商人，商人并不像田主一般。商人不会愚弄人，生气的时候，打你几下，什么事情都完了。可是田主却完全不同！什么事情他都看不惯，饭不好吃啦，伺候得不周到啦。端上去一杯水，或者一碗菜，‘啊哟，水臭啦！啊哟，菜是坏的！’你就端出去，在门外站一会儿，再照样端进去，‘唔，这才好呢；唔，现在才不臭啦。’至于女主人和小姐们，更是……”

“费多士伽！”肥人的声音从经理处里传进来。

值班人恭恭敬敬地走出去了。我喝完了一杯茶，躺在椅上，睡熟了。我睡了两个多小时。

醒来后我就想起来，但是被懒惰战胜了，我又闭上眼睛，可总也睡不着了。板壁后的经理处里有人轻声谈话。我自然而然地侧耳静听起来。

一个人说道：“真是，真是，尼古来·埃瑞美奇。这个价钱是不能答应的，实在是不能的……咳咳咳……”说话的人咳嗽起来。

肥人的声音说道：“你相信我吧，伽夫里拉·安东尼奇。难道我不知道这里的规矩，你自己想一想吧。”

不熟的声音继续说道：“尼古来·埃瑞美奇，还有谁知道呢，你就是这里的头儿。唔！究竟怎样呢？我们怎样解决呢？请你留神一下吧。”

“伽夫里拉·安东尼奇，怎样解决呢？事情全在你那方面啊，你大概不愿意么？”

“尼古来·埃瑞美奇，你怎么啦？我们是做买卖的事情，我们的事情就是买货。可以说，我们就靠着这个生活。”

肥人慢吞吞地说道：“八个卢布。”

我听见叹气的声音。

“尼古来·埃瑞美奇，诚恳地求你一下。”

“伽夫里拉，安东尼奇，没有别的办法了，在上帝面前都可以这样说，再也不能让了。”

静默莅临了。

我轻轻地站起来，从板壁的隙孔里偷看。肥人背对着我，对面坐着一个四十多岁的商人。那个人的脸又瘦又白，仿佛涂了菜油一般。他不住地摸自己的胡须，转着眼睛，翘着嘴唇。

他又说道：“今年可以说是难得的好收成。我一路走着，总留心看着。从佛朗尼兹起一直都是这样。”

肥人问道：“收成还算不错。并且你也知道，伽夫里拉·安东尼奇，秋天种得好，还要看春天愿意不愿意呢。”

“是这样的，尼古来·埃瑞美奇，一切都靠着上帝的旨意，请你说个实惠的价格吧。你的客人睡醒了么？”

肥人转过身来，静听了一下。

“不，还睡着呢。但是也许已经……”

他走到门那里。

他又说道：“不，他睡着呢。”便回到自己的座位上去。

商人又说道：“唔，那怎么办呢？这点小事总得办好才行。就这样吧，尼古来·埃瑞美奇，就这样吧。”他说到这里，他的眼睛不住地转动起来，“两张灰色的（两卢布一张的纸币）和一张白色的（一卢布一张的纸币）送给您老人家，那边呢（他的头向主人住宅那面转了一下），给六个半。就这么定了，好不好？”

总管回答道：“四张灰色的。”

“唔，三张吧！”

“四张灰色的，不要白色的。”

“三张，尼古来·埃瑞美奇。”

“三张半，一戈比也不能少了。”

“三张，尼古来·埃瑞美奇。”

“你不要说了，伽夫里拉·安东尼奇。”

商人咕哝着说道：“怎么这样谈不拢来呢？既然如此，我不如自己去和女主人谈。”

肥人答道：“随便你吧，如果你不怕麻烦的话。”

“得啦，得啦！尼古来·埃瑞美奇！你怎么一下子就生气了！我也不过这么说说而已。”

“不，其实真是……”

“得啦！说说笑笑，闹着玩罢了。唔，给你三张半，真拿你没办法呢！”

“应该拿你四张的！我这个傻子。”肥人自言自语地说起来。

“那么，主人那里是六个半了，尼古来·埃瑞美奇，你看，花六个半就可以把麦卖掉么？”

“六个半已经说好了。”

“那么拍个手吧，”商人用粗拙的手指击着经理人的手掌，“这就算定妥了！我现在到女主人那里禀报一下，我就这样说：六个半决定了价钱。”

“伽夫里拉·安东尼奇，就这么说吧。”

“现在请你收这笔钱。”

商人交给经理人一小卷纸币，鞠了一躬，摇着脑袋，用两指拿着帽子，耸了耸肩膀，走出去了。尼古来·埃瑞美奇走到墙壁那里数着钞票，门外伸进一个黑须红发的头来。

那个头问道：“唔，怎么啦？都办得很好么？”

“都办得很好。”

“多少钱？”

肥人带着愁容，摇起手来，用手指着我的屋子。

“啊，好吧！”说完，就离开了。

肥人走近桌旁，坐下来，开着账簿，拿出算盘，上下打起珠子来，并不用第二指，却用第三指拨动，好像这样体面些。

值班人进来了。

“你有什么事情？”

“细多尔从葛娄普莱克来了。”

“啊！叫他来。等一会儿，等一会儿。先去看看，那位老爷还睡着，或者已经醒了。”

值班人谨慎地走进我的屋里来。我立刻将头放在代做枕头的猎囊上面，闭上眼睛。

值班人回到经理室去，轻声说道：“睡着呢。”

肥人从牙缝里嘟囔了几声，后来开口说道：“好啦，叫细多尔来吧。”

我又站起身来。一会儿，一个高个子的农人走进来了。他有三十多岁的模样，身体极强健，脸颊绯红，淡黄色的头发，蜷缩的短须，他先朝神像祷告了一下，向尼古来·埃瑞美奇鞠了一躬，两手拿着自己的帽子，挺直着身体。

肥人一面举着盘算，一面说道：“细多尔，好呀。”

“尼古来·埃瑞美奇，好呀。”

“唔，路上怎么样？”

“还不错，尼古来·埃瑞美奇，地上的泥有点多。”农人说话的声音不很大，语速也不快。

“妻子还好么？”

“她能有什么事情呢！”

农人叹了一口气，伸了伸腿。尼古来·埃瑞美奇把钢笔搁在耳朵上面，擤着鼻涕，他把方格布的手绢放在口袋里面，继续问道：“怎么，为什么到这里来？”

“尼古来·埃瑞美奇，听说问我们要木匠呢。”

“唔，怎么了？你们那里难道没有么？”

“我们那里自然是有的，大概一定是造林中的别墅。不过，尼古来·埃瑞美奇，现在正是工忙的时候。”

“工忙的时候！你愿意给别人做工，替自己的主人倒不愿意工作了。都是一样的啊！”

“做工自然是一样的，自然，尼古来·埃瑞美奇。不过……”

“唔？”

“工钱……”

“会少得了么！我看你们一定是想多要钱，越来越不像话！”

“工钱还好说。关键是这些工作一个礼拜就可以完了，但他们总要延到一个月。不是材料不够了，就是派到花园去清道了。”

“这个也实在是免不了的！女主人自己吩咐下来，我实在不必多讲。”

细多尔不言语了，两脚来回交叉着。

尼古来·埃瑞美奇转过头，很用心地打起算盘来。

细多尔磕磕巴巴地说道："我们的……农人……尼古来·埃瑞美奇……叫我来求您老人家……就这一点……这里有……"他说话时，把手伸到怀里，取出一条红边的皱巴巴的手绢来。

肥人赶紧打断他的话，说道："你怎么了？你怎么了？疯了么？快到我家里去。到那里找我的妻子，她会给你喝茶。我立刻就来，快去吧！快点，快点！"

细多尔出去了。

总经理人望着他的身影，喃喃说道："唉，真是狗熊！"说完，便摇着脑袋，又重新着手打起算盘来了。

忽然外面传来一片喊声："枯普里亚，枯普里亚！枯普里亚不好惹啊！"等了一会儿，经理处里进来一个矮个子，满脸病态的人，鼻子异常的长，眼睛又大又呆，露出骄傲的、威严的神情。他穿着破旧的短褂，带着绒毛的领子，极小的纽扣，背后负着一捆木柴。他周围聚着五个仆人，齐声喊道："枯普里亚！枯普里亚！不好惹的枯普里亚！枯普里亚升做火夫了！"但是穿着短褂的人对于周围的喧哗毫不在意，脸上一点也不变颜色。他大步地走到火炉那里，把身上背负的东西扔下，站起身来，从后面口袋里取出一只烟盒，瞪着眼睛，吸了一口烟。

这一伙喧闹的人刚走进来的时候，肥人皱着眉毛，从座上站起来。后来弄明白是怎么回事之后，不由得微笑起来，只吩咐不要叫嚷，说邻室有一个猎人睡着呢。

"哪一个猎人？"有两个人同声问起来。

"是田主呢。"

“啊！”

那个带绒毛领子的人摆着手，说道：“让他们闹去吧，我不在乎！只要不来烦我就行，已经把我升做火夫了。”

一群人跟着很快活地嚷道：“升做火夫了！升做火夫了！”

他耸肩说道：“女主人这么吩咐的。你们且等着吧，你们也要升做牧猪人呢。至于我，本是裁缝，很好的裁缝，在莫斯科著名的成衣匠那里学好了手艺，还替将军们缝衣裳。这个本事谁都夺不走。你们为什么这样高兴？为什么？你们是懒惰的人，无用的东西，什么也不会。要是把我放了，我也不会饿死，也不会倒霉。给我通行证，我就可以纳很好的租税，使主人满意，你们怎么样呢？一定倒霉，仿佛苍蝇一般，也就完了！”

一个长着粉刺和白眉毛的少年，系着红领结，衣裳的肘部完全破了，插言道：“真是胡说！你就是凭着通行证走出去，老爷们还是见不到你一个戈比的租税，你自己一个小钱也赚不到，只得拖着两腿回到家去，从此以后该穷死你了。”

枯普里亚反驳道：“康士坦丁·那基式奇，你要怎么办呢？人一有爱情，脑子就坏了，人就算死了。你先活到我的岁数，那时候再来议论我吧。”

“你找到什么样的爱人？就是一个现世的丑鬼！”

“不，你不要这么说，康士坦丁·那基式奇。”

“你想叫谁相信？我还看见过她呢，去年在莫斯科我亲眼看见的。”

枯普里亚说道：“去年她实在长得稍为差些。”

一个高瘦身材的人，脸上长满着麻子，身上涂满着油腻，大概是个侍役，当时用一种轻视和随意的声音说道：“不，先生们，让枯普里亚·阿帆那西奇给我们唱一首歌。唔，枯普里亚，唱吧！”

别人都附和着说道：“是啦，是啦！说得对！枯普里亚，唱吧！唱吧！”

枯普里亚很坚决地说道：“这里不是唱歌的地方，这里是主子的经理处。”

康士坦丁大笑起来，说道：“你管这些事情做什么？你自己还想做经理人，是不是？也许是这样！”

可怜的人说道：“一切事情都属于主人的权力。”

“你看，你看，想做什么？啊哟！啊哟！”

大家都轰声起来，有的人竟直跳起来。一个十五六岁的小孩，大概是仆人中间贵族的儿子，比别人笑得都大声，他穿着黄铜纽扣的上褂，杏黄色的领结，肚腹已经长得很肥了。

尼古来·埃瑞美奇也被他们逗乐了，他得意地说道：“枯普里亚，听着，做火夫不是很好么？不是很清闲么？”

枯普里亚说道：“尼古来·埃瑞美奇，你现在做了我们的主任了，这个实在是没有可以议论的地方。不过你也曾失宠过，并且也曾在乡下人的小屋里住过。”

肥人含着怒气说道：“你不要忘记我是同你这个傻子说笑呢，你这个傻子应该放聪明点，想一想你是干什么的。”

“我不是故意的，尼古来·埃瑞美奇，真对不住。”

“原来是无心的啊。”

门儿开了，一个小仆人跑进来。

“尼古来·埃瑞美奇，女主人叫你去呢。”

“谁在女主人那里？”他问小仆人。

“阿柯新尼亚·尼基其士娜和一个从维尼甫来的商人。”

“我马上就去。”随后，他又用一种坚定的声音说道，“喂，兄弟们，最好同新到任的火夫离开这里，如果运气不好，德国人跑来，又得抱怨了。”

肥人理了理头发，用完全被衣袖掩着的手遮着，咳嗽了一下，扣好扣子，便大步走向女主人那里去了。等了一会儿，那群喧哗的人们也同枯普里亚一起出去了，屋子里就剩下我的老相识——值班人。他开始修起钢笔来，后来坐着坐着，就睡着了。几个苍蝇立刻乘着这个有幸福的机会，咬他的嘴。蚊子坐在他的额角上面，很整齐地展开自己的小腿，慢慢地把所有的刺针触在他柔软的身体里面。以前那个黑须红发的头又露出来，四面张望了一下，摇着那极不美丽的躯干走进来。

那个人说道：“费多士伽，喂，费多士伽！永远睡着！”

值班人张开着眼睛，从椅子上站起来。

“尼古来·埃瑞美奇到女主人那里去了么？”

“是的，瓦西里·尼古拉维奇。”

我心想：“啊！原来他就是总会计啊。”

总会计一个人在屋内走来走去。他肩上披着破旧的黑燕尾服，带着很窄的折痕，一手放在胸上，一手不住地摸着马毛做成、又高又窄的领结，还极吃力地摇着脑袋。他穿着羊皮的鞋子，走得很轻。

值班人说道：“今天那个叫亚郭士金的田主找你呢。”

“找我？他说些什么话？”

“他好像说晚上要去都洛夫那里去，在那里等你。他说，我有一件事情要同瓦西里·尼古拉维奇讲一讲，至于讲什么事情，他并没有说，他说瓦西里·尼古拉维奇已经知道的了。”

“唔！”总会计说完，就走近窗旁。

忽然前室里传出一个洪亮的声音：“尼古来·埃瑞美奇在

么？”随后，一个高身材的人显出很恼怒的样子，带着一副不正气，却极勇敢并且有力的脸容，衣服穿得很体面，跨过门槛，迈步进来。

他迅速地向四周望了一下，便问道："他不在这里么？"

会计回答道："尼古来·埃瑞美奇在女主人那里呢。帕甫尔·安得里奇，你有什么事情？告诉我吧。"

"我有什么事？你想知道我有什么事？"会计懒洋洋地摇了摇头，"我要教训教训他，这个爱说坏话的，讨厌的人，我叫他使坏！"

帕甫尔在椅子上坐下了。

会计说道："你怎么了，你怎么了，帕甫尔·安得里奇？安静些吧。你怎么不害臊呢？你不要忘记，你骂的是谁呀！"

"骂的是谁？他升了主任，跟我有什么关系！谁做了什么，这个有什么稀奇！这个简直是放羊进菜园了！"

"得啦，帕甫尔·安得里奇，得啦！为这些小事情，生什么气？"

帕甫尔生气得用手敲桌子，生气地说道："我非等他来不成！"他向窗外看了一看，又说起来，"啊，他来了。正是时候。"说着，他站起身来。

尼古来·埃瑞美奇走进经理处，他的脸上满是笑容，可是一见帕甫尔，就显得惊慌了。

帕甫尔慢慢迎上前去，严声说道："尼古来·埃瑞美奇，好呀！"

主任并不回答，门儿那里显出商人的脸来。

帕甫尔继续说道："你怎么不回答我？不过，也不必。事情不是这样，呼喊和咒骂是毫无用处的。不，你不如对我好生地说吧。尼古来·埃瑞美奇，为什么你同我过不去？为什么你打算害我？唔，你说啊，说啊。”

尼古来·埃瑞美奇不安地说道：“这里不是同你解释的地方，并且也不是解释的时候，不过有一点我实在觉得奇怪：你从哪里看出，我要害你，我要同你过不去呢？并且我怎么能同你过不去呢？你并不在我的管辖之内呀。”

帕甫尔答道：“为什么你要装假呢？你明白我的意思。”

“不，我不明白。”

“不，你明白了。”

“不，实在不明白，上帝知道。”

“还要叫上帝呢！你不怕上帝了么？为什么你不让可怜的女孩子活在世上呢？你要她做什么？”

肥人假装惊愕的样子，问道：“你讲的是谁？”

“啊哟，还不知道啊？我讲的是塔嘉娜。你应该害臊，你是已经娶妻的人，你的小孩们都已经和我差不多高了，我却没有怎样。我要娶妻呢，就会光明正大的。”

“帕甫尔·安得里奇，我有什么错么？女主人不许你娶亲，这是主人的意思！我有什么办法呢？”

“你没有错？你是不是同那个老魔鬼，女总管联合在一起？你没有使坏么？你说，你难道没有对这个孤苦伶仃的女孩子生出不良之心么？她从洗衣上升到洗器具的职务，不是你的恩惠么？你不还打她么？你这个老东西，真替你害臊呢！就应该把你打死，到上帝那里回答去。”

“你骂吧，帕甫尔·安得里奇，你这个混蛋！”

帕甫尔大怒起来，说道：“怎么？打算恐吓我？你以为我怕你么？不，好兄弟，不要看错了！我怕什么？我无论在什么地方总可以找到面包吃，你——却另当别论了！你只能在这里住着，说别人的坏话，做骗人的伎俩……”

尼古来·埃瑞美奇忍耐不住了，便打断他，说道：“你自己好骄傲呀。药铺的伙计，一个无用的医生，自以为很神气！”

“不错，是药铺的伙计，但是没有我这个伙计，你老人家早就在坟地上烂掉了。一定是魔鬼让我医好你的！”他从牙缝里挤出一句话，

“你把我医好了？不，你打算毒死我呢，你给我吃沉香！”尼古来·埃瑞美奇这样说着。

“除了沉香以外，别的东西治不了你的病。”

尼古来·埃瑞美奇说道：“沉香是医局禁止使用的，我还要告你呢！你打算害死我，就是这样！上帝都不会原谅你的！”

会计开始说道，“先生们，可以啦，可以啦……”

尼古来·埃瑞美奇喊道：“闭嘴！他想毒死我！你明白吗？”

帕甫尔带着失望的神情，说道：“我很需要……尼古来·埃瑞美奇，听着，最后一次请求你。你逼得我再也不能忍受了，让我安静生活吧，你明白么？要不然，我们两个人谁都活不了，我是认真的。”

尼古来·埃瑞美奇愤怒地喊道：“我不怕你！你这个混蛋，你听见了没有？我找你的老子去，我把他的骨头打断了给你看！”

“不要提我的老子！尼古来·埃瑞美奇，不要提！”

“滚！你有什么资格给我出主意？”

“我警告你，不要再提！”

“我也警告你，不要忘记了，不管你多么有能耐，如果让

女主人在我们两个中选一个，亲爱的，你一定会被赶走了的，造反是谁都不许的！”帕甫尔气得哆嗦起来，“至于塔嘉娜那个女孩子我才不管。等着，有她好看的！”

帕甫尔握着拳头往前走去，尼古来·埃瑞美奇一下倒在地板上。

尼古来·埃瑞美奇呻吟道：“用链子锁住他！锁住他！”

这一幕的结局我不能再描写了，我很怕读者难过。

我在当天就回家了。过了一个星期，我听说劳斯尼亚柯夫夫人把帕甫尔和尼古拉都留着办事，却把塔嘉娜遣送走了，可见她是因为没有什么用处的缘故。

两个田主

亲爱的读者，我已经给你们介绍过几个相邻的田主，现在又得了好机会（在我们作家看来，总是能得着好机会的），再介绍给诸位两个田主。他们都是极有礼貌，很善良的人，好几县里的人们都恭敬他们两个人，我也常在他们的领地内打猎。

我先描写退职的陆军少尉弗雅其斯拉夫·伊拉里奥诺维奇·赫瓦林斯基。他身材极高，以前体格很健壮，现在皮肤上已经有点皱纹，但并不衰老，颜色也不显得苍老，正像是中年的时候。他以前又端正，又有趣的脸庞已经有点改变，两颊凹进去了，皱纹深印在眼睛附近；牙齿已经没有了；黄色的头发变成了浅蓝色，因为他从罗姆扬贩马市场一个自称为阿尔曼人的犹太人买了药粉涂在头上。但是弗雅其斯拉夫·伊拉里奥诺维奇·赫瓦林斯基的步伐还很稳健，笑声也响亮，走路时还触着脚钉，卷着胡须，自称为老骑士，虽然知道现在的老人永不自称为老人。他经常穿着有一排纽扣的衣服，硬直的领子，高阔的领结，陆军色或灰色细条的裤子；帽子一直带在额际，把后脑整个儿露在外面。他为人是极善良的，但是有一种极奇怪的见解和习惯。譬如，对于不富有的，或不做官的贵族，他是不会平等相待的。他同这般人讲话时，总斜着眼睛看他们，把脸颊紧靠着又硬又白的领结，或者忽地用一种明显的，并且不动的眼光看着他们，一声也不言语，头顶的皮肤全在那里动着。并且说话也是懒洋洋的，不肯多说。至于处在社会下等阶层的人，他的对待更奇怪了，看都不看他们，在对他们解释自己的想法或发布命令以前，总带着一种恍惚的神情，重复地说着："你叫什么名字？……你叫什么名字？"对于第一个"你"字，他说得特别响亮，其余的字却说得很快，把这句话弄得和雄鸡的叫声相仿。他是一个爱繁忙的人，却对家事很不上心：他叫一个退伍的军曹，极愚傻的小俄罗斯人做总管。这个总管很愚蠢，他听见有人报告说堆房时常失火，因此丧失许多谷物时，就下了一道极严的命令：以后在火不完全消灭以前，不准把谷物放在堆房里去。他还要在所有的田地上播种罂粟，因为罂粟比麦子贵，所以种罂粟可以多得些利益。他又吩咐自己管辖下的妇女们，一律要带从彼得堡定制的头巾，直到现在也是如此。

不多说闲话，还是回到弗雅其斯拉夫·伊拉里奥诺维奇·赫瓦林斯基身上。弗雅其斯拉夫·伊拉里奥诺维奇·赫瓦林斯基平生酷爱美色，在县城里散步的时候，一看见脸庞漂亮的妇人，他就立刻跟过去，同时腿也便跛了——这真是一件奇怪的事。他还爱打牌，可是只同那些下等人打，他们叫他"大人"，他就任意叱责他们。要是他同总督或一两个官员赌博，态度就会大变：一会儿微笑，一会儿摇着头，一会儿用眼睛望着他们，显得十分亲密似的。就是打输了，他也不会抱怨。他很少读书，读的时候总不住地摇着胡须和眉毛，仿佛在脸上从上到下兴风作浪一般，在宾客面前朗读法文《评论报》的时候，脸上波浪式的动作尤其显得特别。对于选举一事，他虽然感兴趣，但是对于贵族长的名誉职位，因为借钱的缘故，并不愿意担任。他时常对到他家去做客的贵族们说道："先生们，很感谢诸位的好意，但是我决定用自己闲暇的时候加以静养。"他说这句话时，或左或右地摇了几次脑袋，带着一副高贵的神情，把脖子和脸颊垂在领结上面。

少年时候，他曾在一个大人物那里充当副官，平常不敢直呼他的姓名。据说他担任的并不是副官的职务，因为他曾穿着礼服，还接着门铃，在浴室里帮他的长官搓背，但并不是各种传闻都可以相信的。不过弗雅其斯拉夫将军从不讲自己服役的事情，这是十分奇怪的，好像他没有参加过战争。弗雅其斯拉夫将军一个人住在一间小屋里面，从未享受过婚姻的幸福，所以直到现在他还自称为未婚夫，而且还是有希望的未婚夫。但是他有一个女管家，三十五岁的妇人，黑眼、黑眉、肥胖、风骚，在平常做工的日子还穿着硬浆的衣裳，礼拜日更是穿上棉纱的袖口。每逢其他田主邀请总督或地方官参加宴会的时候，他就更加得意了，立刻打起精神来应酬。他平常不是坐在总督右手边，就是坐在相离不远的地方。起初吃饭的时候，他极力保持自尊，身体往后仰着，却并不回头从斜面往下射着眼线，直射到客人的圆后脑勺和挺直的领子上面。但用餐快结束时，他高兴起来，四处送着微笑（至于对总督，他是从头到尾含着笑脸的），有时还举着酒杯祝颂美貌的妇人，说是我们星球上的珍品。他在各种盛大的，公共的聚会、考试、会议、赛会上也很出风头，在人家祝福或祝寿的时候，也加入一份。在人堆渡河或喧闹的公共场所，弗雅其斯拉夫·伊拉里奥诺维奇·赫瓦林斯基的仆人们不闹也不嚷，却分开众人或引着马车，用很客气的声音说道："请让弗雅其斯拉夫将军过去。"或"这是弗雅其斯拉夫将军的马车。"弗雅其斯拉夫的马车式样是极老的，仆人的制服早就褪色得不成样儿，马也老了。但是弗雅其斯拉夫·伊拉里奥诺维奇·赫瓦林斯基对于修饰并不讲究，认为不必放在心上。他并没有特别的言语才能，也许还没有表现自己口才的机会，因为不但是辩论，连一切反对的言词，他都是不赞成的，至于长时间的谈话也不耐烦，尤其是对于青年人，他更是竭力避开。这样的态度自然是很对的，要不然同现在的年轻人相处真是糟糕，只要他一顺从，年轻人就会忘记对他的尊重。对于上等人物，弗雅其斯拉夫大多时默着声不说话，但是对于他所认识并且轻视的下等人物，却会说着简短并且严厉的话，时常用这样的口气："不过你说的都是小事"，"我现在不能不对你说一句话"，"现在你应该知道你同谁在哪里办事，"等话。最怕他的是邮政局局长，常任议员和驿吏。他在家里，概不见客，很吝啬地生活着。总而言之，他是个很好的乡绅。乡邻提起他来，总说那是"清廉的人，很守规则的乡绅"。只有一个省城的检察官，当有人在他面前提起弗雅其斯拉夫将军的良好品质时，会忍不住笑出声。

现在我们谈谈另一位田主。

马达瑞·阿帕劳尼奇·斯节格诺夫一点也不像弗雅其斯拉夫，他并未在何处地方做过事情，也不是一个英俊的人。这个老头儿身材矮小而肥胖，秃着脑袋，生着两道胡须，手是柔软的。他很好客，性格幽默，自得其乐地生活着，冬夏都穿着带条的棉寝衣。只有一点，他和弗雅其斯拉夫将军相仿：他也是独身的人。他有五百个农奴，马达瑞·阿帕劳尼奇没有耐性治理自己的产业。为了不落在时代后面，十年以前，他就从莫斯科的波顿诺普厂购来碾麦机器，然后放在仓库里面，就算安心了。夏天每逢晴朗的日子，他就吩咐仆人驾起轻便的马车，驰往田地里去看麦。马达瑞·阿帕劳尼奇的生活完全是老式的。他的屋子是老建筑，在前室里闻得到酸汽水，蜡烛和皮张的气味；餐室里有家族的照片，苍蝇等物；客室里有三张椅子、三张桌子、两块镜子、一只壁钟，钟里摇着发黑的铜针；书房里有堆满纸的桌子，蓝色的屏风上黏着旧时代从各种著作上剪下来的图画，还有几张书柜，里面都是发霉的书，有蜘蛛网和黑灰尘，其余所有的是绒躺椅，意大利式的窗，和通花园的、紧闭着的小门……总而言之，旧式的东西是应有尽有的。

马达瑞·阿帕劳尼奇家的仆人很多，都穿着老式的衣裳：蓝色的短褂，高阔的领子，暗色的裤子，和黄色的短坎肩。他家的产业归农人里的一个村吏经管，那个人长着极长的胡须。管家的是一个老妇人，包着褐色的头巾，面色紧皱，为人小气。在马达瑞·阿帕劳尼奇的马厩里安置着三十头种类不同的马匹，他出去时坐在自制的，一百五十普特重的马车上面。他很喜欢接待宾客，饭菜也是极丰盛的，但是因为俄国厨子呆笨的缘故，竟使那些宾客们除去玩纸牌以外，一直到晚上都不能做些别的事情。他自己一点事也不做，连《解梦书》都不看，但是这样的田主在俄国极多。有人问：我因为什么缘故提起他来？那么，让我叙述一次我到马达瑞·阿帕劳尼奇家里去的情形，以代回答。

一年夏天，在晚上七点多钟的时候，我到他家里去。他恰巧晚祷完毕，一个牧师——年轻的人，显得很胆怯，大概是刚从宗教学校毕业，坐在客室里门旁的椅子边上。马达瑞·阿帕劳尼奇照常很和蔼地接待我，他毫不虚伪，无论什么客人都极喜欢，并且他的为人也是极善的。当时，牧师站起来取帽子。

马达瑞·阿帕劳尼奇说道：“等一会儿，等一会儿，不要走，我打发人给你取伏特加呢。”说时，还不放开我的手。

牧师赶紧说道：“我不喝。”脸红到耳根。

马达瑞·阿帕劳尼奇答道：“别管这些小事情！米斯伽！优斯伽！给先生拿伏特加来。”

米斯伽是位八十多岁的老人，身高体瘦，端着黑漆盘，盘上放着一杯伏特加，走了进来。那只盘子上布满肉色的斑点。

牧师仍旧辞谢不饮。

田主带着责备的口气说道：“喝吧，不要客气，这样不好呢。”

可怜的牧师只得顺从了。

“唔，现在你可以走了。”

牧师鞠起躬来。

马达瑞，阿帕劳尼奇继续说道：“唔，好了，好了，你走吧。”同时目送他出去，又说道：“这是很好的人。我很满意他，自然，他还年轻，老是说不会喝酒。不过你怎样呢？你好么，你好么？我们到平台上去，你看这是多么好的夜晚。”

我们走到平台上面坐下去，说起话来。马达瑞·阿帕劳尼奇往下望着，忽然露出一种非常着急的神气。他喊道：“这是谁的鸡？这是谁的鸡？谁的鸡在花园里乱走？米斯伽！米斯伽！快去看去，谁家的鸡在花园里乱走？这是谁的鸡？我说过好多次！好多次！”

米斯伽跑过去了。

马达瑞·阿帕劳尼奇又说道：“怎么乱七八糟的？真是可恨！”

那些不幸的鸡，现在我大概记得，两只是斑色的，一只是白色的，还带着羽冠，正很悠闲地在苹果树下走着，有时还用一种很长的咯咯的声音，表现自己的情感。忽然，米斯伽出现了，他没戴帽子，手里持着木棒，还有三个成年的仆人，一块儿向它们跑过去。有趣的事情开始了。

鸡儿叫着，扑腾着翅膀跳跃着，还极沉痛地咯咯叫着。仆人跑着，抓着，还有摔倒的，主人在平台上喊着，仿佛发狂一般："捉住，捉住，捉住，捉住，捉住，捉住，捉住！这是谁的鸡？这是谁的鸡？"后来，一个仆人捉住一只带羽冠的鸡，把它的胸脯压在地下，同时从花园篱笆那里跳进一个十一岁多的女孩，她的头发披散着，手里持着干柴枝。

田主很高兴地喊道："啊，现在知道是谁家的鸡了！这是车夫叶米尔的鸡！现在他派娜达卡过来赶回去。"随即，他轻声说道，"可惜没有让派拉霞来，"说着，他不由得笑了。"喂，米斯伽！把鸡扔开，给我捉住娜达卡。"

那个喘息不止的米斯伽，还没等走到胆怯的小女孩面前，管家妇不知道从哪里跑来，抓住女孩的手，向这个可怜的人的背上打了好几下。

"对啦，这就对啦！对，对，对！对，对，对！喂，把鸡赶开吧，阿芙都伽！"他大声说着，还眉飞色舞地对我说道："你看这出戏怎么样？看啊，个个都出汗了。"

说完，马达瑞·阿帕劳尼奇哈哈大笑起来。

我们留在平台上面，夜景实在是非常佳妙。茶端来了。

我说道："马达瑞·阿帕劳尼奇，你的农户都被移到那边道上的山涧后面了么？"

"是的。怎么啦？"

"你这是怎么了？这是很不好的。你给农人们划出这些拥挤、污秽的小屋，四周连树都没有，也没有小池塘，只有一口井，也没有多大用处。难道你找不到别的地方么？听说，你把他们的旧麻圃都夺去了，是不是？”

马达瑞·阿帕劳尼奇答道：“对土地的重新丈量有什么用处呢？我的丈量就在这里面呢。”他指着自己的脑袋，“对于这种丈量，我简直看不出一点益处来。至于你说我把他们的小池塘和麻圃夺去了，其实我也不会怎样糟蹋的，这个我自己也知道的。我是平常人，办事都按老规矩。据我看来：既是主人，终是主人；既是农人，终是农人。就是这样。”

对于这样明了并且确定的结论，我无话可说。

他又说道：“并且那些农人又坏，又傻。尤其是那边的两家人家，先父在世的时候就不满意他们。我认为：如果父亲是贼，儿子也必是贼；无论怎么说……啊，血统，血统，那才是要紧的事情！”

那时候空气完全静穆了。有时微风还似冷流一般吹过来，后来有一种有节奏的打击声从马厩那面传到我耳朵里。马达瑞·阿帕劳尼奇正把盛满茶的碟子端在嘴唇上面，张大着鼻孔，想喝下去，到此不由得止住了，摇着脑袋，喝了一口，又把碟子放在桌上，带着善意的微笑，说道：“很好，很好，很好。”

我惊问道：“怎么回事？”

“那边奉我的命令，在那里惩罚一个混蛋。你知道厨子瓦西亚么？”

“瓦西亚是谁？”

“就是前几天吃饭时候伺候我们的，生着一脸大胡子。”

他摇着脑袋，说道：“年轻人，你怎么啦？难道我是恶人，你竟这样看着我？”

过了一刻钟，我同马达瑞·阿帕劳尼奇告别。经过乡村的时候，我看见了厨子瓦西亚。他正在路旁走着，嘴里嚼着胡桃。

我吩咐车夫停车，叫瓦西亚过来。

我问他："喂，你今天受罚了么？"

瓦西亚答道："你怎么会知道？"

"你的主人对我说的。"

"主人自己么？"

"为什么他叫人惩罚你呢？"

"有点事情，有点事情。我们那里是不会为了琐碎的事情惩罚人的，从来没有。我们的主人不是这样的人，像我们这样的主人，全省里都找不到一个。"

我对车夫说道："走吧。"

我在归途上想道："这就是老俄罗斯啊！"

列别甸

亲爱的读者，行猎的乐趣就在于不停地从一个地方到另一个地方，这很适合闲暇的人。自然有时，尤其是在下雨的时候，在村落的道上走着，走到未伐的密林里面，拦住每个相遇的乡人，问着："喂！到莫多夫卡怎样走？"到了莫多夫卡那里，又要拦住愚昧的村妇（因为男人都在田里干活）问："旅馆离这远不远？怎么走？"可是走了十多俄里，不但旅馆没有找到，竟走到一个荒凉的叫忽突比诺瓦的村子里，惊动了一群在污泥塘里垂着耳朵来回游戏着的猪儿，因为它们怎么也料不到会有人来扰乱它们的平静——要是遇见这种情形，就很无趣了。还有更无趣的事情，就是跳过吱吱作响的桥梁，降到山涧下面，从小河里涉足渡过。再更没意思的是整日在大道的绿海里走着；或者在泥水里走上几个小时，不停地在斑色的黑柱上面辨识着数字：左边是二十二，右边是二十三。尤其没有趣味的就是好几礼拜只能用鸡蛋、牛乳和黑面包果腹。但是所有这些不方便和不愉快的地方都可以用别的好处和快乐来弥补。现在，让我来讲故事吧。

因为上面的讲述，我可以不必再跟读者解释为什么五年以前，我在马市场最紧张的时候来到列别甸。每在一个晴明的早晨，我们猎人就会从自己家里出去，打算第二天晚上就能回来，可是因为不住地猎取各种的鹬鸟，竟会走到佩绰拉河的岸边。并且，凡是爱好猎枪和狗的人，都会极尊重世上最正直的兽类——马。我到了列别甸，在旅馆里换了一件衣裳，便到市场上去。当时，一个上身瘦弱的仆人，年纪只有二十多岁，带着一种甜蜜的鼻音告诉我，N—亲王殿下也住在这个旅馆里面，并且来了许多别的老爷们。他又说，晚上会有吉卜赛人唱歌，《潘·塔尔多夫斯基》也将在戏院上演。至于马呢，价钱都抬得很贵，不过都是好种。

市场的空场上面停着好几长排的车辆，车辆后面是各种各样的马：跑马、种马、挽马、运马、驿马，还有普通种田的马。有的马吃得很肥饱，毛也十分平滑，披着杂色的马衣，斜侧着自己的身子，很害怕地避开主人的鞭子。田主们从一二百里以外的草原上赶来的马群，被一个衰老的车夫和两三个宽额头的马夫牵着，不住地摇着长颈，跺着蹄子，因为烦闷，还嚼着嘴前所系的皮绳。夹着黑白点的栗色的弗雅特卡马互相倚靠着；那些粗壮的跑马站在那里俨然不动，仿佛狮子一般，尾巴是浪形的，足掌的毛是深色的。识货的人带着敬意站在它们面前。

在车辆拥挤的街上，聚着各种职业，各种年龄和各种长相的人，马贩子穿着蓝衣，戴着高帽，鬼头鬼脑地张望，等待买主。头发丛生，眼睛转来转去的吉卜赛人前后走着，仿佛狂人一般，看看马的牙齿，抬起马的腿和尾巴来，嚷叫着，叱骂着，还当着中间人，抽着签儿，或者在戴着军帽，穿着獭皮大衣的军官面前献殷勤。一个粗暴的哥萨克人骑在一匹脖子像鹿一样的瘦马上驰骋着，说要“全个出卖”，就是连马鞍和马勒都包含在内。有些乡人穿着腋里破烂的皮袄，很失望地从人群里跑出来，十几个人靠着套好马的车辆，借着狡猾的吉卜赛人的帮助，在那里大讲价钱，说得口干舌燥，几乎拍了一百多次手掌，而各人还坚持着自己的价钱。可是同时，那个为他们辩论的对象，那匹无用的马，披着弓形的凉席，正在那里瞥着眼睛，仿佛与它无关似的。其实谁去鞭打它，对它来说还不是一样的么！

宽额的田主脸上带着染色的胡须和骄傲的神情，穿着驼毛的大衣，却只套上一个袖子，同戴着绒帽和绿手套的肥腹的商人，在那里规规矩矩地讲话。各营里的军官也在那里谈话，高大的德国骑兵很冷静地问跛腿的马贩："那个赤色的马要多少价钱？"一个白皮肤的小骑兵，有十九岁的模样，把一匹驾马引到一匹瘦马那里去。一个车夫把围着孔雀毛的帽子戴得很低，穿着栗色的外套，戴着皮手套，在那里寻觅辕马。车夫们替自己的马编着尾巴，浸着鬃毛，还时常在主人旁边出主意。办成买卖的人们都忙着走到旅馆或小酒店里去，看各人的地位而定。大家都在污泥里喧闹着、叫嚷着、骚动着、争论着、和解着、对骂着，还互相笑着。我打算买三匹挽马，作套马车之用——因为我现有的马慢慢地都老去了。我找到了两匹，第三匹却挑不到了。饭后，我去了所谓的咖啡馆。这个咖啡馆里每个晚上都聚着军官，厂主及其他地方来的人。台球房里充满了烟熏的气味，里面聚着二十多人。房里有些闲散的少年绅士，穿着绣花衣服和灰色的裤子，两腮是长的，胡须是黏住的，很温雅还很胆大地向四周望着。还有些穿着哥萨克衣服的绅士，头颈特别短，眼睛流转得十分灵动，死沉沉地在一块儿唱着。商人们坐在一边，军官们很自由地在那里谈话。打台球的是N—亲王，一个二十二岁的少年，脸庞显得很高兴，却露出一种不屑的神情，穿着不系扣的短服，红色的绸衫和宽大的天鹅绒裤子，他正同退职的中尉维可多·赫劳帕可夫在那里打球。

退职中尉维可多·赫劳帕可夫身材很瘦小，皮肤微黑，年约三十左右，头发是黑的，眼睛是棕色的，鼻子很高，凡有选举和马市，他基本上不会缺席。他走起路来跳跃着，摇着一双圆手，斜戴着帽子，捞着军服的袖儿，赫劳帕可夫先生具有一种取悦彼得堡有钱的纨绔子弟的能力，同他们喝酒、抽烟、打牌，还称兄道弟。很难知道他们赏识他什么。他并不聪明，也不幽默——他不擅长开玩笑。人家对他时而亲密，时而怠慢，仿佛对待傻瓜一般。有人同他交际了两三个礼拜，后来忽然就不理他了，他也同样不和对方打招呼了。

中尉赫劳帕可夫的特色，就是他能在一两年的时间里反复说一句话，这种话并不十分好笑，可是不知道什么缘故，无论什么人听着都会笑起来。八年以前，他每走一步就会说："我对你致意，很诚恳的感谢。"那时候，他的恩主们每次都会笑得要死，总让他重复着"我对你致意"那句话。后来，他开始用起极复杂的句子来："不，这个，这样，这个结果是这样。"这句话也博得广泛的赞誉。过了两年，他又想出了一句新的说法："围着羊皮的上帝的人，您是有罪的，不要生气。"诸如此类的话，不一而足。可是你们看，就是那几句没有趣味的话养活了他：他喝足了酒，穿够了衣裳！他自己的财产早就用光了，完全靠着朋友生活。他这个人，别的本领是没有的。他每天吸一百袋茹可夫烟，打台球的时候，右腿抬得比脑袋还高，瞄准时把手上的球杆转个不住，说实在的，并不是每个人都喜欢他的这种作风。他也很会喝酒，但是在俄国并不出彩。总而言之，他的成功在我看来完全是一个哑谜。不过有一样他很谨慎，嘴很紧，他闭口不说自己的私事。

我看见了赫劳帕可夫，心想："唔，他现在的口头语是什么？"

亲王打的是白球。一个痨病鬼似的算球人摆着一副黑脸，眼睛底下显着铅色，当时喊道："三十个！"

啪嗒一响，亲王把一个黄球打到台角的洞里去了。

"唉！"一个肥胖的商人坐在屋角，一只腿搁在不坚固的小桌底下，咳了一声，却又胆怯起来。幸运的是，没有人注意他。他叹了一口气，捋着胡子。

算球人用鼻音喊道："三十六个！"

亲王问赫劳帕可夫道："老兄，怎么啦？"

"怎么，一定是无赖汉，无赖汉。"

亲王笑得跳起来了。

"怎么，怎么！再说一遍！"

"无赖汉！"退职的中尉重复起来。

我心想道："这就是新的口头语呀！"

亲王又把红球打进洞里去了。

忽然，一个白皮肤、红眼睛、短鼻子，还带着睡容的小军官说道："哎！不是这样，亲王，不是这样。不是这样打的，应该是……不是这样！"

亲王冷淡地问道："怎么了？"

"应该这样，三对一。"

亲王从牙缝里发声，喃喃说道："真的么？"

一个脸嫩的年轻人赶忙接上去说道："亲王，今天晚上到吉卜赛人那里去么？斯特姚斯卡还要演唱呢……依留士卡……"

亲王并不回答他。

赫劳帕可夫很狡猾地眨了下左眼，说道："无赖汉，老兄。"

于是，亲王哈哈笑了。

算球人喊道："三十九呀！"

"看着，看我这个黄球……"

赫劳帕可夫把手里的球杆转了几下，瞄准了，却打出台外去了。他忧愁地喊道："啊哟，无赖汉！"

亲王又笑起来了。

"怎么，怎么，怎么？"

但是赫劳帕可夫要摆架子，不愿意重复自己的话。

算球人问道："请把球杆给我吧，涂点白粉。四十个了！"

亲王朝着全屋的人，可是并不特别看着什么人，说道："先生们，你们知道魏崔毕茨卡雅今晚在戏院演出么？"

好几位先生们都以能回答亲王的言词为荣，大家争着喊道："知道，知道，魏崔毕茨卡雅的演出。"

一个生着小胡子，戴着眼镜，面相丑恶的人在角落里发言："魏崔毕茨卡雅是最好的坤角，比索普娜可娃好得多呢！"可怜的人！私下里，他对索普娜可娃是很赞许的，但是亲王竟然看都不看他一下。

"喂，喂，拿烟管来！"一个高个子，戴领带的先生这么说着，他的脸很正直，脸容极庄重，但从各种方面看来，是一个赌棍。

仆人跑去取烟管了，回来的时候，禀告亲王说车夫巴克拉伽正在找他。

"啊！让他等着，给他端点伏特加。"

"是，老爷。"

后来有人对我说，巴克拉伽是个年轻英俊，极受宠爱的车夫，亲王很喜欢他，赏了他几匹马，同他一块儿出去游玩，整夜消磨在外面。这个亲王以前是浪子，你们现在也许不认识了。他现在这么骄傲英俊，身上洒着香水，事务繁忙，还很有判断力。

后来，烟气开始熏我的眼睛了。最后听了一次赫劳帕可夫的喊声和亲王的笑声以后，我便回到自己的旅馆房去，在狭窄的，有弹力的毛绒躺椅上面——还带着高凸的靠背，我的仆人已经替我铺好床褥了。

第二天，我到各家院子里去看马，先从有名的马贩西特尼克夫那里开始。我从旁门走进铺满沙子的院子里去。在敞开着的马厩门前站着主人，年纪已经不轻，身材高而肥，穿着兔皮大衣，带着翘起的、折角的领子。他一看见我，就慢慢地朝我迎上来，两手扶着头上的帽子，高声说道："啊，先生好呀。您大概是来看马的吧？"

"是的，来看马的。"

"请问，要看哪一种？"

"你们那里所有的，请你都带出来看一看。"

"好极啦。"

我们走进马厩里去。几只白狗从干草上站起来，摇着尾巴，跑到我们面前；长须的老羊走在一旁，神气不大喜悦；三个车夫穿着坚实的、油腻的衣裳，默着声朝我们鞠躬。厩里站着三十多匹马，都洗得很干净。横梁上面几只鸠儿飞上飞下。

西特尼克夫问我："您要马做什么用？为着骑呢，还是传种？"

"也为骑，也为传种。"

马贩慢吞吞地说起来："明白了，明白了，明白了。配提亚，把郭诺斯泰牵出来给先生看。”

我们走出院子。

“要不要从屋里搬出长板凳来坐？不要么？随便吧。”

马蹄在木板上响着，鞭儿跟着响了，四十多岁模样的配提亚，脸色黯淡，微露斑痕，带着体格极好的、灰色的种马，从马厩里出来，让那匹马在院子周围跑了两圈，又很熟练地把它放在明显的地方。郭诺斯泰直立着，嘶叫了一声，垂着尾巴，动了动嘴，朝我们看着。

我想道：“真是聪明的畜生。”

西特尼克夫说道：“放开它，放开它。”说时，看着我。

他问道：“你看怎么样呢？”

“马并不坏呀，但是前腿好像有点问题靠不大住。”

西特尼克夫很自信地说道：“腿是很好的！不过后面，请看一看它的屁股，真像炉台一般，睡觉都可以。”

“脚骨有点长。”

“长！得啦！跑一跑，配提亚，跑一跑，慢慢跑，慢慢跑。不要让它跳。”

配提亚又同郭诺斯泰在院子里跑起来，我们两个人一句话也不说。

西特尼克夫说道：“喂，让它站住吧，把沙郭尔牵来。”

沙郭尔的毛又黑又光，仿佛甲虫一般，是荷兰产的雄马，身材极瘦，后跟垂着，显得比郭诺斯泰好些。有一种马，走起来用前腿左右转着，可是不大肯往前走，猎人都说“这种马在那里切东西呢”，沙郭尔就是这类马。中年的商人大半喜欢这种马，它们跑起来的步伐仿佛性急的洗地板的人的脚步一般，这种马最好是独行，作饭后游玩之用。沙郭尔我也回绝了。西特尼克夫又给我看了几匹马。后来有一匹马，是伏雅科夫产的灰色雄马，被我看中了。我忍耐不住，很高兴地摸马头中间的鬃毛。西特尼克夫顿时装出很冷淡的样子。

我问道："怎么，它驾车好不好？"

他漫不经心地答道："很好。"

"能看一看么？"

"为什么不能？可以的。喂，库资雅，把道郭娜套到车上去。"

库资雅是精于马术的人，在街上驾着车，从我们面前走了三遍。马跑得确实很好，并不跳跃，后跟也不耸动，腿很自然，尾巴飘扬着，步跨得也大。

"这匹马，你要多少价钱？"

西特尼克夫开了一个很大的价钱，我们就在街上讲起价来，忽然从街隅那里跑过来一辆三驾马车，停在西特尼克夫家的大门前面。N—亲王坐在一辆华丽的猎车上面，旁边侍着赫劳帕可夫，巴克拉伽驾着马儿。他是如何驾驭的呀！简直能从耳环里穿过呢！红栗色的副马很小，很活泼，黑眼黑腿，性子极烈，不喜欢静，只要哨声一响，就跑得无影无踪了！一只黑褐色的辕马垂着头颈站在那里，仿佛天鹅一般，胸向前，腿如箭一般，摇着脑袋，很骄傲地眨着眼睛。太好了！在晴明的佳节能坐着游玩才好呢！

西特尼克夫喊道："大人！请安！"

亲王从车上跳下来，赫劳帕可夫慢吞吞地从另一边爬下来。

"喂，好呀。有没有马？"

"大人要用，怎么会没有呢！请进来吧。配提亚，把伯夫林牵出来！鲍赫瓦立纳也预备好了。先生，"他转过头来对我说，“你的事情我们以后再决定吧。福姆卡，给大人搬个长凳来。”

马夫将伯夫林从一个特别的，我以前所不留心的马厩里牵了出来。这是一匹黑栗色的马，四脚都在空中腾跃着。

赫劳帕可夫喊道：“喂，无赖汉！”

亲王笑了。

制住伯夫林的野性却是不容易的事情，它竟把马夫在院子里拉来拉去，后来好容易才把那匹马拉到墙那里去。它嘶叫着，颤抖着，不肯安静一会儿，西特尼克夫还骂它，用鞭子朝它挥去。

后来，马贩不由流露出对它的喜爱，用一种和蔼的威吓态度说道：“往哪里看？喂！哈哈！”

亲王问道：“多少钱呢？”

“亲王大人要，五千就成啦。”

“三千吧。”

“不行，亲王大人，您放心吧。

赫劳帕可夫在旁边说道：“跟你说，三千呢，无赖汉。”

我等不及买卖成交就走了。在街的尽头处一家灰漆房屋的大门上面粘着一大张纸，上面用钢笔画了一匹马，尾巴好像竹管一般，头颈还没有画成，马蹄底下用老式的笔迹写着以下几句话：

“本处出售各色马匹，系由塔布甫地主安那斯泰西·伊凡尼奇·却尔诺贝的著名马场运到。本处所售，均系良种，性质极驯，且均善走，如欲购买，请问伊凡尼奇·却尔诺贝本人：如伊凡尼奇·却尔诺贝不在家时，请问车夫那扎尔·库比斯金。诸位购客，均请惠顾老人！”

我不由站住了，心想不妨看一看却尔诺贝先生著名马场里养出的马匹。我打算从小门走进去，可是竟反乎寻常，门儿紧闭着呢。我便敲起门来。

妇人的声音喊起来：“谁在那里？买主么？”

“是买主呢。”

“就来，先生就来。”

小门开了。我看见一个五十多岁的妇人，头发极寻常，穿着皮靴，大衣松着纽扣。

“老爷，请进来吧。我就告诉安那斯泰西·伊凡尼奇去。那扎尔，喂，那扎尔！”

七十多岁的老人在马厩里发出声来：“什么事？”

“预备着马，买主来了。”

老妇人跑进屋里去了。

那扎尔嘟哝地回答她：“买主呀，买主呀，我还没有洗完它们的尾巴呢。”

我想道：“啊，这个老头！”

“好呀，先生。给你请安。”一个有趣的，愉悦的声音在我背后慢慢地说着。我回头一看：一个中上身材的老人，穿着蓝色的大衣站在那里；他的头发已白，带着一脸可爱的微笑，和美丽的碧色眼睛。

“你不要看马么？请吧，先生，请吧。先到我那里去喝点茶，怎么样？”

我一边道谢，一边拒绝了。

“唔，随你便吧，先生，请你见谅，我是按着旧规矩办的，”却尔诺贝先生不慌不忙地说着这几句话，“我的一切事情都是极简便的。那扎尔，喂，那扎尔，”他拉长着腔调说着，并不抬高声音。

那扎尔是个满脸皱纹的小老头儿，鹰似的鼻子和楔形的胡须，从在马厩的门里出来了。

却尔诺贝先生继续说道：“先生，你要哪一种马？”

“不要太贵的，能够跑路的，要套车呢。”

“好的，这样的马是有的。那扎尔，那扎尔，把灰色的马给老爷牵出来，还有那只额上有白斑的红栗色的马，不是那个——是另一匹红栗色的，美人儿生的那匹，知道了么？”

那扎尔回到马厩里去了。

却尔诺贝又远远地朝着他喊道：“喂，你按上马络，再牵出来。”说罢，很温和地望着我的脸，说道：“先生，我这里不像马贩那样装虚架子。他们什么东西都给马吃，盐呀，黑麦呀，我的，请你看一看，就可以明白我毫无欺诈了。”

马牵出来了，这两匹马我都不大喜欢。

安那斯泰西·伊凡尼奇说道：“唔，把它们牵回去吧，再去牵别的马来看。”

别的马牵出来了，我挑选了一匹价钱便宜些的。我们讲起价钱来，却尔诺贝先生性子不急，话说得很有条理，并且很郑重，使我不能不“惠顾老人”，放下定钱了。

安那斯泰西·伊凡尼奇说道：“唔，现在按老规矩，我把马交给你。你一定会因为这匹马而感念我的，看，它多棒！是正宗的草原上养出来的马，拉什么车都可以。”

他画了下十字，一手提着大衣的上摆，一手拉着马络，把那匹马交给我了。

“现在就归你管辖了，茶，一点也不要喝么？”

“多谢你，不喝了，我就要回家去了。”

“那好吧，我的马夫现在就跟你送马去么？”

“好，现在就送也好。”

“可以，可以。瓦西里，喂，瓦西里，同老爷一块儿去，把马送去，钱也顺手拿回来。唔，先生，再见。”

“再见，安那斯泰西·伊凡尼奇。”

马送到我家里去了。第二天，这匹马竟变成气喘，并且跛足了。我打算把它套车，它竟然往后退，用鞭子打它，跳了几下，索性躺下去了，我立刻到却尔诺贝先生那里去。我问：“在家么？”

“在家。”

我说：“你是怎么回事？你把喘气的马卖给我啦。”

“喘气的么？不会的呀！”

“并且还是跛足的，还有臭脾气呢。”

“跛足的么？我不知道，一定是你的车夫把它弄坏了。在上帝面前，我……”

“说实话，安那斯泰西·伊凡尼奇，你应该把这匹马收回去。”

“不，先生，不要发怒，只要一从院子里牵出去，这算完了。你之前应该看清楚呀。”

我明白怎么回事情了，只得认命，笑了一笑就走了。还算幸运，因为我没有在这次教训上花太多的钱。

两天后，我离开了。一星期后，我在回家的路上，又经过了列别甸。在咖啡馆里，我遇见的依旧是这些人，并且又看见N—亲王在那里打台球，但是赫劳帕可夫先生的命运已经改变了。白皮肤的小军官代替他做了亲王的贵客。可怜的退职中尉，我眼见他屡次想插话——以为也许还照旧讨人喜欢，可是亲王不但不笑，而且皱着眉头耸了耸肩。赫劳帕可夫先生脸红了，缩着身子，退到屋角里，偷偷地装起自己的烟管……

塔第雅娜·鲍丽索芙娜和她的侄子

亲爱的读者，请把手给我，同我一块儿出去走一遭。天气很晴朗，五月的天很温和地发着蓝色；红苕草平滑的嫩叶闪耀着，仿佛洗过一般；宽阔平整的大道上铺着红茎的细草——那是山羊最喜欢吃的东西；在平山的斜坡那里，绿色的裸麦轻轻地左右摇荡着；一块小黑云的影儿从上面滑过，幻成流动的斑点。远处的树林黑着，池湖闪耀着，树儿黄着；云雀成群地飞起来，一面唱着，一面迅速地落到地上，伸着脖子望东望西；乌鸦在道上站着，望着人们，屈身向地，人们走过后，又跳跃了两下，没精打采地飞到旁边去了；斑色的马驹带着短尾和蜷曲的鬃毛，迈着不平均的步儿，跟在母亲后面跑着，发出柔细的嘶声。

我们在杨树林里驰骋着，一阵清新的空气扑面而来。我们很快到达围场，车夫走下车去，马儿嘶着，副马四边望着，辕马摇着尾巴，把脑袋靠在弓木上面。呀的一声，门儿开了，车夫又坐定了。往前走！村子近在眼前。走过了五个院落，我们又向右转，到了洼地上，在堤边跑着。小池后边，从苹果树和丁香树的圆梢上面，可以看见微带红色的木板屋顶，还竖着两根烟囱。车夫顺着围墙，向左面赶着马儿，在三只老狗枯涩的，尖叫的吠声里，赶进了敞开着的大门，在阔大的院子里兜着圈儿。管家的老妇正在跨着高门槛，走进储藏房，车夫朝她大方地鞠了一躬，然后才把车停在一所有明亮窗户的黑沉沉的小房前面。我们到了塔第雅娜·鲍丽索芙娜家。她开着通风窗，向我们点头。“老太太，您好呀！”

塔第雅娜·鲍丽索芙娜是位五十多岁的妇人，一双突出的灰色大眼睛，钝直的鼻子，深红的两颊，双下巴，脸上流露出和蔼的表情。她以前出嫁过，不久就守寡了。塔第雅娜·鲍丽索芙娜实是极特别的妇人。她住在自己的小产地内，从不出去，同乡邻们很少往来，所接待的仅是些年轻人，并且还很爱他们。她生在极穷的乡绅家里，未曾得到任何教育，也就是说不会讲法国话，也始终没有去过莫斯科。虽然有这些缺点，可是她自持极好，还很大方，思想也比较自由，还很少传染着小田主太太们普遍的毛病，这实在是不能不叫人万分惊奇的。说实话，一个妇人整年住在乡下，住在僻静的地方，却并不爱乱说，不拘着礼节，不慌张，还不因好奇而激动，真是奇怪！她平常穿着灰色衣裳，戴着白色的头巾，上面挂着蓝带。她讲究饮食，但是并不过分，蜜饯的，晒干的，盐腌的各种东西都交给管家妇去做。不过她整天做些什么事情呢？也许您想问她读书么？不，不读书。老实说，书籍也不是为她刊印的。如果她家里没有客人，那么，我们的塔第雅娜·鲍丽索芙娜就坐在自己窗下，织制袜子——这是在冬天；夏天，她便到花园里走走，种种花儿，灌灌水儿，同小猫玩耍，还喂着鹅儿，产业的事情她不大多管。但是如果有她喜欢的年轻的乡邻过来做客，塔第雅娜·鲍丽索芙娜就会非常高兴，会让他坐着，给他喝茶，听他的谈话，脸上笑着，有时还轻击他的两颊，、但是自己却很少说话。如果那人有不得意或忧愁的事情，她就会极力安慰，给他极为诚恳的忠告。有多少人跟她说出自己家里的，心里的秘密，并且伏在她的手上哭泣呀！有几次，她坐在客人对面，手肘儿互相轻轻地靠着，带着一种很大的同情望着客人的眼睛，还极亲密地含笑着，竟让客人不由得感慨："塔第雅娜·鲍丽索芙娜，你是如何可爱的妇人呀！让我对你说说我的心里话吧。"在她安乐的小屋里，人总觉得很舒服，很暖和。

塔第雅娜·鲍丽索芙娜是位出色的妇人：她的健全思想，她的坚强和自由，她对别人家苦乐的关心，总而言之，所有她的特质，仿佛同她一块儿生下来的一般。她尤其爱看青年人的游戏，看他们开玩笑。她把手插在胸前，转着眼睛，含笑坐着，却忽然叹了一口气，说道："啊，你们，我的小孩子们，小孩子们呀！"所有人都愿意走到她面前，握着她的手，说道："塔第雅娜·鲍丽索芙娜，你还不知道自己的价值，你是非常厉害的人物！"她的名字让人提起来就有一种甜蜜的感觉，能引起别人善意的微笑来。无论什么时候，譬如你要问相遇的农人："去格拉齐夫卡怎么走？""啊，先生，你先到伏雅左夫，从那里到塔第雅娜·鲍丽索芙娜家里去，在塔第雅娜·鲍丽索芙娜那里，每个人都会给你指路的。"一提到塔第雅娜·鲍丽索芙娜的名字，乡人总会特别地摇摇头。

塔第雅娜·鲍丽索芙娜的仆人不多，管理家务、洗衣房、储藏房和厨房的是管家妇阿伽芙雅，她以前的保姆，善良，爱流眼泪并且没有牙齿的老妇人；两个强健的姑娘——长着结实的，暗蓝色的两颊，仿佛安托诺夫斯基的苹果一般——受管家妇的管制；一个七十岁的仆人，鲍里卡担任侍役，杂扫人和侍仆的职务，他是一个非常古怪，但博识的人，他做过琴师，是维奥蒂的崇拜者，对拿破仑的，或者他经常说的邦那帕托非常厌恶，此外，他极爱莺鸟。他在自己屋里养着五六只莺鸟，早春的时候，他整天坐在笼子旁边，等着第一次的啼鸣，等到之后，便用两手掩着脸，呻吟着道："啊呀，可怜，可怜呀！"然后就哭泣起来。帮助鲍里卡做事的是他的孙子瓦西亚，十二岁的小孩，头发卷卷着，眼睛看着很机灵，鲍里卡十分宠爱他，从早到晚，跟他说个不停。除此之外，他还管孙子的教育事情。

他说："瓦西亚，你说，邦那帕托是强盗。"

"爷爷，你给我什么？"

"给你什么？我什么也不给你。你知道你是谁？你是俄国人么？"

"我是木羌斯克人，我生在木羌斯克。"

"傻东西！木羌斯克在什么地方？"

"这个我怎么知道呢？"

"傻子，木羌斯克在俄国呢。"

"为什么在俄国呢？"

"什么为什么？先王米海尔·伊拉里奥诺维奇·故仑尼希且夫—库图佐夫·斯摩棱斯克殿下，得着上帝的帮助，把邦那帕托从俄国境内赶出去了。这件事情还被做成一首歌呢：'邦那帕托来不及舞蹈，散失了自己的袜带……'你要明白：你的祖国就得救了。"

"这关我什么事呢？"

"啊呀，你这个傻孩子，这个傻子！因为如果米海尔·伊拉里奥诺维奇不把邦那帕托赶走，那么，现在就会有个什么法国人要用棒子在你头上砸几下，又要走到你面前说：'你好？'然后再打你几下。"

“那我就朝他肚子上打一拳。”

“他还会对你说：‘你好，你好，过来。’然后再打你的头。”

“那我就朝着他腿上，烂腿上踢。”

“这倒是真的，他们的腿是烂的。不过他要是绑住你的手呢？”

“我不让呀，可以叫车夫米海来帮助我。”

“喂，瓦西亚，米海不是法国人的对手呢。”

“不是对手？米海多么强壮呀！”

“喂，你们要把他怎么样呢？”

“我们打他的背，他的背。”

“那么，他就嚷着：‘饶命，饶命，饶命，求求你！’”

“我们会跟他说：‘闭上你的嘴巴，这没有你的‘饶命’，你这个该死的法国人！”

“瓦西亚真是好汉！喂，那么你说：邦那帕托是强盗呀！”

“那你要给我糖吃的！”

“唉，好的，好的，你这个臭小子……”

塔第雅娜·鲍丽索芙娜不大同田主太太们来往，她们不愿意到她那里去，她也不会和她们相处，在她们说话的喧哗声里，她会睡着，勉强睁开眼睛，可是不一会儿又睡着了。塔第雅娜·鲍丽索芙娜大概是不太喜欢妇人的。她有一个朋友，是很好并且很和气的年轻人，他有一个姐姐，是个三十八岁半的老处女，人固然极善，但是性子未免粗率，行动也极忙乱，年轻人时常对她讲起邻人的事情。在一天晴朗的早晨，那个老处女不说一句话，径自吩咐驾马，走到塔第雅娜·鲍丽索芙娜那里去了。她穿着长衣，头上戴着帽子，还套着绿色的面纱，披着卷曲的头发，走进前室里，和瓦西亚撞了个满面，一直跑进客室。瓦西亚以为她是女妖，不免恐慌起来。塔第雅娜·鲍丽索芙娜也害怕了，打算站起身来，可是她的腿畏缩得不听使唤了。

老处女用哀求的声音说道："塔第雅娜·鲍丽索芙娜，请你恕我的大胆，我是你朋友阿赖克西·尼古拉维奇的姐姐，经常听他讲起你的事情，所以我决定来认识你。"

惊魂未定的女主人喃喃说道："很感激。"

老处女扔开自己的帽子，理了理卷发，就坐在塔第雅娜·鲍丽索芙娜·鲍沙里夫纳旁边，握着她的手，用一种深沉动人的声音说道："这就是她呀。这就是那位慈善的，明白事理的，正直的神圣的人！她是何等亲切，何等高贵的妇人呀！我太高兴，我太高兴了！我们会变成好朋友，变得相亲相爱啊！我终于放心了，和我想象中的妇人一样呢。"她细声说着，用眼睛望着塔第雅娜·鲍丽索芙娜的眼睛，"你不会恼我吧，亲爱的人？"

"不会不会，我很高兴。你要喝茶么？"

老处女很恭谨地笑了，又微语道："好极啦！好极啦！请你许我抱你一下！"

老处女在塔第雅娜·鲍丽索芙娜那里坐了三个小时，嘴巴一刻也没有停下来。她竭力给自己的新朋友讲述自己的身世。可怜的女田主，在送走客人后，立刻走到浴室里，喝着菩提树的茶，上床睡觉去了。可是第二天老处女又来了，坐了四个小时，走的时候，约好要每天都来。她打算尽情发展和养成那种她所谓的丰富天性，但中间发生了一些新状况。第一，两个星期后，她对自己兄弟的这个朋友完全失望了；第二，她爱上了一个年轻的学生，那个学生不过去过她家一次，她就同他频繁地通信，她在信中崇拜他神圣高尚的生活，愿意把自己全身牺牲，只为求取一个姐姐的名目，又描写自然的景致，提起哥德、席勒、贝蒂纳，以及德国哲学，后来她竟把那个可怜的青年的生活搞得悲惨和苦恼。但是青年到底是年轻，在一个晴朗的早晨，他醒来，忽然对这个“姐姐和好友”生出狂暴的怨恨来，气得几乎要打自己的仆人，心里一想到所谓的高尚的，无私欲的情感，便几乎恨得发起狂来。但是从此以后，塔第雅娜·鲍丽索芙娜更不愿意同那些女乡邻接触了。

啊！世上的事情无时无刻不在变更。我对你们讲的这个好女田主的生活情形已经是过去的事情，她家里所保持的静默现在已经完全被破坏了。现在她的侄子，从彼得堡来的画家住在她的家里，已经一年多了。以下就是发生的事情。

八年前，一个十二岁的小孩住在塔第雅娜·鲍丽索芙娜家里，那是她过世的兄弟的儿子，一个孤儿，名叫安得留夏。安得留夏生着一双明亮的、光润的大眼，可爱的小嘴，高鼻梁和高凸的额角。他说起话来用又轻又甜蜜的嗓音，很干净，对待宾客很和蔼，还很能周旋，带着孤儿的情感亲他伯母的手。什么事情不必等着你表示出来，你只要看一眼，他就会给你搬把椅子过来。他平素一点也不淘气，坐在屋隅里，手里拿着一本书，很温和，很安静地坐着，连椅背都不靠着。客人到了，安得留夏就站起身来，很礼貌地含笑着，脸红了。客人一走开，他又坐下，从口袋里取出一个镜子，一个小刷子来梳理自己的头发。极小的时候，他就表现出自己对绘画的喜欢。他只要得到一小块小纸，就立刻问管家妇阿伽芙雅要一把刀子，很谨慎地把那张纸裁成正四方块，把四角裁圆了，就开始画画。他画巨瞳的眼睛，或希腊式的鼻子，或者画一所房子，上边耸着烟囱和螺旋形的烟，又画好像长椅似的躺着的狗，或画一棵小树，树上站着两只牝鸠，写着："某年某日，安得烈·彼劳夫左洛夫画，伯利契村画"的字样。

快到塔第雅娜·鲍丽索芙娜生日的前两星期，他就格外忙碌。到了那天，他第一个过去祝寿，捧上一卷系着玫瑰色带子的纸卷。塔第雅娜·鲍丽索芙娜亲着侄儿的额角，打开包纸，纸卷展开了，观客好奇的眼神都移上去，原来上面画着一所圆形的庙宇，中央竖着柱子和祭坛，祭坛上炽燃着一颗心，还放着一个花冠，在冠上一根弯曲的带子上面用楷书写着"爱侄谨赠伯母塔第雅娜·鲍丽索芙娜·鲍格丹诺夫，以表爱慕之诚"几个字。塔第雅娜·鲍丽索芙娜又亲了他一下，赏给他一个银卢布。但是她对他并不显出很大的慈爱，她不大喜欢安得留夏那种奉承拍马的脾气。后来安得留夏长大了，塔第雅娜·鲍丽索芙娜时常对他的将来抱不安之念。后来发生了一件预料不到的事，才把她引出困难的境地。

八年前，一个名叫庇奥托·米海里奇·贝内佛仑斯基的人常到塔第雅娜·鲍丽索芙娜家去走动。他是一所学校的顾问，那时候正在邻近的县城里做官，时常去拜访她。后来，他搬到彼得堡去，进入部内，担任了很重要的职位。他时常因公事被派出去，有一次出差的时候，他忆起自己的老相识来，便到她家去，打算在"乡村安静的环境"中避开公务的繁忙，休息一两天。塔第雅娜·鲍丽索芙娜一如既往地用殷勤的态度接待他，而贝内佛仑斯基先生……但是在讲述下面的事情以前，亲爱的读者，让我给你们介绍一下这个新人物。

贝内佛仑斯基先生是个肥人，中等身材，态度很平和，两腿是短的，两手是肿的。他穿着宽大的，极齐整的燕尾服，和白如雪的衬衫，系着又高又阔的领带和绸坎肩上的金丝带，食指上带着宝石戒指，头上套着灰白色的假发。他说起话来又恳切，又柔和，走起路来没有声响，很亲和地露着笑容，很亲和地转着眼珠，还很亲和地把下脖搁在领带上面，总而言之，他是个极有亲和力的人。他的心也是极善良的，他容易哭，也容易高兴，并且，他对艺术有浓厚的兴趣，但也仅限于感兴趣，因为他对艺术，说老实话，简直一窍不通。很奇怪，他的这种爱好究竟是从何而来，是什么神秘的力量让他喜欢艺术？从外表看，他是个很正派的、平凡的人。说起来，在我们俄国，这种人是很多的。

由于对于艺术和艺术家的爱好，这些人身上有一种无可形容的甜过头的气质，同他们相识，同他们谈话真是受罪：简直是黏着蜜的木棒。他们永不称拉斐尔为拉斐尔，也不称柯勒乔为柯勒乔，他们说的是“神圣的山齐奥，不可模拟的特·阿莱格里”。一切骄傲的，极狡猾的，才能平庸的人，都被他们尊崇为天才。“意大利蔚蓝的天”，“南方的柠檬”，“波仑塔河岸上的香气”，不断地在他们的舌头上转着。“唉，瓦西亚，瓦西亚”或者“唉，沙夏，沙夏”。他们带着感情互相说着，“我们可以往南去，往南去。因为我们是希腊人的心灵，古代的希腊人！”在展览会上俄国画家的作品前面，就可以看到这类人（应该说明的是，这些先生们大半是爱国主义者）。他们一会儿退后两步，低着脑袋，一会儿又走上前去，他们的眼睛里塞着油腻的潮湿。最后，他们会用一种惊慌的声音说道：“唉，心灵呀，心灵呀！啊哟，心呀，心呀！这许多心灵放在上面呀！怎么想出的！想得真巧呢！”但是请问，他们自己客室里的画是怎样的呢！晚上在他们家里走动的那些画家，喝茶，还听他们的谈话！他们的屋里，前面挂着刷子，磨光的地板上堆着许多垃圾，窗旁桌上放着黄火壶，主人穿着小衫，戴着头巾，双颊上发着光泽。这些景象都是他们给画家看的呢！那些长发的文艺种的养子，如何带着轻蔑的微笑，到他们家里去呀！脸色苍白的女郎们怎样在他们家的钢琴面前惊叫呀！因为我们俄国就是这个样子。俄国人仅从事一种艺术是不能够的，什么都要做一做。所以那些先生们对俄国的文学——尤其是戏剧文学也表示竭力的保护，这是一点也不奇怪的。《雅柯布·珊那查》是为他们而写成的；那些未被承认的天才同全世界的战争，多少次使他们惊愕呢。

贝内佛仑斯基先生来后的第二天，塔第雅娜·鲍丽索芙娜在喝茶以后，吩咐侄儿拿出自己的画给客人看一看。贝内佛仑斯基未免有点惊奇，当时问道："他竟会画画么？"说时，朝安得留夏望去，露出很诚恳的态度。塔第雅娜·鲍丽索芙娜说道："自然是他画的。真是爱图画的人！只是一个人画，并没有人教他呢。"贝内佛仑斯基说道："啊，让我看一看。"安得留夏红着脸，含着笑，把自己的小簿子拿给客人。贝内佛仑斯基带着一副专家的神情，翻开那本簿子来。"好，少年，"他说着，"好，很好。"他就摸着安得留夏的头。安得留夏乘势亲了他的手一下。"真是天才呀！恭喜你，塔第雅娜·鲍丽索芙娜，恭喜你。""庇奥托·米海里奇，不过找不到人教他。从城里请人太贵，邻居阿尔塔莫诺夫那里倒是有一个画家，听说还很好，不过女主人禁止他给人教课。"贝内佛仑斯基说道："唔……"想了一想，他斜着眼朝安得留夏看了一下，忽然说道："对于这件事情我们再谈吧。"说时，搓了搓自己的手。就在那天，他请塔第雅娜·鲍丽索芙娜和他单独谈谈。他们把门锁好了。

过了半个小时，叫安得留夏过去。安得留夏进去了，贝内佛仑斯基站在窗旁，脸上微显红色，眼睛水汪汪地闪着。塔第雅娜·鲍丽索芙娜坐在屋隅擦眼泪。停了一会，她才说道："安得留夏，谢谢庇奥托·米海里奇吧，他要做你的保护人，要把你带到彼得堡去。"安得留夏顿时呆住了。贝内佛仑斯基用充满着尊贵和恩人的声音说道："你老实对我说，你愿意不愿意做艺术家？青年人，你对艺术有神圣的责任么？"安得留夏很动情地说道："庇奥托·米海里奇，我愿意做艺术家呢。"贝内佛仑斯基说道："如此说来，我很喜欢你。离开自己敬爱的伯母，自然是很难受的，你应该对她感恩。"安得留夏马上说道："我是很爱我的伯母。"眼睛不由得眨起来。"自然，自然，这是很明白的，这显出你的良心来，但是你想，将来要有多么快活，你的成就……"那个慈善的女田主喃喃说道："安得留夏，抱着我。"安得留夏便跑过去。"唔，现在去谢谢你的恩人吧。"安得留夏抱住贝内佛仑斯基的肚子，踮着脚，凑到他的手边亲了一下，那个恩人实在不情愿，不过还是接受了。过了两天，贝内佛仑斯基带着自己的新养子走了。

在最初离别的三年，安得留夏时常写信，信里有时还附着图画。贝内佛仑斯基间或也用自己名义加上几句话，大半还是赞许的话。后来信札慢慢儿寄的少了，一段时间后，完全没有音信了。塔第雅娜·鲍丽索芙娜正在着急时，忽然收到一封小札：

亲爱的伯母！

四天前，庇奥托·米海里奇——我的保护人因为脑溢血去世了，侄儿失去了最后的依靠。自然，侄儿已经二十岁了，在七年中间有许多成绩。对于自己的才能，我还是极为自信的，想已能藉为生活，侄儿并不担忧，但是总请伯母能够筹汇二百五十卢布才好。亲伯母的手……

塔第雅娜·鲍丽索芙娜很快给她的侄子汇去了二百五十卢布。过了两个月，他又来要钱，她拿出了所有的钱又汇去了。第二次汇钱后不到六星期，他又来要钱，说亲王夫人托托西里涅夫跟他预定了一幅画像，必须要买油彩，所以缺少款项，塔第雅娜·鲍丽索芙娜辞绝了。后来他就写信来，说他打算到乡下来休息几时，养养身体。果真，在这年五月，安得留夏回到伯利契村了。

塔第雅娜·鲍丽索芙娜起初竟没有认出他。根据信上所说，她等候的是一个憔悴的，黄瘦的人，可是竟看见了一个肥胖的，粗壮的少年，他的脸大而红，头发卷曲而且出油。瘦弱的，面孔惨白的安得留夏，竟变成强壮的安得烈·伊凡诺维奇·彼劳夫左洛夫了。他改变的不只是外貌。轻浮和邋遢代替了他幼年时的怯懦，谨慎和干净。他走路时左右摇晃，懒洋洋地坐到椅子上，手放在桌上，伸展着身子，打着哈欠。他对待伯母和别人都极傲慢，仿佛说，“我是艺术家，自由的哥萨克人！”有时候好几天也不拿一下画笔，懒散的样子仿佛醉后刚醒一般，双颊燃烧着粗暴的色彩，眼睛朦胧着，只喜欢谈自己的天才，自己的成绩，又说他怎样发展，怎样往前进步。其实，他的才能恐怕连画容易的画像也有点不够。他完全是没有学问的人，一点书也不读，不过艺术家要读什么书呢？自然呀，自由呀，创作呀——这就是他的天性。安得烈·伊凡诺维奇就这样住在伯母家，大概觉得白吃的面包还很合口味。客人十分讨厌他，有时他坐在钢琴前面，用一个指头谈《疾驰的马车》一曲，和着音，在音板上击打起来。他还会一连几个小时地高唱着瓦拉莫夫的歌曲《寂寞的松》。他的眼睛充满着脂油，两颊白得和鼓皮一般。有时会忽然嚷道："安静着吧，狂热的情欲。……"塔第雅娜·鲍丽索芙娜直发抖。

有一天她对我说道："奇怪的事情！怎么现在都编些晦气的曲儿，在我的时代却不是这样编的。自然也有悲惨的曲调，但是无论如何听起来很有趣味，譬如说：

来，来到我的草原上。
我正巴巴地等你，
来，来到我的草原上，
我时刻流泪。
唉，你来到我的草原上，
但是要晚了，亲爱的朋友！"

塔第雅娜·鲍丽索芙娜偷偷地笑了。

那时候，她的侄儿在邻室里吼起来："我好恐慌，好恐慌。"

"安得留夏，你安静点！"

这个歌者仿佛没听见，继续唱道："心灵在离别里发愁呢。"

塔第雅娜·鲍丽索芙娜摇着头，说道："唉，我受够了这些艺术家。"

从那时起已经有一年了。彼劳夫左洛夫现在还住在那里，总说预备到彼得堡去。他在乡下发起胖来，他的伯母总不大喜欢他，但是附近的女郎居然很爱他呢。许多的旧友都不到塔第雅娜·鲍丽索芙娜家里去了。

死

我有一个邻人是年轻的田主，同时也是猎人。在七月里一个晴朗的早晨，我骑着马到他家里去，请他一块儿去猎山鸡。他答应了，但说道："我们先到诸夏去，先热热身，我也可以顺便看一看查布里几诺，你知道我的橡树林么？那里正砍树呢。""就到那里去吧。"他吩咐备马，穿起绿色的外套，上面有印有野猪头图案的黄铜纽扣，套上纱线缝成的猎囊，银水瓶，肩上背着法式新枪，在镜子面前美滋滋地端详了一会，把自己的狗——赫普叫来。这只狗是他的表姐所送，他的表姐年纪已大，尚未出嫁，心很善良，不过头发已经脱落。我们动身了。

与我们同行的还有地保阿尔希普，是个肥胖而且矮小的农人，四角形的脸，身上的肌肉很结实。除了阿尔希普以外，随我们去的还有一个新从波罗的海沿岸的一个地方雇来的管事人，名叫哥特利布·冯·台·柯克，年纪才十九岁，身体极瘦，皮肤却很白，眼睛有点看不大清楚，肩膀是垂下的，脖子很长。我的邻人新近才拥有财产，是从他的姨母卡尔东·卡塔亚夫那继承的。他的姨父做过政府的顾问，姨母是非常肥胖的妇人，就是躺在床上，也连续着喘着气，露出可怜的样子。

我们骑马到了诸夏。阿尔答梁·米海里奇（即我的邻人）

对同行的人说道：“你们在这块田地上等我们一下。”那个德国的管事人鞠了一躬，从马上爬下，在口袋里掏出一本小书，大概是亚瑟·叔本华的小说，坐在树荫里去了。阿尔希普还站在太阳下，身子动也不动，有一个小时的工夫。我们在灌木丛里转了几圈，却找不到一只山鸡。阿尔答梁·米海里奇说他打算到树林里去。我自己也有点不信这次打猎可以有大收获，所以也跟着他走了。我们回到田地那里，德国人记好了页数，站起身来把那本书放在怀里，很艰难地跨上自己那匹短尾的牝马，这匹马稍为触了一下就嘶叫，并且跳跃起来了。阿尔希普摇了摇身子，立刻勒动着缰绳，夹紧两腿，把那匹反应迟钝的马赶上道去。我们又动身了。

我从小就熟识阿尔答梁·米海里奇的树林，我常常同法国家庭教师戴赛利·弗列瑞（他自然是极善的人，但是有一天晚上让我喝列诺克斯的药，几乎永远损坏我的健康）到沓布里几诺去。那时候，整个树林共有二三百棵巨大的橡树和槐树，树干笔直而强硬，胡桃树和山梨的绿叶像闪着金光似的；远处，阔大的、多节的树枝高高地升着，衬着明亮的、蔚蓝的天空里，像天幕似的张开；鹫鸟，鹰鸟长啸一声，落在不动的树顶上面，斑色的啄木鸟重击着厚树皮；黑色的乌头鸟忽然在深叶里发声出来，与黄莺流转的啼声相应和；在树底下，山雀和涉水鸟等类不住地叫着；燕鸟公然在小道上跑来跑去；白兔在林边潜走着；红栗色的松鼠很迅速地从这树跳到那树上去，忽然坐定着，把尾巴抬到头上去。在高堆的蚁冢附近，蕨树美丽叶子的微影底下，开着紫罗兰和铃兰的花，还长着各种菌类；在宽阔树木的中间，草地上面，莓子红得可爱……树林的影儿是如何的好呀！就是在长热的正午，也和在晚上一般，又静，又香，又有清气。我时常在查布里几诺很快活地消遣时光，因此现在我重新来这个极熟识的树林，未免生出些烦恼的情感。40年代（指1840年）摧毁一切的，无雪的冬天，并未饶恕我的老友——橡树和槐树。那些巨树干枯着，剥损着，有几处还盖着痨病似的绿叶，很悲惨地高架在年轻的小树上。“小树正代之而兴，却终不盖过它们”。

有的树，下面还生着叶，仿佛带着责备和失神的神气，把那些无生命力的坏树枝往上抬着；别的树上还有些干枯的僵死的粗树枝；有的皮已经脱落了；有的简直已经朽坏，倒在地上，仿佛死尸一般。现在的查布里几诺一点阴凉都没有——这是谁能够预见的呢！我看着那些垂死的树，心里不由得想：“你们难道不感到可耻与痛心么？”我忆起库尔左夫的一首小诗：

高尚的话语，
骄傲的力量，
国王的刚毅，
何处去了呢？
现在何处有
你苍绿的能力？……

我说道：“阿尔答梁·米海里奇，这是怎么啦？为什么不在第二年把这些树砍去呢？现在砍树多么可惜啊！”

他只是耸了耸肩膀，说道：“你去问姨母好了，那些商人不时跑来送钱，追着要买。”

冯·台·柯克每走一步便嚷着道：“我的上帝！我的上帝！这真是玩笑！这真是玩笑！”

"什么玩笑？"我的邻人含笑问着。

"我的意思是多可惋惜[①]呀。"

横躺在地上的橡树特别引起他的怜惜，说实在的，很多开磨坊的人都肯用高价去买这样的橡树。可是地保阿尔希普一直保持静默，一点也不显忧色。不但如此，他竟喜滋滋地从那些横倒的树木上跃过，用马鞭轻轻地击着。

我们直向砍树的场所奔去，忽然在树倒的声音后，传来一阵喊声，过了一会儿，一个面色惨白，惊慌失措的少年农人从树林里迎着我们跳出来。

阿尔答梁·米海里奇问他道："怎么啦？你往哪里跑？"

他立刻停下脚步说道："啊，老爷，阿尔答梁·米海里奇，坏啦！"

"什么事？"

"老爷，马克西姆被树压倒啦。"

"怎么回事？包工的马克西姆么？"

"老爷，就是那个包工的。我们正砍着一棵槐树，他站在那里看着。站着，站着，又到井旁去取水，他大概打算喝水呢。忽然槐树裂开了，一直朝他打下去，我们向他嚷着：'跑呀！跑开！跑开！'他应该往旁边跑，可是他竟一直冲着前面跑了。大概是惊怕的缘故，槐树顶上的树枝直盖在他身上。这棵树为什么这么快倒下来，上帝才知道呢。恐怕是树心被蛀坏了。"

"那马克西姆被压倒了么？"

"压倒了，老爷。"

"压死了么？"

① 俄文中"玩笑"与"惋惜"的发音相仿，此系形容德人说俄语时的口音不正确。——译者注

“不，老爷，还活着呢，不过他的手和腿都压断了。所以我要跑到塞里维斯梯奇医生那里去。”

阿尔答梁·米海里奇吩咐地保赶紧骑马去叫塞里维斯梯奇，自己也急急地赶着马到伐树场去。我跟在他后面。

我们看见马克西姆躺在地下，有十几个农人在他附近站着。我们从马上跳下来。他并不呻吟，有时还张开眼睛，带着惊疑的态度向四周看，咬着发蓝的嘴唇。他的脖子哆嗦着，头发披在额上，胸部一起一伏，他快死啦。小菩提树的轻影静静地在他脸上摇曳着。

我们俯身看他。他认出了阿尔答梁·米海里奇，含含糊糊地说道：“老爷，叫牧师去……派人……请你……上帝……惩罚我了，……腿，手，全都断了。今天……是礼拜……可是我……可是我……还……不肯放孩子们休息呢。”

他不言语了，呼吸非常困难。

“至于我的钱……给妻子……请你给妻子……除去那些账目……这个欧尼西姆都知道……我应该欠谁多少钱……”

我的邻人说道：“马克西姆，我们派人请医生去了，也许你还死不了。”

他睁着眼睛，勉强抬起眉毛和眼珠。

“不，我要死了。……那不是……那不是来了，那不是她，那不是……孩子们，饶恕我了吧。因为……”

农人们摘下帽子，齐声说道：“马克西姆·安得里奇，上帝要饶恕你呢，你饶恕了我们吧。”

他忽然很着急地摇着脑袋，很忧愁地挺着胸脯，后来又垂下去了。

阿尔答梁·米海里奇喊道：“可是也不能让他在这里死呀。

孩子们，把车上的席子取下来，送他到医院去吧。”

两个人奔到车那里去了。

垂死的人断断续续地说道：“我昨天在埃斐姆……西却夫斯基……买了一匹马。给下定钱，……那么，马就算是我的……把它给妻子……也能……”

大家把他放在草席上面。他全身颤抖着，仿佛中枪的鸟，挺直着身子。

农人们喃喃说道：“死啦。”

我们静悄悄骑在马上，便离开了。

可怜的马克西姆的死，不由得使我静想起来，俄国的农人死起来多奇怪呀！他垂死前的情况既不能称为冷淡，也不能称为迟钝，仿佛举行仪式一般：又冷静，又自然。

数年以前，在我另一个邻人那里，有一个乡人在谷仓里被火烧了（他当时还留在谷仓里，过路的人把他拉出来时已是半死的了。过路人倒上一大桶水，奋勇打破了门冲进去）。我走到他屋里去，里面又黑又臭，又有烟气。

我问，“病人在哪里？”一个满面悲伤的妇人懒声回答我：“老爷，在那边躺着呢。”走近过去，果然躺着一个农人，身上盖着皮袄，呼吸得很急促。

“怎么样，你觉得怎么样？”

病人在炕上翻了翻身子，打算起身，不过全身都是伤，已经快死了。

“躺着，躺着，躺着。唔，怎么啦？怎样呢？”

他说：“实在很坏。”

“你觉得痛么？”他一句话也不说。

“你要不要什么东西？”也不回答。

“不要送点茶叶来么？”

“不要。”

我离开他身旁，坐在凳上。坐了一刻钟，坐了半小时，小屋里坟墓似的静默。在屋隅桌后的神像底下，藏着一个五岁的小姑娘，在那里吃面包。母亲有时威吓着她。外室里有人走着，还有叩门说话的声音，弟媳妇在那里切白菜。

“啊，阿克辛娅！”后来病人说起话来了。“什么事？”“拿酸汽水给我。”阿克辛娅递给他酸汽水，又静默了。我轻声问：“给他行过圣餐礼没有？”“行过了。”这样看来，一切都安排齐了，也就是等着死了。我忍受不了这种景象，当时就出去了。

又记得，有一天我走到克拉斯诺高利村的医院里，见我相识的助医卡彼通去，他是极爱打猎的人。

这所医院的房屋是以前田主的旁屋，是女田主亲自建立的。她吩咐在门上钉着一块木板，上面用白字写着“克拉斯诺哥耶医院”几个字，又交给卡彼通一本红皮簿，以便登记病人的姓名。女田主家里一个寄食的门客，在红皮簿的第一张上写了一首小诗：

Dans cos beaux lieux,ou règne l' allégresse,

Ce temple fut ouvert par la Beauté;

De vos seigneurs admirez la tendresse,

Bons habitants de KranBogorié ！①

还有一位先生在下面写道：

Et moi aussij' aime la naturel

① 法文，“在这些充满了欢乐时光的美丽地方，美人亲手建造了这座神殿；崇敬你们主人的慈善吧，克拉斯诺哥耶的善良的居民！”——译者注

JEAN KOBYLIATNIKOFF.[①]

助医用自己的钱买了六张床铺，开始医治上帝的人民。在医院里除他以外还有两个人：一个是带点疯气的雕刻师帕甫尔；另一个是只有一只手的村妇，梅里起其莎，担任厨妇的职位。他们两个人预备着医药，晒干药草，还浸湿它，有时还要照顾害热病的人。疯子雕刻师外貌极严厉，说话又苛刻，晚上唱着"可爱的维纳斯"，总是走到每个过往的人面前，请求让他娶早就死去的女郎玛兰亚。独臂的村妇常常打他，还让他看守火鸡。以下就是我那一天在助医卡彼通那里所看见的情形。

我们正在谈起我们前一天打猎的情形，忽然，院子里跑进一辆车，车前套着一只磨坊里才有的非常肥胖的淡黑色的马。车里坐着一个穿着新农服的强壮的乡人，生着一脸杂色的胡须。卡彼通从窗口嚷道："喂，瓦西里·底米里奇，你好呀……那是奥鲍夫辛的磨坊主人，"他对我微语着。那个乡人叹息着从车上下来，走进助医的屋子，眼睛找着神像，画起十字来。"唔，瓦西里·底米里奇，什么事情？你大概不舒服吧，你的脸色不大好呢。""是的，卡彼通·梯莫费奇，有点不大好呢。""你哪里不舒服呢？""卡彼通·梯莫费奇，是这样一个情形，最近我在城里买了一块臼石，就运到家里去，刚把那块臼石从车上搬下来，便觉得很难受，我的头痛得厉害，好像裂了一般。从此以后，就觉得不大舒服，今天更加难受了。"

卡彼通一面嗅着烟叶一面说道："唔，这是小肠疝气。你得这个病很久了么？""已经有十天了。""十天了么？"助

① 法文，"我也热爱自然！裘恩·科比里亚托尼科夫。"——译者注

医从牙齿里吸进一口气去，摇了摇头，“让我摸一摸脉。”后来助医说道：“瓦西里·底米里奇，我很可怜你，因为你的情况实在不大好呢，你这个病不是闹着玩儿的，你留在我这里，我尽力给你医治，但是不能担保。”“情况这么糟糕？”神色仓皇的磨坊主人喃喃地说了起来。“是的，瓦西里·底米里奇，很坏呢，如果你前两天到我这里来，那就没什么毛病，很容易治好。现在里面发炎了，你看，快要变成坏疽病了。”“这是不会的，卡彼通·梯莫费奇，”“现在就是这种情况。”“这是怎么啦！”助医耸了耸肩膀。“我就为这点小病死么？”“这个我且不说，不过请你住在这里再说。”乡人想了一会儿，朝地板上看着，又看着我们，搔了搔后脑，就拿起帽子来。“瓦西里·底米里奇，你去哪里啊？”“去哪里？一定是去那里——去家里，既然病成这样了，就应该布置一下。”“不过你，瓦西里·底米里奇，你这样办更坏了，我想，你现在能够安然走到家里才怪呢。不如留在这里吧。”“不，卡彼通·梯莫费奇，既然死，不如在家里死好，我怎么能在这里死呢，我在家里什么事情都舒服。”“瓦西里·底米里奇，还不知道事情究竟怎样呢。自然很危险，很危险，没有什么话说。也就因为这样，你才应该留在这儿呢。”那个乡人摇了摇脑袋，说道：“不，卡彼通·梯莫费奇，我不留在这里。可是药方请你开一下。”“光吃药是没有用的。”“跟你说，我不能留在这里。”“那么，随便你吧。怎么总不明白呢！”

助医从簿上摘下一张纸来，开好药方，又告诉他用法。乡人取了那张纸，给了卡彼通半块银币，就从屋里出来，坐在车上。“唔，再见啦，卡彼通，梯莫费奇，不要记恨我是坏人，也不要忘记了我的儿女……”“喂，瓦西里，留下吧！”那个乡人摇了摇头，用鞭子击着马头，从院子里走了。我走到街上去，在后面望着他。道路又污秽又崎岖不平，磨坊主人不慌不忙地坐在车上，很伶俐地驾着马儿，还和相遇的人们鞠躬。第四天早上，他就死了。

总而言之，俄国人死起来是很奇怪的。许多过世的人们现在一个个回到我的脑海中了。我的老友，未毕业的学生爱维尼·索落柯莫夫，很高尚，很正直的人，我忆起你来了！重见你痨病似发绿的脸，淡蓝的细发，温和的微笑，喜悦的眼神，和修长的身躯，又听到你的柔弱和蔼的声音。你住在俄国大田主郭尔·库鲁彼扬尼克夫家里，教他的孩子们福发和资犹资雅俄文、地理和历史三门，耐心忍受着郭尔难堪的玩笑，仆人粗鲁的礼貌，顽童的可恶的淘气；带着悲惨的微笑，还毫无怨言地奉行着讨厌的女东家的无理要求。有时候当你休息的时候，当你在晚餐后做完一切工作后消遣晚间时光的时候，你就坐在窗前，很忧思地抽着烟，或者很贪心地翻阅着残缺不全、涂抹污秽的厚本杂志，是同你一般遭着噩运、无家可归的测量师从城里寄来的。那时候，你多么喜欢诗词和小说；你眼里总会有泪轻轻地旋转着；你那么快乐地笑着；你童真的、诚洁的心灵里蕴藏着对人类的真诚的爱，和对于一切善美的事物的同情！说实话，你并不是很机智，上天也没有赐给你记忆力和勤谨心，在大学里，你被认为最坏的学生之一：上课的时候你睡觉，考试的时候一句话也答不出来。但是当其他同学获得好成绩时.谁的眼中闪耀着快乐的光，充满赞叹之声呢？是爱维尼。谁对好友深信不疑？谁很骄傲地称赞他们，很热烈地拥护他们呢？谁不知道妒忌？谁毫无私见，牺牲着自己？谁愿意服从不同他站在一个立脚点的人们？那全是你，全是你，我的好友爱维尼！

记得你赴人家聘约,和同学们离别的时候,心里如何的忧愁呀!不好的预觉让你异常难受。真的，你住在乡下是很不好的。在那里，你不能很尊敬地听好友讲话了，不能惊叹别人了，不能爱人了……那些乡下人和有学问的田主对待你，和对待其他教师一般：有的人很粗暴，有的人很不屑。并且你的脸实在拉不下来，一会儿胆怯着，一会儿脸红着，一会儿流着汗，一会儿口吃。村野的空气终不能让你恢复健康。可怜的人，你衰弱得好像蜡烛一般！你的屋子正朝着花园，樱桃，苹果和菩提树的花，撒满你的桌子，墨水瓶和书籍上面。墙上挂着深蓝的表袋，是一位重感情，黄发蓝眼的德国女教师在离别时送给你作放钟表之用的。有时候老友从莫斯科来看你，用别人或者自己的诗都会让你心花怒放。但是寂寞，奴隶的教习职务，解放的不可能，无尽的秋冬，还有久治不愈的疾病……可怜的，可怜的爱维尼呀！

在索落柯莫夫死前不久，我曾访过他一次，他几乎已经不能走路了。田主郭尔·库鲁彼扬尼克夫并没有把他赶走，但是薪水已经停发了，并且为资犹资雅聘用了另一位教师，福发已经送到幼年军事学校去了。那时候，爱维尼坐在窗旁一张福禄特尔式的旧椅子上面。天气十分晴朗，明亮的天空在深褐色的菩提树从上面发着蓝色，树上最后几片金黄色的树叶正在那里摇曳着。为冰冻所袭击的田地在太阳光里发汗融化着，红色光线斜射在发白的小草上面。空气里偶然发出轻微的爆声，花园中有工人在说话。爱维尼穿着旧寝衣，绿色的颈巾投出他瘦脸的死影。他很喜欢我来，伸着手儿，说着话儿，咳嗽儿着。我让他静坐着，自己也坐在他旁边。爱维尼的膝上放着一本小簿，上面精心抄写了库尔左夫的诗。他含笑地用手摸着小簿，竭力忍住咳嗽，喃喃说道：“你看这个诗人。”然后用极不清楚的声音读起来：

莺的翅翼，
被系着呢？
还是一切道路
为他预定的呢？

我让他停止念书：因为医生禁止他讲话。我知道他平素的性格，索落柯莫夫从来没有研究过科学，但是他很感兴趣，一心想知道现今的科学发达到什么地步？他时常会拉一个同学到屋隅去，然后询问他，一边听着，一边惊奇着，深信同学的话语，以后就照着这些话讲给别人听。他尤其喜欢研究德国的哲学，我在很久以前对他讲起过黑格尔。爱维尼频频点头表示赞同，抬着眉毛，微笑着，微语着：“明白，明白！啊！好极啦，好极啦！”这个无家可归，投弃穷乡的将死的可怜人，他天真的爱知识的心实在使我感动落泪。应该注意的一点是，爱维尼和其他害痨病的人相反，关于自己的病况，他并不叹息，并不忧愁，甚至极少提起。

他稍微有点精神，就谈起莫斯科，同学们，普希金，剧院和俄国文学，有时还会忆起我们的小宴会和团体里热烈辩论的事情，又带着怜惜的心情，提起两三个死友的名字。

他后来说道：“你记得达莎么？如何正直的心灵呀！如何善良的心呀！她又如何爱我呀！现在她怎样了？可怜的人，大概越发憔悴了吧？”

我不敢搅乱病人的心思。假如他知道他的达莎现在大肥而特肥，同商人康答契柯夫兄弟时常来往，脸色白里泛红，笑着骂着，高兴得很，他该怎样呢！

当时我看着他消瘦的脸，心想能不能把他从这里拉出去？也许还有治愈的可能。可是，爱维尼竟不让我说完自己的建议。

他说道：“不，老兄，多谢你。在哪里都是一样的，我是不能活到冬天的了。为什么白白惊扰人家呢？这里的房子我住惯了，虽然这里的先生们……”

我插嘴问道：“坏么，是不是？”

“不，不坏，本来是乡村地方，我也不能够抱怨他们。这里还有乡邻——田主卡萨金家里有个女儿，又有学问，又和气，是个好女郎，一点也不骄傲……”

索落柯莫夫又咳嗽起来。

他休息了一下，又说道：“反正不要紧，抽管烟就好了。我还不死，抽一管烟吧！”他说时，闪着眼睛，“谢谢老天爷，我总算活得不错，同些好人都认识……”

我插言说道：“你也要给府上写封信呀！”

“给家里写什么信？帮助——他们不能帮助我；一死——他们自会知道。讲这些事情做什么。不如对我讲一讲，你在外国看见些什么事情？”

我便讲述起来，他用眼睛瞪着看我。晚上，我走了，过了十天，我接到库鲁彼扬尼克夫的一封信，如下：

敬启者。贵友爱维尼·索落柯莫夫先生，即寓居敝寓之学生，于前四日下午两时逝世，今日已由鄙人出资安葬于敝处教堂内。贵友嘱鄙人奉上书籍及纸薄等件，兹特附呈。彼尚遗存二十二元五角，已随同行李什物，送交贵友家属收存。贵友死时，神志清朗，衷心落寞，了无恋恋之感，即在余等全家与彼离别时亦然。内子克里奥巴查·阿赖克珊德罗芙娜嘱笔道候。贵友之死，颇使内子痛心，至于鄙人则尚托庇康健，请弗念。

郭·库鲁彼扬尼克夫启上

还有许多别的例子，记上心头，不能一一尽述。只能再说一件事情。

一个田主家的老太太在我面前快临终了。牧师在她床前读起临终祈祷，忽然看出病人真的要临终，便赶紧授给她十字架。老太太竟很不快活地退缩着身体，用迟慢的声音说道，“老先生，你忙什么，还来得及呢。”她朝十字架吻了一下，把手伸到枕头底下，最后叹息一声，原来，枕头底下正放着一块银币，她想亲自把这块银币交给牧师作祈祷费。

实在，俄国人死得是多么奇怪呀！

歌　者

小村克罗多夫卡位于一座秃山的斜坡上面。这个村庄以前属于一位女田主，因为为人精明而且刻薄，邻近的人都称她为小气鬼，真名反倒没人知道，现在这个村已经归一个居住在彼得堡的德国人所有。这座村庄位于一个从上到下被一个可怕的峡谷切成两半的荒山的斜坡上，蜿蜒曲折，一望宛若无底。数株憔悴的灌木树，很害怕地垂在砂石的谷边上面。在干燥而且像黄铜色般的谷底，躺着不少大块的土石。不愉快的风景也不必说了，四周的许多住民都很熟悉通往克罗多夫卡的道路，他们很愿意并且时常往那里去。

在山谷最高处，离开那个狭长裂沟几步路远的方向，有一座四方大房，孤零零地站在那里，不和别家的房屋连在一起。这所房子屋顶上盖着稻草，耸起着烟囱，有一扇窗仿佛锐利的眼睛一般，对着那个山谷，每逢冬夜的时候，里面点着灯，远远的在冻冰的浓雾底下，也可以看见许多过路的农人朝那扇窗望着，当做指路的星光，房子的门上钉了一块青色的木板。这所房子原来是一家名叫布连登的饭馆，这里也卖酒，大概价钱定得也不便宜，不过许多人都来得很勤，比别的酒馆生意兴旺些，其原因在老板尼可来·伊凡尼奇身上。

尼可来·伊凡尼奇以前是一位体面的、英俊的、强健的少年，现在却特别肥胖，头发已经发白，圆圆的脸，一双又狡猾又善良的眼睛，额角十分丰满，却显出深印的皱纹，仿佛一根线似的。他住在克罗多夫卡已经二十多年了，和大部分酒店老板一样，是极敏捷，极伶俐的人。他并不以特别温顺的态度和言语才能见长，却具有一种吸引并且留住顾客的能力，不知什么缘故，那些顾客坐在他的柜台面前，受到冷静的主人锐利但不失温和的眼神的顾盼，便觉得快乐似的。他富有常识，十分熟悉田主，农人和商人的生活。出现问题时，他也可以出一两个并不愚傻的主意，但是他是一个谨慎而且利己的人，所以总喜欢站在一旁，仿佛毫无成见，用很隐晦的语言说出建议，以引导自己的顾客到真理的道路上去。凡俄国人所认为重要或有趣的一切事情，他都明白：如关于马、牲口、树林、砖头、瓷器、布匹、皮货、歌曲、跳舞等都是。店里没有顾客的时候，他就坐在门前的地上，盘着一双细腿，用和蔼的声音同一切过往的人们交谈。他一生见得很多，有很多小乡绅常到他那里喝酒，在他眼前过世了。他知道所有百俄里周围以内的事情，可是总不乱说，还不显出一点他曾知道过的痕迹，所以连最敏捷的警察都不曾怀疑他。他总是默着声儿，笑一笑，有时摸摸酒杯。乡邻都极敬重他：施且比吞科省长——县中第一个财主，每次从他屋前走过，总是很谦恭地朝他鞠躬。尼可来·伊凡尼奇是很有势力的人。有一个著名的马盗在他的朋友家里抢去了一匹马，他能使那个强盗还给他；邻村的农人不愿意接待新总管，他也能开导他们，诸如此类，还不少呢。但是绝不要以为他做这样的事情是出于维护真理，是为了帮助亲友——不是的！他不过是要竭力制止那些会破坏他安宁的行为罢了。尼可来·伊凡尼奇已娶妻，还生有儿女。他的妻子性格很活泼，一位生着尖鼻子，锐利眼睛的妇人，近来身体也有点发福，像她丈夫一样。他把一切事情都交给她管，银钱也由她锁存着。闹酒疯的醉人都极怕她，她也不喜欢他们：因为在他们身上很少得利，反而很吵闹，那些少言寡语，阴郁的人才合她的胃口。尼可来·伊凡尼奇的孩子们年纪还小，前几个先后都死了，活下来的孩子为父母所钟爱，这些健康的小孩那种聪明的脸庞，让人看着很高兴。

那是七月中非常酷热的一天，我带着自己的狗，慢吞吞地举着两腿，沿着克罗多夫卡山涧，朝布连登饭馆的方向走去。太阳仿佛在天上燃烧着，简直烤炙一般，空气中飞扬着奇臭的尘土。迷惘的乌鸦张着嘴，很悲伤地瞧着过往的行人，仿佛哀求他们的帮助。只有喜鹊并不发愁，垂着羽毛，啾啾叫得比以前更加高兴，在围墙上互相争斗着，喜滋滋地从满是尘土的道上飞过去，顿时飞到绿油油的麻圃上去了。我觉得非常渴，离水还很远——克罗多夫卡也正和其他许多旱地的乡村一般，并没有泉水和井，所以乡人们都从湖里吃一种稀水。没人愿意把这种厌恶的饮料称作水。我打算到尼可来·伊凡尼奇那里去点一杯啤酒或酸汽水喝。

老实说，克罗多夫卡这个地方一年到头，无论什么时候风景都不太好，尤其会让人郁闷的就是七月里的太阳用强烈的光线很凶恶地照耀着栗色的房顶，深险的山涧，尘埃满地的牧场——里面有几只长腿的瘦鸡，无精打采地徘徊着，还有一些地主邸宅的旧址，以洞作窗，四周长着荨麻，艾草和野草等类，以及塞满鹅毛的黑色小池，岸边的泥土早已半干，土堤也已倒向了一边，堤旁的山羊受着热几乎喘不上气，很忧愁地挤在一块，把自己的脑袋低得不能再低，仿佛等待着这个难熬的夏天赶快过去一般。我举着疲惫的两腿，走近尼可来·伊凡尼奇的住所，一下竟引起了小孩子们的惊愕，不住地看着我，还引起了一群恶狗激愤的狂吠，它们吠叫得很厉害，仿佛连身体里的心肝脾肺脏都要呕出来一般，随后就咳嗽并且喘起气来。那时候忽然在饭店的门前面，出现一个高身材的男子，不戴帽子，穿着粗罗纱的大衣，很低地束着一条蓝色皮带。他好像是仆人的样子,深灰色的头发凌乱地散在他干涩而且带着皱纹的脸上。他在那里叫什么人，很匆忙地挥着两手。显而易见，他已经喝醉了。

他用力抬起深黑的眉毛，喃喃说道："来呀，来呀！来呀，玛尔加奇，来呀！你这是干什么？兄弟，这个很不好。人家都在那里等你，你还在这里干什么？来吧。"

"是啦，来了，来了，"一个枯涩的声音这样说着，房子右面出现一个低身肥胖，跛足的人。他穿着一件极整齐的哔叽外套，只穿上一只袖子；一顶尖边的高帽，简直压在眉际，给他那又圆又肿的脸增加了一副狡猾而且可笑的神情。他黄色的小眼老在那里转着，薄薄的嘴唇上面显着竭力压抑的微笑，又尖又长的鼻子很不和谐似的往前挺着，仿佛船舵一般。他一面跛着脚向酒店方面走去，一面继续说道："你为什么叫我？谁等我呢？"

穿着加罗纱大衣的人带着责备的口气说道："我为什么叫你？喂，你呀，玛尔加奇，真是奇怪，人家叫你到饭店里去，你却还要问为什么？许多人都在那里等你：土耳其人雅士伽呀，野老爷呀，从希士率来的商人呀。雅士伽同商人两个人打了赌：用两瓶啤酒打赌，谁唱得好谁就……你明白么？"

那个名叫玛尔加奇的人兴致勃勃地说道："雅士伽要唱歌么？渥巴多意，你不要说谎呀？"

渥巴多意很骄傲地答道："我并不说谎，你却在那里胡说。既然打了赌，那自然就要唱，你这个小牛呀，你这个奇怪的人呀。"

玛尔加奇插言道："唔，那我们去吧。"

渥巴多意喃喃说道："唔，既这么说，亲我一下吧，我的心肝，"说罢，两手大大张开。

"闪开，你这个讨厌的人！"玛尔加奇一面很轻蔑地回答，一面用手肘推开他，于是两个人都僵着身子走进低矮的门里去了。

我听见了那段谈话，强烈的好奇心涌上心头。村庄四周都传言土耳其人雅士伽是村中最好的歌者，这样的传闻我听到过很多次，忽然有机会听到他的歌声，并且还和其他的歌者比赛，当时我就加紧脚步，走进饭店里去了。

大概读者诸君中间，能有机会看见乡间酒店的情形的不见得很多，但是我们当猎人的却总要出入那里的。这些酒店的建筑自然是极普通的，基本上是由黑暗的外屋和白色的小屋组成，这种小屋用隔板一分为二，任何顾客都没有权利走到隔板后面。在隔板里面宽大的橡木桌子上，开着一个大窗口，就在这个桌子或柜台上面卖酒。大小不同的蜡封着的瓶子，并排放在直对着窗口的柜子上面。顾客用的房屋的前部分摆着长凳，两三个空桶，小桌子等。乡间的酒店大半是极黑暗的，并且在木墙上，你看不见任何色彩鲜明的木板画，但是农人的小屋都会挂着这样的画。

我走进布连登饭馆的时候，里面已经聚着很多人。

尼可来·伊凡尼奇穿着杂色的格条衬衫，站在柜台后面，差不多占据了窗口的全部面积，臃肿的颊上带着懒洋洋的微笑，用又肥又白的手给走进来的玛尔加奇和渥巴多意倒了两杯酒。在他后面窗旁的屋隅那里，看得见他那尖眼的妻子。屋子中央站着土耳其人雅士伽，有二十三岁上下，身段瘦而挺直，穿着湖色的长边的夏服。看样子，他是个老练的工人，身体大概不是非常健壮。他那凹进的两颊，不安宁的灰色大眼，笔直的鼻子，歪斜的白色额角，卷曲的、光亮的头发，和又宽又美的嘴唇。总而言之，从整个脸部看来，他是一个容易冲动，而且情感丰富的人。当时，他的情绪正处于异常的激动中：转着眼睛，呼吸不均匀，两手颤抖得仿佛得了疟疾一般。他也确实有疟疾，是那种由于恐慌而偶发的疟疾，这是在聚会前要说话或唱歌的人所深知的。他身旁站着一个四十多岁的男子，肩膀很宽，两腮也极大，额角很低，眼睛是窄的，像鞑靼人一般，鼻子是短而平的，下巴是四方的，头发是黑而发光的。他那微黑还发着铅色的面容，尤其是他惨白的嘴唇，如果不是这样安静而且沉默，那么就可以称为凶横了。他的身子几乎一点也不动，只是慢慢地向四周望着，仿佛公牛套着轭儿一般。他穿着一件陈旧的礼服，上面系着光滑的纽扣，又旧又黑的丝巾包着他的粗脖子，他绰号叫做野老爷。直对着他，在神像底下长凳上面坐着雅士伽的敌手——希士率的商人。他的身材不大高，年纪约三十多岁，身体很强壮，脸上带点麻子，头发是卷曲的，鼻子很呆钝，还翘起来，眼睛又小又活泼，胡须很稀疏。他很精明地向四周望了一下，两手插在口袋里，很悠闲地说话，脚上穿着美丽的皮鞋，不住地在地板上顿着。他穿着灰色佛兰绒的新农服，镶着丝绒领子，和鲜红衬衫的边儿离得很远。还有一个农人，穿着一件又窄又旧的衣裳，肩上还有一个大洞，坐在对面屋角门右面的桌子那里。日光从两扇小窗上蒙着灰尘的玻璃那里射进来，幻成一种稀薄的黄色的水流，大概还战胜不了屋里的黑暗。屋里所有的东西都很少受日光的全面照耀，只有一块块的光斑。但是屋里十分凉快，我刚一跨进门，那种臭气和暑热的感觉，仿佛肩担似的，已经从我的肩上卸下来了。

我刚进来时，客人们都生出一点惊愕的样子，但是他们一看见尼可来·伊凡尼奇像熟人似的朝我鞠了一躬，便都安心下来，也不再注意我了。我要了一杯啤酒，坐在屋隅那里，穿破衣裳的农人附近。

渥巴多意一口气喝了一杯酒，忽然嚷道："唔，怎么样呢？"一边嚷，一边很奇怪地挥着两手，大概他不挥手是说不出话的。"还等什么？唱就唱吧。啊？雅士伽……"

尼可来·伊凡尼奇很赞成地说道："唱呀，唱呀。"

商人自信地笑了一下，很冷淡地说道："来吧，我准备好了。"

雅可夫（即雅士伽）有点惊慌地说道："我也准备好了。"

玛尔加奇喊道："唔，唱吧，孩子们，唱吧。"

但是无论大家怎么表示愿意的意思，谁也不先唱出来，商人不从凳上站起来，大家都在那里等待。

野老爷阴郁而且厉害地说道："赶紧唱吧。"

雅可夫哆嗦了一下，商人站起身来，松了松腰带，咳嗽起来。

他用一种微变的声音问野老爷："谁先开始呢？"野老爷仍站在屋子中央，一动也不动，摆开两条大腿，还把两只有力的手深插在裤兜里。

渥巴多意说道："你吧，你吧，你先唱吧。"

野老爷斜着眼看了他一下。渥巴多意顿时很小声地嘘叫了一声，噤住了，往屋顶那里望了一下，耸了耸肩膀，就不说话了。

“抓阄吧，”野老爷慢吞吞地说着，“把那两瓶酒放在柜台上面吧。”

尼可来·伊凡尼奇伛着身子从地上取了两瓶酒，放在桌上。

野老爷看看雅可夫，喊道：“来！”

雅可夫在口袋里摸索了一会，取出一个铜元，用牙齿做了一个记号。商人从口袋里掏出一个新皮夹，不慌不忙地打开，倒出几个零碎的小钱在手里，挑出了一个新铜元。渥巴多意拿着自己污秽的帽子，帽上还有破裂并且快脱落的帽遮。雅可夫把自己的那个铜元绑在那里，商人也掷去了自己的那个铜元。

野老爷朝着玛尔加奇说道：“你挑吧。”

玛尔加奇很得意地笑着，两手拿着帽子摇起来。

有几分钟，屋子里一下陷入了静默中，只有铜元互相碰击，发出微小的声音。我很留心地向周围看了一下，每个人的脸都表现出一种兴奋的期望，但是野老爷却皱着眉头。我的邻人，那个穿破衣裳的乡人，连他都带着好奇的神气，伸着脖子。玛尔加奇把手放在帽子里，取出商人的那个铜元，大家都叹了一口气。雅可夫脸红了，商人却用手摸着头发。

渥巴多意喊道：“我不是说过应该你先唱么？我已经说过了。”

野老爷很轻蔑地说道：“唔，唔，不要胡闹！”又向商人点头说道：“唔，唱吧。”

商人心里紧张起来，问道：“叫我唱什么歌？”

玛尔加奇答道：“随便哪一个歌。你想到什么就唱什么。”

尼可来·伊凡尼奇慢慢儿把两手叉在胸前，说道：“你想唱什么就唱什么，这个可不能限制你。随便你吧，不过要唱得好些，这样我们才能好好地去评呢。”

涅巴多意从旁说道：“当然会好好地评呢！”说着，舔了舔空杯的边儿。

商人用手指把领子附近的衣裳挪了一下，说道：“弟兄们，让我先稍微咳嗽一下吧。”

野老爷很不快地说道：“不要磨蹭了，赶紧开始唱吧！”说完，便低下头去了。

商人想了一想，摇了摇头，身体就挺直了。雅可夫两眼直瞪着他。

但是在着手描写这次歌唱比赛以前，对于这个小说里每个在场的人物，我认为必须要说几句话。有几个人的生平，在我同他们在布连登饭馆里相遇的时候，我已经知道了，有的人我是以后才打听出来的。

先从涅巴多意说起。这个人的真名叫做伊夫格拉夫·伊凡诺维奇，但是认识他的人都叫他涅巴多意[1]，他自己对这个绰号也没有异议——已经听习惯了。说实在话，这个绰号对他用着也真是再合适不过了。他是一个侍役，没有妻子，爱游玩，主人早就把他辞退了。他没有工作，分文没有，总是想法子每天蹭别人家的银钱。他有许多朋友，时常给他酒和茶喝，他们也不知道为何这样做。因为他不但不惹人喜欢，他那种无意识的胡言乱语，难堪的纠缠，发疟疾似的举动和毫不停歇的不自然的笑声，很讨人厌。他既不会唱歌，又不会跳舞，生来就没有说过一句聪明而且有道理的话，总是胡说八道——简直就是

① 涅巴多意：在俄文中为“呆傻”、“目光呆滞”的意思。——译者注

渥巴多意。在四十俄里周围的地方，每次宴会中都会看见这张令人憎厌的脸在那里晃来晃去。大家对此已经惯了，他一来，人家也就忍耐着，仿佛忍着避免不来的恶神似的。自然，大家对他都很轻视，但是只有野老爷能制服他那种坏脾气。

玛尔加奇一点儿也不像渥巴多意。虽然他的眼睛并不比别人家转动得多，人家还是叫他玛尔加奇①。俄国人擅长起绰号，这已经是闻名于世的了。我虽然竭力要详细打听这个人的过去，但是他的一生里对于我——大概也是对于许多别的人来说，知之甚少，也就是那些文人所说的被未知的深影所掩埋了。我仅只知道，他曾在一个无子女的老妇人那里当车夫，拐着自己驾驭的三马马车跑了，整年流落在外面，后来大概觉得游荡的生活太不方便，并且不幸，便自己回来了，可是腿已变跛了，跪求着回到了女主人家中。几年之内，他用模范的行为熨平了自己的罪恶，慢慢儿地赢得了她的好感，后来完全取得了她的信任，升为总管。女主人死后，他不知用了什么方法，竟成为了自由的人，跻身商人的行列，在邻人那里租了种植甜瓜的田地，赚了钱，日子过得很舒服了。这个人很有社会经验，很懂人情世故，不恶也不善，还很节俭；这是一个涉世很深的狡猾商人，善于看人，并且还会利用人。他很谨慎，并且小算盘打得极好，仿佛狐狸一样。他像老妇人似的爱说话，却不会说私事，总是逗得别人很开心。但是他并不装傻，像这类的狡猾人都是这样做的，并且他也很难假装——我从来没有看见洞察一切的，聪明的眼睛，像他那双又小又狡狯的眼睛一般。那双眼睛从不会随随便便地张望，总是要看得透彻，还要偷偷地看。有时，玛

① 玛尔加奇：俄文中为眼睛转动的意思。——译者注

尔加奇会在整整几个礼拜里想一件极平常的事情，但有时会忽然决定做一件万分勇敢的事情，别人都以为很危险，仿佛他的头会因此而丢掉。可是看呀——一切都成功了，一切都进行得好像擦油似的顺溜。他是很迷信，相信一切预兆。别人不喜欢他，却极尊重他。他只有一个小儿子，十分受宠，受这样的父亲的教育，前途大概不会太坏。“小玛尔加奇很像他父亲了”，那些老头子们现在已经这样说了，那时候正是夏夜，他们坐在屋前的土包上面，互相谈天，说这句话的时候，大家都明白这是什么意思，也就不再多说什么。

关于土耳其人雅可夫和商人两个人的事情不必多讲。雅可夫绰号叫做土耳其人，因为他确实是被俘的土耳其妇人所生，他骨子里完全是个艺术家，却在商人的造纸厂里充当汲水的人。至于这个商人呢，他的生平，老实说我还不知道，可是我看他好像是一个奸猾而精明的城里人。讲到野老爷的事情，必须稍为详细些。

对这个人的第一印象就是粗犷的，沉重的，却无从抵拒的人。他的身材极不协调，是一个肥人，但是他身上具有一种不易摧灭的力量，并且真是奇怪，他那狗熊似的身材却让人感到一种特别的安详。这种安详也许是由于太过相信自己的勇敢的缘故。起初一下子很难判断这个黑库莱司[①]属于哪一阶级：他不像侍仆，不像商人，不像退职的穷官员，更不像小田区的破产贵族——那些爱养狗和爱寻事打架的人，他是非常特别的一种人。谁也不知道他从哪里来，有人说他是出身豪门的仆隶，以前好像在什么地方当过差使，但是对于这件事情的真实性谁

① 黑库莱司：希腊神话中有怪力的英雄。——译者注

也不知道。并且无从知道，他自己是绝不会说的——世上再也没有比他更静默而且阴沉的人了。谁也不知道他靠什么过日子：他不做什么手艺，无论谁那里都不去，几乎不和人们交往。他自然是有点钱的，但是不多。他不怎样谦让，仿佛从来不知道谦让这个词，他很少留心四周的人，谁都不放在眼里。野老爷（人家都这么叫他，其实他的真名叫做佩瑞佛耶索夫）在这里的势力很大，大家很愿意服从他，自然，他不但没有命令任何人的权力，也不会对别人装腔作势。他一说，人家就服从他，当然，他的力气也起着重要作用。他几乎不喝酒，不同妇人来往，却酷爱唱歌。这个人身上有许多秘密，好像有一种伟大的力量很深沉地隐藏在他身上，仿佛这种力量一旦发作起来，一决裂起来，就要摧毁一切触着的东西。如果这个人的一生中并未发生过这样的决裂；如果他不是受过惨痛的教训，好容易从死亡里逃出来，所以才自控得很好的话，那么算我说错了。特别使我惊愕的是，他身上有一种融合了残忍心和高贵的气质，我在任何别人身上都没有看见过。

回到唱歌比赛上。商人挺身向前，眼睛张开一半，用一种极高的尖音唱起来。他的嗓音很好听，很柔软，可是有一点儿哑。他玩弄并且旋转那个嗓音，仿佛旋转陀螺一样，不住地变换着，从高到低，又不住地回到高音谱上，用特别的力量牵引着，并且拉长着，一下子不响了，忽又用一种强烈的，大胆的勇气，唱出以前的音调。他的转调有时极大胆，有时极可乐。如果行家听到，会很高兴，但德国人听见了却要生出不满来。那是俄国的 tenore di grazia，ténor l éger[①]，他唱的是极快乐的

① 意大利文，“优美的男高音”。

舞曲，其中的字句在无穷变换的强调里，我能挺清楚的仅有以下几句：

我年轻要耕种，
一块小田地；
我年轻要撒种，
鲜红的花儿。

他唱着，大家都很认真地听着。他好像觉得自己面对的都是内行，所以唱得非常卖力气。他们确实是我们这一带对唱歌十分内行的人，奥里尔公路上的索尔吉夫斯克村的山歌在全俄国都是有名的。商人唱了很久，并没有在观众中引起很大的反响，众人的掌声并不热烈。在最后在一次特别有效的转声里，野老爷含笑起来，渥巴多意忍不住了，竟兴奋得喊了出来。渥巴多意和玛尔加奇两个人低声地合唱着，喊叫着："好呀！唱高些！唱高些！拉长些！鬼呀！再拉长些！再唱，你这个狗，雄狗！伊罗王害你的心灵吧！"[①]又唠唠叨叨说了一大篇话。尼可来·伊凡尼奇在柜台那里很赞赏地左右摇着脑袋，渥巴多意后来跺了跺脚，小步地走起来，耸动着肩膀。但是雅可夫的眼睛简直像一块烧红的煤块，他全身颤抖得像一张纸，无规律地微笑着。只有野老爷一人脸上并不变更，依旧坐在座位上不动。但是他看商人的眼神有一点软了，虽然嘴唇还是显出轻蔑的意思。商人受现场的感染，唱得更加卖力了，开始唱出高低不等的音调，像打鼓似的转

① 鬼、狗等称呼在这里并非骂人的意思，喜极发狂，所以脱口说出来，是一种亲切的口气。伊罗王为犹太暴君，屠杀婴孩，今转为俄国民间的骂词。——译者注

弄着舌头和喉咙，后来竟累乏了，面色发白，流出热汗，却还将全身后仰，放出最后一声垂死的歌声。渥巴多意跑向他，用一双又长又瘦的手勒住他的脖子。尼可来·伊凡尼奇的肥脸上面放出光彩来了，他仿佛年轻些了。雅可夫疯子似的喊道：“好汉，好汉！”就是我的邻人，穿破衣的农夫也忍耐不住了，用拳头击着桌子，喊道：“啊！好极了，小鬼儿，好极了！”还带着很果决的神情往旁边吐了一口痰。

“唔，兄弟，痛快极了！”渥巴多意喊着，抱着商人不放开，“痛快极了。不用说啦，赢了，兄弟，赢了，恭喜你呀！雅可夫差你很多呢！我对你说，差很多呢，你相信我吧！”他又把商人搂在自己怀里。

玛尔加奇愤恨地说道：“唔，放了他吧，放了他吧，让他坐下，你看，他累了。喂，你这个蠢东西，喂，蠢东西！怎么黏在那里浴身的扫帚一般？[①]”

“唔，好呀，让他坐下去吧，我要喝一杯，祝他健康，”渥巴多意说着，走到柜台那里去，“兄弟，算你的账，”他朝着商人说道。

商人点了点头，坐在凳上，从帽子里取出一条手绢，开始擦起脸来。渥巴多意迫不及待地喝尽了一杯酒，便按着悲苦的女醉人的习惯一样，咳了一声，显出一种忧愁的神情。

尼可来·伊凡尼奇很和蔼地说道：“你唱得很好，兄弟，很好。不过现在轮到你了，雅可夫。喂，不要怕呀。我们看谁赢谁，我们看着呢。商人唱得很好，实在很好。”

---

① 俄国人洗浴时，会用水泼在火炉上面，使生热气，持橡树叶制成的扫帚打洗浴者的背，觉得身体松快。用这种扫帚击打时，橡树叶落在湿背上，便黏在那里，不掉下去。所以俄人用这个来形容某种言语或行动老是说不完或做不完的人。——译者注

尼可来·伊凡尼奇的妻子说道："很好，很好。"便带着微笑看了雅可夫一眼。

我的邻人轻声重复着说道："好呀。"

"啊，木挺的鲍莱哈人！"渥巴多意忽然唱喊起来，走到衣服上有窟窿的乡人面前，用手指点着他，轻微而且颤抖的笑声跳跃出来，并且渐渐地流着，"鲍莱哈人！鲍莱哈人！Hal! bade! paniai，木挺！木挺！"他笑着嚷起来。

可怜的农人着急了，已经预备站起身来，赶紧走开，忽然野老爷铜似的声音传出来了：

"怎么有这样讨厌的畜生？"他咬着牙齿说出这句话来。

渥巴多意喃喃说道："我没有怎样，我没有怎样。我这样……"

野老爷厉声说道："好啦，安静点！雅可夫，开始唱吧！"

雅可夫用手抓了抓喉咙。

"怎么，兄弟，怎么，有一点。唔，实在不知道怎么……"

"唔，得啦，不要害怕。有什么可害臊的呀！转来转去做什么？上帝怎么吩咐你，你就怎么唱吧。"

野老爷低着头等待着。

雅可夫不说话了，向四周望了一下，用手掩着脸庞。大家都看着他，尤其是商人，他的脸上从平常的自信和成功的胜利里显出一点自然而然的，轻微的不安。他倚靠在墙上，又背叉着两手，但是两腿却不踩了。后来雅可夫露出脸来了——白得像死人一般，眼睛在深垂的眉毛中间慢慢闪着。他深深地叹着气，便唱起来了。他的第一声是柔弱的，好像并没有从他胸里发出来，却仿佛从远处吹过来，偶然吹到屋里一般。这个颤颤微微的歌声奇怪地感动了我们，大家互相望着，尼可来·伊凡尼奇的妻子居然站起来了。随着第一声跟来了第二声，比较坚硬些，而且拉长些，这种声音颤抖得仿佛弦儿一般——弦儿在强硬的指头底下陡然地响了，摇曳出一种最后的快死灭的震荡。第二声后，第三个声音来了，于是忧愁的山歌涌出来，渐渐地发热并且扩张了。他唱着“田地里飞过的不止一条小道”，我们大家都觉得甜蜜，而且同时似乎害怕。我实在很少听见过这样的声音，这种声音微微儿有点破碎，响得不大清楚，起初竟显出一种病态，但是内中有不可作假的深厚的情感，有青年，有力量，有甜蜜，有一种又引人，又不经心的哀愁。俄国的真理的，热烈的灵魂在这样的声音里响着，喘息着，就这样抓住我们的心，抓住俄国人的心弦。雅可夫忘了一切，他已经不大胆怯了，他完全投入其中，他的声音不再跳跃了，却颤抖着，像箭似的射进听者的心里去，这种声音不住地坚硬起来，扩大起来。记得有一天晚间，在海潮过去的时候，海水远远地发出很恐怖，很严肃的吼啸声。在平沙的海岸上，我看见一只白色的大海鸥坐在那里，一动也不动，把丝绸似的胸脯向着红霞，慢慢地舒展着自己的长羽毛，迎向它相识的海，迎着低斜的，深红的太阳。我听着雅可夫的歌声，顿时忆起这只鸟来，他一边唱着，完全忘掉了自己的对手和我们这些听众，仿佛勇敢的泅水人为波浪所涌起一般。他唱着，每个声音里都摇曳着一种家乡的，无边阔大的气息，好像熟识的旷野在面前开展着，一直引到无尽的远处。我觉得我的心里沸腾起来，眼泪从那里升到眼睛里去了，一种喑哑的，受节制的悲痛陡然使我惊愕起来。我回头一望，酒店主人的妻子伏在窗上，哭泣起来了。雅可夫向她望了一眼，唱得比以前更加洪亮，更加甜蜜起来，尼可来·伊凡尼奇低着头，玛尔加奇转过身去，渥巴多意浑身显着不安，傻子似的张大着嘴，站在那里。灰色脸庞的农人轻轻地在屋隅里啜泣着，带着一种悲惨的微语，摇着脑袋。而在野老爷的铁脸上面，从完全接近的眉毛下面慢慢地流出大滴的泪珠。商人把握紧的拳头放在额角上面，并不动弹。我不知道这个场面要如何结束，这时，雅可夫忽然在一个特别细而且高的声音上面停止住了，他的声音仿佛顿时破裂了，谁也不嚷，并且还不动身。大家都仿佛在那里等着，他还是不唱，但是睁大眼睛，好像对我们的静默很惊奇，用一种疑问的眼光看着大家，半天，才看出胜利已是他的了。

“雅可夫，”野老爷说着，把手放在他的肩上，却不说话了。

我们大家都站在那里，仿佛哑巴一般。商人轻轻地站起来，走到雅可夫身旁去。“你……你的……你赢了。”他很艰难地说出这句话来，就从屋里跑出去了。

他的行为一下打破了安静的局面，大家忽然很高兴，很喧哗地说起话来，渥巴多意往上跳跃着，迅速地说着话，摇着两手，仿佛机车摇着两叶似的。玛尔加奇一瘸一拐地走到雅可夫面前，同他亲起嘴来了。尼可来·伊凡尼奇站起来，很庄严地说他愿意再加上两瓶啤酒。野老爷发出一种善良的笑声，这种笑声我从未在他脸上见过。灰色脸庞的乡人在屋隅里用两袖擦着眼睛，双颊，鼻子和胡须，反复说着：“啊，好呀，实在好呀，就是我是狗儿子，也好呀！”尼可来·伊凡尼奇的妻子满脸绯红，赶紧站起身来，出去了。雅可夫因为自己胜利，欢喜得像小孩一般，他的脸都变样了；他的眼睛尤其为幸福所照耀着。人家把他拉到柜台那里，他把那个哭泣过的灰色面庞的农人叫过来。又派酒店主人的小儿子去寻商人，但是至终没有找到他，于是盛筵开始了。渥巴多意高举起两手，不住地说道：“你还给我们唱，你给我们一直唱到晚上。”

我重新望了雅可夫一下，便出去了。我不愿意留在那里，我恐怕损坏了自己的印象。但是暑热依旧十分难受，仿佛积成又深又重的一层挂在大地上面。深蓝的天上仿佛闪耀着一种细弱的，光亮的小火，从微细而近乎黑的灰尘里透出来。一切静默着，在这种无力的宇宙的深幽静默里，有一种无希望，而且受压迫的神气。我走近干草堆场那里，躺在刚割下来，却已经快干的草上。我许久不能够合眼，在我的耳朵里面，雅可夫不可模拟的声音很长远地响着。以后热气和疲弱完全占领了我的身体，我就死沉沉地睡着了。等我醒来时，一切已经黑暗，周围抛散的草，气味很厉害，微微有一点湿了，从半开的顶上的细柱那里，可以看见发白光的星星，我走了出来。晚霞早就消灭了，天边还有最后一抹白光。但是在烧红不久的空气里面，还感觉出热来，胸脯总是渴望冷空气。风没有，黑云也没有，天空在那里，周围都极干净，而且透黑，无数的，却不大容易看见的星星静静地闪耀着。乡村里微弱的火光晃动着，从邻近的，通明的饭店那里，吹来一阵混乱的声音，我从中听出雅可夫的声音。狂暴的笑声，时时从那里轰然升起来。我走近窗前，把脸放在玻璃上面，看见了一幅不快乐的，杂乱但是很热闹的画面：大家都喝醉了，从雅可夫算起，大家都喝醉了。他袒着胸坐在凳子上，一边用干涩的声音唱着一种街头的舞曲，一边懒洋洋地拨着琴弦，潮湿的头发成把地挂在他发白的脸上。在酒店的中央，渥巴多意完全放开了，脱着衣裳，在穿灰色衣裳的乡人面前跳着，舞着。乡人很困难地动着一双软弱的腿，在卷曲的胡须中间无意识地笑着，有时还挥着一双手，仿佛说：“往哪里去呀！”他的脸非常可笑：无论他怎样把自己的眉毛往上翘着，沉重的眼珠总不愿抬起来，就那样躺在不大显现的，灰白的眼眶里。他处于一个好位置，每个过往的人都会往他脸上看一下，说：“好呀，兄弟，好呀！”玛尔加奇的脸红得像虾儿一般，很恶毒地在屋隅笑着。只有尼可来·伊凡尼奇，也真是实在的酒馆老板应有的，还保持着自己那种不变的冷淡态度。屋里聚着许多新人，但是没有看见野老爷。

我转过身去，快步从克罗多夫卡村所处的小山那里走下去。在这个小山的脚底下，有一片宽阔的平原，笼罩在一片暮霭中，显得更加一望无际，仿佛同黑暗的天连接起来了。我大踏步地沿着山涧的路走着，忽然远远的从平原那里传出小孩子响亮的声音。“安绰普卡！安绰普卡！啊！啊……”他带着一种固执，而且含泪的失望喊着，尾音拉得很长。

一会儿，这个声音静了，后来又开始喊起来。他的声音很洪亮地在不动的、沉睡的空气里面传过来。他喊安绰普卡的名字至少有三十遍，忽然从对面草原的尽头处，仿佛从别的世界传来一声听不大清楚的回答：

“什……什……么？”

小孩立刻用带着喜悦的怒气嚷道：“到这里来，鬼，林妖！”

“为……什……什……么呢？”过了很长时间，那个人才回答。

“爸爸要打你呢，”第一个声音赶紧喊着。

第二个声音许久没有回响，小孩子又喊起安绰普卡来了，在已经完全黑暗的时候，这种喊声渐渐稀少而且薄弱了，但还是飞到我的耳朵里，那时候我已经在林边走着，这个树林围着我的小村，离克罗多夫卡村有四俄里远……

“安绰普卡……啊……啊……”还回荡在充满夜影的空气里。

庇奥托·配绰维奇·卡拉塔耶夫

五年前的秋天，我在从莫斯科到吐拉的路上，因为马匹缺少，不得不在驿站中几乎整整坐了一天。我打猎结束后回去，一个不谨慎，把自己的三驾马车遣发到前边去了。驿站吏年纪已老，面色阴郁，头发垂到鼻子上面，一双小小的睡眼，对于我的抱怨和请求，用简短的唠叨话来回答，恶狠狠地关门儿，仿佛在诅咒自己的工作，又走出台阶那里骂起车夫来。这些车夫有的手里拿着沉重的木轭，在泥土里慢慢地走着；有的坐在凳上，伸着懒腰，还搔着痒，大家对头目发怒的呼喊声并不是特别在意。我已经喝了三次茶，并且好几次白费力气地预备睡觉，把窗上和墙上的一切招贴都念完了，万分的烦闷向我袭来。我正用冷淡的，无希望的失意态度看着我的“达朗达司”[1]翻了过来的车轴。忽然间，铃声响了，一辆不大的车套着三匹累坏的马，停在台阶前面。有人从车里跳下来，一边嚷着：“快点来套马呀！”一边走进屋里。听见驿站吏回答说没有马，他带着一种奇怪的惊愕态度，我用一个烦闷的人渴望的好奇心把我的新同伴从头到脚看了一遍。看他的样子在三十岁左右，天

---

① 达朗达司：俄国特有的一种旅行马车。——译者注

花在他的脸上留下了不可磨灭的痕迹，干涩的、微带黄色的脸上有一种不好看的铜气的反射光，蓝黑色的头发在后面领子上垂成环圈的样子，不大的鼓起来的眼睛四处看着，上唇上凸出几根毛。从所穿的衣服上看,他是放荡的田主,马市集上的常客。他穿着杂色的，油腻的“阿尔哈鲁克”[1]外套，已经褪色的淡紫色绸领带，有铜纽扣的坎肩，灰色的裤子有很大的裤脚，从那里可以看见没有擦干净的皮靴的尖头。他身上带着浓烈的烟气和酒气，在他红而肥的手指上面——这些手指差不多被“阿尔哈鲁克”的袖子掩住了——看得见银戒指。这样的人物在俄国不止一打，并且可以成百地遇得见，同他们相识，说实话，并不会有任何乐趣。但是，虽然我对那个来客有点偏见，却不能不注意他脸上那种十分慈善，并且热情的神色。

驿站吏指着我，说道：“你看他，也等在这里一个多小时了。”

“一个多小时！”新来的人朝我笑了。

来客答道：“他也许不着急吧。”

“这个我们就不知道了，”驿站吏很阴沉地说。

“难道就没有办法么？一匹马都没有么？”

“没办法，一匹马也没有。”

“唔，那你就吩咐人给我端个火壶来吧。我就等着吧，没有法子。”

来客坐在凳子上，把帽子往桌子上一扔，便用手理起头发来。

他问我道：“您已经喝过茶了么？”

---

① 阿尔哈鲁克：高加索人民常穿的外套。——译者注

“喝过啦。”

“咱们一起喝点吧。”

我答应了。一只栗色的大火壶第四次出现在桌上。我取了一瓶酒。我没有猜错，我的新朋友是小田区的贵族，名叫庇奥托·配绰维奇·卡拉塔耶夫。

我们谈起话来。在他来后不到半个小时，他已经带着一种善意的诚恳态度，把自己的生平讲给我听了。

“现在我往莫斯科去，”他对我说着，喝干了第四杯茶，“在乡下我已经无事可做了。”

“为什么无事可做呢？”

“就是无事可做。产业衰败了，农人也破产了，并且收成也不好，又是荒收又是各种的不幸事情。并且，”他说下去，很发愁地往外面望着：“我怎么配做田主呢？”

“为什么？”

“真是的，”他打断我的话：“真是不配做田主的，”他往一边歪着头，吸着烟管，继续说下去，“你看着我，也许以为我是那种人，不过我对你说实话，我受的是中等教育，并且也没有资本。你原谅我，我是开诚布公的人。而且……”

他没有说完，就摇了摇手不说了。我当时就跟他说他是弄错了，我很喜欢这次的相见等等，我还说，管理财产大概也用不着很大的学问。

“赞成，”他答道，“我赞成你的话，不过总要有点特别的爱好。有的农人什么也不知道，也没有怎样！可是我……请问，您是从彼得堡来的，还是从莫斯科来的？”

“我是从彼得堡来的。”

他从鼻孔里放出一道长烟来。

“我是到莫斯科去谋事的。”

“您打算做什么工作？”

“不知道呀，到那里再说。老实对你说，我很害怕当差，因为要负不少责任。我老住在乡下．实在惯了。不过也没有法子，穷呀，唉，真穷得要命。”

“但是你可以住在首都了。”

“在首都……唔，我不知道首都有什么好，看着，也许好些了。大概乡下总好些，没有别的地方比得上。”

“难道你不能再住在自己乡下的领地了么？”

他叹了一口气。

“不能了。现在已经没有领地了。”

“怎么啦？”

“唉，一个好朋友——乡邻弄走了，一张债票……”

可怜的庇奥托·配绰维奇用手摸着脸儿，想了一想，摇着脑袋。

静默一会儿后，他又说道：“别说了，老实讲来，我也不必责备谁，是自己错了。爱胡闹，自己爱胡闹！”

“你住在乡下很快活么？”我问他。

“我那里，先生，”他一顿一顿地回答着，直向我的眼睛望着，“有二十只猎狗，这样的猎狗，对您说了吧，是很少见的。”他用唱歌的口气说出了最后几个字。“刚把灰兔捉住了，就马上去追红兽[1]，简直是蛇，简直是鬼。我不是自夸，它们都是很敏捷的。现在事情自然已经过去了，说谎也是没有必要的。我也带着枪去打猎。有一只狗，名叫康台司克，站立的姿

---

① 红兽：指巨大之兽而言，如狮、象、鹿等。——译者注

势十分特别，总是往上嗅着，鼻子十分好使。有一天，我走到湖边，说：‘找呀！’要是它不去找，我就是放出一打的狗来，也是一点也找不到！要是找呢，简直连命都不要啦！可是在屋子里真是有礼貌。左手递给它一块面包，并且说：‘犹太人吃的，’他就不去拿；要是右手递给它，说：‘小姐吃的，’它立刻就拿走吃啦。我还有一只很好的小狗，是它养的，我打算带着到莫斯科去，可是有个朋友问我要这只小狗和那支枪，他说，‘兄弟，你在莫斯科也用不上这个，在那里要做别的事情了。’我就把小狗交给了他，并且还把枪也给他了。”

“但是，你在莫斯科也可以打猎呀。”

“不，能有什么机会打呢？既然知道这样，现在也就忍耐点儿吧。我想打听一下莫斯科的生活怎样？贵么？”

“不，不很贵。”

“不很贵么？请问莫斯科有吉卜赛人么？”

“哪一种？”

“就是赶着市集的。”

“是的，在莫斯科有的。”

“唔，这就好了。我爱吉卜赛人，爱得要死。”

庇奥托，配绰维奇的眼睛转了转，露出十分喜悦的神情，但是忽然在凳上动弹了一下，低下脑袋沉思起来，把空杯推到我那里。

“请给我一点你的酒吧。”他说。

“不过茶都喝完啦。”

“不要紧，不用茶也好。唉！”

庇奥托·配绰维奇·卡拉塔耶夫头枕着手，手撑着桌子。我默默地望着他，料想必有些激于情感的呼喊发出来，或者流下眼泪，这是每个酒醉的人喜欢做的事，但是当他抬头的时候，使我惊愕的是他脸上忧愁的表情。

“你怎么啦？”

“没什么，忆起了旧事。这样的故事……本可以对您说，但是打搅您，是很不好意思的。”

“没关系。”

“天下是什么事情都会有的。”他叹着气说下去，“就以我那件事情说吧。如果你愿意，我可以讲给你听，但是，不知道……”

“可爱的庇奥托·配绰维奇，讲吧。”

“说是自然可以说一说，”他开始说，“但是我实在不知道……”

“唔，得啦，可爱的庇奥托·配绰维奇。”

“好吧。我的事情是这样发生的，我住在乡下，看中了一位姑娘，那个姑娘呀，真是美人，绝顶的聪明，非常善良！她名叫玛宠娜，不过她是一个平常的女孩，就是说，你明白的，农奴的女儿。并且不是我所属的姑娘，却是别人家的，坏事就在这里啦。我很爱她，这个简直是笑谈，她也爱我。玛宠娜当时请求我，从女主人那里赎了她，我自己也是这么想。不过她的田主是财主，年纪很老了，住在离我家约十五里路远的地方。于是在一个可以说是很好的日子里，我吩咐套好了三驾马车，用最好的马当做辕马，那匹马是特别的亚细亚种，所以名叫兰坡多斯。我穿得很讲究，到玛宠娜的女主人那里去了。到了一所很大的房子，有旁屋，还有花园。玛宠娜在路的转角那里等着我，打算同我说几句话，却只亲了手，退到一旁去了。我走进前屋，问道：在家么？一个高个子的仆役问我贵姓。我说：

‘兄弟，你去通报说，田主庇奥托，配绰维奇·卡拉塔耶夫来谈一件事情。’仆人去了，我等在那里，心想：这事不知有何结果？也许那个魔鬼会要一个可怕的价钱，虽然她很有钱，也许要价五百卢布。后来仆人回来了，说：‘请吧。’我跟着他走进客厅。一个身材又小，脸色又黄的老太婆坐在椅子上，转动着眼睛。‘您有什么事情？’我认为起初必须先说几句客套的话，但是她说：‘你搞错了，我不是这里的女主人，是她的亲戚。您有什么事情？’我立刻对她说我必须同主人交涉一点事情。‘玛尔雅·依丽尼希娜今天不见客，她不大舒服。您有什么事情？’没有法子啦，我自己想了一下，便把我的事情讲给她听。

“老太婆听完我的话，问道：‘玛宠娜？哪一个玛宠娜？’‘玛宠娜·费多洛夫娜·库里克的女儿。’

“‘费多·库里克的女儿，但是你怎么同她认识的？’‘偶认然识的。’‘她晓得你的意思么？’‘晓得的。’老太婆静默了一会儿，忽然说道：‘这个坏东西！’我当时非常惊奇，问道：‘怎么了？我预备好一笔钱赎她，不过请你定一个数目。’老太婆哇哇地叫起来，说道：‘你想用钱来压制我，我们会稀罕你的钱？我要把她，要把她……看我怎么收拾她？’老太婆剧烈地咳嗽起来。

“‘她在我们这里有什么不好的？唉，她这个鬼头，上帝饶恕我的难过吧！’我实在很生气：‘为什么你要恐吓可怜的女孩子？她究竟有什么错？’老太婆划着十字，说道：‘哎哟，我的上帝，难道我不能随便处置自己的女奴么？’‘她不是你的！’‘唔，对于这件事情，玛尔雅·依丽尼希娜知道，这不关你的事，我要让玛宠娜晓得她究竟是谁家的农奴。’

“老实说，我那时几乎要打这个可恶的老太婆，但是一想起玛宠娜，两手就垂下来了，胆怯得竟没有法子描述出来。我开始求那个老太婆：‘你愿意要什么，就取什么吧。’‘你要她有什么用呢？’‘老太太，我喜欢她呢，请您可怜可怜我，让我吻你的小手。’于是，我就这样吻了女魔鬼的手！

“‘唔，’女魔鬼含糊地嘟囔了一句，‘我对玛尔雅·依丽尼希娜说去，看她怎样做，过两天你再来吧。’我就很不安心地回到家去。我已经猜出事情办得不好，白白让人家看出我的事情，着急也晚了。过了两天，我又到女田主那里。仆人带我到书房里去，房里的摆设是很好的，她自己坐在很讲究的椅子上面，头靠在垫子上。那个亲戚照旧坐在那里，还有一个白眉的姑娘，穿着绿衣，嘴是歪的，大概是帮闲的女人。老太婆开始说道：‘请坐吧。’我坐下来了。她就问我多大年纪，在什么地方做事情，并且打算做些什么事，问起来总是很骄傲，很郑重的，我详细地回答了。老太婆从桌上取了一块手帕，向自己身上挥着。她说：‘卡特丽娜·卡尔波芙娜把你的意思对我说了，’她说，‘但是我自己，定了一个仆人不能赎身的规矩。因为这是不大体面，而且在上等家庭里是不应该有的。我已经下命令了，你也不必再费心了。’‘这有什么费心的。不过，玛宠娜·费多洛夫娜对你真的那么重要么？’‘不重要，我都用不着她。’‘那为什么不愿意把她让给我呢？’‘因为我不愿意，就是不愿意，我已经吩咐下去了：她要被遣送到旷野的乡村里去。’这简直好像雷震似的打击了我一下。那个老太婆用法国语对那个绿衣女郎说了两句话，那个女郎就出去了。她说：‘我是规矩极严的妇人，并且我的身体也不好，一点儿的不安都不能够忍受。你还是年轻的人，可是我已经是老妇人，可以有劝告你的权利，你不如安一安心，娶个媳妇，寻找好的女伴。有钱的未婚妇是稀少的，但是品德好的穷姑娘是能够找到的。’我当时看着那个老太婆，一点也不明白她在那里喃喃地说些什么话，她在那里讲婚姻的事情，可是旷野的乡村那几个字一直在我的耳里响着。娶亲呀！……真是鬼物！”

他忽然在这里止住了，还望着我。

“你娶过亲了么？”

“没有呢。”

“唔，自然啦，这是一定的事情，我忍不住了：‘唔，得啦，老太太，为什么您要说出这样的傻话来？什么是娶亲？我只想问您一下，您能把玛宠娜让给我么？’老太婆叹起气来，说道：‘哎哟，你太吵啦！哎哟，吩咐他走开啦！哎哟！’女亲戚跳到她那里去，朝着我嚷起来了。可是那个老太婆总是呻吟着：‘我犯了什么罪过，这样受气，我在自己家里却不是主人了么？哎哟，哎哟！’当时我抓住帽子，仿佛疯子似的跑出去了。”

“也许，”他继续说着，“你要责备我，说我这样强烈地爱上了低阶级里的姑娘，我也不打算自己辩护。这件事情已经到了这个地步了！你要相信，我心里真是白天黑夜都没有安宁，难受得很！我想，我为什么要害这个不幸的姑娘！我只要一忆起她穿着‘齐朋’[①]在那里赶鹅，并且受着主人的命令做些艰苦的工作，挨着村长，穿破靴的农人的骂，冷汗就从我身上流下来了。我实在忍不住，打听出她被遣发到哪个乡村里去，便骑着马跑到那里去了。第二天晚上的时候才到了那里。人家显然料不到我会寻到这里来，所以并没有下任何关我的命令。我

① 齐朋：乡下人穿的粗罗纱外套。——译者注

一直走到村长那里去，仿佛邻人似的。走进院子一看，玛宠娜坐在台阶那里，两手托腮。她要喊出来，我跟她打了个手势，指着院落外面田地那里。我走进小房里去，同村长说了几句话，编了几句谎，几分钟后，就出来看玛宠娜。可怜的她抱着我不松手，我的小宝贝，她又白又瘦。我对她说：‘不要紧，玛宠娜，不要紧的，不要哭……’可是自己的眼泪竟是流着，流着，后来我觉得难为情了，就对她说：‘玛宠娜呀，眼泪是不能够帮助忧愁的，现在应该做的事情，很坚决的做事情就是——你必须要同我一块儿逃走。’玛宠娜竟好像死人似的僵在那里，‘这怎么行呢！我要落在他们手里，他们会把我吃掉！’‘你真傻，谁会找到你呢？’‘找得到的，一定找得到的。多谢你。庇奥托·配绰维奇，我一世不会忘记你的情意，并且你现在还在照顾我，我的命运已经是这样了。’‘唉，玛宠娜，玛宠娜，我还以为你是个特别的女孩呢。’确实，她有许多特别之处，有灵魂，金的灵魂！‘你留在这里做什么！你说：村长的拳头尝过了没有？’玛宠娜脸上竟发红了，她的嘴唇哆嗦着。‘就算为了我，我的家也不安生了。’‘你的家，你的家……也要遣发么？’‘也要遣发呢，兄弟一定要被遣发的。’‘父亲呢？’‘父亲不会遣发，他是我们那里一个很好的裁缝。’‘唔……’我好容易才把她说服了。她还说：‘你会因为这件事情受苦的。’我说：‘这是我的事。’最终，我把她带走了。不是在这一次，是第二次，我晚上坐着车到那里，就带走了。”

“你带走了么？”

“带走了，她住在我那里。我的房子不大，仆役也少，我的仆人，毫不客气地对您说了吧，很敬重我，绝不会背叛我的。我当时很舒服地过起日子来。玛宠娜休息了一段时间，慢慢地恢复健康了。我非常宠爱她——她真的很好！她又会唱歌又会跳舞，又会奏弦琴。我不让邻人看见她，怕他们乱说。我有一个非常好的朋友，名叫潘特雷·哥尔诺斯泰亚夫，你大概不知道，他特别喜欢她，并且还吻她的手。对您说了吧，哥尔诺斯泰亚夫和我完全不同，他这个人很有学问，总念着普希金的书，他要是同我和玛宠娜讲起话来，我们听得要打瞌睡的。他居然教会她写字，真是怪人！后来我给她做了许多衣裳，简直比总督夫人穿得还好，给她缝了一件带皮领的红色天鹅绒大衣。那件大衣穿在她身上多么好呀！这件大衣是莫斯科的妇人照最新的样式缝成的，腰部很瘦。但是玛宠娜这个人也是有怪脾气的，时常在那里沉思，坐好几个小时，往地板上望着，眉毛一动也不动，我也坐在那里，看着她却始终看不够，仿佛从来没有看见过似的。她一笑，我的心便颤抖得仿佛有人在那里扎刺似的。有时，她会忽地笑起来了，说着玩笑，跳舞，亲热地抱着我。从朝到晚，我只想一件事——讨她喜欢的方法。你要相信，我所以送给她东西，不过为着要看一看，她——我的灵魂，怎样地喜欢，怎样喜欢得脸都红了，怎样用手拿着我的礼物，怎样浑身都穿着新衣服，走到我面前来吻我。不知道她的父亲库里克怎么会知道这件事情，老头子跑来看我们，并且痛哭一场。我们这样住了五个月，我很愿意同她永世住在一起，但是我的命运是何等的坏呀！”

庇奥托·配绰维奇止住了话。

“发生了什么事情？”我同情地问他。

他摇着手。

“一切都坏了，还是我把她害的。玛宠娜最喜欢坐在冰橇上玩，并且还亲自驾马。她穿着大衣和绣花的手套，还大声喊叫着。我们为不让人家遇见，所以时常在晚上的时候出去跑车。恰巧有一天很晴朗，没有风，我们就出去了。玛宠娜拿着缰绳，我就看着她往哪里走，她居然去了库库耶芙卡——她的女主人的村里。我就对她说：‘你这个疯子，要往哪里去？’她从肩膀那里望着我，笑了。‘啊！让她去吧，’我想着，‘发生事情就任其发生吧！’从主子的房屋面前跑过去不是很刺激么？你说是不是？于是我们就去了。我那匹步调走得很好的马简直飘浮起来，副马也像风似的旋转着，已经看得见库库耶芙卡的教堂了，一看，一辆旧的绿马车在道上爬着，一个仆人在车后脚凳上凸现着。女主人，是女主人过来了！我胆怯起来，可是玛宠娜竟加鞭击打起马来，一直闯到马车那里去了！那个车夫一看见对面飞来一辆车，便打算让在一旁，用力一拉，马车竟翻在雪堆上面了，玻璃破了。女主人嚷着：‘啊，啊，啊！啊，啊，啊！’车里另一个女人也叫着：‘救命，救命！’这时，我们加速跑了过去。我们跑着车，可是我想事情要坏了，我真不该许她到库库耶芙卡去的。您猜后来发生了什么？女主人既认识玛宠娜，又认识我，就递呈子告我，说逃跑的农女住在贵族庇奥托·配绰维奇·卡拉塔耶夫家里，同时还提出赔偿损失的条件。后来，警官果真到我那里来了。可是这个警察官是我的熟人，名叫斯蒂潘·索尔耶维奇·配绰维奇，是个十足的混蛋。他一过来就说：‘庇奥托·配绰维奇，你怎么办呢？这事挺严重的，法律上对于这件事情也定得明明白白的。’我对他说：‘唔，关于这件事情，我们可以谈一下子，不过你刚走来，不要吃一点么？’他答应吃东西，但还是说：‘庇奥托·配绰维奇，法律有规定呢，你自己判断一下吧。’‘法律那是自然，’我说，‘那是自然。我听说你的马是黑毛的，你愿意把我的兰坡多斯换去么？……可是农女玛宠娜·费多洛夫娜并不在我这里呀。’‘唔，’他说，‘庇奥托·配绰维奇，农女肯定在你那呢。至于换兰坡多斯那匹马是可以的，也可以直接把它带走。’这一次，我把他打发走了。但是那个老女人吵得比以前还厉害！她说愿意花一万卢布来打官司。原来她一看见我，就想让我娶那个绿衣女——这个事情以后我才知道，因此她才施这些恶计。这些女太太们有什么想不出来的呢！我的事情慢慢变坏了，我拼命花钱，把玛宠娜藏起来了！我真是窘透了，一切完全变了！我浑身是债，身体也越来越差。

“有一天晚上，我躺在床上，心想：‘我的上帝，我真苦呀！我不能丢下她，叫我怎么办呢？’忽然，玛宠娜跑到我屋里来了。那个时候，我把她藏在自己的田庄里，离家有两里路远。我害怕了，‘怎么？你被发现了么？’‘不，庇奥托·配绰维奇，’她说，‘那里并没有什么人惊扰过我。这件事情要什么时候结束呢？庇奥托·配绰维奇，我的心碎了，我很可怜你，我的宝贝儿，永世不会忘记你的情意，庇奥托·配绰维奇呀，现在来同你辞别啦。’‘你怎么啦，怎么啦？疯了么？怎么辞别呢？怎么辞别呢？’‘就是这样，我要去自首。’‘我要把你这个疯子关到楼房上去。你想害我么？想弄死我么？’她一言不发，向地板上望着。‘唔，你说呀，你说呀！’‘庇奥托·配绰维奇，我不愿意再让你这么不安。’‘你这个傻子，你这个疯子……’”

庇奥托·配绰维奇很悲愁地呜咽起来了。

“你猜怎样？”他继续说着，用拳头击着桌子，竭力皱着眉毛，眼泪却终在他的热颊上流着：“她真的去自首了……”

“马儿预备好了！”驿站吏走进屋来，得意洋洋地喊着。

我们两个人都站了起来。

“后来玛宠娜怎样啦？”我问。

庇奥托·配绰维奇·卡拉塔耶夫摇着手。

一年后，我去莫斯科办事。有一天饭前，我走到旅店后面的咖啡馆里去，那是一个老式的莫斯科咖啡馆。在球房里，烟浪的中间，闪耀着发红的脸，大胡子，旧式的波兰衣裳和新奇的斯拉夫衣服。瘦瘦的老头子们穿着朴素的礼服，在那里读俄国报。仆人端着盘子很敏捷地闪现着，轻轻儿地在地毯上走着。商人表情痛苦地喝着茶。忽然从球房里出来一个人，头发凌乱，脚步也不稳。他两手插在口袋里，垂着头，迷茫地向四周望着。

“啊，啊，啊！庇奥托·配绰维奇？你好吗？”

庇奥托·配绰维奇几乎要扑到我身上来，微微地晃着身体，拉我到一间特别的小屋里去。

“坐吧，”他说着，忙乱地让我坐在躺椅上面，“伙计，啤酒！不对，香槟酒呀！说实话，真料不到，真料不到。来了很久么，住得长远么？真是上帝的安排。”

“是的，你还记得……”

“怎么不记得，怎么不记得，”他打断我的话，“事情是过去了，事情是过去了……”

“唔，你在这里做些什么事情，可爱的庇奥托·配绰维奇？”

“你看吧，这么活着。这里生活很好，这里的人很诚恳。我在这里很安稳呢。”

他叹了一口气，向上看着。

“当差么？”

“不，还没有当差，我想不久就会做了。不过当差有什么意思呢？交朋友是第一。我在这里同许多人相识……”

一个小孩子拿着一瓶香槟酒，用黑盘端着走进来了。

“这个也是好人，瓦西亚，对不对，你是好人？祝你健康！”

小孩子站在那里，很恭敬地摇着脑袋，含笑出去了。

“不错，这里人是很好的，”庇奥托·配绰维奇继续说着，“有情感，有灵魂。要不要给你介绍？这些正直的小孩子们。他们大家都会喜欢你，不过……鲍布洛夫死了，这才可悲呢。”

“哪个鲍布洛夫？”

“蒙尔盖·鲍布洛夫。是正直的人，曾经很照顾我这个野蛮的乡下人。连潘特雷·哥尔诺斯泰亚夫都死了。都死了，都死了！”

“你一直住在莫斯科么？不到乡村里去么？”

“到乡村去？我的领地已经卖掉了。”

“卖了么？”

“拍卖了。真可惜，你没有买呢！”

“庇奥托·配绰维奇，你怎么生活呢？”

“靠着上帝不会饿死的。没有钱，有的是朋友。并且钱是什么啊？灰尘！金子是灰尘啊！”

他闭着眼睛，两手在口袋里摸索了一会，手掌放着两个五分钱和一个毛钱。

“这是什么？不是灰尘么？”说着，钱被扔到地板上去了。“您读过波里查叶夫的书没有？”

“读过。”

“看见过演《哈姆雷特》里的莫恰洛夫没有？”

“没有看见过。”

“您没有看见过，没有看见过……”庇奥托·配绰维奇·卡拉塔耶夫的脸发白了，眼睛不安地转着，他转过身去，脸上轻微地颤抖着，“啊，莫恰洛夫，莫恰洛夫，‘尽了人生，睡熟了，’”他大声说着：

不再如此！并且知道这个梦将消尽忧愁和万千的打击，
活人的命运，这样的末途，
真值得热烈的希望！死呀，睡呀！

“睡呀！睡呀！”他喃喃地说了好几遍。

“请你告诉我……”我开始要说，但是他又很激动地继续下去：

谁忍得住时代的鞭打和讪笑，
权利的无力，暴君的压迫，
做人的耻辱，被遗忘的爱情
那时候一次的打击便能赏给我们以安宁。
喔，忆起呀，
我的罪在你神圣的祷告里呀！

他低下头，靠在桌上，他开始口吃，并且语无伦次。

“过了一个月呀！”他又重新振作，说道：

一个短而容易过去的月呀！
当我含着眼泪，穿着皮靴，
跟着我父亲可怜的尸体走着，

现在所穿的皮靴还没有破呢！
喔，天哪！无知识，不说话的野兽
还多忧愁些呢。

他端起香槟酒杯，放在嘴边，但是并不喝酒，却继续说下去：

为着格库巴么？
他对于格库巴有什么，她对于他有什么，
他哭她些什么呢？
但是我，被贱视的，凶怯的奴隶啊，
我胆怯呢！谁称我为无用的人？
谁对我说：你说谎？
我就要受着辱了。是啊！
我心里没有恶意，
耻辱在我并不悲苦呢。

庇奥托·配绰维奇·卡拉塔耶夫扔下杯子，捧着自己的头，我觉得我了解他了。

“唔，怎样呢，”他最后说道，“千万不能忆起旧事，不对么？”他笑了。“祝您健康哪！”

“你将来留在莫斯科么？”我问他。

“死在莫斯科呢！”

“庇奥托·配绰维奇·卡拉塔耶夫！”邻室里传出声音来，“庇奥托·配绰维奇·卡拉塔耶夫，你在哪里？到这里来吧，亲爱的人儿！”

“人家叫我呢，”他说着，很困难地从座位上站起来。“离别吧，请到我那里去，我住在……”

但是第二天，发生了一些预想不到的事情，我必须立刻离开莫斯科，从那以后，我再也没有见过庇奥托·配绰维奇·卡拉塔耶夫。

约　会

大约在九月中旬的时候，有一天，我坐在桦树林里，从早晨就开始下着细雨，时而夹杂着温和的日光。天气阴晴不定，有时乌云密布，有时一下子全散了，露出蔚蓝的颜色，仿佛美丽的眼睛一般。我坐在那里向四周望着，还在那里听着。树叶在我头上轻微地喧闹着，从这些叶子的喧闹声里，可以知道正是什么季节。这个声音不是快乐的、嬉笑的春，也不是柔和的夏天的耳语，更不是晚秋卑怯的、冷淡的呢喃，却是一种听不大见的、微睡的低语。微弱的风轻轻地掩在树梢上面，被雨润湿的树林深处时刻变动着，或是在太阳照耀时，或是掩着阴云时。这个树林一会儿就完全亮了，仿佛忽然都在那里含笑似的。不太浓密的桦树上的细干，忽然被柔和的白光照耀；睡在地上的细叶忽然变成斑色；烧成一种纯金，繁茂而且高大的蕨树的美丽树茎，已经染成秋天的本来颜色，仿佛熟透的葡萄树的颜色一般，竟然透明得很，在眼前错综着。一会儿，四周又变成了蓝色，鲜明的色彩一刹那消失了，桦树直立在那里，全成为白的，却没有光，白得仿佛刚下的，还没有被冬天的太阳光照射过的雪一般。没多久，细微的雨就偷偷地，狡猾地播散开来，并且在树林里微语着。杨树上的树叶差不多还是绿的，但是有点发白，只有一两处有嫩叶，全是红的，或者全是金色的，当太阳光线忽然击打在被雨洗尽的嫩枝上的时候，就可以看见这些叶子在阳光下闪耀。这里听不见一只鸟的声音，大家都栖宿并且静默了，偶尔会听见山雀的笑声，响得仿佛铜钟一般。在我停留在这个杨树林以前，我同自己的狗穿过了高大的柳树林。我实在不喜欢这种柳树，它生着那种紫藤色的树干，灰绿的，有点金属色的叶子，在风中摇曳着。这种树有时也很好，在夏天薄暮时候，它们挺立在低矮的灌树中间，支撑着落日的红光，从根到梢浸着同样的黄紫色。或者是在晴朗的，有风的日子，全身在蓝天里喧闹着涌出，并且喃语着，每片树叶都仿佛愿意挣脱了，飞往远方。但是总的来说，我不喜欢这种树，所以并不停留在柳树林里休息，便走到杨树林里，在一棵小树底下歇脚。这棵树的干枝生长得低及于地，所以能够替我抵御风雨。在看完周围的景致以后，我就安静地睡着了，这样的睡梦大概只有猎人才会拥有。

我不知道睡了多长时间，我一睁开眼睛，树林中充满了阳光，在喧闹着的树叶缝里露出。天空蔚蓝，云彩被激昂的风驱散。天气晴朗了，空气里发出一种特别清新的味道，让人身心愉悦，这也说明，阴雨天后总会有一个平和而且晴朗的夜晚。我正要打算站起身来，重新尝一尝幸福，忽然，我的眼睛停在一个不动的人影上。我仔细看了一下，原来是一个年轻的农家女孩。她坐在离我二十步远的地方，很忧愁地低着头，两手垂在膝盖上，一只半张的手里拿着一大把野花。她每一呼吸，那把花就轻轻地击在格条布的裤子上面。她穿着干净的白衬衫，脖子和手腕那里有纽扣，上面有一些折痕。她带着两串黄珠链，从脖子垂到胸前，绕了两绕。她长得不难看，浓密的、美丽的灰色的头发散成两股，梳成很整齐的半圆髻，露在狭窄的红色头巾底下，这个头巾覆在白得好像象牙的额角上面。她脸上的其他地方被太阳晒成只有细嫩皮肤才会出现的那种金色。她总是垂着眼睛，所以我看不见她的眼睛，但是我能清楚地看见她高而细的眉毛，极长的睫毛是潮湿的，面颊上有被阳光晒干的泪痕，那滴眼泪还停在苍白的嘴边。她的五官还是很可爱的，即使她的鼻子有一点粗而圆，可是也未曾损坏她的美。我最喜欢她脸上的表情——自然，温和而且忧愁，还有一点迷惑。她大概在那里等候什么人，树林里有一点轻微的动静，她就立刻抬起头来，顾望了一下。在透明的黑影里，她的眼睛大而明亮，而且含着恐惧，仿佛鹿儿的眼睛似的，闪耀在我的面前。她静听了一会儿，一双张得很大的眼睛不住地盯在发出声响的地方，随后就叹了一口气，把脑袋微微转了一点，俯得更低了，慢慢地理起花朵来。她的眼眶儿红了，嘴唇也悲苦地动了，于是眼泪又从浓厚的睫毛底下流出来，停留在颊上发亮，这样过了很长时间，可怜的姑娘一动也不动，只是很烦恼地摆着手，在那里听着，不住地听着。树林里又有点响声了，她颤抖起来。响声并不止住，越来越清晰，慢慢地临近了，后来才听见坚定而快速的步音。她挺起身体，仿佛有些胆怯了。她那专注的目光由于期待而发抖，并且炽热地燃烧着。树林里很快出现了一个男子，她仔细地看着，忽然脸红了，很快活，并且很幸福地含笑。她打算站起来，立刻又垂下头去，脸色发白，有点不知所措。过了一会儿，她才抬起惊愕的、几乎带着哀求的眼睛看着来人，此时那个人已经站在她面前了。

我从隐藏的地方带着好奇心看着他，说实话，他给我的印象并不好。从外表看，他是富家少爷的得宠侍仆。他穿着黄铜色的短外套，大概是从主人的身上脱下来的，系着玫瑰色的领带，末端是紫的，还戴着金边的天鹅绒黑帽，一直覆在眉毛上面。他的白汗衫的圆领紧紧地架住他的耳朵，浆洗的袖口掩住了整个手，只露出弯曲的手指，手指上带着银的和金的，镶着绿宝石的戒指。他那红润的，发亮的脸和那些时常使男子生气，却为女子所喜欢的人一样。他大概竭力在自己愚鲁的脸上添加一种让人生厌的表情，不住地转着那双本来就很微小的乳灰色眼睛，皱着眉头，垂着嘴角，打着哈欠，一会儿用手理着栗色的、卷曲得厉害的头发，一会儿摸着凸现在厚嘴唇上面的黄胡子。总而言之，他非常装腔作势，他一看见那个等待他的农家姑娘，就开始装模作样，慢慢地迈着弯脚步，走到她的面前，站在那里，耸着肩膀，两手插在大衣口袋里，用冷漠的目光看了那个可怜的姑娘一下，就坐到地上。

“怎么，”他开始说，却继续往一边望着，摇着脚，打着哈欠，“你早来了么？”

姑娘没有立刻回答他。

“早来啦，维克多·阿赖克珊德里奇，”良久，她用一种听不清楚的声音说着。

“啊！”他脱下帽子，很骄傲地用手摸着卷得很结实的头发，向四周看了一遭，又把自己尊贵的头垂下来了。“我差点忘啦，而且下雨啦！”他又打着哈欠，“事情太多了，一点侍候不到就要挨骂，我们明天要走了……”

“明天么？”姑娘说着，用吃惊的眼神望着他。

“明天。唔，唔，你……”他一看见她全身哆嗦，并且轻轻地低下脑袋，便赶紧说道，“阿库琳娜，不要哭。你知道，我受不了这个呀。”他皱了皱鼻子，“我快要走了，你怎么这样傻，还哭起来！”

“我不啦，我不啦，”阿库琳娜急忙说着，勉强忍住眼泪。“你明天走么？”她在不言语了半晌之后又说，“什么时候上帝能让我们再见面呢，维克多·阿赖克珊德里奇？”

“我们可以再见的，再见的。不是明年，就是以后。老爷大概打算到彼得堡去当差，”他继续说着，还有几个字是用鼻音说出来的，“也许要到外国去呢。”

“维克多·阿赖克珊德里奇，你要忘记我了，”阿库琳娜很忧愁地说着。

“不，怎么会呢？我是不会忘记你的，不过你要聪明些，不要傻头傻脑，听父亲的话。我是不忘记你的，不会的。”他安然地伸着懒腰，又打了一个哈欠。

“维克多·阿赖克珊德里奇，不要忘掉我啊，”她继续用哀求的声音说着，“我那么爱你，为了你什么都可做的。你让我要听父亲的话，维克多·阿赖克珊德里奇，我怎么能听父亲的话呢？”

“怎么不能呢？”他仿佛是从肚子里说出来这几个字，那时候，他仰天躺着，两手枕在头下。

“怎么可能呢，维克多·阿赖克珊德里奇，你是知道的。”

她不言语了。维克多玩弄着自己表上的钢链。

后来他说道：“阿库琳娜，你这个姑娘并不傻，所以不要说些胡话，我是为你好呀，你明白我的意思么？自然你并不傻，也可以说不完全是乡下女人，就是你的母亲也不是乡下女人，可是你没学问，就应该听从人家对你说的话。”

“真可怕呀，维克多·阿赖克珊德里奇。”

“真是瞎说八道，我的爱人。有什么可怕的呢！你那里是什么？”他向前一凑，又说起来，“花么？”

阿库琳娜忧愁地答道：“花呀。我摘了些野花，”她说着，有点高兴起来，“这个喂小牛很好的。这个是金盏花，可以治瘰疬病。你看多好看，我还从来没见过呢。那是勿忘我，那是慈母花。这个是我摘下送给你的，”她说时，从黄菊花里取出一小把系着细草的蓝色菊花，“你要么？”

维克多懒懒地伸出手来拿花，随意地嗅着，用手指转起来，看着天上。阿库琳娜望着他，在她忧愁的眼神里有许多柔和的服从性，可尊敬的谦逊心和爱情。她很怕他，还不敢哭，又要同他离别，最后一次这样看他。可是，他躺在那里，斜侧着身体，仿佛土耳其的皇帝一样，带着很大的耐性和谦让心忍受着她的爱恋。我愤恨地看着他的红脸，从假装的冷漠表情中可以看到他那因受到崇拜而膨胀的虚荣心。阿库琳娜在那时多么好呀，她把自己的心彻底向他敞开，充满爱和热情，但是他……他把菊花扔在草上，从大衣口袋里取出黄铜边儿的眼镜推到眼睛上去。可无论怎么他用尽办法——皱紧眉头，抬起鼻子，想要持住眼镜，那个眼镜总是掉下来，落在他手里。

阿库琳娜惊疑地问道：“这是什么？”

“眼镜，”他郑重地回答。

“做什么用的？”

“能看得清楚呀。”

“拿来给我看看。”

维克多皱着眉头，不情愿地把眼镜给她了。

“小心点，不要砸碎呀。”

“不会砸碎的。”她很胆怯地把眼镜放到眼前。“我什么都看不见了，”她天真烂漫地说着。

“你把眼睛眯一眯呢，”他用生气的教师的语气说着。她闭上眼睛，把眼镜放在前面。“不是这样，不是这样，傻子呀！”维克多嚷着，不等她修正自己的错误，就把眼镜从她那里夺回去了。

阿库琳娜脸红了，微微笑着，便转过身去。

“可见这个东西对我们是没有用的，”她说。

“自然喽。”

可怜的女孩不言语了，深深地叹了一口气。

“唉，维克多·阿赖克珊德里奇，你走了以后，我好难过啊！我该怎么办呢？”她忽然说。

维克多用衣角擦着眼镜，把它放回口袋里去了。

“是的，是的，”他良久才说，“你起初自然是很难受，”他很亲切地拍着她的肩膀，她轻轻地将他的手放下来，极胆怯地亲着。“你确实是个好女孩，但是怎么办呢？你自己想一想！老爷同我们不能再留住在这里了。马上就到冬天了，可是在乡下的冬天……你知道的，简直是坏透了。可是在彼得堡呢，那边简直好极了，那种好，你这个傻了，就是在梦里都看不到的。房子，街道，还有社会，教育，简直是好极啦！”阿库琳娜十分认真地听着他的话，微微地张着嘴，仿佛婴孩一般。“但是，为什么我把这些话说给你听呢？你是不会明白的。”

“为什么呢，维克多·阿赖克珊德里奇？我明白，我全明白。”

“你看，你这个！”

阿库琳娜低下头去。

“以前你同我不是这么说话的，”她说着，并不抬起眼睛来。

“以前么？以前！你看，以前！”他非常恼怒地嚷着。

他们两个人都不言语了。

“我要走了，”维克多说着，已经撑着手肘坐起来了。

“再待一会儿吧，”阿库琳娜带着哀求的语气说。

“为什么？我已经同你告别过了。”

“你待一会儿吧，”阿库琳娜又说。

维克多又躺下去，开始吹起哨来。阿库琳娜的眼睛不住地看着他。我可以看出来，她有一点着急起来了：她的嘴唇咬紧着，她苍白的双颊微微发红了。

“维克多·阿赖克珊德里奇，”她用断断续续的声音说着，“你作孽呀，你作孽呀，维克多·阿赖克珊德里奇！”

“什么是作孽？”他皱着眉毛问，并且微微抬起身来，头转向她那里。

“作孽呀，维克多·阿赖克珊德里奇，在离别的时候，哪怕对我说一句好话呀，哪怕只有一句，对我这个可怜的人说呀！”

“叫我对你说什么呢？”

“我不知道，你却比我知道得多。维克多·阿赖克珊德里奇，你就要动身啦，我做了什么错事，你连一句话也不说呢？”

“你真是奇怪！我有什么说的呢？”

“哪怕是一句话……”

“唉，你怎么就会说这一句话，”他带着恼怒说着，然后站起身来。

“不要生气，维克多·阿赖克珊德里奇，”她勉强忍住眼泪，赶紧说着。

“我并不生气，只是你太傻了！你要的是什么？我是不能娶你的。那你还要什么？”他看着她，仿佛等待回答似的，还张开着手指。

“我什么……什么也不要，”她吃吃地回答着，勉强把颤抖的手伸到他面前去，“哪怕一句话呢，在离别的时候……”

她的眼泪像小溪似的流着。

“唔，又这样了，又哭啦！”维克多冷冷地说着，把帽子挪到眼睛上去。

“我什么也不要，”她继续说着，啜泣起来了，并且用两手掩着脸，“但是现在叫我怎么办呢？我以后的日子会怎么样？叫我这个可怜的人怎么办呢？人家要把我嫁给不喜欢的人。我这个苦命的人呀！”

“唱吧，唱吧，”维克多轻声地喃喃说着，不安地来回走着。

“哪怕说一句话呢，哪怕一句呢。就说，阿库琳娜，我……”

猝然的悲哀让她不能说完自己的话，她的脸伏在草上，大声哭着。她的全身颤动着，后颈一起一伏，长期压抑的悲愁像源泉似的涌出来了。维克多站在她前面，耸了耸肩膀，转过身去，大踏步走开了。

过了一会儿，她安静了，抬着头，跳起身来，摆动着手，打算跟他跑过去，但是她的腿麻了，她跪倒在地上了。我忍耐不住，便跑到她面前去，但是她一看见我，不知从哪来了一股劲，轻轻叫了一声，站起身来，往树后躲去，扔了一地的野花。

我站在那里，捡起一把菊花，从树林出来，到田野去。太阳低低地悬在天上，阳光仿佛褪色，且有凉意，射出一种带着水气的亮光。离落日不到半小时，天空还残余着晚霞。猛烈的风从黄色的干草那里迅速地迎面吹来，卷曲的落叶匆忙地在飞起来，飞向路上。田野边有一座短墙，总是哆嗦着，闪耀着。

在微红的草上，在叶身上，在干草上，各处都耀着，而且颤动着无数的秋天蜘网线。

我止步了，我觉得忧愁。在快乐而且新鲜的微笑里，恐怖的冬日愈来愈近。谨慎的乌鸦高高地在上面飞着，很艰难并且很猛烈地用翅膀扇动着空气，还转着脑袋，斜眼看着我，哑哑地叫了几声，躲到树林后面去了。一大群天鹅从干草屋后面飞出来，猛然转成一根柱子的样子，分散在田野里。这就是秋天啊！有一个人开着车子从光秃秃的山脊后面走过，空车轰隆隆地响着。

我回家去了，但是可怜的阿库琳娜的样子，在我的脑里长久未能磨灭。她那把早就凋残的菊花，至今还存在我这里。

斯齐格利县的哈姆雷特

在一次旅行中，我被有钱的田主、猎人阿来山得·米海里奇请去吃饭，他的村庄离开我那时所住的小村有五里多路。我穿上了燕尾服去了阿来山得·米海里奇那里，在这里我要奉劝诸君，即使是行猎去，也要随身带着那个服装。吃饭的时间定在六点钟，五点钟的时候我就到那里了，遇见许多穿着制服，便服和别的叫不出名字的衣服的贵族。主人很和蔼地接待我，但是立刻就匆匆地跑到食品室去了。他在等候一个重要的官员，有一种完全和他所处的地位和财富不相符合的不安。阿来山得·米海里奇从未娶妻，对女人也没什么兴趣，他的圈子里基本上都是独身。他过着豪华的生活，把祖传的邸宅修葺得十分体面，每年从莫斯科订购一万五千元的酒，很受周围人的尊敬。阿来山得·米海里奇早就退休了，已无进取之念，为什么会那样巴望达官贵客的莅临，并且在盛宴的那天从早晨起就紧张不安呢？这真是云山雾罩，仿佛我相识的一个律师，在有人问他从自愿的赠与者那里取不取贿赂的时候，所说的话一般。

我同主人离开后，就在各屋里踱步。这里的宾客我几乎都不认识，已经有二十多人坐在牌桌那里。这些爱打牌的人里有两个军官，脸部是端正的，微显憔悴，几个文官系着领带，留着染色的胡子，他们很专注地理着牌，并不回头，只用余光瞟一眼过往的人们。还有五六个县里的官员，圆圆的肚皮，浮肿而多汗的手和规矩得不动的脚。这些先生们柔声说着话，很温和地向别人微笑着，把自己的牌握在自己硬胸衣前面，挑出“主牌”①来，却并不摊在桌上，而是把纸牌往绿布上一扔，收着被“吃”的牌，发出一种轻微的，很有趣的叫声。其余的贵族坐在椅子上面，成群地挤在门和窗的附近，一个年纪不轻，外貌上像妇人似的田主站在屋隅，脸红着，并且带着不安的神情摆弄垂在自己肚腹上的表坠，并没有人注意他。有几位先生穿着圆式的燕尾服，和莫斯科裁缝佛斯·克里乌辛所做的格条裤子，在那里和别人聊得热火朝天，不时地转着自己又肥又光的脑袋。一个二十多岁的青年，近视眼，白皮肤，从头到脚穿着黑衣裳，显得很怯生，却露出嘲讽的笑容。

我开始有点烦闷，忽然一个名叫佛阿尼琴的未毕业的青年人凑到我面前来了。他住在阿来山得·米海里奇家里，不知道是什么身份。他的枪法很好，并且会训练狗，我在莫斯科就同他认识。他属于那类在每次考试中都扮演柱子角色的人，他对教授的问题一概不知。说得好听一点，这种人也被称为“有胡子的学生”。一般情况下是这样的：譬如，他们喊佛阿尼琴了，他以前是坐在凳子上，一动也不动，并且挺着身体，从脚到头都是热汗，慢慢地却无意识地向四周张望——现在只得站起来，赶紧把制服的纽扣弄好，侧着身子走到教授那里。“请你抽一张试卷，”教授对他说。佛阿尼琴伸出手来，颤抖着用手指摸着一堆卷子。“不要挑！”一个监考的老先生说道，他是别的

① 主牌：打纸牌时选出一种牌，可以胜别的牌，就是吃别的牌。譬如，选“梅花”为主牌，那么，它就可以吃其余的牌，如红桃、黑桃、红方。——译者注

系的教授，突然对这个‘有胡子的学生’发起火来。佛阿尼琴只好听天由命，拿了一张，说了号码，便坐在窗边，等待前面的人回答问题。佛阿尼琴的眼睛一瞬也不离开那张卷子，不过偶尔也会慢慢地向四周看着，但是身体却一动也不动。后来，他前面的人答完了，教授说：“好，答得不错，去吧。”然后就轮到佛阿尼琴了。佛阿尼琴站起来，一步步走近桌旁。

“请念那张卷子吧，”教授对他说。佛阿尼琴用两手把那张卷子举到鼻子附近，慢慢地念着，还慢慢地垂下手去。“唔，请回答吧，”那个教授懒洋洋说着，身体往后一仰，两手交叉在胸前，如坟墓一般静默。“你怎么啦？”佛阿尼琴一声也不言语。旁边的那个小老头儿恼怒起来了。“你怎么不说话？”佛阿尼琴沉默着，仿佛死了一样。同学们都用好奇的眼光盯着他那剃光的后脑勺。小老头儿的眼睛都快跳出来了，他简直恨死佛阿尼琴了。“这真是奇怪，”另一个监考说，“你怎么像哑巴似的站着？是不是不知道？老实说出来就好了。”“请让我换一张卷子吧，”可怜的人小声说道。教授们互相对望着，“唔，请拿吧，”主考官挥着手，回答着。佛阿尼琴重新拿了一张卷子，重新走到窗边，重新回到桌子那里，重新静默着，仿佛将死的人一般。小老头儿气得直跳脚，简直想活活吞了他，最后把他赶走了，给了零分。你们肯定以为他会这样走掉，却并不是这样！他回到自己的座位上，动也不动地一直坐到考试结束，临走的时候还喊着：“唔，糟极了！太倒霉了！”他顺着莫斯科城整整走了一天，有时还抓着脑袋，很悲愁地咒骂自己没有天才的命运。至于书籍呢，他还是不会去读，到了第二天早晨，又重演这个历史了。

就是这样的一个人凑到我这里来了。我同他讲着莫斯科的事情，打猎的事情。

“我给你介绍这里最有才华的人，您愿意么？”他忽然向我微语。

“很愿意。”

佛阿尼琴把我带到一个矮个子那里，他的额前有一撮高高的头发，满脸胡子，穿着栗色的礼服和斑色的领结。他发黄的脸庞确实充满了智慧和讥讽。他的嘴角有时会歪着，挂着嘲讽的微笑，黑色的小眼睛从不平整的眉毛底下旁若无人地望着。他附近站着一个田主，身材高大，但是很温柔的“蜜糖先生”——是独眼的。他笑着那个矮个子说出俏皮话，好像因为喜欢而融化了。佛阿尼琴把那个矮个子介绍给我，他名叫庇奥托·配绰维奇·露皮辛。我们大家认识了，相互致敬。

“让我给您介绍我的好友，”露皮辛忽然厉声说，拉住“蜜糖先生”的手。“契瑞拉·色丽凡尼奇，不要拒绝呀，人家不会咬你的。”契瑞拉·色丽凡尼奇好像很不好意思，笨拙地鞠躬，仿佛他的肚子断去了一般。“我来介绍，这是一位优秀的贵族，五十岁之前，身体一直不错，却忽然打算医一医自己的眼睛，因此就成为独眼了。从此以后，他医治自己的农人，得着同样的结果。他们大概算是尽忠……”

“你这个人，”契瑞拉·色丽凡尼奇喃喃地说着，并且笑了。

“说完了呀，我的朋友，把话说完了呀，”露皮辛说，“人家可能会把你选做审判官，唔，将来一定会的。等到那时候，陪审官会帮你做事的，不过无论如何，你要会说呀，哪怕是别人的意思，也总要会说出来才好。要是省长来了，一问：‘为什么审判官口吃？’譬如说是麻痹病发作了。他不免要说，‘那就给他放点血出来吧。’这样于你的地位，你自己想想，恐怕不合适吧。”

“蜜糖先生”顿时哈哈大笑起来。

“你看这个笑法，”露皮辛继续说着，恶狠狠地望着契瑞拉·色丽凡尼奇颤抖的肚子。“他怎么会不笑呢？”他朝着我说，“他不为吃发愁，身体好，没有儿女，农夫也没有押给人家——他还给他们治病呢，妻子是傻头傻脑的。”契瑞拉·色丽凡尼奇微微地侧身在一边，仿佛不留意听似的，还继续地哈哈笑着。“我也是要笑的，不过我的妻子同丈量师跑了。”他冷笑着，“你不知道这事么？就是这样！她就这样跑了，给我留下了一封信，说：亲爱的庇奥托·配绰维奇，很对不住，我为情爱所牵引，同我心上的人儿逃走了……丈量师所以能够把我的妻子拐走，因为他没有剪去指甲，还穿着紧身的裤子。你奇怪么？心想，这个人真是无话不说。我们乡下人总是说实在话的。我们还是走到一边去吧，我们站在将来的审判官旁边做什么呢？”

他拉住我的胳膊，我们就到窗边去了。

“我在这里是很出名的有才的人，”他在谈话中间对我说，“你不要相信这个。我不过是愤激的人，动不动就大声叱骂，我就是这般放浪不羁的性子。并且我有必要说话犹犹豫豫么？任何人的意见在我看来都不值钱，也不想采纳，我的脾气很坏。但是恶人至少可以不动脑子，这真是快活，你也许不相信。譬如说，你看我们的主人，请问，为什么他跑来跑去，看着表，微笑着，流着臭汗，装出正经的样子，让我们饿着肚子伺候人。那不是，那不是，又跑了，你看，都快跛起脚了。”

露皮辛嗤声笑了。

“一件糟糕的事情，没有女客，”他继续说下去，深深地叹了一口气，“光棍儿的宴会，要不然，大可成为我们弟兄们的好机会。你看，你看，”他忽然喊起来，“那边走的是科赛尔斯基侯爵，就是那个高个子的男热门，生着胡子，戴着黄手套，一下就能看出是去过外国的。总是这样晚到，真是一个傻子。我对你说了吧，他重得就像商人的一对马一般。你看，他同我们弟兄们说话何等的屈尊，我们那些饥饿的母女们对他说客气话时，他总是满脸堆着笑！他有时候也说些有意思的话，而且他说的笑话仿佛用钝刀切绳子一般。他同我最处不来，让我去同他打个招呼。”

露皮辛于是跑去迎接侯爵了。

“那边那个人是我的仇敌，”他忽然回到我那里说，“你看那个肥人，脸是褐色的，头上有硬毛。你看，他把帽子拿在手里，顺着墙慢慢地走着，四处张望，像狼一样。我卖给过他一匹马，价钱是四百块卢布，其实那匹马值一千呢，可是这个不言不语的东西竟因此取得了轻视我的权利。不过他简直丧失了思考的能力，尤其是在早晨喝茶以前，或在饭后，要是你对他说，安好呀，他就要回答：什么事情？啊，将军来了，”露皮辛继续说着，“退职的文官将军，破产的将军。他的女儿是甘蔗糖做成的，他的工厂正害着瘰疬病。错了，不是这样说的。唔，你总明白了。啊！连建筑师都跑到这里来了！德国人一脸的胡子，对自己的工作一点都不熟悉，真奇怪！但是他为什么要熟悉自己的工作？只要得了贿赂，只要把那些大柱小柱，为我们那些柱子的贵族[1]，多安几根上去就得了！”

露皮辛又哈哈笑了。但是忽然间，恐怖的惊扰传遍整个

---

[1] 柱子的贵族：指本身取得的爵位而言，并非承袭而得的贵族。——译者注

房间。大官来了，主人一路跑到大厅。跟着他跑过去的几个是服从的家臣和热心的宾客。喧哗的谈话变成轻柔的，欢乐的细语，仿佛春天的蜜蜂在巢里微鸣一般。只有一只不肯安静的蜜蜂——露皮辛，和伟大的雄蜂——科赛尔斯基，并不放低自己的声音。后来那个蜂王——大官进来了。许多人都迎向着他，坐着的身体都站起来了，连那个贱买露皮辛的马的田主也把下巴贴到胸膛上了。大官维持着自己的尊严：向后面摇着脑袋，仿佛鞠躬似的，他说了几句客套话，其中每个字都加了一个“儿”字，音儿拉得很长，并且用鼻音。后来，他带着那种饥极了的愤怒态度，看着科赛尔斯基侯爵的胡子，又冲着开着工厂还有一个女儿的破产将军将伸出左手的食指。过了几分钟，大官把“很高兴没有延误宴会”的那句话说了两遍，然后就带着全体客人走到餐厅，贵族走在前面。

至于他们如何把大官让上头位——文将军和省长的中间，我没有必要对读者讲。省长脸上带着骄傲和尊贵的神色，完全和他的浆胶胸衣，宽大的坎肩和装着法国烟的圆烟盒相配。主人张罗着，跑着，慌忙着应酬宾客，走过的时候朝着大官的背微笑，跟学生似的站在屋隅，很快地喝一口汤，或吃一小块的牛肉。侍仆端上一条一尺半长的鱼，鱼嘴还衔着花束，穿着制服的面色严厉的仆人冷冰冰地走近每个贵族身边，一会儿送去马拉伽酒，一会儿斟上玛特拉酒。几乎所有的贵族，尤其是老的，一杯杯地喝着酒，香槟酒的杯子不时碰响，大家开始互相说出健康的祝词。但是最显得特别的是，大官在一片静默中讲出一段笑话。有一个人，好像是已破产的将军，熟悉新文学，提起妇女的影响力，尤其是对青年的影响。“是的，是的，”大官说，“这是实在的，但是对于青年人，应该对他们严厉才好，否则他们只要一看见女人的裙子，就会发疯的。”所有宾客都露出孩子般快乐的微笑，甚至能在一个田主的眼里看出感激之情。“因为年轻人都是傻的，”大官大概为了摆官架的缘故，有时要变更用惯的字句的重音。“就像我的儿子伊凡，傻子似的活了二十年，有一天，他忽然对我说：‘爸爸，让我娶亲吧。’我对他说：‘傻子，先当差吧。’他当时懊恼呀，哭呀。但是我……这样……”大官说出“这样”这个词，好像从肚子里发出来的一样。他静默着，很骄傲地看着自己邻座的将军，并且还高抬着眉毛。将军很客气地微微侧着头，很快地转动着向大官望去的眼睛。“怎么样呢，”大官又说，“现在他自己写信对我说，很感谢我启发他的愚蒙，本来就应该这样办的。”所有宾客大概都赞成大官的话，并且因为得到了快乐和经验而高兴起来。饭后，大家都站起身来到客厅去，带着很大的却还有礼貌的喧哗声。大家坐下来打牌了。

晚上，我吩咐马夫在明天早晨五点钟套好马车，便回房间准备睡觉了。但是我在这一天里，注定还要和一个特别的人相识。

因为来的宾客太多，所以单独住一个房间是不大可能的。阿来山得·米海里奇的侍仆带我进了一间不大的，还有点潮湿的屋子，里面已有一位客人，并且已经完全解去衣裳了。他一看见我，赶紧钻进被里，一直盖到鼻子那里，在松软的鸭绒床上翻了个身，便安静地躺着，他从睡帽的圆边底下向我投来锐利的目光。我走到自己的床边，脱了衣裳，便躺在潮湿的褥子上去了。我的邻人在床上翻了个身，我跟他道了晚安。

过了半个小时，无论我怎么努力都睡不着，乱七八糟的念头一个接一个地冒出来，仿佛引水机器的桶儿一般。

“你还没有睡吧？”我的邻人说。

“你说得真对。”我回答，“你也没有睡么？”

“我从来就不想睡。”

“这是怎么啦？”

“就是这样。我不知道为什么要睡觉，总是躺着躺着就睡着了。”

“你不打算睡觉，为什么要躺在床上呢？”

“可是叫我做什么事情呢？”

我没有回答他的问题。

“我真奇怪，”静默了一会儿以后，他又说，“为什么这里没有跳蚤？它们到什么地方去了呢？”

“你好像很怜惜它们呢，”我说。

“不，并不是怜惜，但是我喜欢一切都有连贯性。”

“他居然把这种名词用到这上面去了。”我心想。

邻人又静默了。

“你愿意同我打赌么？”他忽然大声地说。

“打什么赌？”

我的邻人开始引起我的兴趣来了。

“唔……打什么赌？就是打这个赌：我相信你把我认做傻子呢。”

“得啦，”我带着惊疑态度嘟囔着。

“认做乡下人，认做野蛮人，你就承认吧。”

“我都不认识你，”我反驳他，“为什么你能够断定……”

“为什么？就因为你说话的语气，你这样漫不经心地回答我，但我完全不是你所想的那样。”

“请等一等……”

“不，请你等一等。第一，我说法国话不比你坏，说德国话还比你好得多；第二，我在外国住了三年，还在柏林住过八个月。我研究过黑格尔，还背熟了歌德的书。除此以外，我还和一位德国教授的女儿谈了很久的恋爱，在家里娶了一位害痨病的小姐，她是秃头，却极特别。这样说，我是和你们同样的人，我不是乡下人，不像你所想的那样。”

我抬起头来，用双倍的注意力看着这个怪人，在黯淡的灯光下，有点看不清他的脸。

“现在你正看着我呢，”他继续说着，整理着自己的睡帽，“大概你要自问：怎么我今天没有注意到他呢？我对你说，你为什么注意不到我：因为我并没有抬高声音；因为我藏在别人身后，站在门儿那里，不同任何人谈过话；因为侍仆带着盘子，从我面前走过的时候，预先抬高了自己的手肘，和我的胸相齐。为什么会发生所有这些情形呢？因为有两个原因：第一个原因，我是穷人；第二个原因，我自己安静。你说实话，你是不是没有注意到我么？”

“我实在没有荣幸……”

“唔，是的，是的，”他打断我的话，“我知道了。”

他抬起身子，交叉着手，他的睡帽的长影从墙上转到天花板上面。

“你承认吧，”他忽然看着我说道，“你大概总以为我是怪物，就是说，奇怪的人，或者还要比这个坏些：也许你以为我是装的。”

“我还是应该对你再说一下，我并不认识你呀。”

他俯下身体。

“为什么我同你，同我素不相识的人谈话呢？只有上帝一个人知道！并不是因为我们灵魂的接近。我和你都是正经的人，那就是说，自私的人，互不关心，你对我，我对你，没有一点干系，不是这样么？但是我们两个人都睡不着，为什么不聊天呢？我现在更有兴趣，这对我来说是很少见的事情。你看我是胆怯的，可是胆怯的缘故并不因为我是乡下人，无官职的人，穷人，却因为我是一个自负甚高的人。但是有时候，受了为我所不能够断定的得意事和意外事的影响，我的胆怯心完全消失了，就好像现在似的。现在哪怕脸对脸地把我放在达赖喇嘛面前，我也要请他嗅一嗅烟呢。不过也许你要睡觉了？”

“不，”我赶紧回答，“我很喜欢同你谈话。”

“那就是我可以逗你快乐，这样更好了，我对你说，在这里，人家都称我为怪物。在那些人偶然讲起别的零碎事情的中间，我的名字就到了他们的舌头上去了。任何人也不留心我的命运，他们想侮辱我。喔，我的上帝呀！要是他们知道了……我所以倒霉的，就因为我并没有什么奇怪的地方，除了我有点莫名其妙的举止以外，并没有什么，譬如我现在同你的谈话也是这样，不过这样的举止一个铜钱也不值的。这是最贱价，最低卑的‘怪物’种类。”

他把脸转向着我，还摇着两手。

“先生！”他嚷着，“我以为只有怪物能够住在世上，唯有他们才有生活的权利。Mon Verre n'est pas grand，mais je bois dans mon verre[1]，你看，我说的法国话多么标准呀。一个人，就算脑袋大，而且容得了许多东西，一切都明白，一切都知道，还会观察时代，可是他一点个性，一点独特的风格都没有，那

① 法文，“我的酒杯并不大，但我在自己的杯内饮酒。”——译者注

有什么用呢？还不如傻一点，就是这样！你也不要以为我对个性的要求很高，这样的怪物多着呢。无论往什么地方看，全是怪物，一切活人都是怪物，我还不在内呢！”

“但是，”静默了一会儿，他继续说，“在青年时代，我对自己抱了不少的希望。在到外国去以前，并且在回国后的最开始，我自视太高了！在外国，我把耳朵张得很尖，老是独来独往，我们这种人总是觉得自己能看懂一切，到了最后，你看，什么也没有看出来！”

“怪物，怪物！”他接着说道，带着责备的神情摇着脑袋，“人家称我为怪物。实际上，世上没有一个怪得比我还少些的人，我生来就是模仿别人。实在的！我活着仿佛也是模仿各种我所研究的作家，在劳动中活着，读书呀，恋爱呀，以后是娶亲呀，仿佛并不依着自己的愿望，仿佛履行着一种责任，唉，谁搞得清楚呢！”

他把睡帽从头上脱下来，扔在床上。

“如果你愿意，我可以给你讲我的一生，”他犹犹豫豫地问我，“或者是我经历过的一些事情。”

“好呀。”

“这样吧，我跟你讲讲我怎样娶的亲。因为结婚是重要的事情，全人类的试金石，结婚仿佛照着镜子似的……不过，这样的说法比较陈腐，等一下，我嗅一嗅烟。”

他从枕头底下取出烟盒来，打开了，摇了摇，又说起话来了。

“先生，你替我想一下，你自己想一想，我能从黑格尔的百科全书里得到什么益处呢？你说，这种百科全书和俄国的生活有什么共同点？怎样才能把这种百科全书用到我们的生活上，并且还不只是百科全书，还要把一切的哲学，说大些，把科学应用到生活上去呢？”

他从床上跳起来，恶狠狠地咬着牙齿，喃喃说着：

“是不是呢？并且为什么你要到外国去呢？为什么不坐在家里，并且不在当地研究周围的生活呢？你可以知道这种生活的需要和将来，同时对自己的前途也可以明了。”他继续说着，又变了一种声音，仿佛在为自己辩解似的，“叫我去哪里研究还没有被一个聪明人写入书里的事情呢？我还很喜欢在俄国的生活里取得经验，但是它静默着，我的宝贝儿呀。你要明白我的意思，这个我是没有能力的。你给我一个理论，给我想一个结论。结论么？人家说，就给你这个结论，听信着莫斯科人的话吧，这不是成了鹦鹉么？更糟糕的是他们唱着库尔斯克的鹦鹉的调儿，却不说人话。我就这样想了一下，科学大概是各处都一样的，真理也是统一的，所以我当时就一下子奔到外国去，非基督教的人那里去。年少和骄傲浮上来了，很不愿意不到时候就发胖，哪怕人家说那是健康呢。当然，如果自然不把肉放在你的骨头上，那么你也不会看见自己发胖。”

“但是，”他想了一会儿，又说，“我好像已经答应给你讲我怎么娶亲的事情。听着吧，第一，我要告诉你，我的妻子在世界上是独一无二的。第二，我必须要把我的青年时代讲给你听，否则，你会听得很糊涂。你不想睡觉么？”

“不，不想。”

“好极了。你听，隔壁的先生打鼾打得真难听！我的家产并不丰厚，父母没什么钱。我之所以说父母，是因为根据传说，除了母亲以外，我还有一个父亲。我不记得他了，人家说他是没有学问的人，有大鼻子和小黄斑，人参色的脸，还用一只鼻孔嗅烟。母亲的卧室里挂着他的照片，红色的制服，黑领结高得一直到耳朵，面貌非常丑陋。有时候我在这个照片前面挨鞭子，那时候，我的母亲便要指着他，说道：‘要是他还在，肯定多抽你几下！’我既没有兄弟，也没有姐妹，不过准确地说，我有过一个生病的兄弟，后脑上生着英国病[①]，不久就病死了。……不过，为什么英国病会传到库尔斯克省的斯齐格利县呢？但是这不重要。母亲用乡下女田主应具的能力教育我，她从我生出来的那天就开始这种教育，直到我十六岁才结束……你在听我说么？”

“当然啦，请接着说吧。”

“唔，好了。我刚到了十六岁，我的母亲就立刻把我的法文老师——斐利波维奇解雇了，那位老师是德国人，从尼琴的希腊区来的。她把我送到莫斯科，在大学里报了名。不久她死了，把我留在我叔叔——律师库尔坦·巴波那里，他的名气在斯齐格利县内外都很大。就是我的这位叔叔，律师库尔坦·巴波把我的钱“抢劫”得精光。但是这个没有什么关系，后来，我考进了大学，这个应该给我的母亲说句公道话，因为她的教育，我打下了很好的基础，才得以顺利上学。但是那时候，我身上已经显出怪癖了。我的童年和其他青年的童年并没有什么不同：我愚傻地、凋萎地生长着，仿佛在蒲团底下似的，也是这样背诗，借着幻想的名义装出颓废的样子。为什么呢？为了美……在大学里，我还是这样过日子：立刻加入小团体里去了。那时候时代还不同。不过也许你还不知道，什么叫做小团体？记得席勒在某处说过：

---

① 英国病：即佝偻病或驼背病。——译者注

叫醒的狮子是危险的，
虎儿的牙齿是可恐怖的，
但是恐怖中最可恐怖的，
那是带着自己的骄傲的人。

你要相信，他说的不是这个意思，他想说的是：‘那是莫斯科城里的小团体。’”

“不过你在小团体里找出什么可怕的东西呢？”我问。

我的邻人抓住自己的睡帽，推在自己鼻子上头。

“我找出什么可怕的东西？”他喊，“是这样，小团体是一切独立发展的危机；小团体是社会，妇女生活的丑陋代替物；小团体是……喔，等一等吧，我对你说，什么是小团体！小团体，那是懒惰而且颓废的生活，附加以一种知识事业的意义和形式；小团体用议论以代替谈话，引出无结果的乱说，把你从单独的、幸福的工作里引诱出来，给你传染上文学的疥癣，最后让你丧失心灵上的清新和处女的坚垒。小团体是在‘仁爱’和‘友爱’的名字底下的卑鄙和厌恶，是假冒着诚实和热情的‘误会’和‘争论’。在小团体里，无论什么时候，都可以把自己不干净的手指一直放到同学的灵魂里去，谁的灵魂里都没有一块干净和不可动的地方。人在小团体里崇拜空虚的善辩家，自爱的聪明人，过去时代的老人，乱捧毫无才华的诗人。在小团体里，年轻的，十七岁的小伙子狡猾地、很内行地谈论着妇女和爱情，可是在妇女面前都静默着了，或者同她们说着话仿佛对着书本。小团体里盛行狡猾的言论，他们互相监视，好像警察官吏一样。喔，小团体呀！你不是小团体，你是迷魂阵，你害了多少正经的人呀！”

“唔，你说得有点过分了，”我打断他的话。

我的邻人静默地望着我。

“也许是的，谁知道，也许是的。我们这种人只有一种快乐存在着，就是说过火的话。我就这样在莫斯科住了四年。我不能够给你描写，那个时候过得怎样快，怎样特别的快，连回忆起来都是发愁的呀。早晨起来了，仿佛坐着小雪橇从山上滑下来似的，顿时就滑到了末端。到了晚上，那个睡眼蒙眬的仆人便给你套上了礼服，穿好衣服，溜到朋友那里去，于是就抽起烟管，用杯子喝起热茶，还谈论着德国的哲学、爱情、精神上永远的太阳，和其他玄想的题目。可是就在那里，我遇见了奇怪的、特别的人物，别的人无论自己怎样弯折，本性总是不会变的。但我这个不幸的人，把自己揉来揉去，仿佛软蜡一般，而我可怜的本性并不发出丝毫的抵抗！那时候，我已经二十一岁了。我着手管理自己的遗产，或者说实在些，着手管理我的监护人愿意留给我的那部分遗产，委托了已经赎了身的侍仆瓦西里·库卓阿雷夫管理一切的财产，我便出国去了柏林。我已经对你说过了，我在国外待了三年。在那里，在外国，我还是个不奇特的人物。先不必说欧洲和那里的生活，我一点也搞不懂。我听着德国教授的讲义，读着德国的书籍。我过着寂寞的生活，仿佛一个和尚似的。我同退职的陆军中尉做朋友，他有强烈的求知渴望，和我一样，但是钝于见解，并不具有言语的天分。我还认识了一些从潘查和其他农业省份来的淳朴人家。我经常去咖啡馆，阅读杂志，晚上便到戏院里去。我同当地人很少认识，同他们谈话有点不自在，他们中间也没有人到我那里去，除了两三个犹太籍青年，时常到我那里，问我借钱——

俄国人总是会信任别人的。奇怪的命运游戏最后把我拉到一位教授家，最初我到他那里去登记听课，可是他忽然请我晚上到他家里去。这个教授有两个女儿，大约二十七岁左右，很结实的身体，鼻子很大，一头卷发，眼睛白里发蓝，红的手，白的指甲，一个叫琳申，别个叫做珉申。我开始到教授家去走动了，跟你说，这个教授并不能说傻，不过是一个庸才，在讲台上说得口若悬河，在家里却口吃，总把眼镜推到额上，不过总是很有学问的人。你猜怎么啦？忽然我觉得我爱上琳申了，整整六个月，我都这样觉着。我同她谈话的时候实在很少，却用许多时候看着她，还给她朗读各种动人的著作，偷偷儿握着她的手，晚上同她在一块儿幻想，专注地望着月亮。还有，她煮的咖啡真是香！只有一样使我着急：在一种无可解释的幸福的当儿，我不知什么缘故，心总是提着，感觉肚子里有一股冷气在流窜。最后我耐不住这样的幸福，便逃走了。以后的两年，我一直住在外国，住在意大利，站在罗马的'变容'①面前，在佛罗伦萨的'维纳斯'②面前，陡然生出盛大的喜悦，仿佛发疯似的。晚上，我写些小诗和日记。总而言之，在那里的生活过得和一般人一样。你看，做个怪人是多么容易呀。譬如说，我对绘画和雕刻一点也没有兴趣，但是我不能说出去，我拿着一本哲学书，就跑去看壁画。"

他又低下头去把帽子摘下来了。

"最后我回到家乡去了，"他用疲倦的声音继续说，"到了莫斯科，我竟发生了奇怪的改变。在国外我差不多静默着，在那里却忽然说起话来，出人意料地活泼，而同时又产生了种

---

① 变容：即《耶稣变容》，是一幅名画。——译者注
② 维纳斯：古希腊的女神，此处系维纳斯的雕像。——译者注

种幻想。一些谦恭的人竟要称我为天才，妇女们聚在一起听我的闲谈，但是我不能待在名誉的高处了。在一个晴明的早晨，周围出现了关于我的谣言。我不知道谁在上帝的世界上造出这种谣言，也许是一个老处女——这样的老处女在莫斯科多着呢。谣言像草莓一样，开始放出嫩芽和须儿。我的心乱了，想跳出这可怕的圈套，却已经办不到了，我就离开了那里。其实，我本来可以静候这个灾难过去，仿佛等候荨麻疟疾的终了似的，这些谦恭的人也可以重新向我张开怀抱，那些妇女也会重新微笑着听我讲话，但糟糕的就是，我不是奇特的人。我的良心忽然醒了，总是不住地说话，昨天在阿尔巴特，今天在脱罗巴，明天住西屋崔巍—佛拉斯基，总说着这一套话。这个难道是必须的么？你看看那些在这方面成功的人，他们根本不会问有没有必要，相反，这个就是他们所需要的。有的人在二十年中，一直不停地说话，而且永远朝着一个方向说，这都是自信和自负呢！自负我也有的，并且现在还存在呢。但是糟糕的就是我一再对你说，我不是怪人。上天应该多给我些自负，或者一点不给我。但是在起初的时候，我实在觉得很难受，并且在国外的几年，我的财产都消耗完了，但是我又不肯娶一个商人的女儿，她年轻，但是身体弱得像肉冻，我只好回到自己的乡村里去了。”

“至于，”我的邻人又从侧面望着我，“至于对乡村生活的最初印象，对自然的美丽景色等等，我可以省略不说了吧。”

“可以，可以，”我说。

“而且，”他继续说下去，“这些都是胡话，至少于我是没有关系的。我在乡下十分烦闷，好比被关住的小狗，虽然在回家的路上，我第一次经过熟识的春天的橡树林时，我的头还旋转着，心里因不安，甜蜜的期望而跳动着。但是这些不安的期望，你自己也知道，是从不会实现的，所实现的反倒是完全不去期望的事情，如：畜类的流行病，租税的欠缴，公众的拍卖等等。依靠着村吏雅可夫的帮助，勉强度日。雅可夫代替了以前的总管，后来也成为那种不算大的劫盗了，此外，他还用他的胶质皮靴的气味毒害着我的身体，我一天天穷困下去了。有一天，我忆起一个认识的，相邻的人家——由退职的大尉的妻子和两个女儿组成的。我吩咐套好马车，便到邻人那里去了。这一天应该永远为我所纪念，因为六个月后，我娶了大尉夫人的小女儿！”

他垂下头去，举手向天。

“自然，”他继续说着，“我不能让你对我过世的妻子有坏印象。上帝保佑呀！她是个正直的、慈善的人，是可爱的，而且能够做一切牺牲的人，虽然我必须承认，如果我没有失去她，我大概也不会在这里同你说话了。她去世后，我十分伤心，我的谷仓中有根梁，我屡次预备在它正面吊死呢！”

“有些梨儿，”在片刻的静默后，他又开始说，“必须要在地窖里放一段时间，才能够生出那种真正的滋味，我的亡妻显然也是属于这类的。直到现在，我才完全认识她。譬如说，我同她在结婚前所度过的几个晚上，不但不会引起我一点儿的忧愁，反倒感动得我几乎落泪。她们家里并不富，她们的房子是很老的木造的，却很舒服，位于一个凋落的花园和荒草丛生的院落之间的小山坡上。山下流着一条河，藏在浓密的树叶下，看不大清楚。从屋里到花园那里，有一个大露台。花坛开满培育多年的蔷薇花，在花坛的两端生着两棵皂角树，成螺旋形，它们是在主人幼年时候种植着当做篱笆的。再过去一点，在野生的覆盆子深处，有一个亭子，里面修饰得很精巧，但是外边却那么古旧，令人一看着它便要发愁起来了。露台上有一扇玻璃门，从那里可以走到客厅去。客厅的屋隅有荷兰花砖砌的火炉，右边放着破旧的钢琴，上面杂放着手写的乐谱，一个蒙着褪色的蓝绸的沙发，有圆桌，还有两只架子，上面放着喀德邻时代的瓷器和镶着硝子玉的玩意儿，墙上挂着一幅名画：一个白皮肤的女人，胸前抱着一只鸽子。桌上的瓷器里插着新鲜的蔷薇花。你看，我描述得多详细呀？就在这个客厅里，在这个露台上，上演着我的爱情悲喜剧。大尉夫人是一个恶毒的村妇，喉咙里常发出恶毒的沙哑声音，是一个暴虐而好胜的人。大女儿名叫薇拉，与普通县城里的小姐并无区别，小女儿名叫索芙雅，我爱的就是她。两姐妹另有一间屋子，她们公共的卧室，里面放着两张白色的木床，黄色的相簿，木犀花，还有用铅笔画得很差的朋友的肖像，歌德和席勒的半身像，德文书籍，还有别的留做纪念的东西。不过我不大到，并且不愿意到这间屋子里去，不知什么缘故，我在那里呼吸总有点压抑。并且，奇怪的是，我最喜欢的时刻，就是同索芙雅背对背坐着的时候，或者是在露台上（特别是晚上）想着她的时候。那时候我望着霞儿，树儿，和绿色的细叶，索芙雅坐在客厅里弹钢琴，不住地弹出她所喜爱的贝多芬的曲子。恶老太坐在椅子上，静穆地打鼾，在照彻着夕阳的饭厅里，薇拉忙着烧茶，茶壶很喜悦似的嗞嗞叫着；饼干发出带着喜悦的爆声；调羹响亮地触在茶杯上面；黄莺叫了整天，忽然静了，只是有时候啾啾叫着，好像问什么事情似的；从透明的轻云里偶然掉下稀松的水点……我一直坐着，坐着，听着，望着，我的心舒坦了，觉得我又恋爱了。有一天，我向老太婆提起请求和她女儿结婚的事情，两个月后，我们就结婚了，我觉得我爱她。她是慈善的，聪明的，静穆的人，具有温和的心，但是谁知道什么缘故，或者因为长住在乡下，或者因为别的原因，她的心里总隐藏着伤痕，总滴着无论如何都医治不好的伤口，至于这个伤口的名字，我和她都不知道。我在结婚以后才猜出这个伤口的存在，无论我对它如何努力，一点也没有用！我童年时有一只家雀儿，有一次猫儿把它抓在掌上，人家把它救下来了，为它医治，但是我那可怜的家雀总没有复原，臃肿着，憔悴着，停止唱歌了。一天晚上，老鼠跑进开着的笼子里去，咬掉了它的鼻头，最后死了。我不知道哪一只猫把我的妻子抓在掌上，使她也这样臃肿着，憔悴着，仿佛我那可怜的家雀一般。有时候她自己好像愿意遗忘一切，在新鲜的空气里，太阳里和自由里游玩着，但不久又变成原样了。她是很爱我的，她跟我保证过好几次，她没有别的杂念。但是她的眼睛是如何的暗淡呀。我想，也许过去有点事情？打听了一下，一点也没有结果。唔，现在请你判断一下，如果是一个怪人，他一定会耸一耸肩膀，叹两次气，也就自在地接着生活下去啦，但是我并不是怪人，我很忧郁。我的妻子沿袭了一切老处女的习惯——贝多芬、黄昏散步、木犀花、和密友写信等等，所以对于一切别的生活方式，尤其是家中主妇的生活，她一点也不做。并且一个已嫁的妇女总是沉沦在莫名其妙的烦恼里，还在晚上唱着‘朝霞不要唤醒她呀’的曲调，真是可笑呢。

“我们就这样一起生活了三年，第四年，索芙雅在第一次生育的时候死了，说也奇怪，我仿佛预先就想到她是不会给我生儿育女的。我还记得她下葬的事情。那时候正是春天。我们那里的教堂又小又旧，神龛黑了，墙是光的，砖地有几处已脱落了，每个乐队席上放着一个故旧的巨像。棺材抬进去了，放在正中央，棺材上蒙着褪色的毡子，四周放着三只蜡台。仪式开始了。衰老的执事后面垂着小发辫，低束着绿带，在书台前面喃喃说着。神甫也很老，脸很和慈，穿着黄边的袈裟。窗外的树上摇曳着刚长出来的嫩叶，院子里传来阵阵草香，蜡烛的红焰在春光里显得暗淡，雀儿在教堂上啾啾地叫着，屋檐下时而传来燕子的叫声。在日光的金色灰尘里，几个农夫斑白的头很恭敬地一上一下地起伏着，为死者祈祷。香炉孔里的烟跑出来，成为细微的，发蓝的烟丝。我望着亡妻的脸，上帝呀！连死，连死都没有解放她，没有医好她的伤口，还是那种病态的、胆怯的容貌，她仿佛在棺材里都不舒服呢。我十分悲痛，这个很善，很善的人死了！”

他的脸发红了，眼神发暗了。

“后来，”他又说，“我妻死后，我从沉重的悲愁脱离出来，打算做点事情，便到省城的政府衙门去当差。但是在政府的屋子里，我的脑袋开始痛了，眼睛也不大好使了，还出了别的事情，我就辞职了。我打算到莫斯科去，但是第一，钱不够。第二层，我已经对你说过，我的心已经死掉。在精神上，我也绝望了，只是我的脑袋还不愿意接受。我把我的情感和思想归为受乡村生活影响。从其他方面说，我早就察觉我所有的邻人，无论年轻年老，起初震惊于我的学问，国外的旅行，和所受的教育，现在不但完全和我相熟，而且开始对我不客气不尊敬了，不再爱听我说话。我还忘对你说，在结婚的第一年，因为烦闷的缘故，我打算从事文学，也给杂志寄过一些稿子，如果没有记错，还寄过小说。但是没过多久，就收到编辑一封客气的信，里面说足下聪明有余，天才不足，但文坛需要的是天才，故来稿不便刊载云云。除此以外，我又听说一个从莫斯科来的青年，在总督的晚会上批评我是一个衰老和空虚的人。但是我并没有因此而改变，因为不愿意自己打自己的嘴巴。后来，在一个美好的早晨，我睁开眼睛。事情是这样的：一个警察到我家来，提醒让我注意我领地内一座倾圮的桥梁。我哪里有钱去修理它。这个恭敬的警察在吃完一块鲟鱼干，喝干了一杯烧酒以后，便像父亲似的责备我的粗心，还体谅我的情形，劝我吩咐农夫找点废料修一修。他抽了一管烟，然后说起最近的选举。有一个名叫奥尔巴萨诺夫的省长候选人，空虚，爱喧哗，而且还受贿，家产和出身都不怎么样。我当时随便对他说了点自己的意见，因为奥尔巴萨诺夫对我而言，阶层差得太多了。警察望着我，和蔼地拍我的肩，好心地说道：'唉，瓦西里·瓦西耶维奇，这样的人物不是你我可以讨论的，我们算什么呢？蚂蚱应该知道自己的地位。''得啦，'我很忧愁地说，'我和奥尔巴萨诺夫先生两个人有怎样的区别呢？'警察把烟管从嘴里拿出来，转着眼睛，嗤了一声，'真是有趣的人，'烟呛得他直流眼泪，他说，'就简直是开玩笑呀。啊！真是可笑。'他不住地嘲笑我，有时还用手肘推我的肋骨，对我称起'你'来了。他最后走了，我的忍耐也到了极限。我好几次在屋里踱着，站在镜前，注视自己那张尴尬的脸容，带着惨笑摇起头来。我很清楚地看见，我真是一个空虚的、卑贱的、无用的、不奇特的人呀！"

他静默了。

"在伏尔泰的一出悲剧里，"他忧愁地继续说着，"一个贵族因为能达到不幸之境的终极而喜悦。虽然在我的命运里，并无一点可悲的分子，但是我曾经历过与这相仿的事情。我知道了冷酷的失望和痛苦，我尝过甜蜜的滋味，整个早晨都躺在床上咒骂我的出生时日，我不能一下子就心死了。你想一想，贫困把我锁在我所怨恨的乡村里，产业、做官、文学，什么都做不成。我不喜欢田主们，厌恶书籍，而那些水鬼似臃肿的，病态恹恹的小姐们，梳着卷发，发疯似的重复着‘生活’这个词，自从我不再胡说八道，口若悬河之后，她们就再也不搭理我了。我越来越寂寞了，于是就在邻舍间走动起来。我仿佛为自己的卑贱所沉醉，故意招惹一切琐细的侮辱。在吃饭的时候人家取笑我，仆人冷淡而高傲地伺候我，最后竟故意略过我。他们甚至不让我参加大众的谈话，我就故意在屋隅里和一两个爱说话的人周旋着，在莫斯科的时候，这种人很喜欢舔我脚上的灰尘和我大衣的边儿呢。我自己决想不到我会让人家那样嘲谑取笑，而且还是孤独的嘲谑。我就这样连着活了几年，直到现在还在这样活着呢。”

“真是岂有此理，”邻室的堪达葛林辛先生未睡醒的声音传了过来，“哪个傻东西还在说话？”

他敏捷地钻进被子里去，怯生生望着外面，向我伸出手指。

“嗤——嗤——！”他轻声说，又仿佛朝着堪达葛林辛的声音道歉和鞠躬似的，很恭敬地说道，“是啦，是啦，对不住。他必须睡，他应该睡，他必须要养好精神，至少明天吃饭能有个好心情，我们没有惊扰他的权利。我大概把愿意说的话全都给你说完了，大概你也要睡了。愿您晚安。”

他很快转过身去，把脑袋埋在枕头里去了。

“至少许我知道，”我问“您贵姓……”

他很快抬起头来。

“对不起，”他打断我的话，“不要问我的姓名，无论向我，或是向别人，让我在你那里成为一个不知名的人物，有着绝望命运的瓦西里·瓦西耶维奇吧。并且我并非奇特的人，也不值得知道我特别的名字。但是如果你一定要一个称呼，那么就叫我……叫我做斯齐格利县的哈姆雷特[①]吧。这样的哈姆雷特在各县里多着呢，不过也许你还没有遇见过这种人。再见吧。”

他又埋到自己的被子里去了，第二天早晨，等到人家来叫醒我时，他已经不在屋里了，天还没亮，他就走了。

① 哈姆雷特：莎士比亚作品《哈姆雷特》中的主角。——译者注

契尔特普-汗诺夫和尼多普士金

在一个酷热的夏天，我打完猎，坐在车上回家，叶莫来坐在我旁边打盹，睡着的猎狗在我们脚下颠着，仿佛死了一般。车夫用鞭子赶掉马身上的牛蝇。白色的灰尘轻云似的飞扬在车后，我们驱车到树林里去了。道路渐渐崎岖起来，车轮轧过于树枝，叶莫来抖了一下，向四周望着。

“喂，”他说，“这里应该有山鸡，我们下去吧。”我们停住了，向树林深处走去。我的狗很快找到一群鸟，我放了一枪，开始往枪里装子弹，忽然在我后面响起一阵响亮的蹄声，一个骑马的人用两手拨着树枝，跑到我面前来了。“请问，”他用一种傲慢的声音说，“先生，你有什么权力在这里打猎？”他说话说得异常快，并且用鼻音。我看着他的脸：我一生没有见过这个样子的人。你们看，亲爱的读者，那是一个小个子，白皮肤，红而翘的鼻子，还有人参色的长胡子，他戴着一顶深红布顶的尖边波斯帽，掩住他的额角直到眉际。他穿着旧的黄色短外衣，胸前束着黑绒的火药包，肩上挂着一只号角，腰带后拖着长剑。一匹瘦弱的、钩鼻的、人参色的马摇摇晃晃地走着，仿佛眩晕似的。两只瘦弱的、弯腿的狗，在马的脚下打转。这个不相识的人的脸、眼神、声音，每次的动作，都显出狂妄的大胆和非常骄傲的神气，他那白里泛蓝的玻璃似的眼睛，四处流转，转得和醉鬼的眼睛一般。他把脑袋往后仰着，鼓着腮帮子，打着喷嚏，全身抖动，似乎有无上的威严，简直就是一只火鸡。他重复了自己的问题。

“我不知道这里禁止放枪呢，”——我回答。

“你在这里，先生，”他继续说，“在我的田地上。”

“我可以走的。”

“请问，”他说，“我是在同贵族讲话么？”

我提了自己的名字。

“既是这样，请打猎吧。我自己是贵族，很愿意为贵族效劳，我名叫潘特雷·契尔特普-汗诺夫。”

他俯下身去，嘘叫了一声，击着马的头颈，马儿摇着脑袋，抬起后腿，往一边跑去，踩了一只狗的脚掌，狗大叫起来。契尔特普-汗诺夫生气了，嘴里嘟囔了一声，用拳头打在马的两耳中间，如闪电般地跳到地上，看了狗掌，向伤处吐了点唾沫，从旁踢了狗一下，让它不要叫。然后，他抓住马鬃，把一腿插在蹬上。马仰着鼻端，耸着尾巴，斜着身子向树林里奔去。跟着，他跳上一只腿，恰巧落在鞍上，仿佛疯子似的抽着鞭子，吹着号角，飞奔走了。我还没有从契尔特普-汗诺夫的突然出现中回过神来，一个四十多岁的肥人忽然悄无声息地从树林里跑出来，骑了一匹黑光毛的小马。他从头上脱下绿色的皮帽，用微细和柔和的声音问我，看见一个骑人参色马的人没有？我回答说看见了。

“他往哪个方向跑了？”他继续用那种声音说话，并不戴上帽子。

“往那一边去的。”

“多谢你。”

他抿了下嘴唇，在马身上夹紧两腿，缓步驰向我所指定的那个方向。我在后面望着他，直到他那有角的帽子隐在树枝后为止。这个新的不相识者外貌上一点也不像之前的那个人。他那臃肿的并且圆球似的脸表现出一种畏怯、善良、温良的神情，鼻子也是肿而圆的，显着青筋，证明是一个好色的人。他的脑袋前面已经没头发了，后面拖着稀松的，淡色的编发。他的小眼睛仿佛为芦苇所割断，和蔼地转动着，红而多汁的嘴唇甜蜜地微笑着。他穿着礼服，带着竖领和铜纽扣，很破旧了，却还干净，呢料的裤子束得很高，从黄色的靴子口能看到肥胖的腿肚。

“这是谁？”我问叶莫来。

“这个？这是尼多普士金·提鸿·伊凡尼奇,住在契尔特普-汗诺夫那里呢。”

“他是什么人？穷人么？”

“他没什么钱，契尔特普-汗诺夫也是一个铜钱都没有。”

“他为什么住在他家里呢？”

“他们是好朋友，无论到什么地方，两个人总在一块。你刚才不是看见了，有蹄的马走到哪里，带螯的虾也跟到哪里。”

我们从树林里出来了，忽然两只猎狗在我们附近大吠起来，一只大野兔在已经长得很高的燕麦里跳跃着。从林端那里跳出两只猎狗来，契尔特普-汗诺夫跟在狗后面跑了出来。他并不喊不叫，而是上气不接下气，张大的嘴里不时发出断断续续、无意义的声音。他瞪着眼睛，驰骋着，疯子似的用鞭子击打着不幸的马。猎狗快追上兔子了，兔子短暂地停了一下，向斜面转过身去，从叶莫来面前钻进树林去了，猎狗追了过去。

“跑呀，跑呀！”猎人仿佛口讷的人一般用力地说着。“喂，留神呀！”叶莫来放了一枪。受伤的兔子在又平又干的草上陀螺似地转起来，身体往上一翻，很可怜地在追来的狗的牙齿中叫嚷着。很快，所有猎狗都围上去了。

契尔特普-汗诺夫像天鹅似的从马上跳下来，拔出剑来，大步跑到狗那里，激愤地喊了一声，夺下了被撕裂的兔子，然后弯下身子，把那把剑插进兔子的喉咙里，一直插到剑柄那里。插着插着，他就“咕……咕……”地叫起来了。提鸿·伊凡尼奇在林边出现了。“咕……咕……咕……咕……咕……咕……咕……咕……”契尔特普-汗诺夫第二次唱起来。“咕……咕……咕……咕……”他的同伴安然地重复着。

“夏天实在是不应该打猎的，”我说时，把踩坏的燕麦指给契尔特普-汗诺夫看。

“那是我的田地，”契尔特普-汗诺夫喘着气回答着。

他把兔子肚子撕开，取出心脏来，把脚掌分给群狗了。

“替我放枪了，亲爱的朋友，按照猎人的规矩，我欠你一份弹药，”他朝叶莫来说着，“还有您，先生，”他用生硬的语气对我说，“多谢您。”

他坐在马上。

“请问……我忘记你的姓名了。”

我又提了一遍自己的名字。

“很高兴同你认识，如果有机会，希望您到我那里去。提鸿·伊凡尼奇，福姆卡在哪里？”他很生气地说着，“没有他也能猎到兔子。”

“他骑的那匹马摔倒了，”提鸿·伊凡尼奇含笑回答。

“怎么摔倒了？奥尔巴珊会摔倒了？嗤……嗤……他在

哪里？在哪里？”

“在那边，树林后面。”

契尔特普-汗诺夫用鞭子打着马头，低了头，快速跑开了。提鸿·伊凡尼奇向我鞠了两次躬，一次是为自己，一次是为同伴，又赶紧跑进树林里去了。

这两位先生引起了我强烈的好奇心。两个完全不相同的人，怎么能够结上不解的亲密交情呢？我就着手打听，以下就是我所知道的事情。

契尔特普-汗诺夫在四周村庄里是出了名的危险而狂妄的人，非常骄傲和暴躁。他在陆军服役没多久，就因为一件不愉快的事情而辞职，那时他的官职恰巧就是盛传中的“鸡不是鸟”[①]。他出身于曾经富有的故旧家庭里，他的祖宗过着十分奢华的生活，被邀请和不被邀请的人一律都欢迎，招待得很好，把四分之一的燕麦放给别人的车夫，供养着音乐家、歌者、滑稽家和许多狗，每逢节日，就给大家喝红酒和啤酒，冬天便坐在沉重的古式马车上去莫斯科。可是有时候，好几个月也没有一个铜钱，只是坐在那里，靠家里的粮食过活。契尔特普-汗诺夫的父亲继承的已是残破的产业，他狠狠地挥霍了一下。临死的时候，他把一个已经押出去的小村子贝资索诺佛留给自己唯一的继承人潘特雷，外加三十五名男丁，七十六名女丁，和在娄布娄特瓦的十四亩闲地，但是已经找不到这块田的田契了。说明一下，他父亲破产破得很奇怪，所谓的“经济管理”把他害了。据他的见解，贵族不应该受制于商人、城里人，以及其他一类的“强盗”，他就自己开设许多手艺作坊。“经济管理，”

① 俄国有句俗语为“鸡不是鸟，准尉不是军官”。——译者注

他常说，“是又体面，又便宜呀！”直到生命的尽头，他都没有放弃这样危险的思想，最后竟因此破产。可是他总算快活了一辈子，无论什么愿望，自己都实现了。

在他的许多花样中，有一天，他依着自己的设想造成了一辆巨大的家庭马车，他把全村的马都赶来，连同它们的主人，一齐来赶，却在第一个斜坡那里倒下来，摔坏了。埃里美·卢契奇（潘特雷的父亲）吩咐在斜坡上造一个纪念碑，还一点也不着急。他又想造一所教堂，自己造，不用建筑师的帮助，为了造砖烧掉了整个树林，立了很大的地基，就算做省城的教堂都够了，砌起墙来，开始筑着圆屋顶，圆屋顶倾塌了。他又搭，圆屋顶又坏了。他第三次再搭，圆屋顶第三次坏了。埃里美·卢契奇想了一下，事情不对呀，一定是有什么讨厌的妖术。于是，他吩咐鞭打村里所有的老村妇。村妇鞭打完了，但是圆屋顶终究没有造成。他开始按着新图样给农人改造起房屋来，一切都由于“经济管理”而成；把三个院一块儿造成三角形，中间造着一根杆子，带着粉饰的鸽笼和旗帜。他每天总要想出些新玩意儿来：一会儿用菊花来熬汤，一会儿剪去马尾做仆人的帽子，一会儿打算用荨麻来代替麻，用蘑菇去喂猪……

有一天，他在《莫斯科新闻》上读了哈可夫的田主赫尔雅克—赫汝皮奥尔斯基所著的，关于乡村生活的道德的文章，第二天就下令让一切农民加紧读书，背熟哈可夫田主的那篇文章。主人问他们：“明白了没有？里面写的是什么？”总管回答说：“怎么会不明白呢！”就在那个时候，他吩咐自己的人民编起号来，以维持秩序，并且作经济管理，每人在领上都要缝上自己的号码。遇见了主人，每个农人就要喊着：“几号在这里呢！”主人就和蔼地回答说：“去吧！”

这种秩序井然的经济管理让埃里美·卢契奇渐渐陷入十分困难的境地。起初，他抵押了自己的村庄，并且要着手卖掉了。最后剩下的祖产，就是有未造成的教堂的那个村庄，也被官家卖掉了，幸亏不在埃里美·卢契奇活着的时候，否则他受不了这样的打击——在他死后两星期的时候。他还能死在自己家里，自己的床上，由自己的人围着他，还受着自己医生的照顾。但是，可怜的潘特雷什么都没有。

潘特雷在军中服役的时候，就是在上面说的那件不愉快的事情正炽热的时候，便知道了父亲的疾病。那时，他刚十九岁。他从幼时没有离开过家，在为人和善却反应迟钝的母亲瓦西里沙·瓦西里耶芙娜的指导下，长成为一个傲慢的少爷。她一个人管着他的教育，埃里美·卢契奇正沉浸在自己的经济管理中，没有工夫做这样的事情。虽然他有一天曾亲手惩罚自己的儿子，因为他把字母 RTS 念成了 ARTS。但是在那天，埃里美·卢契奇正在深深地忧虑着，为他那只最好的狗自己撞死在树上了。瓦西里沙·瓦西里耶芙娜对潘特雷的教育仅限于一点艰难的努力而已：她累得满头大汗，给潘特雷雇了一个阿尔萨斯的退伍兵，名叫伯克夫，充当家庭教师，她一直到死，都非常怕他，一到他面前，就抖得像纸似的。她想，“要是他不干了，那就糟了，叫我怎么办呢？到哪里去雇别的教师呢？就是这个人，也是在邻家妇人那里挖来的呢！”那个伯克夫也很聪明，总是利用自己的特殊地位，喝得像死人似的，从早上一直睡到晚上。潘特雷学完了“科学课”以后，就入伍当兵了，那时候，瓦西里沙·瓦西里耶芙娜已经不在世上了。她在半年前，因为受了惊吓去世，她梦见一个骑在熊上的白人。不久，埃里美·卢契奇也随着妻子去了。

潘特雷刚得到自己父亲病重的消息，就立刻往家赶，但还是没能见父亲最后一面。让这个孝顺儿子完全出乎意外的是，他一下从有钱的继承人变为穷光蛋了！很少有人能够承受这样巨大的变故。潘特雷发疯了，残忍起来了。他本是正直的，大度的，而且善良的人，受了这个打击后，原本傲慢的脾气变得更坏了。他不再和邻人们来往，富人他看着害臊，穷人他又瞧不起，对待所有人，即便是现任的官府，都非常粗暴。“我是贵族呢。”他总是这样说。

有一次，一个警察官进他家的时候没有摘掉帽子，他几乎要开枪了。官府方面自然也不能放纵他，一有机会总要收拾他一下，但是还是怕他，因为他的性子太暴躁了，说到第二句话，就要拿出刀子打架。为了一两句辩驳的话，契尔特普-汗诺夫的眼睛就四面乱转起来，舌头也打起结来。“啊，呃——呃——呃——呃，”他口吃起来，“把我的头去掉了吧，”几乎要用头撞墙了。不过他终究不是坏人，没有做过什么错事。当然，谁也不到他家里去。他的心灵是善良的，还是正直的：他看不惯无公理和排挤的事情，并且还竭力保护自己的乡人。“怎么？”他会一边说，一边很狂暴地打着自己的头，“动我的人么？我要是不……我就不叫契尔特普-汗诺夫了！”

提鸿·伊凡尼奇·尼多普士金和契尔特普-汗诺夫不同，他没有骄傲的身世。他的父亲——老尼多普士金是贵族的侍仆，做了四十年的服务，才取得了贵族的地位。老尼多普士金这个人，不幸总是伴着他，在六十年中间，从出生至死亡，他没有一天不和饥荒、疾病，以及一切与小人物相伴的不幸事情搏斗，仿佛被压在冰下的鱼儿四面乱窜，吃不饱，睡不足，看着每个戈比都要发抖。为了当差，吃尽苦头，还来不及为自己，为孩子们赚出一块日常吃的面包，就死在阁楼。

老尼多普士金为人慈善而且正直，虽然也收过贿赂——从十个戈比到两块卢布。他的妻子很瘦，害着痨病，生了几个儿女，但在很小的时候就夭折了，除了提鸿和一个女儿——米绰多拉，她的绰号叫做“商家美女”，在发生许多悲惨并且可笑的艳闻以后，嫁给退职的律师为妻。老尼多普士金在世时给提鸿在办事处找到一个办事员的工作，但是等到父亲一死，提鸿就辞职了。家中永远笼罩的愁云，饥寒的折磨．母亲的憔悴和抑郁，父亲每日的奔波，主人和掌柜的愚鲁压迫，所有这些使提鸿形成卑怯的性格。上司的一举一动都会让他战栗并且失神，仿佛被捕的小鸟一般。他辞去职务了。

上帝也许冷漠，也许讥讽，给人类安排了各种本能和嗜好，一点也不顾及他们的社会地位和经济，他带着特有的关心和爱护，把穷官的儿子提鸿塑成一种敏感、懒惰、温柔的人——只趋向快乐，并且富有特别柔和的嗅觉和趣味的人。他很谨慎地塑造了这个“作品”，还让其生长在酸白菜和臭鱼上面。于是，这个作品就开始了所谓的生活。可乐的事情来了。命运，一步步紧迫着老尼多普士金，现在又来收拾小尼多普士金了：显然它得到了甜头。但是命运对待提鸿的办法是不同的：它并不折磨提鸿，却逗着他。命运没有一次让他踏上失望之途，也不让他经历饥饿和羞耻的苦痛，却让他到俄国各地去营生，不断地换工作，从一个低微可笑的职务到另一个：一会儿让他在奸猾而易怒的女善人那里去当管家，一会儿把他放在有钱而吝啬的商人做食客，一会儿充当头发剪成英国式的，瞪着眼的贵族那里做家务办公处的总管，一会儿升做猎人家里半仆人，半管事的角色。一句话，命运使可怜的提鸿一滴滴地喝着寄生生活又苦又毒的饮料。他一生伺候闲散的贵族阶级，为他们沉重的贪欲，粗俗而恶毒的生活服务。好几次，当他被一群享用着美味的宾客所释放的时候，他一个人在自己的房间里，全身燃烧着羞耻，眼里带着失望的冷泪，发誓第二天一定要偷偷儿跑出去，去城里碰碰运气，哪怕找一个书记那样的小职位，或者就一下了饿死在街上。但是第一，上帝没有给他一种勇气；第二，胆怯战胜了一切；第三，怎样才能得到一个职位呢？向谁去请求呢？谁能帮助呢？不幸的人在床上翻来覆去，到了第二天又去拉船缆了。他的处境十分不好，因为那个热心的上帝不肯分给他一些那种好职业需要具备的能力和才气。譬如说，他既不会穿着熊皮袭，颠来倒去地跳舞；不会在长鞭抽下的时候，说玩笑的话；光着身子站在零下二十度的天气里，他总是会着凉；他也不能喝搀了墨水和其他脏东西的酒，以及切碎的、带醋的木耳和蘑菇。要不是他的最后一个恩人——发了财的地主，在一次心情大好的时候在遗嘱上写下一句“把我的乡村贝兹赛仑叶夫卡村和附着的田地交给焦萨（就是提鸿）尼多普士金，作其永久所有”的话，谁知道提鸿以后要怎么样呢。过了几天，那个恩人因为吃了过多的鲟鱼汤中风死了。

骚动开始了，审判官来了，照规矩封了财产。亲戚们都聚集起来，拆开遗嘱，读完了，便叫尼多普士金来。很多人都知道提鸿·伊凡尼奇在恩人那里所处的地位，各种轰然的呼喊，讥笑的贺词，迎着他撒过去。“田主，新的田主！”别的继承人喊着。“真是，新田主，”一个出了名的爱开玩笑的人说，“可以说……实在是……叫做……那……继承人了。”大众都哄然笑了。尼多普士金许久不愿意相信自己的幸福。大家把遗嘱给他看，他脸红了，皱着眉头，开始摇着手，呜咽着流下眼泪。大众的哄笑变成深沉而连续的吼声。贝兹赛仑叶夫卡村一共有二十二个农人，自然没有人为失去这个村庄而感到可惜，那么为什么不趁机开心一下呢？一个从彼得堡来的继承人，是个颇有身份的男子，长着希腊式的鼻子，一脸严肃的神情，名叫罗斯梯斯拉夫·阿达米奇·施多配尔，竟忍不住了，侧身走到尼多普士金那里，很骄傲地从肩膀那里望着他。他很轻蔑地说道："我能够感觉到，先生，你在费多·费多里奇那里当着解闷的仆役职务吧？"彼得堡的先生用一种很纯粹，过于优雅的声音表达自己的意思。惊慌不安的尼多普士金没有听清那个不相识的先生的话，但是别人都静默了，那个爱开玩笑的人也假装和蔼地笑起来。施多配尔先生搓了搓自己的手，重复了那个问题，尼多普士金抬起眼睛，张大嘴，带着惊疑的样子。罗斯梯斯拉夫·阿达米奇很讥讽地皱着眉头。

"恭贺你，先生，恭贺你，"他继续说，"自然不是每个人喜欢这样赚得自己生存的面包，但是de gustibus non est disputandum[①]，那就是说，各人有各人的趣味，对不对呢？"

后排里有一个人因为惊疑和喜悦的缘故，很快地，却很有礼地嘘叫了一声。施多配尔先生受到在场的所有人的微笑，更加受鼓励，又说道："请问，你有哪样特别的天才可以得到这样的幸福？不，不要害臊，说吧，我们在这里可以说都是自己人，en famille[②]。先生们，我们在这里是en famille，对不对？"

罗斯梯斯拉夫·阿达米奇突然提出这个问题，提鸿不懂法文，所以只能吞吞吐吐地表示赞成，轻微叹气。可是另外一位继承人，额上有黄斑的青年，却赶紧答应道："是的，是的，

① 法文，"不讲究趣味"。——译者注
② 法文，"一家人"。——译者注

不错。”

施多配尔先生又说道：“也许你能往上抬着腿，用手走路么？”

尼多普士金很发愁地往四周望了一下，所有的脸都嘲讽地笑着，所有的眼睛都被高兴的眼泪所掩盖。

“或者你会像鸡似的高唱？”

哄笑声立刻从四面八方传来，却立刻静了。

“或者你在鼻子上……”

“够了！”一个锐利而且洪亮的声音忽然打断罗斯梯斯拉夫·阿达米奇的话，“这样凌辱一个可怜的人，你就不害臊么？”

大家循声而去，契尔特普-汗诺夫站在门前。他以故世的田主远房侄儿的身份，也收到赴亲属会议的请帖，在念遗嘱的时候，他很骄傲地和别人保持距离。

“够了！”他骄傲地抬着脑袋，又重复一遍。

施多配尔先生赶紧转过身去，看见一个穿着旧衣服，并且不美丽的人，轻声问旁人：“这是谁？”

“契尔特普-汗诺夫，不重要的家伙，”那个人附耳答他。

罗斯梯斯拉夫·阿达米奇露出一种骄傲的神情。

“你是什么东西？”他用鼻音说着，并且眯着眼睛，“你是什么玩意，请问？”

契尔特普-汗诺夫恼怒得好像火药爆炸一般，狂暴扼住了他的呼吸。

“嗤——嗤——嗤——嗤，”他好像被绞死的人似的嚷叫着，忽然大喊起来：“我是谁？我是谁？我就是潘特雷·契尔特普-汗诺夫，世袭的贵族，我的世祖还伺候过皇帝，你是谁呀？”

罗斯梯斯拉夫·阿达米奇面色发白，往后退了几步。他想不到有这样的抵抗。

“你说我是玩意，我是玩意，喔，喔，喔！”

契尔特普-汗诺夫往前走去，施多配尔很着急地跳起来，宾客一起迎着被惹怒的田主。

“决斗，决斗，隔着一块手巾的距离，立刻决斗！”愤怒的潘特雷喊着，“或者向我，还有他赔罪。……”

“请吧，请赔罪吧，”惊慌的继承人们围着施多配尔喃喃地说着，“他就是这样的疯子，真能杀人的。”

“恕罪，恕罪，我不知道，”施多配尔喃喃地说，“我不知道……”

“也向他赔罪！”不肯安歇的潘特雷又喊起来。

“也请您恕罪吧，”罗斯梯斯拉夫·阿达米奇朝着尼多普士金说着，那时候尼多普士金正在哆嗦着，仿佛得了疟疾一般。

契尔特普-汗诺夫安静了，走到提鸿·伊凡尼奇面前，拉住他的手，怒气冲天地向四周望了一下，便同贝兹赛仑叶夫卡村的新主人，不看任何人的眼睛，在深深的静默中，得意地走出屋里。

自从那天起，他们便形影不离了（贝兹赛仑叶夫卡村离贝资索诺佛村一共只有八俄里路）。尼多普士金的无限量感谢，立刻变成为卑屈的崇拜，懦弱的提鸿彻底拜倒在不惧不贪的潘特雷面前。“岂是容易的事情！”他有时自己想着，“同省长说话竟然一直望着他的眼睛，上帝呀，竟然就那么看着！”

提鸿对契尔特普-汗诺夫佩服得五体投地，认为他是非常聪明，非常有学问的人。说实话，无论契尔特普-汗诺夫的教育怎样坏，比起提鸿的教育来，总是出色的。自然，契尔特普-

汗诺夫俄文书读得很少，法文也学得不好，不好到这样的地步——有一天，一个瑞士家庭教师问："Vous parlez francais, monsieur[①]？"他回答说："Je necomprehend[②]，"想了一会儿，又加了一个"pa"（否定的语气助词）字。但是他知道世界上有一个伏尔泰，非常聪颖的作家，也知道普鲁士国王斐得利是个很著名的军事家。在俄国的作家里，他敬佩杰尔查文、马尔林斯基、阿马拉特·贝克……

在我初次同这两个朋友遇见后没几天，我动身到贝资索诺佛村去找潘特雷。远远的，我就看见他那所不大的房屋，凸现在平地上面，离乡村半俄里的地方，仿佛鹞鹰在田地上一般。契尔特普-汗诺夫的整个庄园里有四个大小不同的陈旧建筑：住房、马厩、谷仓和浴室。每个部分都是单独分开的。四周围没有围墙，也看不出大门。我的车夫很疑惑地站在半朽坏的，并且已经封闭的不大能看出来的井那里。谷仓附近有几个瘦弱的，脏兮兮的猎狗，在那里撕裂一匹死马，大概就是奥巴珊。其中一只狗抬起满涂着血的嘴，匆忙地吠了一下，又去啃显露出来的肋骨了。一个十七岁左右的年轻小伙，带着肿而黄的脸，穿着哥萨克的衣服，赤着脚，站在马旁，他很严肃地看着那些由他负责看管的狗，有时还用鞭子抽里面最贪吃的那只。

"老爷在家么？"我问。

"谁知道呢！"年轻小伙回答，"你敲门吧。"

我从车上跳下来，走到住房的台阶那里。

契尔特普-汗诺夫先生的住宅有一种很悲惨的景象：屋梁发黑了，往前凸出着肚皮，烟囱倾圮了，屋隅潮湿着，并且摇

① 法文，"先生，您会说法国话么？"——译者注
② 法文，"我不懂"。——译者注

动了，不大的、暗蓝色的窗在乱莲蓬，而且低矮的屋顶下探出头，说不出那种悲苦的样子：很像一些流浪汉的眼睛。我敲着门，没有人答应，但是能听见门后传来一些极锐利的话语：

“A，B，B，傻子，怎么啦，”一个粗哑的声音，“A，B，B，B……不对呀！E！E！唔，傻子呀！”这是在教俄文字母。

我又敲了一下门。

就是那个声音喊起来了：“进来吧，是谁？”

我走进空洞而且窄小的前屋，从开着的门那里可以看得见契尔特普-汗诺夫。他穿着油腻的长褂，宽大的裤子，戴着红色的小帽，坐在椅子上，一只手抓紧着小狗的嘴，一只手握着一块面包，放在狗鼻子上。

“啊！”他很骄傲地说，并不从座位上起身，“很高兴您来到这里，请您坐下，我正同温左尔周旋呢。提鸿·伊凡尼奇——”他提高嗓门喊道，“来吧，来客人啦。”

“就来，就来，”提鸿·伊凡尼奇在邻室里回答，——“玛莎，把领结给我。”

契尔特普-汗诺夫又转向温左尔，把一块面包放在它的鼻子上面。我向四周望了一下，屋里面除了一张能伸缩的，歪斜的桌子，和四只已经压破的草椅以外，没有别的器具。很久没有刷过的墙有许多蓝斑点，仿佛星星一般，许多地方都剥落了。两窗中间挂着已破碎而且黯淡的小镜，带着红木制的巨框，屋隅放着烟管和枪，粗而黑的蜘蛛网从棚顶上垂下来。

“A，B，B，”契尔特普-汗诺夫慢慢地说着话，忽然激动地喊起来。“E!E!E! 这个笨畜生！E!”

但是这个不幸的小狗只是哆嗦着，不敢张开口来，它继续坐在那里，发病似的耸着尾巴，很发愁地转动着眼睛，仿佛在那里说：随你怎么教吧。

“唔，吃吧！拿去吧！”唠叨的田主重复地说着。

“你把它弄糊涂了，”我说。

“那么，去它的吧！”

他用腿把它一推，可怜的东西静悄悄地站起身来，把一块面包从鼻上扔掉，仿佛蹑足似的走到前室去，很生气的样子。可以理解，外人第一次来，就在外人面前受到这样的对待，实在是可气。

邻屋的门徐徐地开了，尼多普士金先生走进来，很有礼貌地鞠躬，微笑。

我站起身来，鞠了一躬。

“随便，随便，”他喃喃地说。

我们坐下了。契尔特普－汗诺夫走进邻室。

“你光临到我们这里，很久了么？”尼多普士金柔声说，谨慎地用手遮着嘴咳嗽，并且出于礼貌的缘故，把手指按在唇上。

“已经两个月了。”

“哦。”

我们不说话了。

“今天天气很好呀，”尼多普士金说，并且带着感激的神情望着我，仿佛天气与我很有关系似的。“收成可以说是很好的了。”

我点头表示同意。我们又不说话了。

“潘特雷昨天猎了两只兔子，”尼多普士金很用力地说，显然是想把我们的谈话弄得热闹些，“那是很大的两只兔子。”

“契尔特普－汗诺夫先生的狗好不好？”

"太好了！"尼多普士金快乐地说，"可以说是全省第一。潘特雷就是这样的人，只要是有什么希望，只要是有什么想念，马上就会去预备，然后就热闹地办起来了。潘特雷，我对您说……"

这时，契尔特普-汗诺夫走进屋里来了。尼多普士金笑了一下，便不说下去，给我使了一个眼色，好像在说："你自己也可以看出来的。"我们谈起了打猎的事情。

"你愿意看看我的么？"契尔特普-汗诺夫问我。可是没等到我回答，就叫卡尔普来。

一个粗鲁的年轻人穿着绿粗布外衣，系着深蓝色的领结和制服的纽扣。

"吩咐福姆卡，"契尔特普-汗诺夫很结结巴巴地说，"把阿玛拉和赛伽带来，要整齐一些，明白么？"

卡尔普咧嘴笑着，发出了一个含糊的声音便出去了。福姆卡来了，头发梳得光的，穿着皮鞋，带着一群狗来。我出于礼貌，便把这些傻狗赞美了一番。契尔特普-汗诺夫在阿玛拉的鼻孔上吐了口唾沫，可是这并没有给这条狗生出多少快乐。尼多普士金也在后面拍了阿玛拉一下。我们又开始闲谈。契尔特普-汗诺夫慢慢儿静下去，停止发威和恼怒了，他的脸色变了。他看着我，又看着尼多普士金。

"唉！"他忽然嚷着，"她一个人坐在那里干什么？玛莎，喂，玛莎，到这里来吧。"

有人在邻室里动了一下，但是没有回答。

"玛……莎！"契尔特普-汗诺夫很和蔼地重复着，"来吧，没有什么要紧，不要害怕。"

门轻轻地开了，我看见了一个二十多岁，高个子的妇人。

她有吉卜赛人一般微黑的脸，微黄的小眼，黑如树脂的辫发，大而白的牙齿在肥而红的嘴里发亮。她穿着一身白衣，蓝色的围巾用金别针系在头上，一直盖到她柔软的，好看的手上。她带着一种野生动物般怯懦的神情，走了两步就站住了，低着头。

“我来介绍一下，”潘特雷说，“说妻子也不是妻子，算做妻子吧。”

玛莎的脸微微红起来，不知所措地笑着。我向她很低地鞠躬。我很喜欢她，柔和的鹰鼻，还带着张开的，半透明的鼻孔，高高的眉毛显得很勇敢，发白并且微凹的两颊，她的脸庞表现出一种任性和剽悍。在粗脖子底下，有一两绺美丽的头发——是她的血统和活力象征。

她走到窗边坐下，我不愿增加她的不安，便同契尔特普-汗诺夫说话。玛莎微微转着脑袋，偷偷地向我望过来，她的眼神闪耀得像蛇信子一般。尼多普士金坐在她旁边，附着她耳朵微语着，她又微笑了，轻轻地皱着鼻子，抬起上唇，给她的脸添上一种既不是猫，又不是狮的神情。

“喔，你原来是不好惹的，”我想着，同时还偷偷望着她柔和的身体，凹进的胸脯和轻便的动作。

“玛莎，”契尔特普-汗诺夫说，“应该拿点东西给客人吃呀。”

“我们有果酱呢，”她回答。

“唔，把果酱拿来，还有烧酒。喂，玛莎，听着，他在她身后嚷起来，“把吉他也拿来。”

“要吉他干什么？我是不唱的。”

“为什么？”

“不愿意。”

"唉，小事情，总会愿意的，要是……"

"怎么？"玛莎很快皱起眉头问道。

"要是求你呢，"契尔特普-汗诺夫带着一点不安，说完这句话。

"啊！"

她出去了，很快就拿着果酱和烧酒回来，又坐在窗边。在她的额上看得见皱纹，两根眉毛仿佛黄蜂的触角一般，一上一下地动着。读者诸位，你们想一想，黄蜂的脸多么恶呢！我心想一定要起雷雨了。谈话中断了。尼多普士金完全不说话，并且努力地微笑着，契尔特普-汗诺夫叹着气，脸红着，睁大了眼睛，我已经预备走了。玛莎忽然站起身来，一下子打开窗，伸出头去，生气地向过道的村妇喊起来："阿克辛亚！"村妇哆嗦了一下，打算转过身来，却滑了一下，重重地摔倒了。玛莎转过身来，哈哈大笑起来，契尔特普-汗诺夫也笑了，尼多普士金也高兴得大叫起来。我们大家都恢复原样了，雷雨在打了一个闪电就消失了，空气清新了。

过了半个小时，我们闲谈着，并且开着玩笑，仿佛小孩子一般。玛莎玩得最疯，契尔特普-汗诺夫简直要用眼睛把她吞下去。她的脸色发白了，鼻孔扩大了，眼睛也好像燃烧起来了。尼多普士金跛着粗短的腿跟在她后面，仿佛雄鸭跟着雌鸭一般，连温左尔都从过道的角落爬出来，站在门槛那里看着我们，忽然开始跳跃，并且喊叫起来。玛莎跑到另一间屋子，取了吉他，把围巾脱去，很快坐下去，抬起头来唱了一支吉卜赛人的歌。她的声音响着，并且颤抖得仿佛碎裂的玻璃，爆发着，又静寂下去。心里觉得又舒服，又发愁。契尔特普-汗诺夫跳起舞来，尼多普士金踏起步来。玛莎全身动得好比火上的桦木，细长的手指在吉他上灵巧地跑着,微黑的喉部在两串琥珀下一起一伏。过了一会儿,她忽然静默了,疲惫起来,仿佛不愿意拨弦似的。契尔特普-汗诺夫便站起来,耸了耸肩膀,在屋里踱步,尼多普士金摇着头,仿佛木偶似的。没多久,她仿佛疯子似的又唱起歌来,挺直身体,凸出胸脯,契尔特普-汗诺夫单腿跪在地上,跳起来直到棚顶那里,风车似的转着,并且喊着:“快些呀!”

“快些,快些,快些,快些!”尼多普士金急忙地说。

薄暮的时候,我离开了贝资索诺佛村。玛莎的历史,等我下一次再讲给大度包涵的读者诸君听吧。

契尔特普 - 汗诺夫的末途

一

在我到过潘特雷·埃利耶契家的两年后，他开始发生不幸了——是真正的不幸，自然，那些不快乐，不成功，以及不幸的事情以前也发生过，但是他并不加以注意，依旧傲慢。第一个打击他的不幸，使他最忧愁的就是玛莎离开了。

她为何会离开呢？她早就习惯了他的保护，真是很难说。契尔特普 - 汗诺夫在去世以前，就一直持着一种想法，说玛莎的变心全是一个年轻邻人，退职的检骑兵大尉，绰号叫做亚夫的错。据潘特雷·埃利耶契说，这个亚夫就会不住地捻着胡子，涂着油粉，并且总是傻笑，当时就对玛莎血管里流淌着的吉卜赛人的血发生影响了。无论如何，在一个很好的夏天薄暮时，玛莎把一些破布包扎成一个不大的包袱，从契尔特普 - 汗诺夫的屋子离开了。

在这件事情发生以前，她在屋隅里坐了两天，缩做一团，并且靠在墙上，仿佛受伤的狐狸一般。即使是对别人说一句话，也只是转着眼睛凝想着，耸着眉毛，微微地露着牙齿，摇着手，仿佛身子被缠住似的。她以前也做过这样的举止，但是一会儿就过去了，契尔特普-汗诺夫知道这个，自己并不惊讶，也没有在意。但是有一天，他的行猎助手告诉他，最后的两只猎狗死去了，他就到狗院里去，等到回来的时候，遇见了一个女仆，用颤抖的声音告诉他，玛丽雅·阿琴芙耶芙娜（即玛莎）愿他一切都好，她永远不会回来了。契尔特普-汗诺夫当时在院子里转了两圈，发出一种嘶哑的吼声，立刻跑出去追那个逃妇，还带了一把手枪。

他在离家两俄里路的地方，靠着橡树林，往县城去的大道上追到了她，太阳落在地平线，四周万物——树，草和田地陡然发紫了。

“到亚夫那里去！到亚夫那里去！”契尔特普-汗诺夫一看见玛莎，就大喊起来，“到亚夫那里去！”他重复说着，跑到她面前，几乎每步都差点跌倒。

玛莎止步了，转过身来看着他。她背着阳光，所以显得全身是黑的，仿佛从黑树里割出来一般，只有眼白像银杏一样，瞳孔却更加发黑了。

她把自己的包袱往旁边一扔，交叉着手。

“到亚夫那里去了，不良的妇人！”契尔特普-汗诺夫重复着说，打算抓她的肩膀，但是被她的眼光一迎，就畏缩了，当时口吃起来。

“我不是到亚夫先生那里去，潘特雷·埃利耶契，”玛莎很安静并且很轻地回答着，“只是我不能同你再住下去了。”

“怎么不能住下去？这是为什么？我难道有什么使你受辱的地方么？”

玛莎摇着头。“你并没有什么使我受辱的地方，潘特雷·埃利耶契，不过我在你那里很烦闷。过去你对我的照顾，唯有感谢，再留却已不能了，不能了！”

契尔特普-汗诺夫惊愕起来，他用手打着自己的腿，跳起来了。

“这是怎么啦？住着，住着，除了快乐，就是平安，可是忽然烦闷起来了！好了，然后就丢下我，立刻戴上围巾，就这么走了！你所得的一切敬意并不比女主人坏呀……”

“我并不要这种敬意！”玛莎打断他的话。

“怎么不要？由行乞的吉卜赛妇人，一下变做女主人，不要么？怎么不要？就这样变心了，变心了！”

他又微语起来。

“我并没有变心，也未曾有过，”玛莎用一种响亮的声音说着，“我已经对你说过了，我很烦闷。”

“玛莎！”契尔特普-汗诺夫喊叫着，并且用拳头击打自己的胸脯。“唔，闭嘴，不要再折磨我了。唔，够了！你想一想，提鸿怎么对你说的；你哪怕是可怜他呢！”

“请你替我给提鸿·伊凡尼奇问好，并且对他说……”

契尔特普-汗诺夫摇着手。“不要，你胡说，不要走！你的亚夫不会等你呢！”

“亚夫先生……”玛莎开始说。

“什么叫亚夫先生，”契尔特普-汗诺夫骂她，“他是狡猾的人，他是坏蛋，他的脸简直就跟猴子一样！”

契尔特普-汗诺夫同玛莎两个人闹了整整半个小时，他一会儿走近到她身旁，一会儿跳开，一会儿朝她摇手，一会儿对她鞠躬，哭着，骂着。“我不能够，”玛莎坚决地说，“我很发愁呢，烦闷使我难过，”她的脸渐渐变成那种冷淡得差不多睡梦似的态度，竟使契尔特普-汗诺夫追着问她，是不是吃了鸦片？

“烦闷呀，”她第十遍说着。

“我要杀死你，”他忽然嚷起来，从口袋里掏出手枪来。

玛莎微笑着，她变得高兴起来。

“怎么样？杀死我吧，潘特雷·埃利耶契，这是你的自由。至于回去呢，我是不回去的。”

“你不回去么？”契尔特普-汗诺夫拨了拨枪。

“我不回去了，一世也不回去了，我的话很坚决的。”

契尔特普-汗诺夫忽然把手枪放在她手里，坐到地上去了。

“你杀死我吧！没有你，我是不愿意活了。你既然嫌恶我，我也要厌恶一切了。”

玛莎俯下身去，取了自己的包袱，把手枪放在草上，枪口背着契尔特普-汗诺夫，走到他面前去了。

“唉，亲爱的，你为什么要自杀？或者你还不知道我们吉卜赛女人么？我们的脾气是这样的，那是习惯。既然有了离别的烦闷，心灵儿想到别处去，还留在那里做什么？你记得自己的玛莎，你再也找不到这样一个女人了，我绝不会忘记了你，我的鹰呀。但是，我同你的生活已经结束了！”

“我是爱你的，玛莎，”契尔特普-汗诺夫掩面喃喃地说着。

“我也爱你，亲爱的朋友，潘特雷·埃利耶契。”

“我爱你，我爱你无知，无记忆，现在我一想到你就这样离开我，并且将要在世界上流浪，我想我要不是悲惨的穷光蛋，你就不会把我扔开了！”

对于这些话，玛莎只是笑着。

“可是你还称我为不爱钱的人呢！”她说着，并且挥手打了契尔特普-汗诺夫的肩膀。

他跳起身来。

“唔，哪怕在我那里取一点钱去，否则，一点钱都没有，怎么办呢？但是最好，你打死我吧！我老实对你说：你一下子把我杀死了吧！”

玛莎又摇起手来。“杀死你？亲爱的，因此还要被遣送到西伯利亚么？”

契尔特普-汗诺夫哆嗦了一下。“你就只为了这个？为了徒刑的恐怖。”

他又倒在草上了！

玛莎静默地站在他前面。“我很可怜你，潘特雷·埃利耶契，”她叹着气，“你是好人，但是没有法子，告别吧！”

她转过身去，走了两步。夜已降临，从各处浮来暗淡之影，契尔特普-汗诺夫急忙站起身来，从后面拉住玛莎的胳膊。

“你就这么走了，冷血的人？到亚夫那里去啦？”

“告别吧！”玛莎很锐利地说了这句话，便挣脱了他的手，走了。

契尔特普-汗诺夫从后面望着她，跑到放手枪的地方，捡起来，瞄准好了，就打出去。但是在拨动扳机以前，他那只手往上一提，子弹就在玛莎的头上擦过。她没有停下，只是转头看了他一下，又蹒跚地走了，仿佛骂他似的。

他掩着脸儿，奔跑过去。

但是他还曾未跑过五十步路，忽然站住了，仿佛石人一般。一种相识的，很相识的声音传到他耳朵去，玛莎在唱歌。“年青，优美的时代，”她唱着，每个字在晚间的空气里又可怜又炽热地回荡着。契尔特普-汗诺夫侧着耳朵，声音远了，渐渐远了，一会儿沉静着，一会儿又送来听不大清楚，却总还响着的声音。

“她这是报复我呀，”契尔特普-汗诺夫想了一下，但是立刻就喃喃说道：“喔，不呀！她这是永远同我离别呢，”眼泪便流出来。

第二天，他到亚夫先生的住处去了。亚夫其实是个爱社交的人，不喜欢乡村的寂寞，就搬到县城里，为了“和小姐们接近些”。契尔特普-汗诺夫没有遇见亚夫，据仆人说他前一天到莫斯科去了。

“这就对了！”契尔特普-汗诺夫愤然喊起来，“他们是串通好的，她同他跑了。但是等着！”

他闯进年轻的骑兵大尉的书房，不管仆人的阻止。书房的椅子上面挂着主人穿着枪骑兵制服的一幅油画画像，“你这个没有尾巴的猴儿。在哪里呢！”契尔特普-汗诺夫跳到椅子上面，大声地嚷着，并且用拳头击打着画像，在那上面戳了一个大洞。

“对你没事做的老爷说，”他朝着仆人，“因为找不到他本身的可憎面目，所以贵族契尔特普-汗诺夫把他所画的面目毁坏了，要是他愿意来同我理论，他知道在何处可以找到贵族契尔特普-汗诺夫的！我自己也要找他呢！就算到海底，我也要捉到这可恶的猴儿！”

说完这几句话，契尔特普-汗诺夫从椅上跳下来，得意洋洋地走了。

但是骑兵大尉亚夫并没有去找他理论，他也没有在别处同他遇见过，契尔特普-汗诺夫也不想搜寻自己的仇敌，所以他们中间倒没有生出什么事故来。自此以后，玛莎竟杳无音信。契尔特普-汗诺夫喝起酒来，但是慢慢地觉醒了，不过当时又发生了第二件不幸的事。

二

那就是他亲昵的朋友提鸿·伊凡尼奇·尼多普士金死了。死前两三年，他的健康开始变坏了：他开始害喘息的病，经常睡觉，醒了以后也不能立刻就神志清醒，县城的医生说他类似中风。在玛莎逃走前的三天，正是她烦闷的三天，那时尼多普士金正躺在自己的贝资索诺佛村里：他受了很大的寒。玛莎的行径使他惊愕不已，可以说，比契尔特普-汗诺夫受惊更大。因为自己性格的温良和卑怯，他除了对自己的朋友表示柔和的怜惜和病态的疑惑外，什么也没做。可是他的心破碎了，“她把我的心掏去了，”他自言自语，那时候，他坐在自己心爱的蜡布小软椅上，手指同手指交叉扭转着。即使在契尔特普-汗诺夫复原的时候，尼多普士金还没有复原，并且还觉得“心里空虚得很”。“就在这里，”他一面说着，一面指着肚腹上面，胸脯的中央。他就这样一直到冬季，因为初冻，他的喘病减轻些，但是又得了别的病，不是类似中风，却是真正的中风。他没有马上丧失记忆，他还认识契尔特普-汗诺夫和他密友失望的呼喊，“喂，提鸿，没有我的允许，你竟离开我，跟玛莎一样。”还能够用迟缓的口音回答道：“唉，潘……莱……叶……莱……奇，地狱……要……听你……”

但是就在那天，等不到县医来，他就死了。后来县医看见了快冷却的身体时，知道已经无力回天，虽然见惯了这种场景，不免还是有点悲哀，他要了一点烧酒和鲟鱼。不出意料，提鸿·伊凡尼奇将遗产留给了敬爱的恩人——潘特雷·埃利耶契·契尔特普-汗诺夫。但是，这份财产并没有给敬爱的恩人多大的利益，因为立刻就被拍卖了，一部分是因为契尔特普-汗诺夫想在自己朋友的尸骨上建造墓碑和石像（可见这是父亲在影响他），所以用来弥补这一项的花费。这个石神应该做成祈祷的天使，他是从莫斯科定购来的，但是经人介绍给他的商人心想省里一定没有雕刻的行家，所以并没有拿来天使，而是送了一尊弗洛拉女神来，这尊石像多年陈设在喀德邻时代破旧的临近莫斯科的花园里面，委实是很美的，具有"洛可可"的风味，带着丰满的小手，乱蓬蓬的卷发，裸露的胸际放着蔷薇花圈，身段是弯曲的。这是那个商人一分钱没花弄到手的。在提鸿·伊凡尼奇的坟上至今还立着神话里的女神，很庄严地翘起一只脚来，并且带着美丽的微笑，望着我们乡村墓地上的顾客和四周游散着的牛羊。

三

丧失了自己忠实的朋友以后，契尔特普-汗诺夫又喝起酒来，喝得比以前更凶了。他的处境慢慢变坏了，打猎没有钱，最后的金钱都用完了，仆人们逃走了。潘特雷·埃利耶契寂寞极了，没有人同他讲话，更说不到开心了，只有那种傲慢在他身上没有除去。不但如此，他的情况越坏，他自己就越傲慢，越难亲近，以后他完全撒野了。他还存在着仅有的一个慰藉，一个快乐，就是有一匹很好的灰色，顿河出产，名叫马利克-阿得尔，实在是非常出色的动物。

他是这样得到这匹马的。

有一天，契尔特普-汗诺夫骑马走过邻村，听见酒馆附近有一群乡下人在吵闹。在这群人中央，很多粗拙的手不住地在同一个地方上下晃动着。

“那边发生了什么事情？”他用一种适合他身份的长官的口气，问站在小屋门槛上的一个老年村妇。

这个村妇靠着门框，仿佛打盹似的向酒馆那面望去。白头的小孩穿着格条布的衬衫，裸露的胸上挂着小十字架，在她的草鞋中间坐着，伸着小腿，握着拳头。一只小鸡也在那里啄着木头似的黑麦皮。

“谁知道呢，老爷，”老妇人回答着，往前伛着身子，把自己满是皱纹的黑手放在小孩的头上，“他们说我们那些孩子们打犹太人呢。”

“什么犹太人？怎样的犹太人？”

“老爷，谁知道呢！我们那里发现了一个犹太人，他是从哪里来的，谁知道呢？瓦西亚，快到妈妈那里去，嗤，嗤，讨厌的东西！”

村妇吓退了小鸡，瓦西亚却抓住她的裤子。

“就这样把他打了，我的老爷。”

“怎么打？为什么？”

“我也不知道，老爷。总有什么事情，并且怎么不打呢？就是他把基督钉死的呀！”

契尔特普-汗诺夫叫了一声，用鞭子向马头上抽去，一直闯进人群里去，用那根鞭子不加选择地左右抽打那群乡下人，用一种决裂的声音说：“自己……裁判！自……己……裁判！法律应该惩罚，却不是私……人！法律！法律！法……律……呀！”

不到两分钟，一群人全都散开了，酒馆的门前有一个微瘦的，黑面的人，穿着红布衣裳，头发乱蓬着，衣裳撕破着。死白的脸，翻上的眼睛，张开着的嘴……这是什么呢？吓得要死，或者就是死了呢？

“你们为什么要打死犹太人？”契尔特普-汗诺夫大声喊起来，还挥着鞭子威吓他们。

一群人微声地争着回答，有的农人撑着肩膀，有的撑着肋骨，有的捏着鼻子。

“你很厉害啊！”后排里有一个人说。

“带着鞭子呢！这是什么人都行的！”另一个声音说。

“为什么要把犹太人杀死？我问你们，你们这些万恶的亚细亚人呀！”契尔特普-汗诺夫重复说。

这时候，躺在地上的人很快跳起来，跑到契尔特普-汗诺夫那里，拉住他马鞍的边儿。

人群中一阵哄笑。

“长命的人！”后排有人说，“像只猫！”

“大人，请您保护我，请您救我！”不幸的犹太人喃喃地说着，身子紧靠在契尔特普-汗诺夫的腿上，“他们要打死我，打死我了，大人！”

“他们为什么打你？”契尔特普-汗诺夫问。

“实在是不能够说呀！他们的一只牲口死了。他们就这样疑惑……但是我……”

“唔，这个我们以后再说！”契尔特普-汗诺夫插嘴道，“现在你拉住鞍子，跟着我走。但是你们！”他朝着人群说，“你们知道我么？我是田主潘特雷·契尔特普-汗诺夫，住在贝资索诺佛村，你们可以去控告我，并且也可以告犹太人！”

“做什么控告？”一位白发的，严肃的乡下人说道，他长得好像古时代的族长。他打犹太人时一点都没落在别人后面。“潘特雷·契尔特普-汗诺夫老爷，我们很知道您的恩惠，我们很满意您的恩惠，感谢您教训我们了！”

“做什么控告？”另外一个人说，“对于这个非基督人，我们自己处理！他不会离开我们的！他简直是野地里的兔子。”

契尔特普-汗诺夫捋着胡子，吼叫了一声，带着那个犹太人，一步步跑回自己的村子，这和以前他救提鸿·尼多普士金一样。

四

过了几天，契尔特普-汗诺夫唯一的仆人报告他说，有一个骑马的人到这里来，想同他说话。契尔特普-汗诺夫走出台阶，看见那个相识的犹太人，骑在顿河出产的好马上面，骄傲地站在院子中央。犹太人没有戴帽子，他把它挟在腋下，两脚并不插在马蹬上，却插在马蹬的革条上面，他那撕破掉了的衣服悬挂在马蹬的各处。他一看见契尔特普—汗诺夫，就咂着嘴唇，动着手肘。但是契尔特普-汗诺夫不但不回应他的敬意，还生气了，全身忽然发起火来：这种下等人竟敢骑着这样的好马。简直太没礼貌了！

“喂，你这个黑鬼！”他嚷着，“赶紧爬下来，要是不愿意，我就把你扔到烂泥里去！”

犹太人立刻服从了，布袋似的从马鞍上倒下来，一手执着缰绳，微笑着，而且鞠着躬，走到契尔特普-汗诺夫面前去。

“你有什么事情？”契尔特普-汗诺夫骄傲地问着。

“大人，请看这匹马如何？”犹太人说着，不住地鞠躬。

“唔，不错，好马。你从哪里搞到这匹马？偷来的么？”

“大人，怎么可能呢！我是正直的犹太人，我不是偷来的，是为大人您买来的！别提我多么竭力，竭力了！你看这个马呀！这样的马全顿河都找不到。您看，大人，这匹马多好呀！请吧，到这里来！”说完，他对马喊道，“转过来！站在旁边！我们把马鞍去掉了，怎么样，大人？”

“好马呀，”契尔特普-汗诺夫说，带着那种假装的冷淡态度，但是他的心却在胸里砰砰乱跳起来了。他酷爱顿河的马种，知道内中的情形。

“您摸它一下！在这个地方摸一下，对，对，对！这就对了。”

契尔特普-汗诺夫仿佛不情愿似的把手放在马头上面，打了它两下，然后用手指从肩毛摸到背上，一直到腰子上，就按猎人的规矩，微微地压那个地方。那匹马立刻弯着背脊，用一只傲慢的黑眼，斜眼看了契尔特普-汗诺夫一下，嘶叫了一声，移动着前腿。

犹太人笑了，轻轻地拍着手掌。“认识主人了，大人，认识主人了！”

“唔，不要说谎，”契尔特普-汗诺夫不高兴地打断他，“我要买你那匹马，但是没有钱，至于礼物呢，别说从是犹太人那里，就是从上帝那里的，我也是不收的！”

“我怎么敢送给您什么东西呢！”犹太人喊起来，“大人，您买了吧。至于钱呢，我等着！”

契尔特普-汗诺夫悄悄想了一下。

“你要多少钱？”他从牙缝里说出这句话。

犹太人耸了耸肩膀。

“就是我为此花去的那个数目，两百卢布。”

这匹马要值两倍，也许要比这个数目多三倍。

契尔特普-汗诺夫转身走到一旁，兴奋地打了一个哈欠。

“但是什么时候付钱呢？”他问着，还勉强皱着眉毛，并不望着犹太人。

“大人什么时候方便就什么时候付。”

契尔特普-汗诺夫把脑袋往后一仰，却并不抬起眼睛。“这个不是回答，老实说吧，伊罗德的民族！我问你借呢，怎么样？”

“唔，我们就这么说，”犹太人赶紧说，“六个月吧，您觉得怎么样？”

契尔特普-汗诺夫并不回答。

犹太人竭力望着他的眼睛。“怎么样？可以放到马厩里去么？”

“马鞍子我不用，”契尔特普-汗诺夫果断地说着，“把马鞍拿走，听见没有？”

“自然，自然，我拿走，我拿走，”高兴的犹太人喃喃说起来，把马鞍背在自己肩上。

“至于钱呢，”契尔特普-汗诺夫说。“过六个月，不是二百，是二百五十。听着！二百五十，对你说了！算我的。”

契尔特普-汗诺夫总不敢抬起眼睛来，他的骄傲从来没有这样受过伤害。他想：“这个鬼大概是因为感谢才把礼物送来的！”他又要抱住这个犹太人，要打他。

“大人，”犹太人鼓着勇气，微微笑着，开始说起来了。“按照俄国习惯，必须手碰手地交易。”

“你还想干什么？一个犹太人，还想按俄国的习惯！喂！谁在那里。把马儿牵去，送到马厩里去，给它吃点小麦，我一会儿自己去看。给它起个名字——马利克-阿得尔！”

契尔特普-汗诺夫走到台阶上去，但是靴跟一转，又跑到犹太人那里，紧紧拉住他的手。犹太人鞠着躬，想亲他的手，但是契尔特普-汗诺夫一下跳回去，轻声说一句："对谁也不要说！"便隐到门后去了。

五

自从那天起，马利克-阿得尔就成为契尔特普-汗诺夫的生活重心了。他爱它和爱玛莎不相上下，亲近着它，比亲近尼多普士金还厉害。那是一匹怎样的马？火，简直是火，简直是火药，那种沉静的模样，正和贵族一般！不会疲倦，有耐心，无论叫它往哪里去，总是顺从的。喂它也不必用多少东西，即使没有什么饲料，也可以吞食地上的草或其他东西。它大步走着的时候，仿佛摇着手似的；细步走的时候，仿佛在波浪里起伏一般；一跳起来，风都赶不上它呢！它从没有气喘，呼吸完全没有问题。腿是钢的，当它跳过壕沟或篱笆的时候，不会绊倒在地上。简直是太聪明了！听着声音就仰起脑袋跑了；吩咐它站住了，自己从它身边走开，它就一动也不动；只要你一回来，它就嘶吼着，仿佛说："我是这里呢。"它的胆子很大：在黑暗的时候，能在风雪中找到路；不让陌生人近身，它会咬着牙齿！连狗也走不到它身边去：一下子就用前腿打在狗的额上，它就是这个样子。这匹马还有自尊心，从未挨过打，主人最多用鞭子在它头上摇一摇，摆摆样子。它是宝贝，并不是马！

契尔特普-汗诺夫着手给自己的马利克-阿得尔装扮起来，这个话要从哪里说起呢！他真是十分宠爱它的，它的毛洗得变成银色——不是旧的银色，却是新的银色，还带着黑的光泽，用手掌去摸，简直是天鹅绒！马鞍呀，笼头呀，这些马具都弄得又整齐又干净，像一幅画！契尔特普 - 汗诺夫亲手给“情人”梳着肩毛，鬃毛和尾巴都用啤酒洗，连蹄子也屡次用胶油涂抹呢。

有时他骑着马利克 - 阿得尔出去，并不到邻人那里去——他依旧不同他们来往，却穿过他们的田地和庄园，远远的自己溜着！要是听见在什么地方出现了行猎——富田主动身到猎场里去，他就立刻往那里去，远远的驰骋着，使所有的观客惊奇自己那匹马的美丽和速度，却无论什么人都不许近他身边。有一次，一个猎人甚至同自己的随从一块儿去追他，看见契尔特普 - 汗诺夫走开，就用尽全力对他喊道：“喂，你呀！听着！你的马要多少价钱，你随便开价！一千块钱我也不可惜！把妻子，孩子们都交出来！把最后的财产取去了吧！”

契尔特普 - 汗诺夫忽然勒住马利克 - 阿得尔，猎人飞似的跑到他面前。他嚷着:“先生，你说，你要什么? 可爱的先生！”

“你即使是国王，”契尔特普 - 汗诺夫慢吞吞地说（他生来还没有听见过莎士比亚呢），“把你的整个王国全都交给我，来换我的马，我都不要呢！”说完，就哈哈大笑起来，把马利克 - 阿得尔勒起腿来，立着后腿，让它在空气里转了一下，仿佛陀螺一般，就动身走了！像闪电似的在草场上闪耀着。那个猎人（听说还是有钱的侯爵）把帽子丢在地上，脸倒在帽子里去了！就这样一直躺了半个小时。

契尔特普 - 汗诺夫怎么会不尊重自己的马呢? 他能重新在所有他的邻人面前显摆，最后的显摆，不就因为它的恩惠么?

六

时间一天天过去，付款的期限近了，可是契尔特普 - 汗诺夫不但没有二百五十卢布，连五十卢布都没有。怎么办呢，有什么办法呢？“怎么样呢？”他最后决定了，“如果犹太人不留情面，不愿意再等，我就把房屋和田地都交给他，自己骑着马往远处走！哪怕饿死呢，马利克—阿得尔是不给的！”他很着急，还愁思了半天，但是命运第一次，也是最后一次怜惜了他，向他微笑起来：有一个远房的婶母——契尔特普—汗诺夫连名字都不知道呢，在遗嘱上留给他一笔他眼中的巨款，整整两千块卢布。他收到那笔钱正在恰当的时候：犹太人要来的前一天。契尔特普 - 汗诺夫高兴得几乎发疯，也不想喝烧酒了——自从马利克 - 阿得尔到他手里以来，他一滴酒都不进口。他跑进马厩去，吻着马鼻孔上面一带的地方，就是马身上最柔和的一块地方。“我们现在已经不会离别了！”他一面嚷着，一面击着马利克 - 阿得尔的头颈，梳光的鬃毛底下。回家后，他数好了二百五十卢布，用信封封好了。以后就躺着，抽着烟幻想起来，想着怎样用其余的钱：他要买真正的克司绰玛猎犬，而且是红腿的。他还同泼费士伽谈了一会儿，答应给他做一件带着黄纽扣的哥萨克外套，然后便带着极高兴的心绪安睡了。

他做了一个不好的梦：他出去行猎，并不骑着马利克 - 阿得尔去，却骑在一只仿佛骆驼似的奇兽身上，一只白如雪的狐狸迎着他跑来。他打算挥鞭，打算呼唤狗去捕那只狐狸，但是手里执着的不是鞭子，却是菩提树皮制的线，那只狐狸跑到他面前，用舌头骂他。他从自己的骆驼上跳下来，摔了一跤，一直堕在警察的手里，那个警察叫他到总督那里，一看总督就是亚夫。

契尔特普 - 汗诺夫醒了。房屋里还很黑，第二次的鸡啼刚才叫过。

在远远的什么地方，马嘶叫起来了。

契尔特普 - 汗诺夫抬起头来，又听见一次微细又微细的嘶声。

“这是马利克 - 阿得尔在那里嘶叫呢！”他想起来，“这是它的嘶声！但是为什么这么远呢？我的上帝呀，不能够吧……”

契尔特普 - 汗诺夫忽然全身发冷，一下从床上跳起来，摸索着寻找衣服和靴子，穿好了，便从枕头旁边取了马厩的钥匙，跑到院子里去了。

七

马厩在院子的尽头，一处墙朝着田地。契尔特普 - 汗诺夫并没有一下子把钥匙插进洞里，他的手哆嗦了，也不立刻转着钥匙。他站在那里，动也不动，屏着呼吸，里面一点声音也没有。“马利克！马利克！”他轻声喊着：死的沉寂，契尔特普 - 汗诺夫不自觉地转着钥匙，门孔一响，便开了，也许没有锁着呢。他跨过门槛，又喊着自己的马，这一次却用全名——马利克 - 阿得尔了！但是忠实的同伴并不回应，只有老鼠在干草上沙沙作声。契尔特普 - 汗诺夫奔到马利克 - 阿得尔所住的三个马槽中的一个去。他一直走进马槽，四周一片黑暗，竟是空的！契尔特普 - 汗诺夫的头晕了，仿佛有一个铃在他脑骨底下响着，他打算说什么话，但是口吃着，他的手上下挥舞着，膝盖有点弯了，从一个马槽奔到第二个，又奔到第三个差不多堆满干草的马槽里去，撞在这边墙上，那边墙上，倒地了，头摔在地上，又忽然爬起身来，从半掩的门那里跑到院里。

“被偷掉了！泼费士伽！泼费士伽！被偷掉了！”他怒吼起来。

哥萨克人泼费士伽穿着一件衬衫，旋风似的从睡着的那间杂货房里飞奔出来。

两个人——主人和他唯一的仆人仿佛醉鬼似的在院中撞来撞去，又仿佛发疯似的互相在一块儿乱转着。主人不讲出这是怎么回事，仆人就无从明白他要些什么。“糟了！糟了！”契尔特普-汗诺夫喃喃地说起来。“糟了！糟了！”哥萨克人跟着重复起来。“灯呀！点灯呀！火呀！火呀！”最后才从契尔特普-汗诺夫将死的胸脯里吐出这些话来。泼费士伽跑到屋里去了。

但是点灯，取火是不容易的事情：黄磷的火柴在当时的俄国是稀有之物，厨房最后的煤早就灭尽了，火种和火石不能立刻找到，并且很不容易使用。契尔特普-汗诺夫咬着牙齿从忙乱的泼费士伽手里抢来火种、火石，自己划起火来，火星散得到处都是，更多的是咒骂和呻吟。虽然有四片腮帮子和两片嘴唇的努力，火不是不着，便是灭了！最后过了五分钟，破灯笼里的一段蜡头点着了，契尔特普-汗诺夫同泼费士伽两个人闯进马厩里，高举着灯笼，望了一下。

完全是空的！

他把院里各处都跑遍了，什么地方都没有那匹马！围绕着潘特雷·埃利耶契院落的篱笆早就旧了，许多地方都坏了，并且斜在地上。同马厩并排的那段篱笆完全坏了，宽处有一尺长。

泼费士伽给契尔特普 - 汗诺夫指出这个地方来。

“老爷！你看这里，白天还不是这个样子呢。那边还有车辙印呢，一定有人踏过这个地方。”

契尔特普 - 汗诺夫带着灯笼跳过去，照着地上。

“马蹄，马蹄，马蹄的痕迹，新鲜的痕迹！”他喃喃地说。“是在这里把它带去的，在这里，在这里！”

他赶紧越过篱笆，一边喊着：“马利克 - 阿得尔！马利克 - 阿得尔！”一边跑到田地里去了。

泼费士伽很疑惑地站立在篱笆旁边。灯光的明亮光圈儿一会儿就在他的眼睛里隐灭了，被无星无月之夜的黑暗吞没了。

契尔特普 - 汗诺夫失望的喊声渐渐儿微弱了，微弱了。

八

他回家的时候，朝霞已经升上来了。他失了人形，污泥把衣裳完全盖满，脸上带着粗野而恐怖的神情，眼神又阴郁又迟钝。他用一种枯哑的微语把泼费士伽赶走了，把自己关在屋内，他累得两腿无力，但是他并不躺到床上去，却坐在门旁的椅子上，捧着脑袋。

“偷掉了！偷掉了！”

那个贼怎么聪明得竟会把马利克 - 阿得尔在晚上从关锁着的马厩里偷去呢？马利克 - 阿得尔白天都不许他人近自己的身，怎么会无声无响地把它偷走呢？并且竟没有一只看院狗发吠，这是什么情况呢？虽然一共只有两只狗看院，那两只年轻的小狗都因为饥寒钻到垃圾桶里去了，不过总是讲不通！

“现在我没有了马利克 - 阿得尔，叫我怎么办呢？”契尔特普-汗诺夫寻思，“最后的喜悦现在丧失了，到了死的时候了。买别的马，钱儿从哪里来呢？并且到哪里去找这样的马呢？”

“潘特雷·埃利耶契！潘特雷·埃利耶契！”胆怯的声音在门外响起。

潘特雷·埃利耶契一下子跳起来了。

“谁？”他用不像自己的声音喊着。

“是我，你的哥萨克人，泼费士伽。”

“你有什么事？找到马了？自己回家了么？”

“不是，潘特雷·埃利耶契，是那个卖马的犹太人。”

“唔”

“他来了。”

“哈——哈——哈——哈——哈！”——契尔特普-汗诺夫大嚷起来，一下子把门打开，“拖他到这里来，拖他来，拖他来。”

这个犹太人本来站在泼费士伽背后，看见自己的“恩人”陡然露出愤怒而撒野的面目，便打算走开。但是契尔特普-汗诺夫跳了两跳，追到了他，仿佛老虎似的掐住他的喉管。

“啊！来取钱么？来取钱么？”他发喘着说起来，仿佛不是掐犹太人，却是掐自己似的，“晚上偷去了，白天来取钱么？啊？啊？”

“等下，大人，”犹太人呻吟起来。

“你说，我的马在哪里？你把他弄到哪里去啦？给谁了？你说，说，说！”

犹太人已经不能呻吟了，在他发蓝的脸上没有了恐惧的神情。手儿垂下去了，他的全身被契尔特普-汗诺夫愤怒地摇着，前后摇晃起来，仿佛芦草一样。

“钱我都给你，我完全还给你，还到最末的一戈比，”契尔特普—汗诺夫喊起来了，“不过我要掐死你，仿佛掐死最后的小鸡一般，如果你不告诉我……”

“老爷，你快掐死他了，”哥萨克人泼费士伽小声地说。

契尔特普-汗诺夫这才醒过来。

他把犹太人的脖子放开了，那个犹太人跌在地板上。契尔特普-汗诺夫把他扶起来，放在凳子上面，往喉咙里给灌下一杯烧酒，使他回过气来。等他一清醒，他就同他谈起话来，才晓得犹太人对马利克-阿得尔的事情并不知道什么。并且那匹马是他自己为“敬爱的潘特雷·埃利耶契’买的，自己为什么要把它偷去呢?

契尔特普-汗诺夫将他带到马厩去。

他们巡视了马槽，门栓，翻乱了干草和柴堆，然后才走到院子里。契尔特普-汗诺夫把篱笆旁边的痕迹指给犹太人看，忽然击着自己的腿。

“等下！”他喊起来，“你在什么地方买的马？”

“在玛洛尔强果县的凡尔胡森斯基市场上，”犹太人回答道。

“在谁那里买的？”

“一个哥萨克人那里。”

“等下！这个哥萨克人是年纪轻的，还是老的？”

“中年的，严肃的人。”

“这个人怎样？模样如何？是狡猾的骗子么？”

“也许是骗子，大人。”

“还有，他怎么对你说，这个骗子，他早就有这匹马么？”

“记得他说，有了许久了。”

“唔，那么没有人会偷，除非是他啦！你想，听着，站到这里来。你叫什么名字？”

犹太人哆嗦了一下，一双黑眼睛望着契尔特普-汗诺夫。

“我叫什么名字么？”

“唔，是的，你的名字是什么？”

“莫塞尔·里巴。”

“唔，你想，里巴，我的好朋友，你是聪明人，除了老主人以外，马利克-阿得尔怎么会让人近身呢！他还给它安上鞍子、马辔，并且还把马衣都脱掉了，那不是在草上放着么！简直仿佛在家里布置似的！因为要是别人，不是主人，马利克-阿得尔不把他在脚下踏死才怪呢！一定会引起很大的声音，把全村都要骚乱了呢！你认为我的意思对不对？”

“对的，对的，大人。”

“唔，这样说，应该先找到这个哥萨克人！”

“怎么把他找到呢，大人？我一共才见过他一次，现在他在什么地方，他的名字叫什么？唉，糟糕，糟糕！”犹太人说时，很忧愁地摇动颈间垂着的头发。

“里巴！”契尔特普-汗诺夫忽然嚷着，“里巴，你仔细看我！我已经丧失了判断力，我自己不是自己了！如果你不帮助我，我便要自杀呢！”

“我怎么……”

“同我一块儿去，寻找那个贼！”

“我们去哪呢？”

“顺着市场，顺着大道，小道，顺着马贩市场，乡村和农舍，各处都去，各处都去！关于钱的问题，你不要担心，兄弟，我得了一笔遗产呢！撒完最后的戈比，也要找到自己的密友！哥萨克人，我们的恶人，别想离开我们呀！他往哪里去，我们就跟到那里！他在地下，我们也到地下去！他到魔鬼那里，我们就到撒旦那里去！”

“唔，为什么到撒旦那里去？”犹太人说，“没有他也成呀。”

“里巴！”契尔特普-汗诺夫说，“里巴！你虽然是犹太人，守着邪教，但是你的心灵比有些基督教徒的好得多呢！你可怜可怜我吧！我一个人去没有用处，我一个人不会做成这件事情。我是激烈的人，但是你是个金脑袋！你们的种族就是这样的，什么事情不用学习就能达到目的！你也许要疑惑：他哪里来的钱呢？到我屋里去，我把钱给你看。把那些钱拿去吧，颈上的十字架拿去吧，只是把马利克-阿得尔交给我，交给我，交给我！”

契尔特普-汗诺夫哆嗦得仿佛中了疟病一般，汗在他脸上如雨流下来，和眼泪一搅，在他的胡须里消失了。他握住里巴的手，他哀求着，几乎要和他亲吻，心神颠倒了。犹太人托辞说他也不能分身，说他有事情。怎么办呢？契尔特普-汗诺夫连听也不愿意听。没有法子，可怜的里巴只得答应了。

第二天，契尔特普-汗诺夫随着里巴坐着农车从贝资索诺佛村动身出去，犹太人显出很不安的神情，一手持着车椽，身体在摇动的坐位上颤着，他把另一只手握在怀前，里面放着一包钞票，用报纸包着。契尔特普-汗诺夫坐在那里仿佛木偶一般，只用眼睛四周转着，深深地呼吸着，腰际凸出一把尖刀。

“唔，万恶的人，现在留神着吧！”他走出大道时喃喃说着。

他把自己的房屋交给哥萨克人泼费士伽和厨妇两个人管

理，厨妇是一个又聋又老的妇人，因为慈悲的心肠，他才收留她。

“我要骑在马利克-阿得尔身上回来见你们呀！”临别时他向他们喊叫，“或者不回来啦！”

“你还是嫁给我吧！”泼费士伽用手肘向厨妇肋里一推，开起玩笑，“我们不会等着老爷了，我在这里烦死了！”

九

过了一年，整整一年，潘特雷·埃利耶契一点消息也没有。厨妇死了，泼费士伽已经预备弃去房屋，前往城里去，因为有一个堂兄弟在理发师那里充当工头，要叫他到那里去。忽然传出一个消息——老爷要回来了！教堂执事收到了潘特雷·埃利耶契亲笔写的一封信，通知他自己要到贝资索诺佛村了，请他告诉仆役，预备迎接。泼费士伽这样理解这句话，就是必须擦掉灰尘，但是对于这个消息的真假，他非常怀疑。过了几天，潘特雷·埃利耶契骑在马利克-阿得尔身上，出现在院子里，泼费士伽这才相信教堂执事说的是真话。

泼费士伽跑到老爷面前，支持着马蹬，打算帮他下马，但是主人自己跳下来了，向四周投去得意的眼光，大声嚷着：“我找到马利克-阿得尔了！跟仇敌和自己的命运拼了一下，果真把它找到了！”泼费士伽走到他面前要拉手，但是契尔特普-汗诺夫并没在意自己仆人的热心。他用缰绳把马利克-阿得尔拉在后面，大步走到马厩里去了。泼费士伽很谨慎地望着自己的老爷，胆怯起来：“喔，一年工夫，他怎么又瘦又老了，脸容也阴郁起来了！”大概潘特雷·埃利耶契该高兴找到了自己的马，他也实在是高兴的。但是泼费士伽总是胆怯着，并且他也开始发愁。契尔特普-汗诺夫把那匹马放在原来的马槽里，轻轻儿敲着它的臀部，说道：“唔，你现在又到家了！看着吧！”就在那天，他在无税的农奴里雇了一个靠得住的看守人，又住在自己屋里，照旧过活着。

但是并不完全照旧，关于这件事情以后再说。

潘特雷·埃利耶契回家后第二天，把泼费士伽叫了来，因为没有别的能说话的人，所以给他讲起，他怎么能够找到马利克-阿得尔的事情。说话时自然保持着一贯的尊严和低音。在谈话的时候，契尔特普—汗诺夫脸朝窗坐着，用长烟管抽着烟；泼费士伽却站在门槛上面，背叉着手，很恭敬地望着主人的后脑勺，听起那篇小说来。原来，潘特雷·埃利耶契在许多枉然的试验和侦察以后，最后走到了罗姆扬市场去，是一个人去的，没有犹太人里巴跟着，因为他的性格太软弱，吃不了苦，便逃走了。到了第五天，潘特雷·埃利耶契已经预备走了，他最后一次在车辆的行列中走着，忽然在三匹马中间看见了系在辕上的一匹马——看见了马利克-阿得尔了！他立刻就认出它，马利克-阿得尔也立刻认出了他，开始吼着，挣脱着，并且用蹄子掘地。“它并不在哥萨克人那里，”契尔特普-汗诺夫继续说着，却并不回过头来，还用那种沉重的声音，“却在吉卜赛人那里，我当时就跑到自己的马那里，用强力把它夺回来。但是那个吉卜赛人在广场上大叫起来，仿佛烫伤了似的，还发誓说这匹马是从别的吉卜赛人那里买来的，并且可以找出证人来。我唾了一下，付给他钱，去他的吧！我最要紧而且贵重的，就是我找到了自己的朋友，取得了灵魂上的平安。我在卡拉且夫斯基县的时候，按着犹太人里巴的描述，抓住一个哥萨克人，我认他为贼，把他从上到下地打了一遍，那个哥萨克人是牧师的儿子，最终，我赔偿了一百二十卢布。但是钱可以赚，最要紧的是马利克－阿得尔又在我这里了！我现在很幸福，将要安宁地享乐了。对于你，泼费士伽，有一个任务：你只要在村落附近一看见那个哥萨克人，一句话也不要说，跑过来，给我把枪拿来，我就知道要怎么办啦！”

潘特雷·埃利耶契对泼费士伽这样说着，他的嘴这样说着，但是他的心里并不安宁，并不和他嘴里所说的一般。

唉！他在自己心灵深处，并不完全相信他带回来的那匹马是马利克－阿得尔！

十

到了潘特雷·埃利耶契困难的时候了，他实在很少能够安安宁宁地享乐。自然过了些快乐的日子：他觉得自己所生的疑惑是无用的心思，便把不好的思想赶走，仿佛赶走黏人的苍蝇一般，并且还自己笑着自己。但是也有不好过的日子：烦人的念头重新开始剥削他的心，仿佛地板下的老鼠一般，他就又受起苦来。在他找到马利克－阿得尔那个值得纪念的日子里，契尔特普－汗诺夫感到的只是一种安宁的快乐。但是第二天早晨，当他在小旅馆低矮的房檐下给自己的宝贝套鞍的时候，初次感到心里仿佛有刺似的。他只是摇着脑袋，但是种子已经撒上了。在回家的路上（这段路程整整走了一星期），他的疑惑越来越重。等到回到自己的贝资索诺佛村里，刚走到以前马利克－阿得尔所住的地方，这样的疑惑更加剧烈并且明显了。在路上他骑着马，大半一步步走着，摇荡着向四处望着，用短烟管儿抽着烟，什么都不想，只是偶尔会想：“契尔特普－汗诺夫有什么愿望，总是可以达到目的的呀！”便微笑起来。但是回到家后，情形就不同了。自然所有这些都是他自己在那里想，出于自尊心，他不能表示出内心的恐慌。不管是谁，哪怕只是远远的说一句，新的马利克－阿得尔大概不是从前的那个，他就会把那个人切成两段了。他从必须同他接触的少数人那里受着“安然取到宝马”的贺词，但是他并不去找这些贺词，他比以前更避免和人们接触——这真是恶兆！他差不多时常考验马利克－阿得尔，他骑着那匹马，一直跑到远处的田地里去试验它；或者蹑足走到马厩里，把门锁上，站在马头前面，望着它的眼睛，微声地问：“你是什么？是你么？是你么？”再不然就静默地看着，十分谨慎，还看好几个小时，有时喜悦着，喃喃地说：“是的！它呀！自然是它！”有时就疑惑着，还不安起来。

这个马利克－阿得尔和那个马利克－阿得尔在体质上没有太大的差异，但在其他方面还是有点不同。新的马利克－阿得尔的尾巴和鬃毛仿佛很稀，耳朵尖些，距骨短些，眼睛发亮些——但是这些可能都是心理作用。真正使契尔特普－汗诺夫不安的是脾气、性格上的不同。譬如说：那匹马利克－阿得尔老是顾望着，只要契尔特普－汗诺夫一走进马厩，就轻轻嘶吼着；但是这匹马却仿佛没看见主人似的，或者嚼着干草，或者低着头打盹。跳下马鞍的时候，两匹马都不动身体，但是那匹马，只要一叫它，立刻闻声走过来，这匹马却继续站着，仿佛愚人一般。那匹马跳跃得很快，而且跳得又高又远，但这匹马走着细步，又晃着身体，有时前后腿还会撞到一起，那匹马是不会这样出丑的！契尔特普－汗诺夫又想，这匹马老是抬着耳朵，这样很傻的，那匹马却不然：一只耳朵往后拖着，就这样持着，观察着主人！那匹马只要一看见旁边不干净，就立刻用后腿推到马槽的墙边；至于这匹马，哪怕在它肚皮上倒粪都不在意。那匹马，如果把它放在迎风地方，会立刻用全肺呼吸着，抖着身子，可是这匹马只会嘶叫着。那匹马遇见下雨，总觉得不安，这匹马却不管这一套……这匹马真傻呀，傻呀！有什么办法呢！那匹真是好马，这匹却……

以上就是契尔特普-汗诺夫有时所想的，这些想法使他生出忧愁。有时候，他放自己的马在刚耕完的田地上用力跳跃，或者让它跳到谷地里，然后急速地跳出来，当时他心花怒放，大声的赞叹从嘴里脱出来，他就知道，一定知道，他骑着的是真正无疑的马利克-阿得尔，因为哪匹马能够像这匹马那样做呢？

但是即使这样，有时还会发生不幸，马利克-阿得尔长时间寻找使契尔特普-汗诺夫费去不少钱。他已经不去想克司绰玛的狗了，总是骑着马在四郊独自乱跑。在一个早晨，契尔特普-汗诺夫在离贝资索诺佛村五俄里路的地方，遇到了一年半前他曾经耀武扬威过的那个侯爵的猎队。而且，好像一切都是安排好的，跟当年的情景一样：野兔在斜坡地里出没，并且在狗前跳跃着，全部的猎队急速追着，契尔特普-汗诺夫也跟着跑过去，不过并不同猎队一起，离着有一百步远。也和那时候一样，山坡上有很大的水塘，慢慢地升高着，渐渐狭窄起来，拦住契尔特普-汗诺夫的道路。在他必须跳跃过的地方——其实一年半前曾经跳过的，有八步路宽，两丈深。在得意的想象中，契尔特普-汗诺夫哈哈笑着，把鞭子抽得响亮。那些猎人跳跃着，目不转睛地盯着他。他的马飞得似箭般快，那个泥水塘已经近在眼前了，唔，唔，跳吧．就像当时一样！但是马利克-阿得尔突然往左边转过去，顺着断崖跳去，无论契尔特普-

汗诺夫怎样把它的脑袋往一边拉去，拉到泥水塘里去。它胆怯了，自己没有把握！

契尔特普-汗诺夫全身炽烧着羞气和怒气，几乎要哭出来。他放松缰绳，把马儿一直往前面山上赶去，远离那些猎人，为的是听不见他们怎样嘲笑他，赶紧避开他们可恶的眼睛！

马利克-阿得尔全身是汗，带着满身的伤痕，跑回家去了，契尔特普-汗诺夫立刻把自己锁在屋里。

“不，这个不是它，这个不是我的朋友！那个就是把头颈折断了，也不会看我这样丢脸的！”

十一

最后一件不幸的事降临到契尔特普-汗诺夫头上。有一天，他骑在马利克-阿得尔身上，在神父所住村庄的后院里驰骋着，那个村庄围绕着教堂，贝资索诺佛村就归入他的教区里。他把高皮帽子拉到眼睛上面，伛着身子，两手垂在马鞍的弓上，慢慢往前走着。他的心情非常糟糕，忽然听见有人喊他。

他把马停住了，抬起脑袋，看见了自己的通信员，那个教堂执事。他在编成辫儿的栗色头发上面戴着栗色的三角帽，穿着微黄的红布袄，蓝色的带子束得比腰还低，正出来闲走，一看见潘特雷·埃利耶契，便想上去对他表示一下敬意，并且也向他请求些东西——如果没有这个目的，教士大概是不同世人讲话的。

但是契尔特普-汗诺夫并不大理那个教堂执事，他勉强回应他的鞠躬，喃喃地在牙缝里说出几句话，便要挥鞭了。

“您那匹马真好呀！”教堂执事赶紧说，“一点假话都没有，您真是绝顶聪明的人，简直和狮子一样。”教堂执事以能言善辩著称，这使神父非常愤怒，因为他在言语上没有天赋，就是烧酒也不能解放他的舌头。“有恶人诽谤您，说您丢了马之后，一点不忧愁，抱着更大的希望，找到了一匹别的马，并不比那匹坏，甚至还比那匹好呢。所以……”

“你胡说什么？”契尔特普-汗诺夫生气地打断他的话，“什么是别的马？那就是这匹马，那就是马利克-阿得尔。我把它找到了，胡说瞎话……”

“唉！唉！唉！唉！”他懒懒地说着，用手摸着胡子，用明亮而且贪欲的眼睛望着契尔特普-汗诺夫。“先生，这是怎么啦？你的马在去年圣母节前的两星期不是被偷了么？现在已是十一月了。”

“唔，那又如何？”

教堂执事依旧用手摸着胡子，“那就是说，从那时到现在已经过了一年多了，但是你的马是灰色带着圆斑点的，现在也是这样，并且仿佛有点发黑了，这是怎么了？在一年里，灰色马只会变白一些呢。”

契尔特普-汗诺夫哆嗦了一下，仿佛有人用猪枪打中他的心似的。果真灰色毛是会变的呀！怎么他至今都没想到这么简单的常识呢？

“可恶的东西！滚开！”他忽然大吼起来，疯人般地瞪着眼睛，一刹那间，在教堂执事惊疑的表情中隐去了。

唔！一切都完了！

当一切都完了，一切都拆穿的时候，最后的一张牌也打输了！因为一个“变白”，一下子什么东西都完了！

灰色的马会变白的！

跑啊，跑啊，可恶的东西！这句话总不能跑掉啊！

契尔特普-汗诺夫跑回家去，又把自己锁到屋里去了。

十二

这只无用的驽马并非马利克-阿得尔，它同马利克-阿得尔没有一点相像的地方，这是任何人都可以一下子看出来的，潘特雷·契尔特普—汗诺夫很可笑地被骗了。不！他是有意自欺欺人，故意欺骗自己的眼睛——他现在对这些已经毫无疑惑了！

契尔特普-汗诺夫在屋内来回走着，走到墙角，就用同一种姿势转过身子，仿佛笼子里的野兽一般。他的自尊心很痛苦，而且心中充满绝望和愤怒，复仇的念头燃烧起来了。不过对谁呢？向谁复仇呢？向犹太人、亚夫、玛莎、教堂执事、哥萨克贼、一切邻人、整个世界和自己么？他的理智被扰乱了。最后的牌打输了（他很喜欢这样的比喻）！他又成为人间最卑贱，最受轻视的人，一个平凡的笑柄，一个微不足道的小丑，一个任人打杀的愚人，一个嘲笑的对象——尤其是对于教堂执事！他设想那个可恶的教堂执事一定会讲起灰色的马，愚蠢的田主。喔，可恶呀！契尔特普-汗诺夫竭力要去压住怒气，试着使自己相信这匹马虽然不是马利克—阿得尔，却总是好的，也可以服侍他许多年，但一切都是徒然的，他很快就把这些念头推开，仿佛那是对那个马利克一阿得尔的一种新耻辱，并且在那匹马面前，他早就觉得愧疚。还有呢！这样的驽马，他竟仿佛瞎子和傻子似的，拿来和马利克-阿得尔相比！至于服侍一层，这样的驽马怎么能够伺候他呢？难道他值得骑着它么？一点也不会！永远不会！把它交给鞑靼人，交给狗做食料，别的它就不值得了。是的！这样最好了！

契尔特普 - 汗诺夫在屋内踱了两个多小时。

“泼费士伽！”他忽然下起命令来。“立刻到酒馆去，取半桶伏特加来！听见了没有？半桶，快一点！把伏特加立刻就给我放在桌上。”

没多久，伏特加就出现在潘特雷·埃利耶契的桌上，他开始喝起酒来。

十三

要是在那时候有人看到契尔特普 - 汗诺夫，有人亲眼看见他一杯杯喝伏特加时那种阴沉的模样，就会感到一种没由来的恐怖。深夜到了，蜡烛在桌上黯淡地发着光。契尔特普 - 汗诺夫停下了来回的踱步，他坐在那里，脸都红了，一双受扰乱的眼睛一会儿垂到地板上，一会儿很固执地瞪着黑暗的窗。他站起来，斟了酒，喝干了，又坐下去，又把眼睛聚在一点上面，并不动身，不过他的呼吸紧促起来，脸更加红了。他心里好像有一种使他不安的决定成熟了，一个念头一步步走近，一个形象在他面前描画得越来越近，在燃烧的压力中，他心中的恼怒已经变成为残忍的念头，嘴边浮现出报复的微笑。

“唔，到时候了！”他用一种匆忙而且冷淡的声音说着，“可以动手了！”

他喝干了最后一杯烧酒，在床上取出一把手枪——就是那把射击玛莎的手枪，装了子弹，又在口袋里放了几个弹夹，便走到马厩里去了。

他开门的时候，看守人跑到他那里去，但是他向他喊着："这是我！还没有看见么？去吧！"看守人倒退了几步。"去睡吧！"契尔特普 - 汗诺夫又喊他，"你不必在这里守着！又不是什么宝物！"他走进马厩里。马利克 - 阿得尔……假的马利克 - 阿得尔躺在干草上面。契尔特普 - 汗诺夫用腿踹了它一下，说着："起来，畜生！"然后就把它的头络卸掉了，把马衣扔在地上，还把驯顺的马在马厩里粗鲁地转了一下，牵他到院子里去，又从院子到田地里，使那个看守人万分惊奇，因为他总也不能够明白，主人深夜带着没有鞍子的马要往何处去？但他不敢问，只是目送着他，直到他隐没在邻近森林的转弯处为止。

十四

契尔特普 - 汗诺夫大踏步地走着，既不停顿，也不回望。马利克 - 阿得尔（我们还是称它这个名字吧）很顺从地跟在他后面走着。夜色十分明亮，契尔特普 - 汗诺夫可以分辨出前面深黑树林牙齿般错乱的形状。如果不是被脑中的念头所醉，这样的夜风一定能把伏特加的醉意吹走，让他清醒一点。他的头沉重起来，血倾斜地击着喉咙和耳朵，但是他走得很坚决，并且知道往哪里去。

他决定杀死马利克 - 阿得尔，他整天都在想着这件事情。现在他决定了！

他下手做这件事情，不但非常安然，而且带着自信和坚决的心情，仿佛是在履行义务一般。这在他看来是很平常的，他消灭了假的东西，一下子跟"所有人"都算清了，惩罚了自己的愚傻，在真正的马利克一阿得尔面前也可以说得过去，还能给全世界证明（契尔特普 - 汗诺夫很关心全世界）同他闹玩笑是不成的。至于最要紧的一层：他要同着假名的东西同归于尽，因为他还为什么要活着呢？这一切念头都在他脑子里存积着，为何他觉得十分平常——实在很不容易解释。但不是不能解释的：他受了侮辱，十分寂寞，没有人接近他，没有钱，在伏特加的影响下，他处在神经错乱的边缘。但是在神经错乱的人的眼中，疯狂的举止行动是存在逻辑的，是有一定道理的。契尔特普 - 汗诺夫深信自己的逻辑，他并不摇动自己的想法，他忙着要执行对于罪人的判决，却并不好好分析到底是谁的错。老实说，他很少想到将要做的事情。“应该，应该了结了。”这就是他始终相信的，“应该了结呀！”

但是那个无罪的罪人迈着驯顺的细步，跟在他后面，胆怯起来了。不过，契尔特普 - 汗诺夫并没有怜惜之心。

十五

离他带马去的林子不远的地方，蜿蜒着一条不大的山涧，有一半地方生长着橡树林子。契尔特普 - 汗诺夫走了下去，马利克 - 阿得尔绊了一下，几乎倒在他身上。

“可恶的东西，你想压死我呀！”契尔特普 - 汗诺夫嚷起来，仿佛要自卫似的，从口袋里掏出手枪来。他现在已经不是残忍，而是犯罪前发生的那种情感的麻木。但是一种特别的声音使他惊吓起来，那个声音正在黑暗树枝下，山涧中湿地里粗野地响着！并且为了回应这个喊声，有一只巨鸟陡然在树梢那里从他的头上飞过。契尔特普 - 汗诺夫哆嗦了一下，仿佛叫醒了这件事情的证人一般，在哪里呢？在这样偏僻的地方是不应该遇见任何生物的。

“去吧，鬼，随便去哪吧！”他从牙缝里说出这句话来，便放开马利克-阿得尔的缰绳，用手枪柄打它的肩膀。马利克-阿得尔慢慢儿转过身，爬出山涧，跑了。它的蹄声渐渐消失了，飞扬的风把一切声音都遮住了。

契尔特普-汗诺夫慢慢从山涧里出来，走到林端那里，回家去了。他很不满意自己，他的脑袋和头里感觉出的沉重传遍了整个肢体，他走着路，又生气，又不满意，又饿，仿佛有人侮辱他，夺他的猎物和食物。

自杀未遂的人一定知道这种感觉。

忽然有什么东西在后面碰他的肩膀，他回头一望，马利克-阿得尔正站在路中。它跟着自己的主人，用嘴去碰他，好像在说自己回来了。

“啊！”契尔特普-汗诺夫喊起来，“你自己，自己要来寻死！好啦。”

一刹那间，他掏出手枪，扳着枪机，把枪口放在马利克-阿得尔额上，放起来了。

可怜的马转向一边，耸起身子，跳到十步以外的地方，忽然很沉重地倒下，仰卧在地上了。

契尔特普-汗诺夫用两手掩住自己的耳朵，跑了。他的膝盖弯曲着，醉意呀，恶毒呀，迟钝的自信心呀，一下子都飞出去了。只留存着一种羞耻和无味的情感，还有一种意识，无疑的意识，就是这一次他自己也都完了。

十六

过了六星期，一个警官从贝资索诺佛村经过，哥萨克人泼费士伽拦住了他。

“你有什么事？”警官问。

“老爷，请您到我们家里来，”哥萨克人鞠了一躬回答着，“潘特雷·埃利耶契大概要死了，我很害怕。”

“怎么？要死么？”警官追问起来。

“是的。起初他每天喝酒，现在却躺在床上，已经很瘦了。我这样想，他现在也许什么也不明白了，简直没有舌头了。”

警官从车上下来。“你怎么啦，至少要去叫神父来呀！你的主人忏悔过了没有？受过圣礼了没有？”

“没有呢。”

警官皱着眉头，“兄弟，你怎么能这样呢？难道就能这样么，啊？或者你还不知道，对于这件事情……责任很大呢，啊？”

“前天和昨天我都问过他啦，”胆怯的哥萨克人说，“我说潘特雷·埃利耶契，要不要去找神父？他说，傻子呀，闭嘴，不用你管这些事情。到了今天，我又去问，他只是望着我，摸着胡子。”

“他喝了很多酒么？”警官问。

“太多了！老爷，劳您的驾，请到我们屋里来一下吧。”

“唔，领路吧！”警官喃喃说着，便跟着泼费士伽走进去。

他看见了奇怪的景象。

在又湿又黑的后屋里，在一张铺着马衣的床上，破外套代替着枕头，契尔特普-汗诺夫躺在那里，脸上已经不发死灰色，却是带黄的绿色，仿佛死人一般。眼睛凹进去了，眼珠还发亮，卷曲的胡子上面，鼻子发着尖，却还红着。他躺在那里，穿着那件从未换过的衣服（胸际还有子弹囊）和蓝裤子，红色顶的高皮帽盖到额上眉际。契尔特普-汗诺夫一手握着猎鞭，一手握着绣花的烟草盒——玛莎最后的礼物。床边的桌上放着酒坛，墙上挂着两张水彩画：一张画着一个拿着吉他的肥人——大概是尼多普士金，第二张上画着跳跃的骑者。那匹马很像小孩们在墙上和木板上所画的那种故事上的动物，但是竭力画成的鬃毛上的圆斑点，和骑者胸间的子弹囊，他的尖靴和大胡子，就一点也没有疑惑：这个画应该是骑在马利克-阿得尔身上的潘特雷·埃利耶契。

惊奇的警官不知道怎么办，死的沉寂弥漫全屋。“他已经死啦，”他心想，便抬高声音叫着：“潘特雷·埃利耶契！潘特雷·埃利耶契！”

奇怪的事情发生了。契尔特普-汗诺夫的眼睛慢慢张开，无光的眼睛起初从右移到左边，后来从左移到右边，停在来客的身上，看见了他。他暗淡的眼白里有点发光，发蓝的嘴唇慢慢发出一种枯哑的，简直就是棺材里的声音：

“柱子的贵族潘特雷·契尔特普-汗诺夫要死了，谁能够阻挡他？他并不欠什么人的债，也不要求着什么。人们，任他去吧！走开吧！”

他握住鞭子的那只手试着要举起来，只是徒然。他的嘴唇又合上了，眼睛闭了，契尔特普-汗诺夫依旧躺在床上，伸得和木板一般直，鞋跟挪动了一下。

“死的时候，告诉我一下，”警官走出门时对泼费士伽微语，“去叫神父，我认为现在就可以去了。应该按规矩给他受礼。”

泼费士伽当天就去叫神父，第二天早晨，他就不得不去告诉警官，说潘特雷·埃利耶契在当晚就死了。

他落葬的时候，送棺材的有两个人：泼费士伽和莫塞尔·里巴。契尔特普-汗诺夫死的消息不知道怎么会传到犹太人那里，他为自己的恩人尽了最后的义务。

活　骸

长期苦忍着的故乡呀，
你是俄国民族的故乡！
——F·曲得柴夫的诗

法国谚语有言:“干的渔夫与湿的猎人,是最可悲的情景。”素无捕鱼嗜好的我,不能判断渔夫在晴朗的天气中是什么感觉，而在阴雨时节，那种因获鱼丰富而得到的快乐，不知能否胜过满身淋湿的没趣。但是雨之于猎人真是大灾难，在我同叶莫来两个人到彼赖夫斯基县去猎山鸡时，恰巧遇到这场灾难。雨从早晨就开始下，我们用尽一切避雨的方法，胶质的雨衣几乎要套在头顶上，还站在树下，希望少淋些。穿着这种所谓的不透水雨衣，不但放枪时碍事，而且居然毫不留情地透进水去。站在树底下固然一时淋不到雨点，但是后来，积聚在树叶上的水忽然溃决了，每根树枝都像水管似的倾倒下水来，冷水直钻进领口里，顺流到背脊上……这真是最倒霉的事！叶莫来常这么说。随后，他喊道：“不行，彼得·配绰维奇。这样子不行！今天没法打猎，狗淋得要命，枪又不发火。嗤！真麻烦！”

“有什么办法呢？”我问。

“这么办吧，我们到阿赖克斯叶夫卡去。您也许不知道这个村，是属于您母亲的，离此地八俄里路。去住一夜，明天再说。”

“还回到这里来么？”

“不用回来，我很熟悉阿赖克斯叶夫卡那个地方，猎山鸡比这里好得多。”

我也未曾问我忠实的旅伴，为什么不一开始就带我到那个地方去。当天我们就到了我母亲的那个村子，说老实话，我从没有听说过这个村子。村里有一所很旧的偏屋，不住人，所以还干净，我在里面过了很安静的一夜。

第二天，我醒得很早。太阳刚升起来，周围发着强烈的光辉——黎明的阳光与昨日大雨形成的晴光。我趁套车的当儿，到荒废的小果园去散步，果园中芬芳的、乳汁般的凉气，从四面八方袭到这座小房中。在清新的空气里，晴朗的天空下面，云雀飞来飞去，银铃般的鸣声响个不停，那是何等的舒适！那些鸟一定在翅膀上带走了一些露珠，因此它们的歌声好像被露水浸满了似的。我脱下帽子，欢欣地深呼吸着。在浅沟的斜坡处，篱笆的附近，看得见一个蜂房，有一条蜿蜒似蛇形的窄径在丛生的杂草与荨麻中间，还有不知道从何处移来的，深绿色的尖茎的苎麻，竖立草间。

我顺着小径走到蜂房，蜂房旁边有一间小木屋，到了冬天便将蜂巢放到里面。我朝半开的门里看了一下，里面又黑，又静，又干燥，有薄荷和香草的味道。角落里搭着小台，台上有一个小人形卧着，盖着被，我正想离开……

“老爷，老爷！彼得·配绰维奇！”我听见几句微弱、迟慢的声音，而且沙哑的好比湖沼中芦苇的微响。

我止步了。

“彼得·配绰维奇！请进来吧。”那声音重复了一遍，它是从角落里，我瞥见的那只小台上发出来的。

我走了过去，惊吓得目瞪口呆。一个活人躺在我的面前，但那是怎么样的一个人啊！

他的头已干瘪，只有一片古铜色，活像一尊古神像。他的鼻子窄得像刀锋，嘴唇看不见，只见牙齿发白，眼睛也没有光泽，稀稀的几缕黄发，从头巾底下钻到额上。下巴那里的被单上，两只古铜色的小手慢慢地拨动着像小棒似的手指。我仔细一看，脸不但不丑，还是美丽的，却极可怕，而且异乎寻常。这脸部所以使我觉得可怕，是因为在那金属色的脸颊上——我看得出真的在努力……努力地想，却始终挤不出一丝微笑。

“您不认识我了么，老爷？”那声音又微语起来，它仿佛是从微动的唇里发出来的。“当然，您怎么会认识呢？我是露克丽雅……您记得不记得，在您母亲府上，我还领头环舞[①]呢，我还做领唱呢，记得吗？”

“露克丽雅！”我喊道，“是你么？真的吗？”

“就是我，老爷，就是我，我就是露克丽雅。”

我不知说什么好，愕然地望着那张阴暗呆板的脸和注视着我的带死气的眼睛。这可能吗？这个木乃伊竟是露克丽雅，我家所有人中的第一美女——身高、丰满、白肤、红颜，那个能歌善舞，爱说爱笑的女郎！就是那个露克丽雅，聪明的露克丽雅，受所有少年疯狂追求的露克丽雅！我当时仅是个16岁的孩子，还对她暗中有所眷恋呢。

---

① 环舞：俄罗斯乡村最普遍的一种游戏。许多男女聚成一圈，手牵着手，有一对男女在圈中跳舞、唱歌，领导众人和之。——译者注

“露克丽雅，”我终于说话了，“你出了什么事情，竟弄到这个地步？”

“遭了极大的灾难！请您不要嫌脏，不要嫌烦，坐在那小木桶上，靠近些，要不然，您听不见我的声音。唉，以前我的嗓门是多么响亮啊！我真高兴能看见您！您怎么会到阿赖克斯叶夫卡来？”

露克丽雅说得很轻，而且微弱，可是并不停顿。

“猎人叶莫来领我来的，你对我说吧。”

“说我的灾难么？请听吧，老爷。这事已发生了很久，有六七年了。那时候，我和瓦西里·鲍里亚可夫订婚，您记得吗？就是那个高个子，卷头发的，曾在您母亲那里当过饭厅侍役的。那时候您已经不在村里，到莫斯科去念书了。我同瓦西里彼此相爱，我的脑子里老是存着他的影子。我的灾难发生在春天。

“有一天夜里，离天亮不远了，我睡不着。黄莺在花园里唱得非常甜美！我忍不住，就起身到台阶上去听，它在那啼了又啼，叫个不停。忽然，我觉得瓦西里叫我，轻轻地说，‘露夏（露夏为露克丽雅的小名）！’我朝旁边一望，也许是因为睡眼蒙眬的，一侧身子，就从木栏杆上掉了下去，摔倒在地上！我觉得摔得并不厉害，就很快地站起来，回到屋里去了，就是感觉里面——身子里面有什么东西折断了……让我喘一口气……一会儿……老爷。”

露克丽雅不说话了，我惊讶地望着她。使我惊讶的，是她叙述时带着快乐的神情，并不连连叹气．也一点不抱怨，不强求人家的同情。

“自从那件事情发生以后，”露克丽雅继续说，“我开始消瘦，萎靡下去，感觉有一股邪气进入了我的身子。我走路感到困难，脚也不听使唤了，坐立全不行，老是躺着，饭都不想吃，后来情况越来越坏了。您那善良的母亲替我请医生来看，又送到医院去，但是一点也不见好。无论哪个医生都说不出我害着什么病。他们为我用尽了方法：烧红了铁，烤我的背，又放在碎冰上，但是都没有用，我已经麻木了。主人认为我是无药可救了，又不能留残废的人在家中，就把我送到这里来，因为我有亲戚住在这里。您看，现在我就住在这里。”

露克丽雅又不说话了，努力露出微笑。

“你的遭遇太可怕了！”我喊着，又不知道往下说什么，就问道：“瓦西里·鲍里亚可夫怎么样呢？”这个问题太愚蠢了。

露克丽雅将眼睛看向别处。

“鲍里亚可夫怎么样呢？等着，等着，就娶了别人了，格里诺村的一个姑娘。知道格里诺村吗？离这里不远。那个姑娘名叫阿格拉芬娜。他很爱我，可是年纪还轻，不能做一辈子光棍的。并且我还怎么做他的伴侣呢？他娶的妻子貌美心善，他们已经有了孩子啦。您母亲放了他，给他自由，现在他在邻近的田主家里当总管，上帝保佑，他过得不错。”

“但是你老是躺着，怎么办呢？”我又问。

“老爷，我已经躺了七年了。夏天我在这里躺着，在这小木房里，天一冷，我就挪到浴室去，就在那里躺着。”

“谁照顾你？谁来伺候你呢？”

“此地有的是好人，不会忘记我的。并且我也没有什么可侍候的，吃东西呢，差不多一点也不能吃，水在那罐里，永远预备好的，很干净的泉水。我自己拿得到那只罐，一只手还有用处。还有一个小姑娘，是个孤儿，有时来探望我，真谢谢她。她刚才还来过呢，您没有遇见她吗？很美，皮肤白白的。她给我送花，我生平最爱花。此地没有花园，以前有的，后来移到别处了。就是野花也挺好的，哪怕是铃兰，也是顶有趣的！”

“你不闷吗？不觉得怕吗？我的可怜的露克丽雅。”

“有什么法子呢？我不愿意说谎，最初是很难过的，以后习惯了，忍过来了，也就没有什么，有的人比我还坏呢！”

“什么意思？”

“有的人连留身之处都没有呢！有的人——眼瞎，耳聋，我呢，谢天谢地，看得还清楚，听得也不坏，我都能听见鼹鼠在土里拨动。我还能闻到一切气味，即使是最微弱的气味，都闻得到的！荞麦在田里开了花，菩提树在花园里开花，用不着对我讲，我都知道。只要一阵微风从那边吹过来就好了。真是的，何必叫上帝生气？许多人比我还坏呢。有的身体健康的人很容易造孽，可是我呢？罪孽早就离开我走了。前些日子，阿赖克瑟神父到我这里来做忏悔。他说：‘你没有什么可以忏悔的，你处于这种境遇，还能造孽吗？’我回答他：‘思想上的罪孽不会有吗？’他笑着说，‘这种罪孽是不大的。’”

“大概我也不会犯思想上的罪孽，”露克丽雅继续说，“因为我自己学会了不去思想，尤其是不去回忆，这样，时间可以过得快些。”

说老实话，我十分惊讶。“你老是一个人躺在那里，露克丽雅，你怎么能阻止思想不钻到你脑袋里去呢？也许你老是睡着？”

“不是的，老爷！不能老睡觉。虽然我没有什么大病痛，可是身体内部总有点痛，骨头也常酸痛，所以不能舒舒服服地睡觉。我一个人躺在那里，并不思想，只觉得自己活着，还有呼吸，就是这样了。我能用眼睛看，用耳朵听。蜂在蜂房里‘呼呼’地响；鸽子飞落到屋顶上，‘咕咕’地叫；母鸡带着一群小鸡来啄食；一会儿乌鸦飞过，一会儿蝴蝶又飞来，我都觉得很有趣。前年有燕子在角落里搭巢，养了些儿女。那真是有趣呢！一只燕子飞进巢去，落在那里，喂完了小燕，就飞走了，然后别的燕子又轮班飞来。有时不飞进来，只从敞开的门那里飞过，那些小燕就立刻叽叽喳喳地叫起来，张大嘴……我等它们第二年再来，可是听说这里的一个猎人用枪把它们打死了。何必造这样的孽呢？燕子并不比甲虫大多少。你们猎人老爷们心真狠！”

“我是不打燕子的，”我赶紧说。

“有一次才可笑呢！”露克丽雅又说，“一只兔子跑来了。真是的！大概是狗在追它，它一直跳到门里来了！它在近处蹲着，蹲了很长时间，不住地捏鼻子，捻胡须，活像一个军官。它还看着我，可能知道我对它构不成威胁。后来，它站起身来，三跳两跳，就跳到门旁，在门槛上还回头望了一下，那样子，那样子是真可笑！”

露克丽雅望了我一下，意思是问我，可笑不可笑？我为了奉承她，笑了一下。她咬着干枯的唇皮。

“冬天自然不大好，因为天黑得早，点蜡太可惜了，而且有什么用处呢？我虽然识字，永远喜欢看书，但是看什么书呢？这里什么书也没有，即使有书，叫我怎么拿书呢？神父送来一本历书，叫我放松一下，后来看见没有益处，就拿走了。但是虽然黑暗，总还听得见一点声音，不是蟋蟀吱吱地叫，便是老鼠在那里啃嚼什么。一点也不思想是最好的！”

“有时我还祷告，”休息了一下，露克丽雅继续说下去，“不过那些祷词，我知道得不多。并且我也何必使上帝讨厌呢？

我能求他什么事情呢？我所需要的，他是知道的。他既然送给我一个十字架，那就是说，他是爱我的，我就该明白他的意思。念完了‘我父’、‘圣母’、‘一切悲哀的赞词’等祷词后，我就躺在那里什么也不想。”

过了两分钟。我不去打破沉默，坐在一只当作椅子的窄木桶上面，动也不动。这个在我面前躺着的，不幸的人那种石头似的僵硬也传给了我，我也似乎僵在那里了。

“露克丽雅，”我终于开口了，“我对你有一个提议。我叫人把你送到医院去，送到城里的好医院去，你愿意不愿意？谁知道呢，也许你的病还可以治好。无论如何，你不会一个人躺在这里了。”

露克丽雅微抬眉毛，带着烦恼的态度，微语道：“不要，老爷，不要送我到医院去，不必挪动我，我在那里会吃更多的苦。我的病怎么还会治好呢？有一次，一位大夫到此地来，打算替我看一下。我求他，看在上帝的面上，不要碰我。没有用！他把我的身子翻来翻去，把手脚都弯得酸痛了。他说，‘我是为了科学，才这样做，我是做官的人，科学家！你不能反抗我，我曾经得过勋章，挂在脖子上，我是为你们这些傻子们服务呢。’他把我翻弄了半天，说出我的病名，是很长很奇怪的名字，然后就走了。后来我有一个星期，骨头痛得要命。您说，我一个人躺在那里，永远一个人，也不是永远这样的，常有人来看我。我是安静的，不会妨碍人家的。乡下姑娘常来和我说话，去朝圣的女人也来讲些耶路撒冷、基辅和圣城的事情。而且我一人躺着，并不害怕，还觉得好呢，真是的！老爷，求您不要送我到医院去，谢谢您，您是善心的，就是请您不要动我吧。”

“随你便吧，随你便吧，露克丽雅。我是为你好啊。”

“老爷，我知道您是为我好。老爷，亲爱的老爷，谁能帮助他人呢？谁能了解他人的心灵呢？人应当自己帮助自己！您是不相信的，我有时一个人躺在那里，仿佛整个世界除我以外，没有一个人，只有我一个人是活的！我觉得，好像我悟到了什么似的，一种思想侵袭到我身上，真是奇怪！”

“你那时有什么思想呢？”

“这是没有法子说的，怎么也讲不明白的，而且以后就忘掉了。仿佛一朵乌云飘过来，下了点雨，觉得清凉舒适，究竟是什么，却不明白！我只是想，假使有人在我身旁，绝不会生出这种心境。除了自己的不幸以外，也不会感到什么的。”

露克丽雅艰难地叹了一口气。她的呼吸和肢体一样，一点也不受她的控制。

“老爷，我看您的脸色，”她又说，“知道您很可怜我。但是您不必太怜惜我！我对您说吧！我现在有时还……您记得，我那时是多么快乐的人啊，真是爽快的姑娘！您不知道吧，我现在还会唱歌呢。”

“唱歌？你还唱歌？”

“是的，唱些老歌、盆卦歌[①]、圣诞歌，一切的歌！我会唱许多歌，至今没有忘记。只是不唱舞蹈歌，这对我是不合适的。”

“你怎么唱？低唱么？”

“也低唱，也用嗓子。我不会高声地唱，却总还可以让人听明白。我对您提过，有一个小姑娘常到这里来，那是一个聪明懂事的孤女。我教她唱歌，她学会了四首歌。您不信吗？等

---

① 盆卦歌：俄国圣诞节时，女郎以盆盛水占卦，以卜未来幸福。占卦时要唱盆卦歌。——译者注

一等，我唱给您听。”

露克丽雅聚了聚神。一想到这个垂死的人将要预备唱歌，不由得使我毛骨悚然。但是还没等我说出话来，我的耳朵就听到一阵延长不断，微弱的，却极纯粹的声音。露克丽雅唱着“在草地上……”，她唱时，眼睛紧紧地盯着一个地方，化石般呆笨的脸容毫无表情。但是她挣扎出那种可怜的，烟丝般轻荡的声音，异常动人，她是想将心倾吐出来。那时候我感到的已经不是恐怖，而是一种说不出的怜悯，刺扎着我的心。

“唉，不能唱啦！”她忽然说，“力气不够，您一来，我心里太高兴了。”

她闭上眼睛。

我的手放到她冰凉的，微小的手指上面。她瞧了我一眼，她垂满金黄睫毛的黑眼皮又阖上了。过了一会儿，那双眼睛又在黑暗中发光，浸在眼泪里了。

我依旧坐着不动。

“我是怎么啦！”露克丽雅忽然使着出人意料的力量说话，张大眼睛，竭力睁开眼睛。“我是怎么啦？不害臊吗？这种事情，好久没有发生过了。从去年春天瓦西里·鲍里亚可夫来过的那天起。他同我坐着说话的时候，并没有什么，等他一走，我就一个人哭了！从什么地方出来的眼泪！我们女人的眼泪是不值钱的。老爷，您有没有手绢？不要嫌脏，替我擦一擦眼睛吧。”

我连忙照她的意思做了，还把手绢留给她。她起初拒绝不收，意思是收这种礼物有什么用呢？那块手绢是很普通的，却还洁白。后来，她用软弱的手指握住那手绢，再也不松手了。我同她坐在黑暗中很久，眼睛已经习惯黑暗，可以很清楚地看清她的脸庞，还可以瞥见她的脸上的古铜色中透着一阵微微的红晕，还能在她的脸上发现过去的美丽，至少我觉得是这样的。

“老爷，您问过我，能不能睡觉？”露克丽雅又说，“我很少睡觉，但每次总要做梦——做好梦！我在梦中永远是健康而且年轻的，从来没有梦见自己生病。醒了之后，好想伸展一下，可是全身像被钉牢似的，这才苦呢。有一次，我做了一个美丽的梦，您想听么？请您听着吧。我梦见自己站在田中，四周全是裸麦，那样高高的，熟透的，像黄金一般，一只棕色的恶狗走到我面前来，想咬我。我手里拿着一把镰刀，并不是普通的镰刀，却是一个月亮，像镰刀的形状。我要用这月亮把裸麦割尽，但是我热得身上发闷，月亮照得我眩晕，浑身发懒。四周长了许多矢车菊，全是大朵的，头全朝着我。我心想，把那些矢车菊全摘下来，瓦西里约好要来的。我先给自己编一个花环，割麦还来得及的。我开始摘矢车菊，但是那些花，手指一触上就凋谢了，怎么样也编不成花环。那时候我听见有人走过来，走得很近，叫着：‘露夏！露夏！’我想，糟啦，来不及啦！我把月亮戴在头上，代替矢车菊，全身顿时发光，把田野四周都照亮了。一看，在麦穗顶上飞驰过来一个人，并不是瓦西里，却是基督。我何以知道他是基督，那是说不出来的，平常画的不是那个样子，却准知道是他。高身材，没有胡子，年纪很轻，穿着白衣，唯有腰带是金色的，伸手给我，说道：‘我的盛装的未婚妻，你别害怕，跟我走吧，你到天国去领导环舞，唱天堂的歌。’我当时俯身吻他的手。那只狗刚要抓我的腿，我们已经升上天去了！他在前面飞，他身上的羽翼伸展在天空，长得像海鸥的翅膀一般，我跟在他后面，恶狗只好离开我。那时我才明白，这只小狗就是我的病，在天国是没有它的地位的。”

露克丽雅沉默了一分钟。

“我又做一个梦，”她又说，“也许所见的是幻象，我自己也不知道。我觉得我躺在这间木屋里，我过世的爹妈走进屋来，朝我低低鞠躬，一言也不发。我问他们：‘爹，妈，你们为什么对我鞠躬？’他们说，‘因为你在世上受了许多苦，不但把自己的灵魂拯救了，而且还替我们消除了苦难，我们在阴世里觉得舒服多了。你已经赎尽了自己的罪孽，现在你在赎我们的罪孽呢。’我爹妈说完后，又对我鞠躬，后来就不见了，只看见一道墙壁。后来我对这件事情很疑惑，忏悔时对神父说过。他以为这不是幻象，因为唯有教会的人才会见到幻象。”

“还做了这样一个梦，”露克丽雅继续说下去，“我坐在大道上的柳树底下，拿着一根刨光的棒子，肩后背着行囊，头上扎着包巾，真像流浪的女人！我要到远处去进香。许多进香的人从我面前经过，他们慢慢走着，好像不愿意似的，老往一个方向走去。他们的脸都很相似，满是愁容。我看见其中有一个女人，比别人高出一头，衣服也不像我们俄国的，脸也是特别的，消瘦而且严肃，好像大家全躲开她。她忽然一转身，走到我的面前，止步望着我，一双鹰眼，又黄，又大，发着亮光。我问她：‘你是谁？’她对我说：‘我就是你的死神。’我并不惶恐，反而非常高兴，画着十字！那个女人，我的死神，对我说道：‘露克丽雅，我很可怜你，但是还不能带你走，再见吧！’老天爷！我顿时发愁起来，说道：‘带我走吧！亲爱的，带我走吧！’我的死神回转身来，对我说话。我知道她是跟我约定时间，可是说的不明白，含含糊糊的，似乎说，过了彼得节[1]以后，然后我就醒了。我真是做了许多奇奇怪怪的梦！”

露克丽雅眼睛向上望着，沉思起来。

“有一桩糟心的事，有时候过了整整一个星期，一次也睡不着。去年一位太太来这里，看见我这种样子，送给我一瓶安眠药，吩咐我每次吃十滴。这个药很有用处，我居然睡着了，不过现在那瓶药水已经全喝完了。您知道不知道，这是什么药？怎样买法？”

那个过路的太太送给露克丽雅的大概是鸦片水。我答应给她送一瓶来，同时不由得对她的耐性表示惊奇。

“老爷，您是怎么啦？”她辩驳起来，“我的耐性算什么呢？有一个叫西蒙的人，他的耐性才大哩。他绑在柱子上三十年之久！还有一位圣徒叫人把自己活埋在土里，直到胸脯上面，蚂蚁不住地啃他的脸。一个讲经人对我说：有一个国度，被阿施美尔人占领，居民遭了毒打和屠杀，人民无论怎样做，总不能使自己解放。其中有一位圣女出来，手持长剑，身披两普特重的盔甲，进攻阿施美尔人，把他们全赶到海那边去了。赶走以后，她对他们说：‘现在你们可以把我烧死，因为我立了誓言，愿将自身火葬，代替人民身死。’于是阿施美尔人把她抓住，烧死了。那个民族从此以后，永远得了解放。这才是功劳！我算什么呢？”

我暗自惊奇，关于圣女贞德的传说竟会传到这里来，而且变成这个样子。静默了一会儿，我问露克丽雅今年多大了。

“二十八岁，也许二十九，不到三十。算年纪做什么呢？我还要对您说……”

---

① 彼得节：俄历六月二十九日，主要在农村流行。这一天，全村的男女都要穿上节日的服装，男人进行割草比赛，女人则准备饮食。——译者注

露克丽雅忽然沉重地咳了一声，呻吟了一下。

“你说话太多了，”我对她说，“这于你是有害的。”

“是的，”她微语着，“我们的话说完啦！也说了不少啦！现在，您一走，我又要闭嘴，一声不响了。至少，把心里事全说出来了。”

我同她告别，把答应送药给她的话又重复了一遍，请她再好好想一想，她有什么需要？

“我什么也不需要，对于一切都很满足，”她说时，用了极大的力气，带着激动的神情，“愿大家健康！老爷，您不妨劝您母亲一下，这里的农人穷得很，哪怕稍为减轻些租税也罢。他们田地不够种，还没有好地，他们要替你们祷告上帝的。至于我呢，我什么也不需要，对于一切都很满足。”

我答应露克丽雅履行她的请求，已经走到门口了，她又喊了我一声。

“老爷，您记得不记得，”她说，她的眼睛和唇上闪出一点美丽的神情来。“我的头发是怎样的呢？您总记得，它是长到膝盖那里的！我把它剪掉了！我迟疑不决了许多时候，那头发是真美！但是我现在这种样子，也没有法子梳啦。好啦，老爷，对不住！不说别的话了。”

在当天，动身行猎以前，我同村里的甲长谈起露克丽雅来。我从他那里知道，村里叫她“活骸”，但是她并不惹人讨厌，也从来不见她说过一句怨言。“她自己从不要求什么，反而连声地对大家道谢，安静，是真安静。大概是作了罪孽，被上帝惩罚了，”甲长说，“可是我们一点也不责备她，让她这样活着吧。”

过了几个星期，我听说露克丽雅死了。死神真的来带她走了，而且正是“过了彼得节以后”。有人说，死的那天，她不断听见钟声，可是阿赖克斯叶夫卡离教堂有五俄里路，那天又是平常日子。露克丽雅说，钟声不是从教堂来的，是从上面来的。大概，她是不敢说，是从天上来的。

击　声

“我来跟您报告一件事情，”叶莫来走进我的小屋对我说，那时候我刚刚吃好了饭，躺在行军床上，我打了一天山鸡，十分疲惫，想稍为休息一下。那时恰是七月初十左右，天气十分炎热。“我来跟您报告一件事情，我们的弹药都用完了。”

我从床上跳起身来。

“弹药用完了？这是怎么了？我们从乡下带来二十多斤呢！整整一口袋！”

“确实是，那个口袋也是很大的，两礼拜都够用了。可是不知道怎么回事！大概有了破洞，并且只是没有弹药。还存着十包火药呢。”

“我们现在怎么办呢？前面是最好的地方，明天准可以猎到很多鸟的。”

“您派我到图拉去，离这里不远，一共四十五俄里路远。我一下子跑去，把弹药运来。”

“那么，你几时去呢？”

“现在就去呢，拖着做什么？不过有一样，必须要雇几匹马。”

“雇什么马！自己的做什么用呢？”

“自己的马不能骑呀！辕马的脚又跛了。真可怜！”

“什么时候的事？”

“就是在昨天，车夫把它带去钉马掌。那个铁匠的技术太差了，现在简直不能动腿了。就是那个前腿，就这么把腿提起着，像狗一样。”

“怎么？没有把马掌卸去么？”

“不，还没有卸去马掌，可是必须要卸去的，一只钉子简直插进肉里去了。”

我吩咐叫车夫来，晓得叶莫来并没有说谎：辕马实在走不动路了。我赶紧让他们给它卸去马掌，放在湿泥里。

“怎么样？要雇马到图拉去么？”叶莫来追着我问。

“在这个偏僻地方能找到马么？”我不由得发愁，喊起来了。

我们所处的那个乡村在大道后面，十分幽僻，居民都极贫乏，我们好客易才找到一间比较宽敞的房屋。

“可以的，”叶莫来用镇定的语气回答着，“您说的关于这个村的情形自然很对，不过这里住着一个乡人，很聪明！很有钱！养着九匹马。后来他死了，现在他的大儿子继承了他的产业。这个人傻里傻气的，不过他没有挥霍父亲的财产，我们可以向他雇马。您吩咐一下，我就可以把他叫来。听说他的兄弟们都很难搞，不过他到底是他们的头儿。”

“为什么呢？”

“因为他是老大，小的必须服从！”叶莫来用了各种苛刻的语言批评那些兄弟，然后说道，“我去把他带来。他是个傻子，同他说不会有问题的。”

叶莫来出去找这个“傻子”的时候，我心想：为何我自己不到图拉去一趟呢？第一，我受过经验教训，很不相信叶莫来。有一次，我派他到城里去买东西，他答应在一天之内履行我的一切委托，可是竟失踪了整整一星期，把所有金钱都喝酒喝尽了，徒步回来——去的时候是坐着马车的。第二，在图拉那里，我还有一个相识的马贩，我可以向他买马，代替那匹跛足的辕马。

“就这么定了！”我心想。“我自己去，并且可以在路上睡觉，旅行马车很舒服呢。”

“带来了！”过了一刻钟，叶莫来走进屋里，大声嚷嚷着。进来一个穿着白汗衫，蓝裤子和草鞋的农夫，白眉毛，近视眼，胡子是栗色的，鼻子长而肿，半张着嘴。从外表看来，他确实是有点呆笨。

“就是他，”叶莫来开口说，“他那里有马，并且他也答应了。”

“就是，我……”农夫用枯哑的声音并且口吃着说起来，还摇着自己稀少的头发，用手指摸着拿在手里的帽子上的纽扣。“我就是……”

“你叫什么名字？”我问。

农夫低着头，仿佛思考似的。“我叫什么名字？”

“是的，你的名字是什么？”

“我的名字是斐劳费。”

“唔，斐劳费，事情是这样。我听说你有马，你牵三匹来，我们把它们驾在我的马车上，那是很轻的马车，然后你送我到图拉去。现在晚上有月亮，很亮，赶路还凉快。你们那里道路怎么样？”

“道路么？道路并没有怎样，离大路一共有二十多俄里。

只有一个小地方不大好，其余还不错。”

“哪个地方不大好呢？”

“需要涉水渡过一条小河。”

“难道您自己到图拉去么？”叶莫来问。

“是的，自己去。”

“唔！”我那忠实的仆人说着，还摇着脑袋。“唔，唔！”他又说着，唾了一口便出去了。

显然，他对图拉之行已经不再动心了，在他看来，这已经是一件空虚而无趣味的事情了。

“你完全认得路么？”我对斐劳费说。

“我们怎么会不知道路呢！不过我，那是说，老爷，您……”

我猜叶莫来雇斐劳费的时候，曾对他说，叫他这个傻子不要疑惑，一定会给他钱。肯定就是这句话！据叶莫来说，斐劳费虽然是一个“傻子”，但是对于只有一句话，他并不满意。他要求我给他五十卢布——很高的价钱，我答应给他十个卢布——很低的价钱，我们开始做起买卖来了。斐劳费起初很固执，以后慢慢儿降下去了，可是很麻烦。叶莫来走进来一下，对我说：“这个傻子！这个傻子完全不知道银钱数目！”并且又提醒我，在二十年以前，我的母亲在热闹的处所——两条大道的交叉地方，开了一所旅馆，后来完全萧条下去，是因为派到那里去总管一切的老仆人不认识银钱，却按着数目定价，譬如说，他用一个二十五戈比的银元换来六个五戈比的铜元。

“唉，你呀，斐劳费，固执的斐劳费！”叶莫来最后喊起来，走了出去，很生气地摔门。

斐劳费一点也不驳他，仿佛承认取斐劳费这个名字确实显得愚蠢，虽然这应该怪那个受洗的神父，因为没有多给钱，就取了这样一个坏名字。

后来我同他讲好了给二十卢布。他出去取马，过了一个小时，带来了五匹马供我挑选。马看着还不错，虽然它们的鬃毛和尾巴是凌乱的，肚子是大的，并且涨得和鼓一般。同斐劳费一块儿来的还有他的两个兄弟，一点也不像他。他们身材极小，眼睛是黑的，鼻子是尖的，确实会给人“难搞”的印象，话说得又多又快，但是很服从长兄。

他们把马车从车房里拉出来，一会儿放松着绳索，一会儿把它勒得紧紧儿！足足忙活了一个小时。两个兄弟愿意把微黄的马驾在辕上，因为“它擅长下坡”，但是斐劳费决定套上长鬃毛的马！于是，他们就把长鬃毛的马驾做辕马了。

他们在马车上堆着干草，把跛足辕马的轭儿放在座位底下——以备在图拉用这个去量新买的马。斐劳费还赶回家一趟，穿了他父亲的又长又白的长褂、高顶的尖帽和黑脂油的皮靴回来了，得意洋洋地爬上车子。我坐下了，看了看表：十点一刻。叶莫来不和我辞别，他正在打自己那只叫瓦立特卡的狗呢。斐劳费摇着鞭了，柔声喊着：“嘿，你们这些小家伙呀！”他的兄弟从两旁跳起来，用鞭子打着副马的肚子，马车很快就走了，从大门走到街上，长鬃毛的马打算走到自家院子里，但是斐劳费鞭打了几下，它就明白了。不一会儿，我们就从乡村出来了，在极平整的大路上面，浓密的胡桃树林中间驰骋起来了。

这是一个安静美丽，适合驰骋的夜晚。风儿在树林里微动起来，摇曳着树枝，一会儿就完全静了。天上有银色的不动的云，月亮挂得很高，很明亮地照耀着田地。我斜卧在干草上，想要打盹。忽然，我忆起那个“不大好的地方”，就又清醒了。

“斐劳费，怎么样？离涉水处远不远？”

“离涉水处么？有六俄里路呢。”

“六俄里路呢，”我想，“在一个小时内走不到的。可以暂且睡一下，斐劳费，你很熟悉路么？”我又问。

“怎么会不知道路呢？不是第一次走呀……”

他还说了几句什么话，但是我已经听不清楚了。我睡着了。

这次我没有像平常一样，靠意念在一小时后醒来，唤醒我的是一种奇怪的，微弱的，耳朵底下的潺潺水声。我抬起头来……

这真奇怪呀！我照旧躺在马车里，可是在车子周围——离开边儿有半尺远，受月亮照耀着的水平面正流动着，并且泛起明亮的微波。我往前一看，车台上面，低着头，伛着背，像木偶似的坐着的正是斐劳费。再往前看，在潺潺的水上，显出车弓的曲线和马头，马背。一切都是静止的，并且无声响，仿佛在妖魔的王国里，在梦里，在神奇的梦里。这是怎么回事？我在车梁底下往后一望，我们正在河的中央！我们离岸边有三十步远！

“斐劳费！”我喊起来。

“什么？”他应声说。

“怎么回事？我们在哪里？”

“在河里呢。”

“我知道是在河里！我们就要淹死了！你就是这么渡河的？啊？斐劳费，你睡着了么？你回答呀！”

“有一点错了，”我的马夫开口说，“往旁边走着，走错了，现在必须等一下子。”

“怎么？必须等一下子！我们还要等什么呢？”

“就是让长鬃毛的马看一下子，它往哪里转，那就是应该向那里走。”

我在干草上坐起来。辕马的头在水上一动不动。不过在明亮的月光底下，可以看得见它的一只耳朵往前往后地微动着。

“你那匹长鬃毛的马也睡着呢！”

“不，”斐劳费回答，“它现在嗅着水呢。”

一切又都静了，不过水依旧微微地响着。我也呆起来了。

月光，还有夜色，还有河，还有河里的我们……

“这是什么响？”我问斐劳费。

“这个么？那是芦苇里的鸭子，并不是蛇。”

忽然，辕马的头摇起来了，耳朵耸起来了，它声嘶着走动了。“喏——喏——喏——喏！”斐劳费忽然提起嗓子喊着，并且站起身来，挥着鞭子。马车立刻动起来，向前冲去，摇晃着走了。起初，我觉得我们一步步沉到水的深处去，但是经过了两三次的冲击后，水平面仿佛忽然低下去了，马车从水里浮出来了，显出车轮和马尾了。接着，那些马儿挑起粗大的水点，像钻石似的，不，不是钻石，是像蓝宝石似的撒在月光中间，又高兴又亲密地把我们拉到沙岸上面，往山里走去，跨着发光而潮湿的腿。

我心想，现在斐劳费一定要说：“怎么样，我是对的呀！”或者类似的话，但是他一句话也不说。因此，我也没有责备他不谨慎，便躺在干草上面，又预备睡觉了。

但是我睡不着，并不是因为没有行猎而不困倦，也不是因为我所受的惊扰赶散了我的梦，只是因为我们正走在一个很美丽的地方。这里有平旷的，长满绿草的平原，夹杂着许多不大的池塘、湖泊、小溪，尽头处生长着浓密的柳树林，这是俄国人喜欢的地方，和俄国古时富人驰骋着射击白色天鹅和灰色鸭子的处所相仿。走过的道路蜿蜒成一条黄带，马儿很轻松地跑着，这样的美景让我不能合眼。一切万物都在亲密的月光下柔和地浮过，连斐劳费——连他也感觉到了。

“我们把这个地方叫圣·耶格尔草原，”他朝着我说，“再过去，就是大公草原，这样的草原在全俄国都没有呢。真是美丽呀！”辕马长嘶了一声，抖了起来。“上帝呀！”斐劳费轻声地说。“真是美丽呀！”他重复说，叹了一口气，以后就咳了一声。“快要刈草了，这里可以刈成多少干草啊，真是多极了。池塘里的鱼儿也很多，多少鲫鱼呀！”他唱歌似的说着，“一句话，太美了，简直不想死呢。”

他忽然举起手来。

“啊！看哪！在湖上面……不是苍鹭站着么？难道它在晚上也捕鱼么？啊哈！这是树枝，不是苍鹭。我的眼花了！都是月亮骗人呀。”

我们走着，走着，草原已经走到尽头了，显出小树林和耕过的田地，小村庄带着两三点火光在一旁闪过，离大路还剩五俄里路。我睡觉了。

这一次，又不是我自己醒来，是在斐劳费的声音里醒的。

“老爷！喂，老爷！”

我坐起来。马车停在大道中间的平地上，斐劳费在车台上睁大眼睛看着我，我惊奇起来，我想不到他的眼睛这样大。他又郑重，又神秘地微语道：“击着呢！击着呢！”

“你说什么？”

“我说击着呢！俯下身子听一下子，听见了没有？”

我从马车伸出头来，屏着呼吸，确实听到在我们后面远一点的地方，有一种微弱的敲击声，仿佛是行车的车轮声。

“听见没有？”斐劳费重复说。

“唔，是啦，”我回答。“一辆车走着呢。”

“听见没有？嗤！喔，铃响呢，还有响笛儿。听见没有？摘下帽子来，听得更清楚。”

我没有摘下帽子，可是耸着耳朵。“唔，是的，也许。这是怎么啦？”

斐劳费转过脸去。

“马车走着呢，车轮是锻过的，”他说着，理起缰绳来，“老爷，这是不好的人来了，在这里，图拉的一带，行凶的人很多呢。”

“别胡说！为什么你以为这个一定是不好的人呢？”

“我说得很对。有小铃响，还是空车。那还能是谁呢？”

“怎么样？离图拉还远么？”

“还有十五里路，而且在这里还没有住家呢。”

“唔，那快走呀，不要磨磨蹭蹭的。”

斐劳费挥着鞭子，马车又动了。

虽然我并没有相信斐劳费的话，但是已经睡不着了。“要是果真如此，怎么办呢？”不快之感在我心中微动了。我坐在马车上，开始向四面张望。在我睡觉的时候，微雾笼罩起来，不罩着地，却罩着天，月亮悬挂在天空中，成为微白的斑点，仿佛在烟里一样。一切都发黑，并且混合着，不过接近地面的地方还能看得清楚。四周是又平又发暗的地方，全是田地，只有几处是树林，山涧、田地也大半是闲地，间或生着杂草。一片荒凉，什么声音都没有，哪怕是鹌鹑在什么地方叫一下呢。

我们又走了半个小时，斐劳费挥着鞭子，鼓着嘴唇，但是我和他彼此一句话也不说。后来，我们爬到小山上去了。斐劳费把马车拉住，立刻说道：“击着呢！击着呢！老爷！”

我又从马车里伸出头去，那种车轮的击声，人们的口哨声，小铃的响声，还有马蹄的踏声，都很明显地传到我耳朵里，自然还是从远处来的，连歌声和笑语我都能听见。虽然风从那里吹来，但是那些不相识的过路人在一里路外，也许是在二里外，已经渐渐走近前来，这是毋庸置疑的了。

我同斐劳费对看了一下，他把帽子从后脑上推到额际，立刻就伛身到缰绳上面，开始赶起马来。那些马跳跃了一会儿，但是不能多跳，又细步跑了。斐劳费继续赶着，我们要尽快离开这里！

我自己也不明白，为什么起初我并不相信斐劳费的说法，忽然又相信跟踪我们的确实是不好的人呢。我一点也没有听出什么新的声音来，还是那些小铃，那种马车的击声，那种哨声，那种嘈杂的喧哗。但是我现在已经不疑惑了，斐劳费是不会错的。

又过二十分钟，在这二十分钟的最后一分钟里，在车子的击声中，我们已经又听见了别的声音。

“站住吧，斐劳费，”我说，“结果都是一样的！”

斐劳费很胆怯地“唔”了一声，马一下子站住，仿佛很高兴可以休息了。

上帝呀，铃儿在我们背后响起来了，车子发出破碎的声音，人们吹着口哨，喊着，并且唱着，马嘶着，还用蹄子击着地。

他们赶到了！

“糟糕！”斐劳费慢吞吞，并且轻声地说着。他鼓着嘴唇，开始吆喝起马来。但是正在那个当儿，忽然有什么东西仿佛撕裂了，划断了——一辆巨大的车子，套着三匹肥马，旋风似地斜冲过来，往前跑了几步，便挡住了道路，一步步向我们走来。

“那就是强盗的习惯。”斐劳费微语说。

老实说，我心跳加速了，我开始用力地看。在半明半暗的月光底下，我们前面的车里有六个人，有坐着的，有躺着的，他们穿着衬衫，外套敞开着，其中两个人头上没有帽子，穿鞋的大脚乱动着，还悬在那里，手臂一上一下地晃动着，显然是喝醉了。有的人大喊大叫，其中一个人的声音很尖，不时吹着口哨，还有一个人在骂人。车台上坐着一个穿半身皮袄的大个子，驾着马车。他们一步步走着，仿佛不注意我们似的。

有什么办法呢？我们也跟着他们一步步走着，我们别无办法。

我们这样地走着，有四分之一俄里。痛苦的期望呀，怎么办呢？他们一共六个人，而我们连一根棍子都没有！把车辕调头呢？但是他们立刻就能追上。我忆起茹科夫斯基的诗来了(就是他讲卡门司基元帅被杀的那段）：

被贱视的强盗的斧头……

要不就是用污秽的绳子勒着喉管，扔到沟渠里去，在那里挣扎着，惊恐得和被抓住的兔子一般……

唉，糟心透啦！

但是他们依旧一步步地走着，并不注意我们。

“斐劳费！”我微语着，“试一试，往右边拉，从旁边走过。”

斐劳费试了一下，往右边一拉。但是他们顿时也往右边拉，走不过去。

斐劳费又试了一下，往左边拉。但是人家并不让他把车子赶过去，并且还笑了，就是不肯放我们走。

“简直是强盗，”斐劳费从肩膀那里对我微语着。

“他们还等什么呢？”我也微声问他。

“就在前面，在洼地那里，小河上面有一座小桥，他们就在那里把我们解决掉！他们总是这样的……在桥的附近。老爷，我们完了！”他叹着气说道。“恐怕不能放过我们，因为他们总是往水里扔。我就可惜一件事情，老爷，我的三匹马完了，送不到兄弟们那里去了。”

我当时很奇怪，怎么斐劳费在这个时候还能顾到自己的马，老实说，我连他都没有顾到。难道要被杀死么？我心里想着。何必呢？我把一切都交给他们，所有的东西。

我们渐渐儿走近小桥了，渐渐儿看得见了。

忽然传来一种破裂的呼声，前面马车的三匹马仿佛在我们面前卷起来，飞起来了，跑到小桥那里一下子站住了，斜站在道旁，仿佛呆住了似的。我的心简直坠到谷底了。

“唉，斐劳费，”我说，“我同你走到死路上来了。请你宽恕我，因为我把你害了。”

“老爷，您有什么错！自己的命运是逃不掉的！唔，长鬃毛的东西，我忠实的马呀。”斐劳费朝着辕马说，“往前走呀！做完最后的服务！结果都是一样的。上帝保佑！”

他放开自己的马，细步向前走去。

我们临近小桥了，临近那辆不动而威严的车了，车上仿佛故意沉静着。淡水鱼，老鹰，一切残忍的野兽，当获得物临近的时候，总是这样静着的。我们已经走到那辆车面前了。忽然，那个穿半身皮袄的大个子跳下车来，一直向我们奔来！

他一句话也不对斐劳费说，但是斐劳费倒自己立刻勒住缰绳，马车停下了。

大个子把两手放在车门上，探进头来，用平静的声音和工人的语气说："亲爱的先生，我们从有趣的宴会上，办喜事那里回来，我们的朋友结婚了，我们把他安置好了。我的弟兄们都是很年轻，很勇敢的人，酒喝得多了，并没有醉，可以不可以请您赐恩，赏我们儿个钱，让他们每人再喝一点呢？我们要喝酒祝您健康，记住您。要是您不肯赐恩，那么，请您不要生气！"

"这是怎么呢？"我心想，"讪笑么？嘲弄么？"

大个子继续伸着脑袋，站在那里。就在那个当儿，月亮从雾里闯出来了，照着他的脸。这张脸微笑着，眼睛和嘴唇都笑了，并没有看出威吓的样子，仿佛在那里站班，牙齿也是白的，大的。

"我很愿意，拿去吧。"我赶紧说，便从口袋里取出钱袋，掏出两个银卢布，那时候银钱在俄国还能用呢。"这个够不够？"

"多谢！"大个子用士兵的口气喊着，他那大手指一下子就抓住我的——不是整个钱袋——只是那两个卢布。"多谢！"他摇着脑袋，跑到那辆车前去了。

"弟兄们！"他喊着，"过路的先生赏给我们两块卢布！"那些人忽然都哈哈笑起来，大个子坐到车台上去。

"好运！老爷，祝您好运！"

我们看了他们最后一眼，他们的马就走了，车子进山里去了，在天地区别的黑暗之线那里闪动了一下，顿时消失了。

于是，击声、喊声、铃声都听不见了。开始了死的沉寂。

我同斐劳费两个人一时还没有清醒过来。

"唉，这真是闹玩笑呀！"他说，便脱下帽子，开始祷告起来。“简直是闹玩笑的人，”他说时，转身向我，满心欢喜，“也许实在是一个好人。喏，喏，喏，小家伙！转过去！你们安全了！我们大家都安全了！他还不让通过呢，他还驾着马呢。真是闹玩笑的年轻人！喏，喏，喏，喏！去吧！”

我一言不发，但是我心里觉得舒服了。我们都安全！我自己重复了几遍，躺在草上，“我们真是捡便宜了！

我不由得有点害臊，为什么我要忆起茹科夫斯基的诗呢。

忽然我想起一件事来：

“斐劳费！”

“什么事？”

“你娶妻子没有？”

“娶过妻了。”

“有孩子么？”

“也有孩子。”

“怎么你不忆起他们？怜惜了马儿，可是怜惜妻子和孩子么？”

“为什么怜惜他们？他们是不会落在强盗手里呀。可是我在心里总时时记住他们，现在还记着呢。”斐劳费停顿了一下，接着说道：“也许……因为他们，上帝才赦免了我们呢。”

“若是他们并不是强盗呢？”

“怎么知道呢？难道能够爬进别人的心里去么？别人的心灵一定是黑暗的。可是随着上帝总是好的。我把自己的家族总是放在……喏，喏，喏，小家伙，去吧！”

我们走近图拉的时候，天差不多已经亮了，我处在半梦半醒的状态。

“老爷，”斐劳费忽然对我说，“你看，他们停在酒店里呢。

这是他们的车。”

我抬起头来，果真是他们，马呀，车呀，都在那里。在酒馆的转角里，忽然出现那个相识的，穿半身皮袄的大个子。“先生！”他挥着帽子，嚷起来，“你的钱我们都喝尽了！嘿，车夫，”他摇着脑袋向斐劳费，说道，“大概是胆怯了吧？”

“真是快乐的人，”斐劳费在走过酒馆后，这样说。

最后我们到了图拉，我买了些弹药，又买了茶叶和酒，还在马贩那里买了一匹马。正午的时候，我便往回赶了。斐劳费在图拉喝了酒，成为很能说话的人了，还给我讲起故事来。走到了那个我们第一次听见后面车响的地方时，斐劳费忽然笑起来了。

“老爷，您记得我怎么对你说：击着呢！击着呢！”

他说时，摇了几摇手。他觉得这句话非常可乐。当天晚上，我们就回到乡下了。

我把那晚发生的事情跟叶莫来说了，他正清醒着，并没有表现出一点同情心，不过哼了几声，是赞成还是责备，可能连他自己都不知道。但是过了两天，他兴致勃勃地告诉我，就在我同斐劳费两个人到图拉去的那天晚上，就在那条路上，一个商人被抢劫，并且被杀死了。我起初不相信这个消息，但是后来相信了，因为一个负责侦办此案的警察向我证实了这个消息的真实性。那些勇敢的人是不是从“喜事”上回来，照那个大个子的话说，他们安置的“朋友”不就是那个商人？我在斐劳费的乡村里住了五天，每天一遇见他，我就对他说：“啊？击着么？”

“真是快乐的人。”他每次总是这样回答我，自己也笑了。

树林与旷野（跋语）

……渐渐儿，什么东西开始把他拉回去。
拉到乡村里，拉到黑暗的花园里，
那地方菩提树这般伟大，这般阴凉，
兰花还这样童真似的发着芬芳，
那地方并排的圆杨树，
从堤旁到水上，
那地方，橡树生在肥田上，
那地方，荨麻生出香味。
往那里，往那里，往安乐的田地里去，
那地方，田地天鹅绒似的发黑，
那地方，燕麦满眼都是，
轻轻地摇曳出温柔的浪儿，
又重又黄的日光射下来了，
从透明的，白而圆的云儿里；
那地方真好呀
——从待烧的诗里

读者也许已经讨厌我的日记，请安心吧，我已经决定，只刊印上面所写的那些。但是在离别的时候，我不能不说几句关于行猎的话。

带着枪和狗出去行猎自然是很美的事情，譬如你并不生来就是猎人，但你喜欢大自然，你就不能不羡慕我们猎人，你听着吧。

你知道不知道，春天在朝霞以前出行是如何的快乐呀？你走出来，站在台阶上。在深灰色的天上，有几处闪耀着星星，潮湿的微风扑面而来，能隐约听到夜之微声，隐在黑暗中的树枝微微摇动。此时，他们把皮毡铺在车上，把茶炊放在脚后。辕马长嘶着，很雅致地跨着腿儿；一对刚刚醒来的白鹅静悄悄，慢吞吞地在路上来回走着。后园的看守人正在打鼾，每个声音仿佛都停在凝冻的空气里，静止不动。你坐下了，马儿一下子动起来，车子大声地击着。你就走了，走过教堂，从山上往右，经过水堤，湖泊渐渐儿开始生出烟气来。你觉得有点寒意，你把大衣领盖住脸儿，打起盹来。马儿拔着腿在泥塘里响亮地溅着水，马夫呼啸着，你已经走出四里多路了。天边发着胭脂色，乌鸦在橡树上醒了，不灵便地飞着；喜鹊在黑暗的草堆附近啾啾儿叫着。空气发亮了，道路显出来了，天色亮了，云儿发白了，田地绿油起来了。在农屋里，木屑烧成红光，大门后面传出鼾睡的声音。那时候朝霞发红了，金带在天上拉着，山涧里飘着蒸气，云雀响亮地唱着，清晨的风吹起来了，红日轻轻儿浮出来。光明像水似的涌出来，你的心激动起来，仿佛鸟儿似的。如何新鲜，快乐，爽快呀！四周能看得很远。小树林后面是乡村，再过去又是一村，还有白色的教堂，山上都是橡树林，后面是湖泊，就是你要去的地方。马儿，快走吧，快走吧！大步往前走！还剩下三里路，没有多少了。太阳很快升起来，天晴朗了，牲口从乡村里迎面走过。你走到山上了，如何的景致呀！小河蜿蜒着十里路，在雾里发着蓝，河后有葱绿的草原，草原后面有小山坡。涉水鸟呼喊着在湖泊上飞来飞去，穿过潮湿空气中的白光，远处的风景看得一清二楚，但并不和夏天一样。你的呼吸是如何自由呀！四肢动得如何爽快呀！人的身体被春日的新气息环绕着，显得多么健壮呀！……

至于夏天七月的早晨呢？除了猎人以外，谁能感受得出在朝霞里树林旁边闲走的快乐？你的足迹在满露而发白的草上印出绿痕来。你拨开潮湿的树林，那种蕴藏着温和的夜之香味围绕着你，空气里充满艾草的新鲜苦味、荞麦和豌豆的蜜味，橡树林在远处高墙似的站着，在太阳里发亮并且发红。空气还是很新鲜，可是已经感觉出热的临近。因为芬芳的流溢，头不由得眩晕了。矮灌木一望无边，远处有些地方的燕麦成熟了，泛着黄色，荞麦成为窄行，显出红色来。不一会儿，车儿响了，乡人一步步走着，把马放在阴凉底下。你同他问好，就走开了，镰刀的响声立刻从你身后传过来。太阳渐渐儿高起来，草很快干了，天气开始热了。过了一个小时，两个小时，天边发起黑来，静止的空气呼出刺人的暑热。“老哥，在哪里可以喝水？”你问刈草的人。“那边山涧里有井呢。”从浓密的胡桃树林中间和野草上，你走到山涧下面。断崖底下果真隐藏着泉水，橡树很贪心地把自己掌状的干枝伸展在水上，银状的大水花摇动着，从铺着细柔青苔的底里升出来。你伏在地上，你喝够了，但是你懒得动身。你身在阴凉里，你吸着芬芳的湿气，你觉得很舒服，树林在你对面炙烧着，仿佛在太阳里发黄了。但是这是怎么啦？风儿忽然飞旋起来了，空气在四周颤抖着，不就是雷么？你从山涧里出来。太阳还在四周很明亮地照耀着，打猎还可以呢。但是黑云生长出来了，它的前边拉成长长的袖子样儿，侧着成为弓形。草和树林，一切都发黑了。快一点！那边大概看得见干草造成的车房。快一点！你跑到了，走进去。如何的雨呀？如何的闪电呀？水从干草屋顶上滴落在发香的干草上面。太阳又出来了，雷雨过去了。你出来了，天啊，四周一切闪耀得如何喜悦呀，空气如何新鲜而且温润呀，草莓和蘑菇如何发香呀！

可是到了薄暮了。晚霞着火似的发红，占据了半个天空，太阳在那里落了。附近的空气仿佛特别透明，和玻璃一般；远处停着形状温和的，柔软的蒸气；鲜红的亮光随同露水落在田野上面；树林，干草的高堆那里，生着长影。太阳落了，有一颗星星亮起来，在落日的火海里闪耀。一会儿，天发蓝了，一个个阴影都隐灭了。是回家的时候了，你就回到乡村，自己所宿的小屋里去。你把枪背在肩上，快快地走着，不管累不累。那时候已到夜间了，二十步路以外已经看不见东西，狗儿在黑暗里发白。在黑树林上面，天边微微发亮了。这是什么？火么？不，这是月亮出来了。下面，靠右的地方，乡村的灯火已经闪耀了。最终，到了你的小屋了。在小窗那里，你看得见铺着白布的桌子，燃烧的蜡烛和晚饭。

或者，驾好了马车，到树林里去打山鸡。在狭窄的小道上面，高燕麦的两墙中间，走起来是很快乐的。穗儿轻轻地击你的脸，野菊花绊住腿，鹌鹑在四周鸣叫着，马儿懒洋洋举步跑着。那边就是树林了，一片阴暗和寂寞。壮实的柳树高高地在你头上沙沙作响着，桦树长而垂挂的枝儿微微动着，强健的橡树仿佛战士似的在美丽的菩提树附近站着。你走在发绿的，阴凉的小道上，大而黄的苍蝇不动地悬挂在金色的空气里，忽然一下子飞走了；蚊虫成群地飞着，在阴凉里发亮，在太阳里发黑；

鸟儿很平和地唱着，黄莺的金嗓子唱出愉悦的歌声，和兰花的香气相映成趣。往前往前，到了树林的深处了。树林更加浓密一些了，心中有一种说不出的静穆，四周也是静悄悄的，让人昏昏欲睡。但是风儿跑来了，树梢喧哗起来，仿佛落潮一般。去年栗色的树叶里有几处长出高草来，蘑菇在自己的帽盖底下孤零零地站着，野兔忽然跳出来，狗发着响亮的吠声追过去。

还是这个森林，在晚秋的时候会有鸟群出现，多么好的光景呀！那些鸟儿并不在树林深处藏着，应该到林端附近去找。没有风，没有太阳，没有阴影，没有行动，没有喧声；在柔和的空气里充满秋的气味，仿佛酒味一样；远处的薄雾盖在黄色的田地上面。从裸露的，栗色的树枝中间可以看到，静止的天空发着白色；菩提树上有几处还挂着最后的金叶。湿地在脚下具有弹性，高而干的野草并不动。你呼吸得很安静，心里生出很奇怪的恐慌。走到林端那里，望着狗，同时心爱的人的样子，死和生的，都忆起来了，沉睡了很久的记忆出其不意地苏醒过来。想象激进着，幻想和鸟儿似的飞着。心一会儿忽然颤动，猛烈奔向前去，一会儿又毫无挽回地沉没在回忆里了。你的一生又轻又快地展开：一切的过去，一切的情感，力量，一切的灵魂。四周对他一无阻碍，无论太阳，风和喧哗。

至于在晴朗微寒的秋天，桦树仿佛故事中所讲的树一般，满是金色的，美丽地画在浅蓝的天上，低矮的太阳并不发暖，可是比夏天的太阳还发亮，不大的杨树林亮得全透明了，仿佛裸露在那里很高兴，很轻松似的；山谷底的霜还白着，新鲜的风轻轻儿动着，追赶着落地的，焦黄的树叶；河面上的蓝色波纹喜悦地掀动着，冲起游散的鹅鸭；远处的磨坊在那里发声，一半被柳枝掩住了，天鹅在光明的空气里发着斑色，迅速地在磨坊上面旋转着。

夏天有雾的时候，虽然猎人并不喜欢，也是很好的。在这样的日子不能够放枪：鸟儿从你脚下飞过来，立刻就隐在不动的，白漾漾的静雾里去了。但是如何静呀，四周围如何静悄悄呀！万物都睡了，万物都静默了。你从树那里走过，它并不摇动，显出温柔的样子，在你面前从散布在空气里的薄气中间透出一条发黑的长带。你当成临近的树林，你一走过去，树林就变为高高的艾草了。在你头上，在你周围，随处都是浓雾。但是风微微儿动起来，天上的浅蓝色块从稀薄的，仿佛冒烟似的蒸气里透出来，金黄色的光线忽然闯进来，射成一条长流，击着田地，闯进树林，后来又全都掩住了。这样的"战争"持续很久，但是后来光明战胜了，暖雾的最后一层一会儿伸展得和布单一样，一会儿又蜿蜒着，隐在又深又光明的高处了。

于是，你动身往远郊去了。你在村路上走了十里多路，终于走到大路上。你走过了无尽的货车，走过了好几个旅馆，棚屋外沸腾着火壶，门儿敞开着，还有井——从一村到另一村，经过一望无边的田地，顺着发绿的麻田，你走了很长时间。喜鹊在柳树间飞来飞去；村妇手里拿着长铁耙，走到田地里去；穿着破袄的路人肩后背着行囊，迈着疲惫的步子走着；田主负重的马车套着六匹高大而累乏的马迎着你走过来。窗里凸出枕角，一个仆人侧坐在车后脚蹬那里，抓住绳子，穿着掩到眉毛那里的皮大衣。那边就是县城，有木制的，歪斜的小房，有无尽的围墙，有荒凉的，商家的石头建筑物，深深的溪谷上有老式的桥梁。往下走，往下走，到了旷野的地方。从山上一望，这是怎样的景色呀！又圆又低的山陵已经开垦而且播种了，分散得仿佛宽阔的波浪，中间蜿蜒着生满了树林的山谷；小树林零落其间，仿佛岛屿一般；从一村到彼村有狭窄的小道；教堂发白着；小河在柳树中间缓缓流着，四处都挡着堤防；野鸭在田地里远远的出没着；小湖旁边耸着一所贵族的旧邸宅，带着旁房，果园和打谷场等。但是你还往下去，往下去。山陵都是小的，树差不多看不见了。最后才到了一望无边的旷野！

到了冬天，就可以顺着高雪堆去猎兔，呼吸着发冷而尖锐的空气，受着柔雪的发光，不由得眯起眼睛来，赏玩着红色树林上的绿色天！至于春初的几天，四周万物都发光着，而且摧坏了，从融雪中已经透出温暖起来的土地的气味；云雀在融雪的地上，太阳的斜光底下，很愉悦地唱着；溪流带着高声的喧声和吼声，在山谷里旋转着……

但是现在是结束的时候了。恰巧我讲到春天：春天是最容易离别的，春天可以拉住幸福的人们。告别吧，读者，愿你们永远幸福。

附录　《猎人日记》研究

一

"……我只愿意声明，我在前面并不见有别的道路。我不能呼吸于一种空气里，而与我所嫉恶的共存，这也许是我缺少坚忍性格的缘故。我必须从我的仇敌那里退后开来，使我能远远的一鼓作气，施以猛烈的攻击。在我的眼里，仇敌要有一定的样式，一定的名字：此敌为何？就是农奴制度。我在这个名义底下集合我的所有力量，我决定和他奋斗到底，这口恶气我是发誓不肯平消的。这是我终身的誓言，也不是我一个人在那时候起这样的誓。我到西方去，也是为了奉行我的誓言……"

这是俄国大文学家屠格涅夫在自己所著的《文学与人生的回忆》一书序言中的一段话，以表明他反对农奴制度的态度，也是他将24篇短篇小说集成《猎人日记》的原因。从这个明确的宣言里,不但可以看出屠氏在自己的人生观十分复杂时(在40年代的后半期）对农奴所具的一种观念，还可以知道这是19世纪初的俄国文学家共同的趋向，共同的目标。俄国文学所以能富于人道的、同情的精神，成为一种特殊的文学，就是因为有那种共同的趋向，共同的目标。所以我们要考察俄国文学之所以形成，便不能不对这种共同的趋向，共同的目标加以注意。而要研究猎人日记，更须先明白屠氏以前的俄国文学家如何保持这种共同的趋向和目的，然后才能得其要领，进而从《猎人日记》的普通意义和艺术价值上作更深一步的研究。

“人生在世上，互相都是平等，大家全有肢体，大家全有理性和意志”，这种理性和意志谁也不能夺去。农人是个“人”，既有肢体，又有理性和意志，何以要做田主的农奴？何以他们的自然权利——自由和平等要受他人的剥夺？个性是神圣不可侵犯的，农奴的个性也是如此，所以知识阶级不能不加以拯救。

俄国文学家抱着这种个性神圣的观念为反对农奴制的理由，所以他们的旗帜是很鲜明的，声势是很浩大的，渐渐形成了极普泛的文学社会潮流——俄国的国民性。当时俄国文坛上所描写的几乎都是农民，所讨论的也是农民问题。如果这个著作家对农人没有明了的主张，他绝不能得到社会的持续关注，除非是为了取乐的人，读他的著作也不过是为了解闷而已。所以，农人和农人问题在当时俄国文坛上竟成了严正的，难变动的道德制裁，无可逃避，文人全都承认并且同意这是极重要的事情，几百部著作都贡献给这个最重要的东西，这是19世纪40年代俄国文学最大的目标和趋向（参阅《小说月报》第十二卷号外俄国文学研究拙译《十九世纪俄国文学的背景》一文第一节）。我们在这里将保持这种目标和趋向的文学家中较重要的几位人物略说一下，就能明白19世纪初俄国文学对农奴制奋斗的实况。

在俄国文学里最初反对农奴制最强烈的作家就是拉吉舍夫(1749-1802)，他精心写成了一部《圣彼得堡至莫斯科旅行记》的名著。这部名著完全着眼在农奴法律上，把18世纪末的俄国社会生活分析得异常详细。书中字里行间充满了被人类忧愁压迫着的心灵的呼号，是当时唯一的、锋芒不可当的一篇对农奴法律的反抗书。拉氏在这部书里大声疾呼：“……这就是按着理认为国家富足强盛的源泉，但是其中也能见出法律的缺点，薄弱和弊病以及其他硬性的方面；又能见出贵族阶级贪欲、强暴，和贫民阶级受苦、孤单、赤贫的情形来。他们简直是贫欲的野兽，什么东西都给他们夺去。所不能夺去的就是空气，也不过是一种空气。所有地中的产物，面包和水，还有那光明都被夺去。可是法律禁止的是一刹那间的夺取，他们却想尽方法渐渐夺取。一方面有的是权力，而另一方面只有无保护的苦痛。因为田主对于农人是立法者，是审判官，是自己决意的实行者，是被告不敢违反的原告。田主认为农人是应该受压迫的命运，是应该关在黑暗地狱里的命运，是土坑里饿狼的命运……”这几句话写得何等的沉痛，无论什么人，看了没有不感动的，不下泪的，没有不对背负着艰苦命运的农奴表示同情，认为必须推翻农奴法律的。其后，这部名著为女皇叶卡特琳娜所见，认书中的言词有谋乱的性质，还把书的著者当作“俄国内法国革命的第一提倡人”，拉氏竟因此下狱，判处死刑，后因害怕社会舆论，改为流放。这真是俄国农民解放运动史上最初一段极重要的事实。其后陆续出来许多文学家和批评家都继承着拉氏之志，趋向同一目标。到了 19 世纪 40 年代，格里戈洛维奇(1822-1899)的小说《乡村》一出，这种运动的旗帜就愈加鲜明，俄国文学家的目标和趋向亦愈加确定了。

格氏那篇《乡村》小说出版于 1846 年。那篇作品严格说起来并不是一种艺术的产品，着重点在于承认农人生活为值得同情的罢了。白林斯基有一段批评《乡村》的话，讲得很对。

他说："著者打算从自己的《乡村》里做成一篇小说，因此便生出作品里的一切缺点来……他窥探这篇小说深层世界的试验也是不成功……至说到农民生活的记载，那实在可称为格氏作品光荣的方面。他在这篇小说里暴露出许多事务的观察点和知识,还能在普通、真确、忠实的样式里用非常的天才表现出来(白氏著《一八四六年俄国文学的观察》）。"白林斯基实在是不错的。我们在他的话上还可以加上一点意思，老实说，《乡村》作者对于平民，普通人的关系并不明了，小说里没有一个人物能用自身的品性引出人家对自己的正当同情心来。但是从另一方面说，当时这个年轻的作家认平民生活是值得详细并且精密描写的，这是毋庸置疑的事情，并且他还对以前作家和贵族间的关系屡次表示嘲弄（见该小说第五章内）。格氏说："虽然这篇小说的讲述人觉得谈文明的，有学问的，属于上等阶级的人有极大的愉快；虽然他十分相信读者自身对这种人比粗鲁、污秽、愚傻的农人和村妇还感着许多兴趣，但是他立刻就转移到后一种人,毋庸置疑,这种人才是他著书的最重要目的呢(《乡村》，1882 年版本，第三十一页）。"这类的话在小说里还不止于此，可见格氏对农民生活同情心之深了。

《乡村》行世后的翌年，1847 年的时候，屠格涅夫描写农民生活的第一篇作品《赫尔与卡林尼基》——《猎人日记》的第一篇遂呱呱一声，降生在阴云凄惨的俄国社会里，受到当时文坛和群众盛大的欢迎。其后，屠氏继续做了许多关于这类的短篇,而空前绝后的,描写农民生活的《猎人日记》遂已告成。

有困苦颠连，宛转呻吟于田主的无限权威之下的俄国农夫，就有充满人道精神和同情心的俄国文学，也就有精密描写农人生活的《猎人日记》。

二

屠格涅夫怎么会有和农奴制度奋斗到底的誓言呢？为何会对农人抱极大的同情心呢？这个我们不能不加以精密的研究。据我的观察，其反对农奴制——换言之，即对于农人的同情的原因，不外下列三种：

1．幼时所受的印象

屠氏所以表同情于农人的最大原因，实为幼时在父母家庭内所受的印象。在屠氏个人的回忆和同时人传述两方面，都不难把这些印象的性质和屠氏对此所受的影响解释清楚。屠氏幼时的家庭生活十分艰苦，他看不见母亲的慈爱，得不到温和的感情和家人的关注，不但如此，他的家庭里还罩着一种冷酷的氛围，对于儿女尤其残忍异常，身体上的刑罚被认为是教育的唯一方法。屠氏曾讲过这种情形，说：“他们为了一点小事差不多每天要打我。”只有一个人极爱屠格涅夫，就是他父母的侍仆，普通的俄国农人斐迪亚·伊温诺维奇·洛彭诺夫。屠氏从他那里学成了俄国文字，养成了爱读俄国书籍和俄国诗的习惯。这样一个缺少关爱的小孩，渴望同情和抚爱的心，自然要对洛彭诺夫生出感情来。这种对于普通农奴的情感在小屠格涅夫的心里能引起一种对俄国农人善意的感情来，并且可以帮助消除数世纪来所造成田主与农奴间——亦即霸占农奴的俄国田主之子与处于奴隶阶级的人民间的鸿沟。

屠格涅夫自能记忆之日起，总目击家内所有农民的痛苦，这幅悲惨的图画深印在富于情感的儿童的心里，自能助长其对于人民和其悲惨命运的同情心的发展。

屠氏系出世家，祖上就对待农奴做过残忍的事情，传到他父母身上，依旧未改。伊温诺夫氏为善于研究屠格涅夫之人，曾在所著的《屠格涅夫的生平品格和创作》一书里写下几句话，以形容屠氏的家庭。他说道："屠格涅夫家很大很旧的府邸共有四十余间屋子，实在是道德上的打击，身体上痛苦的巢穴……在那里面简直没有人类的眼泪和人类幸福的余地。打破高贵的情感，摧残人生的希望，压制全家族，即是权力的威势和凯旋。一天一天，谁都看不见，谁都知不道的悲剧不知道有多少呢。"

所以，屠氏一方面既受着家庭的痛苦，一方面又目击田主对农人的残忍，自然而然要对无人保护，还背着自己的十字架在生命的道路上走着的农人表示同情，而对于所有成为其悲惨命运的原因的东西也更要加以仇视了。《猎人日记》之作就是本着这种对弱者同情，对强者仇视的精神而写成的。

2．西方文学的影响

俄国平民生活的小说，发端在法国的社会小说。在 40 年代之初，法国和德国的浪漫文学里，社会小说的根苗已经很显著地生长出来。巴尔扎克 (1779-1850) 在自己所著的《农人》（1848 年出版）小说里用极大胆、极无偏颇的写实精神，把田地对法国农人的权力秘密地显示出来，还指出一个村内的居民反抗田主的策划和相互战斗的情况。这是法国关于农民问题最好的小说。

德国文学家奥尔伯赫(1812-1882)著有《莱茵河上的别墅》，也是一篇描写乡村生活的小说。屠氏对此书的俄国译文曾做过一篇序，加以极大的称赞，称奥氏可享受"描写乡村生活的发端"的荣誉。1843 年以后，奥氏又陆续做成《司娃德司娃里的农村短篇小说集》一书。这部书虽然不能像巴尔扎克的作品一般充满浪漫的，寓言的色彩，却能在各方面描写出乡村生活的样式、模型和图画来，把生活的全部放进在文学里面。奥氏乡村生活的小说因为他艺术手段的佳妙，在当时的文坛引起不小的轰动，对当时的自然派起到很大的推动作用。

乔治·桑特（1804-1876）是法国著名的浪漫派女作家，她读了奥氏几种关于乡村生活的小说，便改变了自己的主张，抛弃自己那种“妇女式”的小说，从事研究并且发扬那些被忘却，受损害的社会阶级，一步跨进平民生活小说的队列中，写出了《法国旅行之同伴》等作品。

俄国当时的文坛受西方文学的影响很大。有巴尔扎克、奥尔伯赫和乔治·桑特等文学家提倡乡村文学在前，加上当时农人遭受极大压迫，无处诉苦的俄国现状，对自幼就对农民富有同情心的屠格涅夫来说，自然要受外国文学的影响，提倡描写农民问题的小说。

3．斯旦克微支和白林斯基的团体之影响

斯旦克微支和白林斯基两个人是19世纪40年代俄国思想界和文坛的中心人物。当时许多俄国青年都趋附于他们的旗帜底下，组成一种极坚固的团体，讨论并且研究关于哲学、文学、美学上的各种问题。屠格涅夫当时与这一团体来往甚密，还尽力去研究德国的哲学（对于黑格尔学派的研究最尽心）。因此，他在幼年就存在的那种对粗暴、强权，尤其是农奴制度的嫌恶心越发增加了。屠氏目击数百万俄国人民痛苦呻吟，困苦颠连于这种社会组织的底下，不由得也对这种组织难以忍耐起来了。所以，他当时发出一个终身的誓言，决定对社会组织加以猛烈的攻击。所谓“社会组织”，读者不言而喻，总可以知道是那种“万恶的农奴制度’了。当时与斯旦克微支和白林斯基为伍的人大都承认农奴制度的不正当，所以对这种制度全有施以攻击的决心。屠格涅夫处在这个团体的中间，耳濡目染，即使不受幼时的印象和西方文学的影响，亦必完全赞成这一派的见解。团体可以转移个人的趋向，所以屠格涅夫反对农奴制，团体的影响是重要原因之一。

三

《猎人日记》的目的和屠格涅夫所以反对农奴制的原因，上面两段已经讲得十分明白，现在可以进而研究《猎人日记》的内容了。

我们先从《猎人日记》的大体方面研究一下：这部书之所以能成为世界名著，产生巨大的影响，我们以为是因为没有偏向的缘故。屠格涅夫创作《猎人日记》虽然具有一定的目的，但是并没有一点失真的地方。自然，屠氏可以从学说的发展上承认农奴法律的不正当，但是他以为绝不可违反事实地描写。那种目的超过方法的规则，屠氏认为不用遵从，所以他绝不给我们显出一个伟大和高贵的农人，仿佛莱维托夫所描写的一般，更不写出格里戈洛维奇所画的那些失望的面目，总而言之，他是不用浓厚的色彩去损毁自然的图画的。他写所能写的，写那为现实所允许的，所以《猎人日记》对解放事业所贡献的利益实际上是很大的。

其次，我们要用分析的方法研究《猎人日记》中的农人。《猎人日记》中农人的描写大致可以分为三种：农人阶级正面性格的描写；农人生活光明方面的描写；田主对农人关系的描写。

现在先研究第一种的描写——农人阶级正面性格的描写，

我们可以用四篇中的人物次第加以分析研究：《美人米也恰河的卡西扬》中的卡西扬，《活骸》中的露克丽雅，《赫尔与卡林尼基》中的赫尔和卡林尼基，及《皮留克》中的皮留克。

先说《美人米也恰河的卡西扬》中的卡西扬（《猎人日记》第九篇）。

因为农奴制度的关系，使俄国的农人和其他阶级中间生出一条绝大的鸿沟，而对知识阶级是老死不相往来。农人只能用自己的力量，在自己的阶级里寻找心灵的安适。四周的人不是对他们异常冷淡，便是十分仇视，他们是“被损害，被侮辱的人”。如果有人依着自己的本能可以跳出这种黑暗的阶级，那么，他就能觉出一种极深沉、极痛苦的寂寞滋味来。因此，这种农人时常生出一种忧郁的幻想，而且对一切弱者，无保护者都有病态的同情。如果这个农人不幸生有奇怪的长相，并且爱好万物，那么，他一定会变成愚痴的人，如卡西扬和卡林尼基两个人。这两个人虽然住在尘世里，可是含有许多隐士的性质。他们完全不会做那种实际上很勉强的事情，仿佛一般的农人所能做得到的。卡西扬对那个他做什么营生的问题，回答说：“我不过靠天活着罢了，至于所谓营生却是没有的，什么营生都不做。我十分呆笨，从小就这样，趁着还有力气，就做点工作。我是个很坏的工人，既没有健康，手脚又笨得很……”但是他这番话，读者不要弄错，绝不是与道德和知识的愚痴相并而行的“寄食主义”。在卡西扬的心灵里正进行着复杂的行动，隐藏着完整的人生观。他的人生观的主要意思就是人在自己和外界的关系上，应该服从一定的学说。他在我们面前是一个典型的“现实世界以外的人”，不过这个人并不在知识阶级的社会里，却在乡间的黑暗角落里罢了。他的生活不过是一种同“自然”联合的生活，但是这种生活并不起自艺术情绪发展和观察喜悦的时候，却因为除了这种生活以外，他没有另一种生活的缘故。他知道各种禽鸟的声音，会同那些鸟类相应和，并且称赞它们的歌儿。每根小草，每朵鲜花都能引起他的情感，和别人提起对多年老友的回忆时所受的那种情感一般。并且他那些朋友都给他带来很大的幸福，这种幸福是我们永远想不到的，就是泉水也能把他建筑在宗教思想上面，旷野也能震荡他快乐的心灵。

一切的悲哀——不但是人类的，还是鸟类的，都能感动得卡西扬潸然泪下，阿奴士卡女郎还能在他的声音里表现出一种无可描摹的温柔态度。可见他是宇宙和人类的爱，埋没在残酷的奴隶阶级里的大源泉了。这种人在俄国农奴社会里隐藏着不少，屠格涅夫描写这种情形，可以让群众发现平民的生活，灵魂的理想化和艺术化的方面。

其次是《活骸》中的露克丽雅（《猎人日记》第二十三篇）。篇中讲猎人偶然到一间破败的小屋里面，看见一个躺着不动，面无人色，憔悴可怜的人。他认识那是以前他母亲的农奴的女儿，当时在乡村里是出众的美女，善跳舞，还喜欢开玩笑，现在却成为麻痹的人，得了一种不明不白的疾病。这个骸骨已经和世界没有任何关系，并且谁也不去顾念这样不幸的人，一些善人有时候倒点清水在她的瓦罐里面。并且她也没有什么需要，她仅用那种眼神和微弱的话语生活着——究竟这个能不能称为“生活”，尚不可知。在这个活骸里还住着充满了悲哀的灵魂，十分恬静，十分神圣，飞舞在完全自制的高处，并不丧失那种乡村的真实。露克丽雅讲起自家不幸的境遇，怎样在一天晚上因为听黄莺的鸣叫失足从房上跌下来，以后就染上了一种不明白的疾病，从此以后，一切人生的快乐都陆续离去了，她的未婚夫起初自然十分忧愁，却很快走出悲伤，娶了别家的女郎。他可以不这样做么？她只有希望他得到美满的幸福罢了。她整年躺着不动，唯一解闷的方法就是静听礼拜堂的钟声，和邻舍蜂窝内蜜蜂飞来飞去的声音。有时候一只燕子飞到房顶下来，这已经是一桩数星期来万想不到的快乐事情了，再要有些慈善的人们肯替她取点水来，那么，这种隆情厚谊简直是她感激不尽的呀！她对她旧日的小主人叙述过去的事情，提起她是村里第一个善跳舞，好唱歌的女郎，不由得有点骄傲，后来竟竭力唱起歌来。著者叙述当时的情形，说道："一想到这个垂死的人将要预备唱歌，不由得使我毛骨悚然。但是还没等我说出话来，我的耳朵就听到一阵延长不断，微弱的，却极纯粹的声音。露克丽雅唱着'在草地上……'，她唱时，眼睛紧紧地盯着一个地方，化石般呆笨的脸容毫无表情。但是她挣扎出那种可怜的，烟丝般轻荡的声音，异常动人，她是想将心倾吐出来。那时候我感到的已经不是恐怖，而是一种说不出的怜悯，刺扎着我的心。"

露克丽雅又讲起自己的梦境，说死神现在她面前，却从旁边走过，不肯解救她。后来那个活骸竟拒绝主人一切表示帮助的请求，她既无希望，又无需要，她对一切事情都很满意。后来，到了猎人临走的时候，她还用最后的，带着妇人气的话语留了他一下。这个不幸的妇人知道她自己将要留给主人一种恐怖的印象，便赶紧加上一段得意的故事回忆。她说："老爷，您记得不记得，我的头发是怎样的呢？您总记得，它是长到膝盖那里的！我把它剪掉了！我迟疑不决了许多时候，那头发是真美！但是我现在这种样子，也没有法子梳啦。好啦，老爷，对不住！不说别的话了。”所有这些事情一点也不必加以解析，却都华美得像蝴蝶的羽翼一般。这篇小说的结构并不灵妙，十分普通。屠格涅夫平平淡淡地写来，越发使我们读着惊心动魄，以这样的题材，如果让各种不同的文学派别着手描写，结果终是不同的。旧时代的浪漫派必定要给这个不幸的生物设定一种难逃的定数，将她写成反抗世界秩序的残废人。自然派的作家对于这个题材，一定要让我们读一次病理学的功课，他们必定很喜欢解剖这个化石般的肢体，发现秘密的伤员，指出在神经系统中各种已经败坏的器官，而断定病人正处于愚痴的状态中。至于有剧烈信仰的作家也要按自己的意思变换这个受苦妇人的面目，他们一定描写她成为头上顶着环光的神人，具有神秘的观念，受一种不可思议的天力所维持。但是屠格涅夫却没有这样，他在那篇小说中不大提起身体上的疾病，只隐隐约约地说了半句话。可是我们读完了这篇，总可以明白那简直是一个尸首。在那篇小说里并没有什么批评议论和对照反衬的地方，著者并不竭力把事实扩张，也不使我们的想象惊愕，他认为这不过是人生中的一件事罢了。说到上帝这里，那个安静的女郎也知道他有许多事情比这件不幸的事情重要得多，她照常向上帝祷告，并不提出任何特别的要求，还带着那种完全缺少神秘性的农女的普通信心。在这篇小说里只表现出俄国农人所富有的，对于命运的服从性罢了。作者能在写实和理想二者中间保持均衡，各种琐碎的描写是属于写实的范围。至于整个的，统括全局的事情便不得不属于理想的范围。读者试阅《猎人日记》第四篇《县医》中病人的模样，那种脚触在地上，眼睛望着天上的样子，便知道屠氏的天才在理想和艺术两方面是何等伟大。

顺次研究《赫尔与卡林尼基》中的赫尔和卡林尼基（《猎

人日记》第一篇）。

赫尔和卡林尼基两个人的性格是完全相反的，虽然有一种深挚的相互的好意联结着他们。据著者的描写，赫尔是“固执的很实际的人，他明白现实，造房，储蓄了许多钱，对待主人和官厅是很和气的，家里人口虽然多，可是都一心顺从他的命令。卡林尼基和赫尔可不一样：他是个理想派，浪漫主义者，性情喜悦，常常爱作种种的幻想；生计非常困难，家里一个小孩也没有，曾有过一位夫人，他畏惧得了不得了。赫尔对于主人看得很透彻，卡林尼基在主人面前却极其崇拜，尊敬”。我们不妨再加以比较。赫尔是偏于理智方面的人，富于常识，有时还是怀疑论者，对人生抱有嘲笑的态度，而卡林尼基属于心灵、情感、信仰方面的人。赫尔判断事情十分正确，并且考虑周全，很会安排自己的产业和家庭。卡林尼基却是一个幻想者，几乎是没有居所的云游人，但是随处随时可以表现出他心灵的柔和来。这两个人性情的相反尤其在他们同著者聊关于国外生活的话题时可以显露出来，对于外国，他们两个人都是极加关注并且有好奇心的。著者说：“然而卡林尼基所问的都是些山川，瀑布，伟大的建筑物，壮丽的城池；赫尔问的都是些关于行政，国家的事情。他问的很有次序：‘他们那里也和我们这儿一样吗？先生，怎么样？’卡林尼基也插言道：‘先生，请说……’赫尔很静默，紧皱着眉峰，间或听到中间，也说道：‘我们这里不像这样，那倒很好，这个很有秩序。’”

其次，同赫尔的谈话能使著者相信，“彼得大帝纯为俄罗斯人，也就从他的改革上，见出他是俄罗斯人来。俄罗斯人总是深信自己的有力，不顾一切地破坏己身的一切。他不很注意过去，却勇敢地望着前途，凡是好的，便是他所喜悦的；凡是合理性的，他便去采纳，至于来自何处，他是不管的。他喜欢用他的常识，取笑德国式干燥的推理……德国人是有趣的民族，大可跟他们学一学。”

赫尔和卡林尼基两个人的接近不仅因为性格相反的缘故，我们还能在见解和同情心上找出他们的共同点，他们两个人互相谅解。著者说：“赫尔曾在我面前请他把一匹新购来的马牵到马厩里去，卡林尼基一本正经地替这个老怀疑主义者办好这件差使。”他们两个人还有一个接近点——就是都爱音乐。

总之，赫尔和卡林尼基完全是借车农人的典型代表。此篇首先出现于《今人》杂志，即轰动一时，受到社会盛大的赞誉，即以坚定屠氏陆续作描写农民生活的小说之志，其价值可想而知了。

最后便讲到《皮留克》了（《猎人日记》第十一篇）。

福马·库资米奇（即皮留克）是一个有责任的狂信者。他不会用批判性质的分析方法，以趋近于事实。他运用道德观念，并不加以考察，而盲从那已成的阶级所承认的信条。有些不幸的小农在偷窃林木时被他捉住，即使哀求他饶恕，也是徒然无用。那个“穿着破衣，还生着又长又乱的胡须”的农人的凄惨容颜不能动他的心；被捉的人对自己穷乏和破产的供证，他的忏悔，以及那种无理性的哀号，都不能动他的心。为什么他应该用全力去保护森林？这个问题从来没有在他的脑子里出现过。农人们议论他道：“一把干枝他都不许拉走，无论在什么时候，即使是在半夜的时候，他也会出其不意地走过来，仿佛雪落在头上一般，你别想抵抗一下，他又有劲又灵巧，简直是个魔鬼。并且无论用什么贿赂都不行，用酒，用钱，无论什么诱惑都施展不了。”读者读了这段，就可以明白皮留克的性格如何坚忍，也可以借以明白农奴制的潜势力已经深种在俄国农人心里了。

四

《猎人日记》中关于农人生活光明方面的描写，我们可以找出两篇来加以研究：《白静草原》（《猎人日记》第八篇），《歌者》（《猎人日记》第十七篇）。《白静草原》是描写农家儿童夜间在草地上谈笑快乐的情景；第二篇《歌者》是描写农人在酒店中聚会，受艺术感动的情景。这两篇都是描写农人的快乐和光明的生活，能令读者心驰神往，怀想农家的乐趣。

在《白静草原》中，猎人夜晚迷途，偶然走到一处名叫白静的草原上，听到农家儿童闲谈的情形。他说："……我回家去是绝对不可能的了，尤其是在夜间，两腿累得竟要弯曲下去。我决定走近火光，在被我认作牛羊贩子的人中等候朝霞。"过了数行，他又继续说道："我把那些靠火围坐的人认作牛羊贩子，实在是错误了，其实不过是邻村的农家孩子在这里看守马群。"后来他就坐在孩子旁边。围火的孩子——本篇的英雄一共有五个：一个名叫斐迪亚——是身材合度的小孩，他的父亲是已得自由的农人，带着几分自尊的态度；一个名叫帕甫卢夏，脸很美，不过说话的嗓音里带着一点强力；一个名叫依留夏，脸庞不大，火烤着眼睛不由得眯着；一个名叫考斯提亚的孩子带着忧虑的眼神；还有一个名叫凡尼亚的，躺在席子底下，有时候还伸出那个红肿的小头。五个小孩的谈话讲到家神、林神、水仙的各种故事。他们轮流讲着，讲得都活灵活现，听得也津津有味。

这篇小说对自然风景的描写最好，举一例以证："乌黑的天高临在我们头上，露出一种神秘的、伟大的气象。吸着俄国夏夜这种特别的、沉醉的、新鲜的气味，胸脯不由得很甜蜜地紧促起来。四周寂静人声，偶尔能听见附近河中大鱼拍水的响声，还有岸畔的芦草被微波所荡动，慢慢地响动着。"

这样细密的描写在这篇小说内实在不少，屠氏艺术手段的高妙，完全在这篇小说中显露出来了。作者善于记载地方上的琐碎之点和自然中很柔和的色彩，他的得神处全在这里，我们研究屠格涅夫，也应该着力注意此点。

《歌者》一篇描写农人在酒店里唱歌的欢乐情形。歌者都是浪漫派，尤其是已与人生兴趣脱离的人。其中例外的就是玛尔加奇一人；他"很有社会经验，很懂人情世故，不恶也不善，还很节俭；这是一个涉世很深的狡猾商人，善于看人，并且还会利用人。他很谨慎，并且小算盘打得极好，仿佛狐狸一样"。野老爷是个来历不明的人，不务正业，银钱虽然不多，总是有的。他酷爱音乐，"身上有许多秘密，好像有一种伟大的力量很深沉地隐藏在他身上，仿佛这种力量一旦发作起来，一决裂起来，就要摧毁一切触着的东西……身上融合了残忍心和高贵的气质"。歌者是商人和土耳其人雅可夫，都是理想的浪漫派。著者不知道商人的过往，可是那个绰号叫做土耳其人的雅可夫因为"是被俘的土耳其妇人所生，他骨子里完全是个艺术家"。

在这些人中间都隐藏着（除去玛尔加奇）一种理想主义，一种伟大的力量，能使这些人脱离地上的痛苦，感受那种不染物质的，远离污秽气味的快乐，而商人和土耳其人雅可夫便是那些人强有力的羽翼了。

起初商人唱了一支舞曲，他唱一句，渥巴多意便跟着喊一句，大家的心弦都震动了。一曲已终，跟着就是一阵欢呼的声音，“穿破衣的农夫也忍耐不住了，用拳头击着桌子，喊道：‘啊！好极了，小鬼儿，好极了！’还带着很果决的神情往旁边吐了一口痰”。

雅可夫疯子似的喊道：“好汉，好汉！”卖酒商人的老婆也在一旁说道：“很好，很好。”至于雅可夫所唱的歌却引起别种印象，他的歌唱并没有引起大家的喧哗，却深深使大家感动，惹出许多眼泪：穿破衣的农人哭泣了；卖酒商人的老婆呜咽了，歌曲一终便涨红着脸，走出门去；野老爷深皱的眉毛底下也滚着几滴沉重的泪珠；卖酒商人垂着头，转过身去；渥巴多意盛怒着，站在那里，傻头傻脑地张大着嘴；商人握紧着拳头，放在额上，一动也不动。在那个时候，人们心灵里所有坏的都静默了，死沉沉了；好的却从心灵深处升起来了，大家都感动了。在当时的氛围中，人能够做一切好的、克己的事情，如果有机会。这种时候如能时常重复，便可以感化恶人。渥巴多意说道：“你再给我们唱一下，再给我们唱到早晨。”

雅可夫唱的是什么？能够感动人的不是歌曲的内容，因为雅可夫所唱的是大家熟悉的曲调。这次唱歌可以用芮蒙托夫的一句话概况，芮氏说：“他歌曲的声音在心灵里留存着的不是句子，却是活的东西。”雅可夫的歌唱便是这样。“他唱着，每个声音里都摇曳着一种家乡的、无边阔大的气息，好像熟识的旷野在面前开展着，一直引到无尽的远处”。

没有精神上的安慰，充满着痛苦滋味的农人生活更难于忍受了，所以屠格涅夫对农人生活的光明方面也是很注意的。

第三种便是田主对农人关系的描写，我们可以取四篇来加以研究：《村吏》（《猎人日记》第十篇）；《草莓泉》（《猎人日记》第三篇）；《叶莫来与磨房主妇》（《猎人日记》第二篇）；《里郭甫》（《猎人日记》第七篇）。这种描写是《猎人日记》的主要部分，因为屠氏著书的宗旨之一就是使世人明白田主对农人的关系罢了。

《村吏》一篇很锐利地刺激了农奴制度一下，把根据农奴制度所产生的恶田主和农奴中的恶爪牙描写得栩栩如生。篇中说田主阿凯第·帕甫里奇·帕诺奇金“为人严肃，但是很公平，能顾及自己属下的幸福，至于惩罚他们——也为了他们的幸福。他时常说：‘对待他们应该和对待儿女一般。’当下人犯了很大的错误时，他也竭力避免暴躁严厉的行为，不爱提高嗓音，只用手指着，安然说道：‘敬爱的人，我不是吩咐过你么！’或者说：‘你是怎么啦？醒一醒吧。’那时候他只是咬了咬牙齿，努了努嘴，也就完了”。帕诺奇金对待下人——农奴和侍仆的态度在下面一段谈话里描写得很好：

他用极锐利的声音问一个仆人：“为什么酒不烫热？”

仆人有点惊慌，站在那里如痴呆一般，面色死白。

阿凯第·帕甫里奇·帕诺奇金目不转睛地望着他，安然说道：“喂，我是在问你呢！”

不幸的仆人死站在原地，揉着手里的餐巾，一句话也不说。阿凯第·帕甫里奇·帕诺奇金低着头，很生气地斜眼看着他。

他一边用手很亲密地拍了拍我的膝盖，含笑说道：“老友，对不住。”一面仍旧看着那个仆人，等了一会儿说道：“唔，出去吧。”说完，他扬起眉毛，按起铃来。

很快，一个黑发、肥胖，并且面色黯淡，额角低矮，眼皮极薄的人走了进来。

阿凯第·帕甫里奇·帕诺奇金轻声说道：“关于费奥多的事，

吩咐下去……”

肥胖的人答道：“是，老爷。”便出去了。

这一段真是田主对待农奴的一幅绝妙图画。

再讲到《草莓泉》中田主对待农奴弗拉司的态度，比起以上的情形来，更加难堪了。

伯爵的农人乌拉斯到莫斯科去，请主人把租税减轻些，或者就在主人那里做事迁移个地方。他的儿子在莫斯科当车夫，纳完两个人的租税——自己的和父亲的，那时候却已经死了。主人怎么办呢？

“他又怎么办？他把我赶出去了！他说胆敢直接到我这边来，这些事情都是总管管着。他说，你应该先到总管那里去。并且叫我怎么把你迁移呢？他说你先把欠的田租付清了再说。说的时候，他老人家简直生气极了。”

“你就这样回来了么？”“就回来了。”那个乡人说了这些话，全带着笑脸，仿佛在那里谈论别人家的事情一般，可是在他的小眼睛里却满含着眼泪，嘴唇不住颤抖。

“怎么，你现在回家去么？”

“要不往哪里去呢？自然是回家。我妻子现在大概正握着拳头挨饿呢。”

“你不到总管那里去么？”

“为什么我要到他那里去？并且我亏空的实在太多。我的儿子病了一年才死，这一年里他没有付过一次租税……但是我也不去忧愁：从我那里也没有什么可取的。兄弟，无论你怎么狡猾，我总不管这些事情！”乡人说到这里，便哈哈大笑起来。

“怎么啦？乌拉斯，这个很不好。”

“怎么不好？难道……”乌拉斯说到这里，声音忽地咽住。

唉，读者诸位，这种景象是何等悲惨呀！在后一段悲哀的描写真是太灵妙了。不描写乌拉斯的忧愁，痛哭，却说他的“哈哈大笑”，说他的嗓音“忽地咽住”。在俄国的民歌里有两句话：“悲哀呀，悲哀。在悲哀里活着，反成为不悲哀了。”乌拉斯的笑声——那真是在努力做不悲哀的人，但是处在这样黑暗的环境里，虽欲驱愁，恐怕终究不能。

以上两段的描写已经能够使我们明白田主与农奴间的关系如何不正当了，现在又有一篇是从田主的口气描写自己和农奴的关系，这种主观的写法使我们可以更多地明白两者间的关系。

《叶莫来与磨房主妇》中的资乌叶可夫给著者叙述农女阿丽娜的一段故事，讲得很详细。他开始说道：“你知道我那妻子是怎么样的人，大概这样的妇人再也寻找不到，这个你也可以赞成。她的女仆简直好像住在天堂上一般的快活……但是我的妻子却自己定着一个章程：凡已嫁的女仆都不准留着。这个也实在极不合适，如果生着几个孩子，怎么还能伺候主妇……”

这个不过是资乌叶可夫的谈话的一段绪论，而贵族对女仆的态度已经很容易看出来。那个天神般好的资乌叶可夫夫人旅行中看见一个农女很喜欢她，便把她带到彼得堡去，充当自己的女仆。那个农女成为很好的女仆，很顺从地伺候太太至十年之久。

资乌叶可夫又继续说道：忽然有一天，阿丽娜——她的名字叫做阿丽娜，不等禀报，走进我的书房，朝着我跪下来……老实说，我当时简直忍耐不住了。人从不应该忘记自己的体面。我便询问她。她说：‘求您施恩吧。’‘什么事呢？’‘许我出嫁。’我顿时十分惊愕，便说道：‘你不知道你太太身旁没有别的女仆么？’‘我依旧可以在太太那里伺候呀。’‘胡说！胡说！太太是不留出嫁的女仆的。’‘玛丽阿娜可以替我的位置。’‘请你少狡辩吧！’‘你的自由……’我那时候真是生气。你想我这个人永远没有像那天这般受人侮辱，不得人家的恭敬。也不必对你说……你总晓得我的妻子是怎样的人：简直是天神，有描写不尽的美德。即使是恶徒，也要可怜可怜她呢。我就把阿丽娜赶走了。我想她经这一赶，也许能够醒悟过来。偏不相信世间有恶和不正直的事。不料过了半年，她又来这样请求着我。我生着气，又把她赶开，威吓着她，说要告诉太太去。我真生气了。可是过了些时候，我妻子含着一泡眼泪，到我屋里来，那种难受的样子，真叫我异常惧怕。‘什么事情？，阿丽娜……’你也就明白了。我说出来也害臊。‘不能吧！……谁呢？’‘仆人配绰士伽。’这个更使我炸了。我这个人……是不喜欢含混下去的。其实配绰士伽也没有错处。惩罚他固然也可以，可是他并没有什么错处。阿丽娜……唔，这里还有什么话可以说呢？我就立刻吩咐人把她的头发剃光，穿上破衣，送她到乡下去。我妻子丢失了个好女仆，可也没有法子。家里没有秩序，那更是不成了。有病的躯干，不如一下子便把它切断。现在你判断一下。你知道我的妻子。她真是个天神！她爱着阿丽娜，阿丽娜也知道这个，可是她竟不知羞耻。啊？你说！这不是没有法子么？那个女孩对我的不敬，简直使我生气。心肝和感情——在这些人身上是找不到的！无论你怎样去喂狼，狼终向树林看着。最先是要学问，我不过要对你证明一下……”

资乌叶可夫愿意证明的就是青年人关于改造俄国社会状态的议论是毫无根据的，因为这些农人还不能提高得使德国书籍里的人道思想可以适用在他们身上。他上面所讲的一大段故事也不过为证明他的这种见解。但是他的见解对不对呢？他所证的对不对呢？他以为连阿丽娜这样的人，伺候着这样“天神般好”的太太，太太也对她这样好，尚且要出嫁呢。他又以为“人总不应该忘记自己的体面”，阿丽娜有如此的行径，其他一般的农人更可知了。他不允许阿丽娜出嫁，是根据“你不知道你太太身旁没有别的女仆么？”这句问话的理由看起来是天经地义不可变的，仿佛“一加二等于四”没有错误，诸位田主们的理由都是这样。屠氏的这段描写，可以说详尽地形容了田主对农奴的态度和心理了。

在《猎人日记》中还有一个例子，可以给我们显出在田主权力下的农人生活的另一方面。那些田主一点也不顾念他们，只想在天赐的劳力里取得较大的收益，使一般人民负担艰重的工作或租税。他们看那些人民不是人类，是无言语的动物。《里郭甫》小说中苏绰克的历史就可以证明上述的话是很对的，他顺从着主人不根据于理性的命令，一会儿被派做车夫，一会儿派做餐厅的侍仆，一会儿派做优伶，一会儿派做厨役，一会儿派做哥萨克兵，一会派做园丁，一会儿派做靴匠，最终派他做渔夫。下面写下苏绰克同著者的谈话的一段，足以看出田主对农奴的态度。

著者问苏绰克道：“为什么又把你降为厨子呢？”“因为我的哥哥跑掉了。”他这样回答，仿佛口气里对田主的理论十分了解似的。从这个相互的问答里可以知道，田主将农奴看做是不应该对任何生活样式和职业有自己的趣味和偏向的人，只是主人意志的盲目的履行人。库兹玛·苏绰克在充当餐厅侍役的时候应该称为安东，不得称为苏绰克，“那是太太这样吩咐的”，连农奴的名字主人都要加以干涉，何况其他呢？

上面三种俄国农人的描写分别是农人阶级正面性格的描写，农人生活光明方面的描写，田主对农人关系的描写，虽然不能完全包括《猎人日记》中的所有农人——前面只提起10篇，而《猎人日记》共有24篇，但是诸位读了这10篇的研究，总可以知道它的大概面目了，其余的只好诸位自己加以研究了。

五

可以说，《猎人日记》是屠格涅夫履行终身誓言，做永久的农奴制仇敌的一种武器。所以，这部书在社会心理上显有一定的势力，可以维持解放农人的趋势，但是这个终不是一部战争作品，在反抗农奴制的力量关系上，《猎人日记》比在18世纪出版的拉吉舍夫的《旅行记》和白林斯基的戏剧《特米脱里卡里宁》两书还差得很远。在屠氏的心里自然沸腾着对农奴制的愤恨心，不过愤恨心没有特别的力量，并不能完全占领他的创作。屠氏在《猎人日记》和其他作品里描写的人生并不限于一定的区域，却普及在各种方面。《猎人日记》的偏向是很衰弱的，差不多看不大见，即使当时的人感觉出这种偏向，也不过飘荡在空气里面，为俄国社会某种部分所具有的罢了。至于现在那些不知道《猎人日记》的历史意义的人自然不能找到这种偏向了。《猎人日记》的一大部分所描写的并不是农人生活，倒是田主生活，并且著者的任务也不在生活的描写，却是纯粹的心理描写。从心理学的眼光看来，屠格涅夫颇着眼于农人生活的数种性格和现象，所以他的作品是深邃的。实际上，屠格涅夫并没有守着“终身的誓言”，并没有攻击自己的仇敌，所以严格说起来，他不是一个仇敌，却是一个无偏向的艺术家，所描写的恶也不是因为屠氏打算同这个恶争斗，却因为他是这样看见的。在《猎人日记》里，屠格涅夫确是一个无偏向的写实艺术家，《猎人日记》刚出现了几篇的时候，白林斯基就加以批评。他说“屠格涅夫的天才的最重要之点，就是凡在现实里未曾遇过的性格，他绝不加以创造。对于这类的艺术，宇宙赋以许多方法：如观察的才能，迅速且正确估定并了解各种现象的能力，解答这种现象的原因与结果的能力，以及用猜想和思考存储材料的能力。”

白林斯基这样批评屠格涅夫，确是很对的。屠氏所描写的实在都是他亲眼看见并且加以预先研究的，也实在不能承认他有纯粹的创作，所以写实的色彩是《猎人日记》最大的特色。

《猎人日记》中人物和自然的描写也是非常佳妙的，即使我们不留心这部书的效果如何——对农奴制的影响如何，而在它的艺术方面总有使我们百读不厌的价值。